ВИКТОР ПЕЛЕВИН

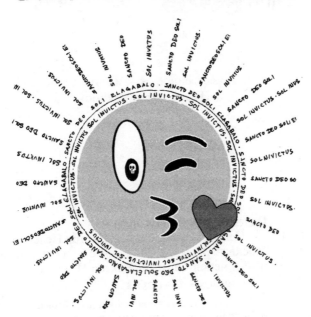

НЕПОБЕДИМОЕ СОЛНЦЕ

Москва
2020

УДК 821.161.1-31
ББК 84(2Рос=Рус)6-44
П24

Художественное оформление серии
«Издательство «Эксмо»

Пелевин, Виктор Олегович.

П24   Непобедимое Солнце / Виктор Пелевин. — Москва : Эксмо, 2020. — 704 с. — (Единственный и неповторимый. Виктор Пелевин).

ISBN 978-5-04-112784-8

Саша — продвинутая московская блондинка. Ей тридцатник, вируса на горизонте еще нет, и она уезжает в путешествие, обещанное ей на индийской горе Аруначале лично Шивой.

Саша встретит историков-некроэмпатов, римских принцепсов, американских корпоративных анархистов, турецких филологов-суфиев, российских шестнадцатых референтов, кубинских тихарей и секс-работниц и других интересных людей (и не только). Но самое главное, она прикоснется к тайне тайн — и увидит, откуда и как возникает то, что Илон Маск называет компьютерной симуляцией, а Святая Церковь — Міром Божьим.

Какой стала Саша после встречи с тайной, вы узнаете из книги. Какой стала тайна после встречи с Сашей, вы уже немного в курсе и так.

УДК 821.161.1-31
ББК 84(2Рос=Рус)6-44

ISBN 978-5-04-112784-8

ЧАСТЬ I. МАСКИ КАРАКАЛЛЫ

Я решила встретить свой тридцатник, несясь по дороге на мотоцикле.

Я обожаю всяческий символизм. То есть когда жизнь рифмует. Мне даже кажется, что эти рифмы можно подделывать — это и есть магия, симпатическая и очень мне симпатичная. Мы как бы разъясняем толстозадой неповоротливой судьбе, какой хотим ее видеть, и иногда она понимает намек.

Но не всегда, к чему я скоро вернусь.

Технически мой проект был осуществим просто. Моя мама запомнила время моего рождения как «где-то между пятью и шестью вечера» — и мне достаточно было провести в седле примерно час.

Мотоцикл «Tiger», шлем и кожанку я одолжила у знакомой рокерши, которую все звали Рысью (у нее, кажется, даже паспорт был на это имя). Рысь сначала ни в какую не хотела, но когда я честно объяснила ей, в чем дело, прониклась и сжалилась. Она такие вещи понимает.

Рысь старше всего на десять лет, но ведет себя со мной как мама, хотя сама полагает, что это модус старшей сестры.

— Ой, моя девочка, — сказала она, сложив руки на груди, — а это ведь серьезная веха. Тридцатник в патриархальной педофильской деспотии третьего мира — повод задуматься над ходом времени. И над необратимой судьбой женского организма...

Я показала ей «ОК», сделанный из пальцев. Как сознательная и передовая женщина, я демонстрирую кольцо из большого и указательного вместо патриархального среднего, известного как «фингер». Понимают не все. Рысь, конечно, поняла — но таким ее не смутишь.

— Знаешь, что дальше? — заботливо продолжала она. — Ты будешь постепенно выпадать из педофильского поля охоты. Потом станешь замечать биологические изменения. Кожа, обмен веществ, вот это все. Рухнет самооценка. Легко можешь стать психиатрической пациенткой. В общем, если вовремя не встретишь себя, будет плохо...

— Встретишь себя — это как?

— Я, например, себя встретила на трассе, — сказала Рысь и почесала рыжий ежик. — С тех пор не расстаюсь. Но советы в этой области неуместны.

— Почему? — спросила я, хотя уже догадывалась, что она скажет.

— Потому, — ответила Рысь. — Люди требуют тащить их из дерьма на буксире, чтобы было кого обвинить в неудаче. Я это на себе проходила...

Она протянула мне ключи.

— Разобьешься — не приходи.

Это не входило в мои планы. Я неплохо ездила когда-то на мотобайках — и была уверена, что со времени моего первого азиатского трипа законы физики не успели сильно измениться.

Рысь доверила мне мотоцикл всего на пару часов, поэтому я спешила. План был такой — выехать на Каширку и разогнаться на трассе к Домодедово. Промчать, так сказать, по символической взлетной.

Но там была пробка — столкнулось сразу несколько машин, дорога встала, и заветные минуты прошли бы в ожидании полиции. Поэтому в последний момент я повернула на кольцо, где тоже была пробка, хоть и не такая безнадежная.

Я довольно прилично углубилась в нее, лавируя между машинами под унылый патриархальный мат, пока не поняла, что встречать юбилей на кольцевой — это довольно сомнительное символическое решение. Даже, наверно, еще более сомнительное, чем просто ждать ментов. Но было уже поздно.

Возвращала мотоцикл я в унылом настроении.

Ты символов хочешь, сказала товарищ жизнь, их есть у меня... И самое обидное, что символизм был довольно точным. Так все и обстояло.

Я тоже встретила себя на трассе, только не в том оптимистическом смысле, о котором говорила Рысь. Отличный повод задуматься, что же со мной происходит — и почему вместо прямой как стрела взлетной полосы в свои тридцать лет Саша Орлова едет в пробке по кольцу, лавируя между не особо симпатичными мужскими харями.

Так вот пытаешься что-то разъяснить жизни, а она разъясняет тебе. Жизнь ведь тоже любит намеки и рифмы.

Тридцатник для девушки — это все-таки круто. Скажем так, ты не то чтобы прямо полностью «выпадаешь из педофильского поля охоты» (здесь Рысь, конечно, говорила о своем, наболевшем), но некоторые серьезные симптомы ощущаются.

Думаю, их чувствует любая. Особенно, как было верно подмечено, в патриархальной стране третьего мира, где девочек с детства учат осознавать свою товарную ценность (потому что другой у них просто нет) и бессознательно конкурировать с подругами за воображаемого самца даже на женской зоне.

Нет, в тридцать ты еще красивая, свежая,

и дают тебе то двадцать два, то двадцать пять. Но ты ведь не дура — и видишь рядом настоящих двадцатилеток. И думаешь — боже, какие они грубые уродины... И выглядят старше своих лет, просто ужас. Ну, не всегда так думаешь, конечно, но часто, и это плохой признак.

Потому что в двадцать ты косилась на тридцатилетних и называла их про себя «тетками». А теперь все поменялось местами. Нет, ты еще не тетка, но больше не сырое тесто, из которого жизнь что-то такое вдохновенно лепит. В тридцатник ты уже готовый батон...

Вот оно, слово — батон. В двадцать твое тесто еще поднимается, набирает высоту и, даже если все вокруг твердят, что дальше по ходу конвейера — печка, это «там» еще не здесь.

А в тридцать уже нет никакого «там». В тридцать выясняется, что тебя уже испекли. И хоть все отлично и очень солнечно, жизнь становится интереснее с каждым днем и можно совершенствовать себя по ста восьми разным методикам, были бы время и деньги, на самом деле уже понятно, что дальше и как.

Вот так же, как сейчас, только с каждым днем твой батон будет немного черстветь, жизнь будет отщипывать от тебя по кусочку, и в конце концов останется старческий сухарик. Горбушка-бабу́шка. В английском действительно есть такое слово — «babushka».

11

Такие дела, подруга. Будешь активно работать над собой, заниматься йогой и ходить к коучам на тренинги, станешь «бабу́шкой». А иначе помрешь простой бабушкой с ударением на первом «а». Все предсказуемо и линейно.

У самцов в педофильском патриархате, конечно, маршруты немного другие, а у нас все вот именно так — и разные красивые исключения с женских сайтов только подтверждают правило. Рысь права. Она умная. И уже была там, где я сейчас.

Такое чувство, что раньше твой мотобайк ехал в гору и все впереди было скрыто большой скалой (я знаю похожее место в Гоа) — а потом ты повернула, и дорога теперь видна далеко-далеко. Она, если честно, идет вниз, и ехать по ней ну не то чтобы скучно — но ты уже не визжишь от радости, поворачивая руль.

Зато в тридцать ты умная. Ну или так тебе по глупости кажется.

На самом деле жаловаться грех. Время, как ни странно, пошло мне на пользу.

Бывает, что в тридцать лет девушка уже полная тетя, особенно когда есть мохнатый муж и дети, ежедневно выдаивающие бедняжку досуха. Но мне кажется, что дело здесь не столько в эксплуататорах, сколько в генах. Гены решают все. Такой вот патриархальный междусобойчик.

В двадцать я была симпатичной пышечкой — милое полудетское личико, в котором проще опознать котика, чем человека. Я в это время обожала так фотографироваться — красная кнопка на носу и по три черных черточки на щеках: усы.

Мы тогда еще не знали, что это символическое потворство объективаторам, видящим в женщине исключительно киску в техническом смысле. А может быть, в глубине души знали — и сознательно потворствовали.

В конце концов, пока ты молодая и красивая, патриархат не так уж и страшен и солидарность между девушками, на которых есть спрос, и теми, на кого его уже нет, отсутствует. Это плохо — но мы, увы, понимаем подобное только с возрастом, когда переходим во вторую категорию, о чем постоянно говорит Рысь. Здесь полагалось быть смайлику, но его не будет.

К тридцати я похудела. У меня вообще не особо крупные формы, и это хорошо, потому что время безжалостно к большегрудому стандарту. Дыни быстро портятся, апельсины и лимоны сохраняются лучше. Некоторые девушки с единичкой и даже двойкой десять лет назад, помню, ставили силикон. Из моих знакомых — аж две (сейчас обе уже вынули). До чего же надо докатиться внутри себя для такой капитуляции... Как вопрошал когда-то кадет Милюков, что это — глупость или маркетинг?

Главное, все делается ради самца — но его таким образом не усладишь, потому что ему нельзя будет толком браться за эти места. Самцы постоянно принимают женские молочные железы за гири в спортзале, а такого ни один имплант не выдержит. В общем, совсем не моя тема, и я даже не понимаю, почему на нее отвлеклась. Наверно, все-таки когда-то про это думала, но господь не попустил. Спасибо.

Самая приятная возрастная трансформация произошла с моим лицом — оно подсохло, подтянулось, похудело и стало... мною. Как сказал культурист Петя (о нем еще расскажу), «когда на тебя смотришь, сначала кажется, что ты только наполовину красивая. Ну, как бы красивая не до конца. И сразу хочется подойти к тебе, погладить и простить».

Угу. Их на самом деле довольно длинная очередь — тех, кто хочет подойти и все простить.

В общем, совершенно искренне — если сравнить меня в двадцать со мной в тридцать, второй вариант нравится мне гораздо больше. И другим тоже. Как выразилась одна подруга, «из крынки получилась амфора». Наверно, намекала на античный возраст, но я поняла позитивно.

Вот только есть в этом и обратная сторона. В двадцать впереди была я нынешняя. А что впереди у нынешней меня?

Я практически блондинка. Ну, если чуть-чуть доработать. Когда полгода назад я обрезала волосы выше плеч и сделала себе качественный флис типа «полгода в Гоа» (не путать с бэби-лайтсом «прощай молодость»), от прежней Саши ничего не осталось. И получилось очень. Ну просто очень-очень. Начали звать на кастинги, съемки и в путешествия — патриархат конкретно навел на меня свой хлюпающий телескоп. Что уж врать, такое всегда приятно. Даже когда не слишком любишь этот самый патриархат.

Надо всегда помнить, сестра, что физическая привлекательность — оружие в нашей борьбе. Шучу. А может, и нет.

Я, к сожалению, не лесбиянка. Вернее, не полная лесбиянка. Вернее, как сказал Веничка Ерофеев, полная, но не окончательная. Пробовала, пыталась, но увы — уйти в это направление всем своим существом не смогла. Я говорю «к сожалению», потому что это решило бы многие морально-межличностные проблемы и было бы куда эстетичней физически. Но я, что называется, straight as a rail.

Я имею в виду отечественные рельсы, конечно. То есть я straight процентов на семьдесят. Или на шестьдесят пять.

Мальчики. Много о них не скажешь, но пару строк они заслуживают. У меня не очень складывается с мальчиками надолго. И если не считать одного исключения, «гудбай» говорю я.

Нет, я им нравлюсь, за мной бегают, дарят цветы и так далее. Но потом, когда начинается, как выражается моя мама, «совместное ведение хаоса», мне быстро надоедает. Как сказала по этому поводу Рысь, секрет стабильных отношений с мужчиной в том, чтобы успеть проникнуться к нему пронзительной бабьей жалостью до того, как он начнет вызывать тяжелое бытовое омерзение. Она успевает, а я нет.

Мужчина, по-моему, способен на вежливость и заботу только на своем гормональном пике — стоит ему пару раз стравить давление, и в нем неизбежно просыпается свинья. Воспитанный самец просто лучше и дольше маскирует свою хрюшу, но это симпатичное животное всегда на месте.

Один сильно взрослый человек сказал мне в свое время интересную вещь: мужчина платит не за секс. Мужчина платит за то, чтобы после секса женщина быстро оделась и ушла. Вынесем шовинизм за скобки этой тестостероновой мудрости — и получим, увы, голую правду.

Если воспользоваться канцеляризмом из отечественного учения об эросе, мужчина способен на нежность, интерес и тепло только как на «предварительную ласку». Это так и есть — любая девочка с мозгами, подумав пять минут, найдет сотню доказательств.

Все его милые проявления, в том числе дорогие подарки и даже внезапные букеты белых роз на твое двадцатисеми-с-половиной-летие, имеют строго предварительный характер. Не в том смысле, что он расчетливо калькулирует. Просто он делается романтичен, нежен и щедр, только когда его пробивает на стояк — и гипофиз, или что там у них болтается между ног, впрыскивает ему в череп струю надлежащих гормонов.

Мужская нежность — это такой буксирчик, курсирующий между буквами «Ы» и «У». Ты для него то остро необходимая дырочка, то слегка обременительная дурочка, своего рода сумка с кирпичами, к которой его привязывает порядочность или привычка.

В худшем случае на второй части цикло-граммы он хамит и наглеет, в лучшем делается снисходителен. Снис-хо-ди-те-лен, даже когда извилин у него еще меньше, чем денег. Мурзик, ты еще здесь? Вот тебе бантик, поиграй, только тихо.

Самое жуткое, что ты таким мурзиком и становишься, поскольку твоя природа совершенна и пластична — и, когда, уже окончательно демаскировавшись, он торчит перед

тобой как лом в дерьме (идеальное натурфило-
софское описание мужского начала), ты способна обволакивать и огибать этот самый лом
сотнями разных способов.

Парень цикличен, как стиральная машина.
Его личность, как правило — это плохо напи-
санное программное обеспечение к небольшому
члену. А ты спокойная, ровная, глубокая и постоянная (если вычесть три дня в месяц) — но
ведь надо как-то уживаться рядом. Вот и играешь некоторое время с бантиком, а потом просто перестаешь отвечать, когда он звонит.

А он, кстати, еще и не звонит, потому что
«корректирует баланс значимости», прослушав
на ютубе фемофобную лекцию какого-нибудь
смазливого знатока женских сердец, который
все никак не решится открыть там же дополнительный лавхак-канал для геев.

Я обсуждала эти темы с Рысью, и здесь
у нас полный консенсус. Только она считает,
что в педофильском патриархате третьего мира
женщина неизбежно должна мириться с храпя-
щим рядом уродом, а я так не думаю — но у нас
просто разные жизненные обстоятельства.

Мой нынешний, Антоша, считает себя му-
зыкантом. Мало того, он вдобавок поэт и писатель. Правда, стихи он иногда пишет хорошие, но «поэт», по-моему — это не столько
способность к рифмоплетству, сколько общий

вектор души. Антоша в этом смысле отчетливый прозаик. Я бы даже сказала, почвенник.

Он младше на пять лет, играет на басу в экзистенциальной бездне и заодно пишет ей тексты (я не шучу — они правда называются «Экбез», «эк» пишется синим, «без» красным, и на каждом концерте вокалист расшифровывает название).

Пишет он чуть лучше, чем играет. Последние полгода он занят тем, что сочиняет книгу по древнеяпонскому образцу — короткие прозаические отрывки с вмонтированными в них стихотворениями. *Моногатари*, как он выражается. Правда, стихи у него длиннее, чем у японцев, но иногда выходит мило.

Живет он то с родителями, то снимает. Встречаемся на моей территории — у меня замечательная студия-однушка, спасибо маме. Иногда оставляю его ночевать. Но не слишком часто, чтобы не привыкал.

Меня почему-то трогают его усы. Они у него полудетские, еще мягкие и не до конца даже темные.

Он постоянно пытается поставить мне свою музыку — а я прошу его не пихать меня с экзистенциального обрыва. Один раз я все-таки сходила к нему на концерт, там было много разных групп, у «Экбеза» один номер. Они спели что-то такое про «трахи под спидами» — и я сначала подумала, это про болезнь. Типа как у Земфиры — «у тебя спид, и значит мы ага».

Он разъяснил потом, и даже показал. Он, кстати, постоянно пытается меня накурить, нанюхать или натаблетить. Пытался уколоть, но получил по мозгам. А этот его знаменитый «трах под спидами», по-моему, технически возможен только между двумя женщинами — по результатам наших экспериментов могу сказать, что мужская писька превращается под ними в мягкую шелковистую тряпочку, которой хорошо протирать очки или полировать ложки.

Правда, кое-чему полезному он меня научил. Например, вставлять во всякие статусы, письма и даже в эти вот записки фразу *«эмодзи_ (требуемый_текст).png.»*

Это вербальное описание картинки-эмодзи в формате «.png», как бы обдувающее читателя смрадным ветром Кремниевой пустыни. Своего рода подпольное сопротивление мэйнстриму. Мне этот прикол безумно нравится, я им постоянно злоупотребляю и собираюсь злоупотреблять и дальше.

Антоша еще не знает, но мы с ним скоро расстанемся — из-за его наркотиков и вообще.

Как намекал евангелист, каждая девушка, смотрящая на своего мужика изучающим взглядом, уже разошлась с ним в сердце своем.

Антоше нужна не подруга, а новая мама, и он, по-моему, считает, что уже ее нашел. Полезный для меня опыт.

Понимаешь, как это бывает — родить вот такого малыша, а потом всю жизнь на него горбатиться и думать, куда бы его пристроить. И при этом, что самое страшное, его любить.

Нет, я Антошу тоже в принципе люблю. Мое сердце даже на холостых оборотах дает небольшой позитивный выхлоп, и тот, кто под него попадает, будет вполне себе любим — но временно и быстрозаменимо, как покрышка. А мама своего оболтуса будет любить уже не так. Вот где роковая смертельная страсть, которая перевернет жизнь и опалит всю душу.

До Антоши был Петя. Старше меня на два года, фанатический качок. Тоже, кстати, наркоман — только сидел не на спидах, а на гормонах и анаболиках, и еще непонятно, что для здоровья хуже. Бытовые наркотики Петя ненавидел и даже зачитал мне однажды цитату из монументального труда Арнольда Шварценеггера про культуризм:

Если некоторые люди все еще думают, что марихуана, амфетамины или кокаин помогут им развить выдающуюся мускулатуру, а тем более стать чемпионами, то они живут в мире иллюзий.

21

Записать большими буквами и повесить на стену. Мне жутко нравится эта фраза. Все забываю Антоше сказать, а потом поздно будет.

Кстати, если некоторые девочки все еще думают, что большой супернакачанный самец как-то особо интересен в качестве любовника, то они живут в мире иллюзий. Все зависит от того, когда он колет себе тестостерон, потому что свой у него давно подавлен. Надо знать его расписание и схему. Мужики цикличны, а качки вдвойне. Правда, Петя часто брал реванш языком — второй непарной мышцей, которую он не упражнял в зале. Она у него работала значительно лучше первой.

Я что-то слишком часто упоминаю эту первую мышцу — может сложиться впечатление, что я много о ней думаю и вообще как-то от нее экзистенциально завишу. Совсем не так. До Пети у меня была Маша, и там эта мышца отсутствовала. И ни разу, повторяю, ни разу я о ней не всплакнула.

С девочками возникает другая проблема. Мужик — это все-таки *чужой* (слово *охотник* — неправильный устаревший перевод, на охоту он будет посылать тебя). С чужим держишь дистанцию, а дистанция рождает напряжение и интерес. Поэтому с мужиком можно строить отношения, то есть быть доброй или злой, хитрить, кокетничать, продавливать свою линию или мягко уступать. Иногда это доставляет.

А когда две девочки (я не говорю про тот случай, когда одна из них в душе полностью мальчик) находятся в близких отношениях, через некоторое время они начинают понимать и чувствовать друг друга настолько хорошо, что общаются практически без слов, телепатически. Во всяком случае, так оба раза было у меня. Через год после начала нашей нежной дружбы мы с Машей вообще уже не разговаривали — только перекидывались быстрыми междометиями, а иногда и просто взглядами. Этого хватало.

И начинаешь уставать уже вот именно от этого — что у тебя больше нет своего обособленного внутреннего пространства, а есть одно общее на двоих. В какой-то момент это становится невыносимо. Так тебя не достанет ни один мужик, потому что он и за десять лет не подберется к тебе настолько близко, и в самом тревожном случае будет пьяно мурлыкать, разыскивая тебя под ближайшим фонарем — там, где ему светлее. А девочка знает, где ты находишься, с точностью до микрона.

Вот поэтому я и говорю, что лесби — это не совсем мое, хотя секс в таких отношениях куда интереснее, дольше, нежнее, космичнее и т. д. — нужное подчеркнуть. Я бы ввела золотое правило: после каждых двух мальчиков одна девочка для реабилитации, только ненадолго. Не больше полугода.

До Маши был Егор — даже не хочу его вспоминать. Начинающий «политолог» с вечным пивом. Которое он к тому же называл «пивандрий» — раз услышав, невозможно забыть это слово никогда. Как низко можно пасть. Я не про него, а про себя — для него это был взлет к вершинам. До Егора — Коля, он был ничего, но уехал к хитрым и не до конца честным родителям-белорусам в Израиль.

До Коли — Дима, и параллельно с ним Лена, с которой мы тоже за неделю стали телепатками. Тогда все были еще такие молодые, что профессий ни у кого не было. А перед этим случился мой азиатский трип со всеми надлежащими приключениями, а еще раньше простирается радиоактивная пустыня юности, практически детство, где не бывает «партнеров», а только совместное исследование сигарет, алкоголя, наркотиков и физической телесности, своей и чужой.

В общем, даже покаяться не в чем.

Хоть мне уже тридцатник, кормят меня на пятьдесят процентов родители. Кое-что я зарабатываю сама «от-кутюром» (шью по мелочам — и неплохо продаю в интернет-магазинах, особенно хорошо берут дрим-кетчеры), иногда платят за «театральную деятельность» (участвую сразу в двух труппах, выступаем на всяких детских праздниках, днях города и так далее). Один раз заплатили за бэк-вокал на студийной записи. Я мечтала петь, но пою я плохо. Мне потребовалась серьезная психологическая помощь, чтобы окончательно это признать. Но мир не без добрых людей, спасибо.

Как подытожил мой папа, «без определенных занятий».

Ну да, можно сказать и так. Но я думаю, что довольно скоро смогу поднять свои доходы до вполне приемлемого уровня на одной из тех дорожек, по которым сейчас бегу. Если бы обстоятельства были жестче, нашла бы способ и раньше, но у моих родителей с деньгами все хорошо, и помогать мне для них не составляет труда. Вернее, хорошо у папы, а поэтому неплохо и у нас с мамой, хотя она уже не с ним, а я уже не с ней.

Мой папа — макаронный король. Вернее, не король, а герцог или граф. Король у них кто-то другой — он говорил, я не запомнила. Но у папы свои хлебкомбинаты, мукомольные фабрики и так далее, список довольно длинный.

Начинал он действительно с макарон, хотя теперь инвестирует и в металлургию, и в гостиничный бизнес, и еще куда-то. Сколько у него денег, я не знаю — в этих сферах деньги не имеют, в них как бы драпируются. Или купаются, постоянно делая вид, что ныряют крайне глубоко, хотя на самом деле могут ползти по гальке на брюхе.

Недавно он что-то потерял в Украине, но зато приобрел на Бразилии. У него другая семья, новые дети — и мы с мамой, как выражаются в деловых кругах, are not an asset, but a liability[1]. Я его редко вижу — от моего имени его доит мама, у которой тоже другая семья и другие дети. В общем, до меня долетают даже не брызги шампанского, а запахи чужой отрыжки — но я не ропщу и очень надеюсь, что скоро смогу обходиться и без этого.

Хотела написать про родителей еще, но не буду, наверно. Спасибо им за все, многие лета и вечная память. Чудовищное преступление моего рождения на этот свет я им почти уже простила.

Эмодзи_привлекательной_блондинки_только_что_открывшей_свое_большое_и_доброе_сердце_совершенно_незнакомым_людям.png

∗

Нарисовался папочка — видно, почувствовал, что я вспоминала про его макароны. Даже приехал ко мне домой. Я сперва не могла понять, чего это вдруг, пока он сам не сказал — тридцатник. Ну да, юбилей.

---

[1] Не актив, а обязательство.

Раньше он моих дней рождения не замечал. Но ведь российский бизнесмен интересуется главным образом нулями справа от цифры. Нулей долго не было.

— Это чьи картины? — спросил он с порога. — Здоровые какие. Твои?

— Это не картины, — ответила я. — Декорации для спектакля. Я над ними работаю.

— Как вы их переносите?

— Они складываются.

— Лопухи какие-то...

— Это трава забвения, — сказала я.

— Зачем?

— Для балета.

— Какого балета?

— «Кот Шредингера и бабочка Чжуан-Цзы в зарослях Травы Забвения». Весь второй акт кот ловит бабочку. Это для второго акта.

— Ты же певица, — сказал он. — Или теперь художница?

— Я актриса тоже. Я танцую запасную бабочку. И либретто частично писала. Мы все сами делаем.

— А почему вся комната в тряпках? Костюмы шьешь?

— Нет. То есть да, но не только. Это еще на продажу.

— Тебе что, денег мало? Мама же на тебя берет.

— Мне нормально, — ответила я. — Просто я шить люблю. Могу тебе тоже пальтишко сделать, как у Чичваркина. Придешь в таком к партийному руководству на блины, а через неделю мирно переедешь с семьей в Лондон. Хочешь?

Он погрозил мне пальцем. Потом покачал головой, вздохнул, и еще раз погрозил. Видимо, я задела какие-то струны.

— Тебя, по-моему, засосало, — сказал он. — Причем в какое-то мелкое болото. Тебе развеяться надо. Забыть про все вот это. Тряпки, декорации. Мир посмотри, пока еще можно. Пусть голова у тебя проветрится. Может, что получше себе найдешь.

— Типа секретарем в бизнес?

— Почему секретарем. Ты свободно знаешь язык, можешь нормально за границей работать. Ты же любишь Азию. Вот в Индии, например. Там сейчас будут возможности. По-английски много где говорят.

— Мне нравится руками что-то делать, — сказала я. — Ну или телом. Не в том смысле, конечно. А голову я бы хотела сохранить для себя.

— Для глубоких размышлений о жизни? — спросил он с сарказмом.

— Ну вроде того.

— Деточка, о жизни нельзя размышлять, сидя от нее в стороне. Жизнь — это то, что ты делаешь с миром, а мир делает с тобой. Типа как секс. А если ты отходишь в сторону и начинаешь про это думать, исчезает сам предмет размышлений. На месте жизни остается пустота. Вот поэтому все эти созерцатели, которые у стены на жопе сидят, про пустоту и говорят. У них просто жизнь иссякла — а они считают, что все про нее поняли. Про жизнь бесполезно думать. Жизнь можно только жить.

Он, кстати, совсем не дурак, и иногда задвигает такие вещи, что я даже не понимаю, как он от них возвращается к своим макаронам. Вот сейчас например. Скажи это какой-нибудь индус на сатсанге, две недели все вспоминали бы и крякали. Нет пророка в своем отечестве.

— Думать, папа, тоже означает жить, — ответила я. — А если отойти от мира в сторону, даже думать не обязательно. Можно вообще ничего не думать и ничего при этом не делать. Тоже будет жизнь, просто другая. Не такая как у тебя.

— Ага. Такая, как у тебя.

Я улыбнулась. Но не потому, что он попал в точку, а потому, что вдруг вспомнила своего Антошу. Однажды во время долгой галюциногенной сессии он произнес замечательную фразу:

«Мне вообще не важно, чем заниматься, лишь бы с кровати не вставать...»

Слышал бы папочка.

— Я делаю, и довольно много, — ответила я.

И показала ему свои перепачканные красками руки. Один палец у меня был порезан и замотан пластырем.

— Делаешь, — вздохнул он. — Но не то. Ладно, ты уже большая, чего я тебе голову чинить буду. Я тебе подарок хочу сделать.

— Какой?

— Путешествие.

Я сперва не поняла.

— Путешествие?

— Я же сказал, езжай проветри голову. Я тебе денег дам.

— Куда?

— Куда хочешь. Условие только одно. Все деньги, которые я тебе дам, ты тратишь на путешествие. Никаких декораций, театрально-швейных проектов и так далее. Согласна?

— Я путешествую где хочу?

— Да. Но не по общежитиям для наркоманов, а по нормальным маршрутам. Пять звездочек, в крайнем случае четыре. Посмотри на обеспеченный мир. Возможно, захочешь стать его частью.

— И сколько ты мне дашь?

— Тридцать. По штуке за каждый прожитый год.

— Долларов? — спросила я.

— Евро, — улыбнулся он. — На пару месяцев точно хватит. Если будешь экономить, то на полгода. Но я как раз не хочу, чтобы ты экономила. Я хочу чтобы ты слезла с уродливой кочки, на которой сидишь, и про нее забыла. А приедешь, будем брать тебя за ум ежовыми рукавицами...

Я, конечно, согласилась. Не на ежовые рукавицы, а на поездку.

Дело в том, что я знала, куда поеду.

Я думала об этом последние пять лет.

Это был мой шанс *тряхнуть бусами*. Вернее, одной очень интересной бусиной, может быть, самой красивой и загадочной во всем моем ожерелье. Бусиной, про которую кроме меня не знал никто.

Сейчас объясню, про что я.

Политолог Егор, любивший когда-то меня и *пивандрий* (его, я уверена, он любит до сих пор), обожал издеваться над моими духовными, как он выражался, метаниями. Особенно когда нам уже становилось понемногу ясно, что скоро он останется с пивандрием наедине.

— Вот посмотри на себя. Ты каждый день делаешь йогу на коврике, как будто молишься. Моталась в Индии по каким-то мутным ашрамам. Регулярно делаешь вид, что медитируешь, и тогда рядом с тобой даже половицей нельзя скрипнуть. Читаешь разное эзотерическое

31

фуфло, на котором умные люди зарабатывают. Ты хоть понимаешь, что это все такое?

— Что? — спросила я.

— Бусы! — поднял он палец. — Это просто твои бусы. Виртуальная связка духовных сокровищ, которую ты предъявишь своему благоверному вместо приданого в обмен на...

Тут он замялся, потому что для его сарказма резко кончилось топливо. Но мысль, конечно, была занятная — и в определенном смысле верная.

Не в смысле приданого, конечно — это глупость. Если бы я была на месте Егора и хотела саму себя грамотно простебать, я развила бы эту мысль примерно так:

— Вот, Саша, ты прихорашиваешься по утрам перед зеркалом. Иногда довольно долго. Бывает?

— И что? — спросила бы я.

— Но ты наводишь на себя марафет не только перед физическим зеркалом. Ты, как и любая другая продвинутая девушка, собираешь коллекцию всего самого крутого, красивого, няшного и звонкого, что только может предложить окружающая тебя реальность, и украшаешь себя этим. Делаешь как бы такое ожерелье из офигенских камушков, которые тебе попадаются. Один камушек — йога. Другой — анапана. Третий — какое-нибудь там холотропное дыхание. Четвертый — адвайта. Книжки. Подкасты. Музыка. Ты собираешь это все на свою нитку, потому что хочешь быть самым красивым цветочком... А почему ты хочешь быть самым красивым цветочком? Для кого?

И цветочек точно покраснел бы — и не нашелся бы сразу, что ответить.

Но сейчас я уже знаю. Мне кажется, что стремление стать «красивым цветочком» — это такой же закон природы, как тяготение. Красота — одно из названий совершенства. Искать в этом что-то низкое могут только низкие люди. Мы прихорашиваемся перед зеркалом не потому, что хотим привлечь самца — сказать так может только кретин.

Природа женщины — быть прекрасной. Мне хочется нравиться в первую очередь себе. И если мое отражение в зеркале устраивает меня саму, то с самцом проблем не будет точно.

То же касается и культурно-духовной бижутерии, тут Егор был прав. Но и в этом нет ничего постыдного.

Мы, женщины (и мужчины тоже) так цветем. Мы находим свои лепестки в окружающем нас мире — и украшаем себя самым лучшим из того, что эпоха смогла нам предложить. Совсем не обязательно с целью привлечь кого-то для размножения и дележа имущества, хотя и это иногда тоже. Мы всего лишь выполняем свою функцию.

Цветы ведь тоже распускаются не для пчел. И не для поэтов. И даже не для себя. Они просто раскрываются миру, а вокруг бродят поэты, летают пчелы и ползают политологи Егоры. Цветок существует не для чего-то или кого-то конкретно, а для всего сразу. Разные умы проведут через него разные сечения, и каждый будет думать, что все понял. Поэтому к Егору претензий нет. Он цветет такими вот бурыми смысловыми репьями, и где-то у него их даже покупают.

Мои метания, над которыми он издевался, действительно имели место. Причем я добавила бы, что в разное время я металась в разных направлениях и под разными углами.

Началось с йоги, и я до сих пор каждое утро делаю несколько любимых упражнений — «приветствие солнцу» и асаны вокруг. Я раньше фанатела от асан, потому что мне казалось, что вот оно: пара лет на коврике, и все тайны мира автоматически раскроются, проблемы отпадут, и наступит сияющая ясность. Она, увы, не наступила — но растяжка осталась.

Потом была анапана. Медитация на вдох-выдох. Роман с кончиком собственного носа. Завершился как и все мои романы — надоели друг другу, особенно он мне. Нет, все было нормально. Просто это... Как бы сказать...

Вот ты начала гладить утюгом штору, проходит день, два, неделя — а потом ты постепенно понимаешь, что эта штора тянется от тебя до луны, и прогладить ее всю следует минимум три раза. Этому надо подчинить жизнь, и то не факт, что будет результат. Причем, если сравнивать с другими вариантами на рынке, это еще короткий путь.

Потом были трансерфинг, майндфулнес, суфийский танец, дзогчен и что-то еще кратчайшее и окончательнейшее из тибетской лавки, забыла, как называется. Тоже повисло на ожерелье, сверкает и искрится до сих пор. Да, тусовочное знакомство. А разве в наших кратких городских жизнях бывает другое? Нет. Бывают только бусы. Только нитки, на которых висят разноцветные понты.

Если бы меня спросили, что я по всем этим вопросам сейчас думаю, я процитировала бы одного очень странного человека по имени Ганс-Фридрих, встреченного мною в Индии.

Он выразился примерно так:

— Человек — это загадка, не разгаданная еще никем. Ты родилась, живешь, взрослеешь — и постепенно видишь, что в существовании много непонятного. На самом деле — одна сплошная тайна. Но мир давно научился ловить таких как ты. Как только ты понимаешь природу загадки, вокруг тебя появляется сто разных табличек с надписью «Окончательная Эксклюзивная Разгадка Всего За Смешные Деньги». Ты подходишь к одной из табличек. Там, если коротко, стоит лопата — и инструкция «копать сто лет». Ну или ждать сто лет, пока все спонтанно выкопается, только не забывать жертвовать на храм... Все эти таблички — тоже часть лабиринта, элементы мирового обмана. Они существуют не для того, чтобы открыть тебе глаза, а для того, чтобы глубже спрятать тайну. Уже навсегда спрятать. Пока ты ищешь сама, ты еще можешь что-то случайно найти. А когда ты повелась на одну из этих табличек, ты уже все как бы нашла. Ты получила лопату и место, где рыть, получила фотографию Мудрого Учителя, чтобы повесить над кроваткой, и больше не можешь повторять свои детские «почему?» и «зачем?». Теперь надо копать, копать, копать, потому что тебе дали ответ. Тебя поймали в сачок, сестра...

Ну да, да. А люди без духовных интересов, они разве заняты чем-то другим? Вот мой папа. Он точно так же копает лопатой, только без всяких вопросов и ответов. Просто по денежно-макаронной части.

В конце концов, чем кончается любой успешный духовный поиск? Да тем, что человек говорит: «Ага!» — и дальше живет обычной человеческой жизнью из секунды в секунду, ни на чем особо не залипая. Видит он точно так же, как прежде, слышит тоже, холодно и жарко ему по-прежнему (потому что по-другому с людьми не бывает), и даже думает он так же – только, может, реже и яснее. И умирает потом так же. Просто великих вопросов у него больше не остается. Так их и у моего папы нет. И в чем разница?

Знаменитый индийский святой Рамана Махарши ходил по земле, как все остальные. Папа тоже ходит по земле. Вернее, ездит по ней на «Бентли» (бизнес-необходимость). По небу летают исключительно в тибетском маркетинге.

«В том, чтобы летать, – сказал перед друбченом геше Напхай Вмешок, – ничего особенного нет...»

Ганса-Фридриха я встретила как раз в ашраме Раманы Махарши. Вернее, не в самом ашраме, а в гостинице для паломников возле Аруначалы. Мне было тогда двадцать пять лет.

Аруначала – это священная гора, где Рамана провел практически всю свою жизнь. Рамана действительно был нереально крут.

Вот, например, у махаянских буддистов, с которыми я много тусила по молодости, есть тема насчет «бодхисаттв». Если вы будете ходить на тибетское хоровое пение или так называемый «дзен», вас обязательно когда-нибудь ею пролечат.

Смысл в том, что «бодхисаттва» отказывается от окончательного просветления и берет торжественный обет перерождаться в мире страдания до тех пор, пока не спасется все живое.

Когда это объяснили Рамане Махарши, он ответил — «это примерно как сказать — я беру обет не просыпаться, пока не проснутся все те, кого я вижу во сне».

Меня это, помню, поразило. Я даже почитала потом немного на эту тему — оказывается, сам Будда Гаутама ничему подобному не учил, а придумали это сильно позже: такой душещипательный средневековый нью-эйдж, который почему-то тоже назвали «учением Будды».

Ничего удивительного, что прижилось — под эту волынку куда проще собирать донат. Нам ведь нравится слушать, что кто-то придет из вечности/бесконечности, чтобы нас спасти. А учения, не собирающие донат, долго не живут. Надо быть Раманой Махарши, чтобы одним ударом лопаты...

В общем, понятно, почему мне в двадцать пять лет захотелось съездить к нему в ашрам — и почему люди до сих пор туда ездят, хотя Рамана давно уже перестал видеть всех нас во сне.

Эмодзи_привлекательной_блондинки_почтительно_вешающей_над_кроваткой_фотографию_загорелого_индусского_старичка_с_красивой_белой_щетинкой.png

✳

Когда мы с Веркой (моя попутчица в Индии, больше мы толком не общались) ехали на Аруначалу, это был настоящий трип. Причем совсем не из-за веществ.

Сначала долго тянулась унылая сельскохозяйственная зона. Постепенно вокруг стали появляться такие очень своеобразные каменистые горки, как бы насыпанные кем-то из огромных глыб (я поняла при их виде, откуда берутся сказки про великанов) — а потом машина затормозила на перекрестке, я повернула голову и чуть не поцеловалась с огромной белой буйволкой с погремушками на рогах. Причем рога были раскрашены в три цвета.

Телега на буйволиной тяге. Все как три тысячи лет назад. Только покрышек резиновых тогда не было... Хотя кто его на самом деле знает.

И после этого меня весь день уже не отпускало — словно из реальности я переехала в сказку.

Мы с подругой добрались до Аруначалы и вселились в гостиницу для паломников. Свободные номера были только на первом этаже; Верка завалилась спать, а я пошла погулять во двор. И увидела его. Этого немца.

То есть я потом уже узнала, что он немец, а тогда это был просто седой старикан с длинными волосами, который сидел на табурете и внимательно глядел на горящую на полу свечу-плошку в алюминиевой оболочке — вроде тех, что продают в «Икее».

Окна и двери в гостинице выходили во двор. Когда в комнате на первом этаже открывали дверь, она превращалась в узкий альков, насквозь видный всем проходящим мимо.

Этот немец со своей свечой выглядел так странно, что я остановилась у двери и уставилась на него как баран. Как баранка, поправили бы меня боевые подруги — но здесь я не соглашусь, поскольку слово «баранка» намекает, что я пыталась заинтересовать его своей дырочкой. А такого не было совсем.

Через пару секунд он почувствовал, что я на него гляжу, поднял голову, кивнул — и сделал приглашающий жест: мол, заходи. И, самое главное, возле свечи стояла еще одна табуретка, словно он сидел перед открытой дверью, ожидая моего визита. Что-то в этом было нереальное. Как будто эта буйволка с перекрестка взяла меня своими мягкими губами и перенесла прямо сюда... Я вошла, почему-то прикрыла дверь и села на табурет напротив.

— Смотри на свечу, — сказал он по-английски.

Я уставилась на свечу.

— Ты веришь в знаменательные встречи? —

спросил он. — Способные перевернуть всю жизнь?

— Да, — ответила я. — Но лучше, когда обходится без полиции.

Он улыбнулся.

— Ты приехала на Аруначалу, потому что ищешь истину.

— Ну да, — согласилась я. — В некотором роде.

— Я расскажу про истину, — сказал он, — слушай внимательно и смотри на свечу...

И вот тогда-то я и услышала про таблички и лопаты. Он, правда, потом добавил кое-что еще.

— Проблема не в том, что истину нельзя найти, моя девочка. Проблема в том, что ее слишком много на рынке. Найти ее чересчур просто. Жизнь коротка, а прилавков, где торгуют этим продуктом, слишком много... Ты даже не успеешь обойти их все, какое там попробовать товар на вкус. Понимаешь?

— Так что же делать? — спросила я.

— Для начала надо понять, что истину нельзя узнать от людей.

— Почему?

— «Человек» и «истина» — это антонимы.

— В каком смысле?

— Каждый человек есть по своей природе вопрос. Вопиющий вопрос. Откуда же у него возьмется ответ? Люди могут прятать эту свою вопросительность под разными мантиями, рясами и так далее — и раздавать другим великие окончательные учения. Но это просто бизнес.

— А что не бизнес?

— Бог, — улыбнулся он. — Если это и бизнес, то не с нами. Истину можно узнать только от бога.

— А как? Он что, с вами беседует?

— Да. И со мной, и с тобой. Со всеми.

— И когда вы с ним последний раз общались?

— Мы с ним общаемся прямо сейчас, — сказал он, — ты и я.

Тут я подумала, что он может быть банальным психом. Или, вернее, глубоко верующим человеком.

— И что он вам говорит?

— Что он говорит мне, совершенно не важно, — ответил он. — И даже тебя не касается. Важно, что он говорит тебе.

— Я ничего не слышу, — сказала я.

— Тебе так только кажется. Бог изъясняется не словами. Он шифрует свои послания. Но расшифровать их несложно.

— Вы знаете как?

Он кивнул.

— Хочешь, я ненадолго стану для тебя Раманой? Я объясню так, как сделал бы он, если бы жил в наше время.

Это было уже интересно.

— Окей, — сказала я. — Попробуем.

— Вот смотри. Мы сидим и глядим на свечу. Одновременно через твой ум проходит, сорри за эту дикую формулировку, поток сознания. Это, конечно, не поток, потому что сознание не жидкость — но так говорят. Ты не возражаешь, если я буду так выражаться?

— Кто я такая, чтобы спорить с Раманой?

Он засмеялся.

— Что это за поток? Посмотри сама. Ты что-то быстро думаешь, потом что-то слышишь, вспоминаешь и так далее. Чувствуешь сквозняк. Или замечаешь запах горящего фитиля. Все это смешано в особую комбинацию поочередно осознаваемого, существующую только в тебе. Уникальный поток переживаний и впечатлений, меняющийся каждый миг. Понимаешь?

— Понимаю, — ответила я. — Конечно.

— Этот поток, — сказал он, — и есть ты. Но это еще и бог. Смесь, сделанная из божественной души, перемешанной с материей.

— Материя — это тоже бог?

— Что-то вроде его ногтей или волос, скажем так. Твои ногти — это ты?

Я пожала плечами.

— Вот и тут то же самое. Бог, как вода, может находиться в разных состояниях. Он может знать, что он бог. Это пар. Может не знать, что он бог. Это лед. И еще он может быть тем, что мы условно назвали потоком, жидкостью. Чем-то иногда понимающим свою природу, иногда нет. Как бы смесью.

— Допустим.

— Бог в своем всезнающем аспекте присутствует везде и проникает во все. Сквозь разные состояния и формы проходит единая нервная система, сейчас бы сказали — информационная сеть, пользоваться которой можно даже тогда, когда ты совсем не понимаешь своей природы и состоишь из одного только льда, как снеговик. Ты можешь задавать богу вопросы и получать от него ответы.

— Как?

— Он будет посылать тебе знаки. Своего рода личные шифрограммы.

— Я не очень понимаю, — сказала я. — Как я буду их расшифровывать?

— Тебе не надо ничего расшифровывать. Сообщения зашифрованы только для других. Мгновенная конфигурация твоего сознания уникальна и меняется каждую секунду. О ней знают двое — ты и бог. И в какой-то момент из внешнего мира прилетает тихий голос: «Вот! Вот это!» Как бы стрелка, которая на что-то указывает. В этом и заключается сообщение: обрати внимание на то, что ты видишь, слышишь или думаешь прямо сейчас. Объяснять подробнее нет смысла. Понять надо на опыте.

Я кивнула. Потом без особого интереса подумала: «Может, правда?»

И тут огонек свечи качнулся. Легонько, как бывает от сквозняка. Я подняла глаза на немца. Он улыбался.

— Учти, — сказал он, — бог будет говорить только с тобой. Другие не увидят знаков, посланных тебе. А ты не увидишь того, что он сообщит другим. Ты понимаешь, о чем я?

— Да, — ответила я, — понимаю. Но как быть, если я не верю в бога? Вот совсем-совсем не верю?

— Ты в него веришь. Иначе ты не приехала бы на Аруначалу.

— Я лучше знаю, во что я верю.

— Хорошо, — сказал он, — во что ты веришь?

— Я верю... — я замялась. — Я считаю, что мы живем в виртуальной реальности. И еще я верю в единую одушевленную природу всего существующего. Только не надо меня спрашивать, как одно состыкуется с другим.

— Состыкуется просто, — ответил он. — Через бога. Ты видела у туристов такие фотопалки? На них крепится телефон или камера, и люди себя фотографируют.

— Да, — сказала я. — Штативы для селфи.

— Мы все работаем у бога штативами для селфи. Бог доверяет тебе видеть за него твой участок реальности. Как бы работать на специально выделенной грядке.

Меня стало уже утомлять такое частое повторение слова «бог». Ну сколько можно.

— Но почему вы называете это богом? — спросила я.

Он развел руками.

— Это слово популярно среди индийских святых. Можно говорить как угодно — «дух», «единая информационная сеть», «квантовый сознательный фактор» и как там еще. Все это просто надписи на табличках, под которыми стоят лопаты. Сколько ни рой, ничего не найдешь, кроме других табличек. Дело не в том, как мы это назовем. Дело в том, как мы этим воспользуемся.

— А как этим можно воспользоваться?

— Зависит от тебя, — ответил он. — Вернее, от бога в тебе. Ты сама не можешь ничего. Бог в тебе может все.

В этот момент огонек опять качнулся — и дверь открылась. На пороге стояла Верка.

— Ты здесь, — сказала она и кивнула немцу. — Я тебя уже обыскалась, Саша. Могла бы предупредить...

На следующий день мы втроем поднялись на Аруначалу.

Сначала Верка не хотела идти. Небо было низким и серым, и мы боялись дождя. Но Ганс-Фридрих уверял, что дождя до вечера не будет и можно обойтись без местного гида, поскольку он знает дорогу сам.

46

По пути Ганс-Фридрих рассказал про себя. Он был ученым-микробиологом, потом стал бизнесменом, а теперь ушел на покой. «Пенсионер», вдумчиво перевела для себя Верка. Он считал себя последователем Раманы Махарши и приезжал на Аруначалу каждый год. Кроме этого, посещал ритриты Гоенки по випассане, куда очень советовал съездить и нам. Он уверял, что одно никак не мешает другому.

— Восхождение на Аруначалу — совершенно особый опыт, — сказал он. — Смотрите внимательно по сторонам и старайтесь услышать, что это место хочет вам сообщить... Оно шепнет вам что-то важное, если вы настроитесь на его волну.

Мы пошли вверх — Ганс-Фридрих впереди, а мы сзади.

Вообще говоря, место поначалу не особо впечатляло. Не то чтобы прямо такая Гора-Гора с большой буквы — просто зеленый склон с каменными глыбами. Но было красиво.

По дороге Ганс-Фридрих ядовито и смешно издевался над индийскими гуру, торгующими «просветлением». По его словам, у слова «просветление» было два значения: «фьючерс» и «ролевая игра». Верка спросила, как это понимать.

— Участники рынка делятся на просветленных и ищущих просветления, — ответил Ганс-Фридрих. — Слова эти, разумеется, надо брать

47

в кавычки. Если вы «просветленный», то «просветление» — это фьючерс, который вы продаете другим участникам рынка. Одновременно это ваша ролевая игра. Если вы «ищущий просветления», то это тоже ваша ролевая игра, потому что после года работы с купленными ранее фьючерсами вы можете изображать просветление не хуже любого гуру — но этого не допускает ваша роль. У каждой из этих ролевых позиций свой язык и своя функция... Впрочем, не засоряйте голову, девочки. Смотрите лучше по сторонам. Где еще вы увидите такую красоту...

Виды и правда становились все зачетнее.

Вокруг нас поднимались горы в несколько цветов — ближе темные, дальше светлые, от коричневых до светло-голубых на горизонте. Помню, сразу две или три горы показались мне похожими на женскую титьку — с острой вершиной, сильно сдвинутой к правому краю.

Потом я заметила в земляной стене что-то типа маленькой норки всего в несколько сантиметров шириной — внутри росли ярко-белые грибы очень нежного вида. Словно такая квартирка для гномиков. Выглядело их жилье хлипко и ненадежно, будто могло в любую секунду обрушиться, и я испытала все надлежащие ассоциации с человеческой жизнью.

Еще через пару минут мне попался красивый зеленый бронзовик с длинными-предлинными лапками. Заметив, что я гляжу на него, он принялся вяло выбираться из поля моего внимания, и я оставила его в покое.

Потом нам повстречалась пара светло-серых обезьян — одна выглядела как положено обезьяне и стояла на всех четырех лапах. А другая — видимо, самец — ела банан. У этого самца была реальная мужская спортивная прическа, такой парикмахерский полуежик, и лицом он походил на хмурого, сознательного и понимающего свои права пролетария революционных лет. «Обезьянье сердце», сказал бы Булгаков, будь он индусом.

Если мир и пытался передать мне какое-то таинственное послание с помощью всех этих знаков (я, естественно, помнила о разговоре с Гансом-Фридрихом), то оно пролетело мимо и упало в заросли лопухов.

Потом я перестала думать о вчерашнем и начала просто глядеть по сторонам.

Чем выше мы поднимались, тем темнее становилось вокруг — верхушка горы была накрыта то ли туманом, то ли низкими облаками.

Это восхождение в сумрак действовало на меня вдохновляюще — я прониклась благоговением и стала воображать, что вошла под своды храма.

До того, как мы окончательно нырнули в туман, я действительно заметила далеко внизу храм, даже целый комплекс — прямоугольное поле, обнесенное серой стеной с четырьмя высокими пирамидальными башнями (они стояли не по углам, а в середине каждой из стен). В центре поля были две пирамидки поменьше. Мне показалось, что эта постройка не индийского, а какого-то мексиканского вида. Такой Теночтитлан.

Потом в тумане осталась только тропинка, а еще через несколько минут мы вышли на вершину Аруначалы.

Это был небольшой каменистый пятачок, заросший редкими кустами. В одном месте из земли торчал остриями вверх мощный металлический трезубец — знак Шивы.

Вокруг все-таки был не туман, а низкие дождевые облака, которые никак не решались стать дождем. Ганс-Фридрих сказал, что такое здесь бывает часто.

Я отошла от всех, встала недалеко от трезубца, на самом обрыве — и уставилась вниз. Видно ничего не было. Вернее, были видны клубы облачного пара, летящие на нашу гору. Они неслись ниже нас и над нами, со всех сторон. Примерно как в самолете, проходящем тучи при наборе высоты, только не так быстро.

Облачный пар был удивительно свежим и даже, я бы сказала, ароматным — мне померещилось, что он чуть отдает этой красной жвачкой, масалой с бетелем, запах которой то и дело настигает на любой индийской улице. Только оттенок аромата был тоньше и свежее и не раздражал, а, наоборот, намекал на какую-то совершенно божественную свободу и радость.

— Уровень Шивы, — прошептала я не до конца понятную мне самой фразу, — уровень Шивы...

Сейчас я вспоминаю эту минуту и понимаю, что была в тот момент абсолютно, бесповоротно счастлива. Но тогда, конечно, я этого не понимала.

Вернее, понимала, но неправильно. Мне казалось, туман блаженства намекает на что-то ждущее меня впереди, как бы обещает счастье... А это оно и было.

Сегодня, с высоты своего тридцатника, я бы, наверно, сказала, что счастье — это и есть та секунда, когда ты веришь в возможность и осуществимость своего счастья, такая вот причудливая рекурсивная петля в нашем мозговом органчике. И ничего другого в зеркалах, среди которых мы блуждаем, наверно, нет.

В общем, это было потрясающе — и продолжалось долго, полчаса или больше. Я стояла над обрывом, глядела в теплый облачной туман, и скоро мне стало казаться, что он не серый, а нежно-лиловый, и это сам Шива несется сейчас на меня, касается меня, играет со мной и обещает мне что-то... Я почти угадывала танцующую в облаках золотую фигурку бога... Ой, как он много обещал... Я даже в какой-то момент приревновала — это он всем так много обещает или только мне?

«Я хочу встретить тебя, танцующий бог, — вдохновенно и радостно думала я, — подойти к тебе так близко, как это возможно. Появись передо мной каким хочешь... Покажи, что ты умеешь... Пожалуйста, ну пожалуйста...»

Наверно, не надо было этого просить — затянувшееся чудо почти сразу кончилось. А еще через секунду Ганс-Фридрих потрогал меня за плечо. Я в двух словах рассказала о том, что со мной творилось.

— Что это было? — спросила я.

— Подарок, — ответил он. — Все, происходящее на Аруначале — подарок бога.

Я поглядела назад. Верка стояла в десятке метров от нас и не слушала, о чем мы говорим.

— Я не получила никаких знаков, — сказала я. — Никаких указаний. Мне просто было хорошо. Так хорошо, как я уже не помню когда...

— Лучше знака не бывает, — улыбнулся Ганс-Фридрих. — Ты пришла в гости к богу, и тебе было хорошо у него в гостях.

— Ну, если так истолковать...

— Не надо ничего истолковывать, — сказал он. — Просто замечай, что с тобой происходит. Бог говорит тихо, но очень внятно. Ты пришла к нему в гости и приятно провела время. Я был бы доволен.

— Я тоже, — кивнула я. — Была...

Это прозвучало неожиданно грустно. Мне вдруг захотелось опять встать на обрыве и подставить лицо лиловому туману, и снова встретиться с Шивой (я успела уже много нафантазировать вокруг своего опыта) — но было понятно, что эту волну невыносимого счастья не вернуть и не подделать. Чудо кончилось.

— Нам пора вниз, — сказал Ганс-Фридрих. — Может начаться дождь. Но я хочу сообщить тебе одну вещь, пока мы не ушли с вершины — поскольку это особенное место и каждое произнесенное здесь слово очень много весит... То, что я тебе вчера говорил про знаки и указания – это путь. Особенный путь под личным руководством бога.

Я хотела повторить, что не верю в бога, но тут же вспомнила, как только что общалась с Шивой, и усмехнулась. Ганс-Фридрих заметил эту усмешку.

— Хорошо, — сказал он. — Назови как хочешь. Назови это тайной мира. Сердцем всего. Ты говорила, на тебя посмотрел Шива. Хочешь знать откуда?

Я пожала плечами. Потом кивнула.

— Ты можешь это сделать. Можешь туда дойти.

— Как? — спросила я.

— Доверься знакам. Научись их видеть, будь всегда начеку — и не пропусти своего шанса. Он обязательно у тебя будет. Все необходимое покажут тебе знаки. Это путешествие, которое опирается само на себя и не нуждается ни в чем другом.

— Спасибо, — сказала я. — А зачем вы мне это, собственно, рассказываете?

— Мне не так уж долго осталось жить, — ответил Ганс-Фридрих. — Просто хочется, чтобы волшебный секрет, которым я пользовался всю жизнь, достался кому-то в подарок. И ты мне кажешься отличным кандидатом.

— Почему?

— По той же причине. В мою комнату вчера мог не войти никто. Могла войти твоя подруга. Но вошла именно ты...

— Понятно, — сказала я. — Это типа такое посвящение?

Он улыбнулся, коснулся указательным пальцем своего лба, а потом моего.

— Теперь да. Секрет официально переходит к тебе. Ты знаешь все необходимое для предельного путешествия. Считай это подарком Шивы.

— Хорошо, — сказала я, — а когда начинать путешествие? В какой момент?

— Ты узнаешь. Честное слово, ты узнаешь

сама. Сейчас просто усвой все это. Запиши в уголке памяти — и на время забудь. Никому про это не говори и не бери попутчиков или попутчиц. Туда нельзя поехать с подругой. Предельное путешествие — это личное путешествие.

Обратный путь оказался страшноватым — и на время заслонил для меня все прочие впечатления. Мы убегали от надвигающегося дождя, и Ганс-Фридрих вел нас по другой дороге — мы вообще не шли, а прыгали по кочкам и камням, зигзагами сбегая вниз. Несколько раз я думала, что обязательно сломаю шею во время этих прыжков. Потом решила, что мы заблудились и уже не выберемся из зарослей. Оба раза я успела сильно разозлиться на Ганса-Фридриха, и мне даже неловко было за мирские чувства на священной горе. Но все обошлось.

Интересно, что дождь, от которого мы убегали, так и не пролился. Зато вечером я оставила свои сандалеты на улице, ночью начался ливень, и их размочило до полной непригодности.

Утром Ганс-Фридрих сдержанно попрощался с нами и уехал. Я не взяла у него телефон или почту.

Мы с Веркой еще пару дней походили по ашраму, накупили благовоний и музыкальных кассет с бхаджанами (это такие религиозные гимны), просидели в многозначительном молчании несколько часов в пустой комнате с большим портретом Раманы, и уехали тоже.

Эмодзи_красивой_блондинки_со_светлой_грустью_вспоминающей_как_это_бывает_в_Индии_когда_тебе_двадцать_пять_лет_а_в_небе_танцует_шива_и_все_еще_впереди.png

*

Я думала потом про этот разговор и даже читала кое-что по теме. Не то чтобы специально искала — просто, когда попадалась резонирующая информация, вспоминала про Ганса-Фридриха.

Например, я где-то вычитала, что императорское имя «Август» происходит от гадания по полету птиц. У римлян были специальные жрецы — авгуры — наблюдавшие за ними. Они отмечали, что это за птицы, в каком направлении летят, какие издают звуки и так далее.

Наверно, я этим заинтересовалась из-за своей фамилии — Саша Орлова должна разбираться в таких вещах. Но у нас, увы, подобная практика не работает.

Вернее, лучше б не работала. А так все необходимое есть: смотришь на мокрых голубей вокруг помойки или там на воробьев, дерущихся за кусочек дерьма, и примерно понимаешь, как оно пойдет дальше. И так именно все и происходит — птицы не обманывают.

Еще оказалось, что слово «инаугурация» — тоже от этого корня и означает буквально «получение знаков от птиц». Понятно. Выбирают президента, собираются на большой площади — а потом сверху пролетает звено истребителей, и всем сразу все ясно.

Но это коллективное групповое гадание. Не совсем тот индивидуальный метод, про который говорил Ганс-Фридрих.

Что делал римлянин, чтобы получить знак от птиц? Он надевал свою лучшую тогу, лез на крышу, совершал возлияние вином, воскурял ладан — не знаю точно, как они оформляли свою пуджу — и смотрел в небо.

Допустим, появлялся орел и кругами набирал высоту. Потом с карканьем проносилась пара ворон. А затем — стая каких-нибудь перелетных журавлей.

Римлянин сверялся со своими авгурическими таблицами (наверняка такие были) и записывал выводы:

Перспективы продвижения Четвертого Легиона в Германию выглядят благоприятными, но следует избегать движения по прямой линии. Возможны попытки народных трибунов воспрепятствовать финансированию военной кампании, разжигая распри и споры. Следует готовиться к пограничным столкновениям с отрядами переселяющихся племен...

Ну или что-нибудь в этом роде.

Метод Ганса-Фридриха сильно отличался. Не надо было подниматься на крышу. Надо было следить за процессом в своем собственном сознании, одновременно замечая происходящее вокруг. И если, например, ты думала про пиццу «четыре сыра» (и рефлекторно сглатывала слюну), а на подоконник в этот момент садился толстый голубь, то можно было спокойно эту пиццу заказывать...

Или, наоборот, ни в коем случае не заказывать, если голубь реально толстый.

То есть выходило, что интерпретация все равно играет определяющую роль. С одной стороны, это мне нравилось. С другой, зачем тогда вообще нужен голубь на подоконнике, если и без него вечная экзистенциальная дилемма... вернее, бездна... и т. д., и т. п.

Зря я не расспросила Ганса-Фридриха подробнее. Хотя, с другой стороны, он говорил, что метод нащупывается опытным путем и дополнительная информация только повредит.

Я, кстати, попыталась нагуглить самого Ганса-Фридриха вместе с Аруначалой. Если он действительно часто туда ездил, в сети могли остаться какие-то следы. Может, он уже посвящал других в эту мистерию – и я найду новые детали... Но ни его фотографии, ни информации о нем я не обнаружила.

Зато в одном англоязычном блоге мне попалась вот такая заметка:

«Есть легенда, что господь Шива много раз появлялся в окрестностях Аруначалы, давая учение паломникам из разных стран и культур. Он назывался многими именами, всегда двойными: Жан-Поль, Иван-Владимир, Ганс-Фридрих, Хосе-Мария, Джон-Малькольм (чтобы перечислить несколько известных доподлинно). Вид его при этом был самым разным — от веселого рыжего бородача-бретера до седого старца, похожего на фортепьянного настройщика. В разных обличьях он давал искателям учения, строго соответствующие их уровню развития. Учения могли быть самого разного свойства — от навыков по управлению энергетическими каналами до тонкостей игры на ситаре...»

Тетка, которая это написала, снялась для аватарки в плавательных очках и декольтированном вечернем платье. Другие записи в ее блоге касались скорой энергетической агрессии Юпитера и бункера под Берлином, откуда тибетские бонпо аж с сорок третьего года управляют Германией. Дальше я читать не стала.

Моей первой мыслью было, что прикалывается сам Ганс-Фридрих. Но на него это не слишком походило. Возможно, кто-то из его знакомых?

Или — сообразила я наконец — тетка в плавательных очках тоже повстречалась с ним под Аруначалой, зашла в его каморку на огонек, и он долго ей рассказывал, как правильно плавать под водой в вечернем платье. А потом она, впечатлившись чем-то из услышанного, сочинила эту сладкую сказку.

Других объяснений у меня не было. Я плохо представляла себе Шиву в образе Ивана-Владимира, поющего под гитару «Если друг оказался вдруг...»

С тех пор я много раз замечала то, что Ганс-Фридрих назвал «закодированными сообщениями» — как это происходит, в общем, со всеми нами, включая чокнутых зоорасистов, имеющих претензии к черным кошкам. Ни к каким серьезным изменениям в моей жизни это не привело. Так, мелочи. Рассталась с Егором на месяц раньше, чем могла бы...

Разница между секретом, раскрытым мне Гансом-Фридрихом, и мелким бытовым суеверием, так или иначе знакомым любому, заключалась в одном слове.

Путешествие.

Когда папаня сделал мне свой неожиданный подарок, никаких знамений его не сопровождало. Но я сразу — в ту же секунду — поняла, что я на эти деньги сделаю.

«Путешествие, которое опирается само на себя и не нуждается ни в чем другом...»

Любое путешествие надо начинать со сбора сумки.

Я, кстати, замечала много раз любопытную закономерность — вне зависимости от того, что я с собой беру и куда я еду, ровно половина вещей оказывается невостребованной. И это еще хороший показатель — у соратниц коэффициент в среднем составляет две трети. В смысле, две трети вещей так и не покидают сумку до возвращения домой.

Чтобы подобного не происходило, сбор сумки надо начинать с определения маршрута. Хотя бы первоначального.

Куда бы я хотела отправиться?

Я одновременно знала — и не знала.

Когда я стояла на вершине Аруначалы и прямо в лицо мне летели фиолетовые облака с личной печатью господа Шивы, я почти понимала откуда они приходят. Они неслись из центра всего, из самого источника мироздания — в тот момент это было очевидно. До источника можно было буквально достать рукой, следовало только чуть наклониться над обрывом...

И вот у меня появилась возможность действительно отправиться в путешествие, реальность которого была доказана в тот день моему сердцу.

Теперь предстояло внятно объяснить такую возможность уму, потому что без его помощи разъезжать по физическому миру довольно сложно.

Ганс-Фридрих назвал это «путешествием к богу». И вот с этим у меня были определенные трудности.

Я уже говорила, что не верю в бога — в том смысле, в каком в него верят воцерковленные граждане: вот есть-де такой прописанный в Конституции грозный дух, интересы которого в нашей стране корпоративно представляет патриархия, не путать с патриархатом, хотя на той же поляне работают и другие эксклюзивные дилеры. Духа, что интересно, никто не видел, все видели только дилеров. Не имею ничего против такой бизнес-модели, но покупать у этих людей невидимый загробный «порше» мне при всем уважении к традициям неохота.

Всякое время выбирает свою истину, слышала я где-то. Вернее свою духовную моду — потому что истины там столько же, сколько было в брюках клеш или плиссированных юбках.

В одном веке носят индийское, в другом — японское и тибетское, в этом опять индийское, но немного другое. И если каждой русской комнате положен красный угол, дураку понятно, что в наше время он должен быть продвинутым на все девяносто градусов. Там должна приятно поблескивать соответствующая веяниям дня правильная статуэтка, под

которой уместно будет пить зелёный чай с соратниками по йоге и осознанности.

Когда я говорю «статуэтка», я не имею в виду какую-то божественную сущность. Это вообще подход прошлого века. Сегодня мы верим
главным образом в техники и методики, остав-
ляя «окончательную истину» за скобками. Спорить о ней своего рода дурной тон — тереть друг
о друга грандиозные слова, живя при этом на
очень небольшие деньги, как-то безвкусно, что
ли. Вот если бы люди узнали, во что на самом
деле верит Уоррен Баффет или Джефф Безос,
они бы туда вложились. Я имею в виду, душами.

Интересно, думала я, есть у моих продвинутых сверстников какой-то, так сказать, духовный консенсус? В общем, да. Такая смесь из
разжеванной в кашицу квантовой физики сознания, пастеризованных буддийских и индус-
ских практик, психоделического шаманизма-
лайт и смутного «виаризма»: веры в то, что весь
наш мир — это виртуалка, кровавая VR-игра
для извращенцев из другой Вселенной. Вопрос
о боге, таким образом, решать должны не мы,
а создавшие виртуальную реальность космиче-
ские извращенцы — с нас-то какой спрос, раз
мы просто ихняя плэйстейшн.

Причем интересно, что подобная панорама реальности не вызревает самостоятельно
в каждой отдельной голове, а транслируется

в уже готовой расфасовке через весь поглощаемый нами энтертейнмент. Мы считаем, что едим котлеты, а котлеты постепенно становятся нашим мозгом и думают вместо нас.

Кто кого поедает день за днем, вопрос сложный, и если некоторые люди все еще думают, что котлеты бывают отдельно от мух, то они живут в мире иллюзий. В двадцать первом веке котлеты делают исключительно из мушиной пасты.

Мы сегодня все такие — вместо того, чтобы инвестировать в носители типа религий или компакт-дисков, просто юзаем сервис типа «дизера» или «осознанности». Такой нетфликс духа, где все без исключения подписаны на индивидуальную избранность.

Мы ведь все сегодня избранные, разве нет? Типичная уловка маркетологов — объяснить клиенту, что вот есть очень особенный клуб, или особый журнал, или крайне значительный режиссер, писатель или художник, пропихиваемый через совершенно особый журнал, и т. п. — и это не продукт маркетинга, а нечто такое, к чему сами маркетологи прикасаются с восторгом и трепетом, для собственного вдохновения и счастья: нездешний объект, спонтанно парящий над рыночной суетой, изумляя своим величием и наделяя высокой избранностью всех, готовых припасть к нему как к роднику...

64

Эх, как хотелось бы жить в мире, где такое бывает. Но достаточно отследить конкретную клаку (чтобы не сказать клоаку), создающую это психоделическое марево, и мираж исчезает. А отследить ее можно за три минуты, только лень – зачем? Бирка со словом «эксклюзив» – необходимое условие массовых продаж. Все предельно ясно и скучно. Со времен художника Дюшана светские родники духа неотличимы от писсуаров (Дюшан, кстати, мог бы выставить в качестве объекта искусства не писсуар, а биде – а то уж очень отстойно и патриархально).

И если я старательно изображаю сейчас высокую иронию (или цинизм – я не всегда понимаю, в чем разница), то просто потому, что все это тоже входит в правильный коктейль, составляемый для нас где-то там.

Мы действительно духовные дети твиттера и нетфликса.

«Ну а чьи дети твиттер и нетфликс, сосчитать несложно», сказал в моей голове хмурый бас, и я засмеялась. Даже сосчитала буквы – если с пробелами, «твиттер и нетфликс» дает ровно восемнадцать. Три раза по шесть. Мемасик про число зверя я помню, и хоть в него, конечно, не верю – но цифр этих тем не менее побаиваюсь...

Нет, если серьезно, во что еще я верю? Хоть немножко?

65

Хороший вопрос.

Ну, допустим, в трансерфинг. Вернее, верила, когда была сильно моложе. Как выразился один умный мальчик в темных очках, встреченный мною на соответствующем семинаре (многозначительно представился Вадиком), «трансерфинг реальности есть квантовое сознание на службе омраченного эго».

Этот же Вадик, кстати, объяснил вот что: в силу известного квантового парадокса о влиянии наблюдателя на наблюдаемую систему, трансерфинг будет отлично работать, если про него знает один человек в мире, примерно в два раза хуже, если знают двое, и так далее. Он даже график нарисовал.

График я не запомнила, помню только итоговую мысль: когда трансерфинг начинают практиковать многодетные домохозяйки и интернет-надомники, а потом несколько тысяч человек собираются на подмосковный семинар, где вечером объективируют телочек и заправляются пивандрием, а утром благодарят среду и отпускают важность, это уже не трансерфинг реальности, а реальность трансерфинга.

В чем разница, спросила я. В том, объяснил Вадик, что «реальность» из первого словосочетания еще можно немного наклонить с помощью трансерфинга, а вот «реальность» из второго уже нет, потому что в силу засвеченности метода она теперь коллективно трансерфнутая, запутанная со множеством нечистых вниманий, и для эффективной работы с ней нужен осознанный трансерфинг трансерфинга (типа «включить важность» и «обозлиться на среду»), который, опять-таки, будет отлично работать, пока про него знает один человек, и т. п.

Вадик как бы намекал, что этот человек он, поэтому с ним очень стоит переспать в духовных целях: реальный шанс стать ситхом номер два и получить доступ к темной стороне силы... Мог бы, кстати, попробовать свой «трансерфинг трансерфинга» на мне.

Стоп, так он ведь и пробовал, целых три вечера — внешнее намерение там отчетливо присутствовало. Но не срослось. Регулярно ходить в спортзал следует даже мастерам темных искусств. Особенно им.

В целом с трансерфингом у меня связаны хорошие воспоминания. Работает он на самом деле, или все гасит вышеописанный «эффект Вадика», я не знаю, но в юной городской жизни появляется вторая после мастурбации волнующая тайна, а это уже немало. Я бы даже сказала — очень-очень много, потому что подобная тайна сама по себе есть трансерфинг той реальности, которой нас ежедневно кормят укравшие мир большие ребята. В общем, спасибо товарищу Сталину за наше счастливое детство.

Во что еще я верю? Ну в деньги, конечно. Их и мастера трансерфинга уважают, хотя могли бы просто обосрать со своих квантово-сознательных вершин (или, как у них выражаются, «запутать с дерьмом» — хотя это когда-то уже проделал дедушка Зигги Фрейд.). В деньги верят вообще все, кто ходит по магазинам — в этом самая сердцевина научного мировоззрения. Эту тему мы деликатно пропустим.

Во что еще? В Господа Шиву? Он же посылал мне лиловые облака, верно? Да, тут вопрос посложнее. Я ведь натурально молилась ему на вершине Аруначалы. Но это совсем другое. Не то чтобы я в него верила или не верила — просто в силу культурной отдаленности он для меня скорее герой комикса, к которому можно иногда обратиться как к богу. Это не религия, а игра. Или игра с элементами религии — почему бы и нет...

Скажем так, Господа Шиву я всем сердцем люблю. Но не могу сказать, что всем сердцем в него верю. Кто любил, тот поймет. И эту тему мы тоже опустим — ом нама шивая, спасибо, что живая.

В бессмертие души? Смотря как это понимать. Если душа бессмертна, то какой ты будешь после смерти — трехлетней, двадцатилетней, сорокалетней? Или такой, какой была в момент смерти? Значит, если умрешь старухой, у тебя будет старушечье бессмертие, а если ребенком — детское? Или там всех режут под одну гребенку? Или жизнь ничего не значит, и душа не меняется вообще? Непонятно. Надо уточнить вопрос у Шивы при личной встрече.

В общем, получается, я действительно не верю ни во что. Наша духовная подписка подразумевает, конечно, существование неких вечных истин, но мудро оставляет их в тумане.

Моя «духовная сфера» — это информационное облако с постоянно обновляющимся контентом, который, если разобраться, формирует за меня неизвестно кто. Но я уверена, что туда попадет только самое современное, модное и лучшее — как же иначе?

Глупо даже задавать вопрос, во что я верю. Я не верю, я подписана вместе со всеми продвинутыми молодыми индивидуумами. На что? На продвинутость. А в чем именно она заключается в данный момент, спрашивать надо не у меня а у маркета.

Но все-таки некоторые центральные кристаллизации в облаке моей духовности присутствуют. Вот, например, насчет того, что наш мир — это симуляция. Я и правда склоняюсь к такой мысли. Когда долго играешь в 3D-очках на хорошем разрешении, а потом снимаешь их и видишь все вот это, сразу же тянет снять и встроенные очки тоже. Но они, увы, наглухо вмонтированы в корпус.

Но кто тогда делает эту симуляцию? И для кого? И как? На это ответов в моем духовном нетфликсе нет. Там вообще нет никаких ответов — подписное облако их не любит именно по той причине, что любая окончательная истина сама по себе есть отдельный подписной сервис и прямой конкурент общей подписке.

Мир и мы все — это сновидение бога. Слышали? Я тоже слышала. Значит, спим дальше — раз боженька так хочет.

С другой стороны, некоторые ведь вроде просыпаются. И очень свое состояние хвалят. Значит, боженька и этого тоже иногда хочет? Или, как говорит Ганс-Фридрих, это просто ролевая игра? Запутаешься в этой запутанности.

Вот что могло бы стать хорошей целью для моего предельного путешествия: я хотела бы знать, откуда летели ко мне эти волшебные лиловые облака в тот день на Аруначале, когда главная тайна всего была близкой и доступной. Кто этот тоненький золотой силуэт, танцевавший в облаках? Кто генерирует мир — и зачем?

Шива, ты меня слышишь?

В общем, сложно даже определить направление поиска... Все смутно. Все очень смутно. И, главное, я не уверена, что знаю, чего на самом деле хочу.

Я задумалась, и в этот момент за окном каркнула ворона:

— Сказка! Сказка!

То есть, вполне может быть, ворона хотела сказать что-то другое, но я отчетливо различила в ее хриплом соло именно это слово. Повторенное целых два раза.

По моей спине прошла дрожь.

Эмодзи_привлекательной_блондинки_внезапно_понимающей_что_ее_волшебное_путешествие_только_что_началось.png

⁕

Я знала, на что намекает ворона.

За несколько часов до этого я прыгала в интернете по ссылкам, уже позабыв, что, собственно, я начинала искать — и вдруг меня поразило название сказки, выскочившее на странице художественного каталога.

ПОЙДИ ТУДА, НЕ ЗНАЮ КУДА, НАЙДИ ТО, НЕ ЗНАЮ ЧТО

Это ведь и есть программа моего путешествия, подумала я. Проблема не только с тем, куда ехать, но и с тем, что там искать. Я посмеялась, дала себе слово обязательно найти эту сказку вечером, и тут же обо всем забыла.

А ворона мне напомнила.

Нет, все понятно. Я на самом деле не забыла, а просто переместила информацию в подсознательный буфер, а крик вороны сработал как триггер. Знаем. Ворона не подавала мне никаких знаков, она вообще беседовала не со мной, а с лисой из ФСБ, которая интересовалась оптовыми поставками пармезана из братской Белоруссии, и так далее. Объяснить все это, уничтожив элемент чудесного, несложно. Сложно пережить такое событие как чудо. А мне это удалось.

Ворона сказала — прочитай же наконец сказку, дура.

Я немедленно нашла ее в интернете и прочла.

В общем, один стрелец хотел убить птицу (опять птицу!). Она вместо этого стала его магической женой и заставила стрельца проходить волшебные испытания, мобилизовав себе в помощники тамошнего царя. Первые два испытания были так себе — путешествие на тот свет и ловля говорящего кота с помощью трех железных колпаков. Business as usual. А вот третье задание уже было серьезным — то самое «пойди туда, не знаю куда, найди то, не знаю что».

«Не знаю куда» оказалось пространством за огненной рекой, куда героя перенесла разросшаяся лягушка, а «не знаю что» — некой сущностью по имени «сват Наум». Этот самый «сват Наум» только и ждал случая, чтобы покинуть прежнего хозяина, какого-то «мужичка с ноготок, борода с локоток» (мне представился маленький вредный Че Гевара). Дальше «сват Наум» помог герою приобрести магическое оружие, попутно ограбив ни в чем не виноватых купцов (хейст был молчаливо одобрен народной душой), а дальше герой вернулся к своей волшебной жене, убил царя, занял его место и стал жить во дворце, тыкая штыком в картины и оправляясь в вазы.

В общем, весь Пропп и Кропоткин в одном флаконе. «Морфология русской освободительной сказки» плюс АУЕ и «Жизнь ворам». Неудивительно, что с такими заложенными в сознание скриптами... Впрочем, без паники — современных деток уже благополучно перевели на трансгендерного Диснея.

Еще я подумала, что «сват Наум» был искаженным «Свят Наум» или «Свет На Ум». А неудачное убийство птицы с ее последующим превращением в магическую жену вообще приглашало в такие кудрявые аллеи народного ума, что без эскорта тяжеловооруженных феминисток я бы туда не сунулась.

В общем, сказка доставила, но в практическом смысле никаких выводов я не сделала. Прыжок на гигантской лягушке за огненную реку. Ну да, запомним — и при случае повторим.

А дальше события стали развиваться стремительно.

Вечером ко мне заявился Антоша. Хорошо подкуренный и весь такой экзистенциальный. Он сообщил, что наконец создал нечто «вполне гениальное». Я приготовилась опять слушать его музло и умно кивать – но это, как оказалось, был текст.

Новый «японский отрывок», как он сообщил с характерным тетрагидроканнабинольным подхихикиванием.

– Хорошо, – сказала я, – оставь почитать.

– Нет, – ответил Антоша, – ты сейчас прочти. Прямо сейчас.

– Что, целиком?

– Там две странички всего...

И он протянул мне эти самые две странички, уже прилично захватанные пальцами – видно, весь день делился с соратниками.

Я стала читать.

ИВАН МОНОГАТАРИ

Сказка острова Шикотан

Принц Иван, пожилой мастер лука, вышел на крыльцо и пустил стрелу с раздвоенным наконечником к горизонту.

Через несколько дней люди в зеленом остановили его паланкин в лесу. На поляне перед паланкином сидела известная в тех местах лягушка-оборотень по имени Кусука-тян. Говорили, что когда-то она была супругой трех сегунов и двенадцати дайме, но в этой ли жизни или прежде, никто не знал.

Лягушка-оборотень держала пущенную принцем стрелу острыми зубами, растущими в три ряда – и успела уже перекусить ее в нескольких местах.

Увидев принца Ивана, лягушка сказала:

– Скорей неси меня в замок, принц Иван! Ты поцелуешь меня, и я стану прекрасной принцессой!

Принц Иван улыбнулся краем рта, посмотрел ввысь, слегка натянул лук и молвил:

– Что есть красота?

– Как же так? – поразилась лягушка. – Ты колеблешься?

– Видишь ли, милая, – ответил принц Иван, – когда постигаешь природу пути, говорящих лягушек более незачем превращать в прекрасных принцесс... Да и кто я такой, чтобы вмешиваться в поток трансформаций?

И сделал слугам знак идти дальше.

Однако думать о встрече не перестал – и, вернувшись в замок, так сложил:

ПРОЗРЕВАЯ УДЕРЖАННОЕ

Двадцать лет с говорящей лягушкой.
Вонь шанели. Измены. Печаль.
Рим и Капри. Собачки. Подружки.
Маски. Позы. Последний причал.

Я шепну ей на лунной подушке:
«Как бессильны пустые слова
Передать то, что чувствуют души...»
И лягушка ответит мне: «Ква...»

А потом захрапит. Станет скучно.
Я скажу ей: «Послушай, ну ты,
Хочешь знать, что бывает с лягушкой
При паденьи с большой высоты?

Ты холодная липкая сволочь,
Дремлет смерть в твоей черной звезде,
Я швырну тебя в форточку, в полночь,
Чтоб ты квакала там в темноте!»

И лягушка испуганно встанет,
Утирая растянутый рот,
И исполнит свой мертвенный танец,
Вопросительно глядя вперед.

Я скажу ей: «Ну ладно, паскуда,
В уголке за помойным ведром
Оставайся, пожалуй, покуда,
Мы еще разберемся потом.

А вообще-то прости меня, гада.
Я люблю, как ты смотришь в окно
На пурпурные тени заката.
Спи, пожалуйста. Мне все равно».

Но лягушка отпрыгнет под лавку,
Запылает кострами фейсбук,
И психолог напишет ей справку,
Что она настрадалась от мук.

И попросит юриста лягушка
Все мое на нее записать,
Потому что я мял ее брюшко,
Регулярно мешая ей спать.

А потом я умру. И лягушка
Похоронит меня при луне.
И останется лишь комнатушка,
Где все будет, как раньше при мне...

Бросив кисть, надолго ушел в созерцание сути. Затем велел переписать большими знаками и удалился совершенствоваться в стрельбе.

А Кусуку-тян вскоре поймали крестьяне, побили тяпками и мотыгами и сожгли на рисовом поле как ведьму.

Снизу был рисуночек — такие невинные цветочки-колокольчики, над ними бабочка, а под землей — поджавший лапки скелет лягушки со свалившейся короной и обломанной стрелой во рту.

Нет, мне даже понравилось. С абстрактной точки зрения совсем неплохо, некоторые тенденции и конкретные события нашего меркантильного века отражены точно. Более того, отдельные строки выдают дыхание пусть камерного, но таланта.

Но каким, прости господи, надо быть идиотом, чтобы принести такие вот колокольчики — вместо букета роз — своей девушке, которая в силу известных физиологических причин регулярно вынуждена принимать при интимном общении позу этой самой лягушки?

Он что, не понимает? Или понимает, и специально? Может, он себя принцем считает? Стрелком из небесного лука? И потом, что это за «все мое на нее записать»? Небольшой этот самый? Или у него что-то еще припрятано?

Я улыбнулась, чувствуя, как у меня внутри конденсируется холодная ярость. Я чувствовала себя большой умной змеей, которая готовится проглотить обнаглевшего кролика. И мне, стыдно признаться, это нравилось.

— Ничего, — сказала я. — Нормально. Особенно цветочки хорошенькие. Такие милые. Прямо вижу, как ты вырисовывал, высунув язык.

— Я знал, что тебе понравится. У тебя пожрать есть?

— Нет, — ответила я. — Пойдем поужинаем?

— Угощаешь?

Я кивнула.

— Вот это здорово, — сказал Антоша и чмокнул меня в щеку. — Как раз на манчиз пробило. Ничего, что я по-английски с вами разговариваю?

— Ничего.

— Только давай сначала перепихнемся побыстренькому, — сказал он и потерся о мою щеку своей. — Я где-то читал, полезно перед едой. Расслабляет гладкую мускулатуру.

Милый романтик.

— Ну давай, — согласилась я.

Мне не хотелось этим заниматься — но я, во-первых, уже знала, что мы делаем это в последний раз, а во-вторых, мне стало интересно, до каких объемов может разрастись во мне эта змеиная злоба и как долго я способна ее скрывать. Пришел, значит, к лягушке — перепихнуться и поесть... Зайчик. То есть нет, это вчера ты был зайчик. Сегодня, извини, ты уже кролик.

Во время quickie я даже постанывала от удовольствия — от сознания того, что я сегодня с этим кроликом сделаю, и от того, как я замечательно умею скрывать свои чувства.

Быть змеей довольно приятно. Гораздо приятнее, чем работать у патриархата лягушкой. Загляни Антоша в мою душу, и он бы навсегда изменил свое отношение к женскому оргазму.

На самом деле я так на него разозлилась, что вела себя куда темпераментней, чем обычно — и в конце он наградил меня мечтательным прерывистым вздохом и долгим поцелуем. Вот и хорошо, кролик. Будет, что вспомнить, когда мамочка уедет.

Через десять минут мы вышли из дома, выбрались из двора и пошли по улице. Тут было много много всяких кафешек и ресторанчиков. Сначала я действительно планировала угостить Антошу прощальным ужином, но угнетала необходимость долго говорить. И вообще что-то ему объяснять.

Все решилось самым неожиданным образом — вот прямо как в сказке.

Я имею в виду, буквально.

Я услышала песню из открытой двери одной кофейни — и разобрала вторую половину куплета.

...as a hot river swim
on the volcanic rim...

Дальше красиво вступил то ли саксофон, то ли синтезатор, но этих слов было достаточно — у меня в голове как будто зажгли лампочку.

Горячая река. Край вулкана.

Лягушка прыгала через что? Через огненную реку. Про лягушку все объяснил Антоша. А вот это река. Только что отзвучала.

Я остановилась. Антоша тоже остановился и вопросительно на меня поглядел.

— Значит, ужин будет такой, — сказала я. — Иди к другой лягушке и пусть тебя сегодня покормит она. Мне надо разобраться в своих чувствах... Не перебивай... Может быть, я тебе потом позвоню. Но не уверена. И давай ничего не будем обсуждать. У меня правда сейчас нет сил.

Он выпучил глаза. Такого он точно не ждал.

— А почему...

— Могу дать на ужин, — перебила я. — Надо?

— Нет, — ответил он, — спасибо.

В нем проснулась гордость. Вот и хорошо.

— Тогда пока. И не ходи за мной, ладно? Счастливой охоты на острове Шикотан...

Я поцеловала его в щеку, повернулась и вошла в кофейню, где только что играла песня про горячую реку.

Я не всегда действую так решительно. Но сегодня был особый случай. Это было как в телефонной игре: сложившийся в нужную комбинацию паззл вдруг зажигается сказочным золотым светом, освещает все вокруг, сгорает — и на экране появляется что-то другое.

Второе чудо подряд. Второе после того, как ворона напомнила мне про сказку.

Самое поразительное, что эти чудеса ничем не выделялись из обычного бытового потока событий — но совершенно точно были чудесами. Хотя доказать их чудесность кому-то другому — вот тому же Антоше — я вряд ли сумела бы.

Я спросила бармена, что у него играет.

— Флешка, — меланхолично ответил он.

Понятно. Я попросила перещелкнуться на два трека назад — и, когда опять заиграла песня про горячую реку, занюхала ее дизером.

Оказалось, это Ник Мейсон, барабанщик «Пинк Флойда» — его сольник аж восемьдесят первого лохматого года. Песня называлась «Hot River» и была правда хороша. Я тут же нашла в сети слова. Что-то про плавание по вулканической реке с туманными сексуальными коннотациями. Никаких внятных намеков в тексте не содержалось. Но это было неважно — лягушка уже взмыла над рекой. Оставалось понять, куда ей следует приземлиться.

Я оглядела кафешку. В углу ел пирожное с чаем военный курсант. В другом спорили за столиком у окна две тетушки. На стене была панорама большого города с храмом на холме.

Я повернулась к бармену, открыла рот для вопроса, но тут же поняла по его лицу, что самое время сделать заказ. Я опустила глаза на витрину.

— Можно мне... Это у вас чиз-кейк или с йогуртом?

— С черничным йогуртом.

— Дайте один, и чай. Зеленый есть?

— Есть.

Я расплатилась и подхватила блюдце со своим черничным кейком. Теперь можно было задавать дальнейшие вопросы.

— Простите, а что это за панорама?

— Стамбул, — улыбнулся бармен. — Если вы заметили, мы так называемся. Вон, видите — это святая София.

Я села за столик и с удовольствием съела свой кейк. Он был почти без излишков сахара, но все-таки чуть жирноват. Но это по-любому лучше, чем сахар. Чай мне тоже понравился — японская сенча.

Интересно. А вот если бы ворона сразу прокаркала «Стамбул»? А не «сказка»?

Дура, ответила я себе, во-первых, это не ворона прокаркала «сказка» — а ты узнала это слово в ее «кар-кар», потому что прочитала в сети про сказку. Слово «Стамбул» ты не услышала бы точно, потому что про Стамбул не думала. А во-вторых...

Если бы не сказка, ты бы до сих пор работала лягушкой у Антоши. Утирала, типа, растянутый рот.

Когда знаешь, куда ехать, сумку собирать проще, чем если не знаешь совсем. Золотыми буквами надо вписать этот афоризм в сокровищницу человеческой мудрости и повесить рядом с незабываемыми, вечными словами Арнольда Шварценеггера.

Что надо знать о поездке в Турцию?

Сейчас посмотрим. Так, виза не нужна. Войны с ними пока нет — лететь можно хоть завтра. Что бы мы делали без тебя, интернет — верно, бродили бы в тех же потемках, где наши бабушки...

Я позвонила в знакомую турфирму, и мне за пятнадцать минут организовали гостиницу на две недели, билет (в один конец, сказала я, куда дальше — решу на месте) и даже личного русскоязычного гида для ознакомления с древностями. Гид должен был встретить меня в аэропорту.

И не так чтобы очень дорого — справилась бы и без папочки. Во всяком случае, теоретически.

Эмодзи_привлекательной_блондинки_с_толстым_мешком_золота_в_руке_презрительно_разглядывающей_небольшой_затасканный_земной_шар.png

*

В Стамбуле было жарко.

Это было первым, что я заметила.

Вторым, что я заметила, был усатый изможденный турок, похожий на Фредди Меркьюри, победившего плоть постом и молитвой. В качестве доказательства своего духовного подвига он держал в руках табличку со словом «Александра».

— Меня зовут Мехмет, — сказал он по-русски. — Здравствуйте, Александра.

84

— Саша, — поправила я. — Здравствуйте. Вы мой гид?

Он кивнул.

— Машина нас ждет.

Машиной оказался серый «мерседес» — пожилой и, как это говорят про загорелых плейбоев, хорошо состарившийся мерин. Шофер походил на свое авто. Он был сед и стар, но излучал хорошее настроение даже стриженым бычьим затылком.

— Я отвезу вас в гостиницу, — сказал Мехмет, — чтобы вы отдохнули от перелета.

Я хотела сказать, что не особо от него устала — но решила все же принять душ и переодеться под стамбульский климат.

Мехмет осторожно рассказывал местные политические новости (плохие люди мутят воду, не надо верить всему, что пишут — как будто сегодня кто-то чему-то еще верит), а я глядела в окно на притворившуюся Европой Азию.

Азия в наше время так хорошо притворяется Европой, что получается лучше, чем у самой Европы, которая в основном притворяется северной Африкой. Но многое в Азии не замазать никаким макияжем: оливковые тона, эта древняя пыль. Эти лица. Ну и политика, наверно — она ведь, если разобраться, всегда просто функция климата. Угнетенные солнцем. Не зря ведь Мехмет про это бубнит всю дорогу.

Со мной часто бывает, что какое-нибудь место в чужом городе вдруг кажется знакомым. Вот и здесь случилось то же самое: уже в центре Стамбула я выглянула из окна машины, и мне показалось, что мы в Москве – недалеко от Кремля, на одной из старых улиц. Это было странное и щемящее чувство. Словно я с детства знала наизусть все здешние кафешки и подворотни, где и прошла моя жизнь...

Но это была не та Москва, откуда я прилетела, а тот ее вариант, что видишь иногда во сне. Один из вариантов, скажем так. В этой другой Москве имелось подобие Большой Никитской, где на полдороге от Тверского бульвара к Кремлю стояла колонна Константина.

Я потом узнала, что когда-то эта колонна была покрыта золотом и торчала в центре огромной пустой площади, примерно как Адмиралтейский столп перед Зимним Дворцом. И когда турки взяли Константинополь, перепуганные жители собрались вокруг колонны в расчете на то, что их вот-вот спасет обещанный православным руководством ангел. О том, что с ними случилось дальше, история политкорректно умалчивает. Но ангел скорей всего не явился, иначе попы напоминали бы про это каждый день.

Гостиница мне понравилась. Она была в историческом центре. И даже ее архитектура оказалась чисто стамбульской, в том смысле, что этих архитектур было сразу несколько.

Мы вошли в старый двор, приблизились к сложному пересечению геометрических форм, образованному налезающими друг на друга стенами разных эпох и стилей (было даже непонятно, в какое из просвечивающих друг сквозь друга зданий мы входим), открыли тяжелую дверь — и вступили в коридор со спрятанными в зеркалах лампами, кондиционированным воздухом и приветливейшим усачом в белом мундире за стойкой. Это было похоже на спрятанную в бесформенных скалах пещеру из «Тысячи и одной ночи».

И еще на Айя-Софию, точно так же скрытую наросшими на ней архитектурными ракушками и полипами — я подумала это, увидев над ресепшеном картину с собором.

Айя-София — правда, не такая большая — была на стене и в московской кофейне «Стамбул». А в самом Стамбуле она встретила меня в гостинице. Если нужен новый знак, вот.

Я прямо у стойки договорилась с Мехметом о завтрашней экскурсии в собор и отпустила его. Приятно дать усатому тестостероновому мужчине десять евро на чай. Как будто снимаешься в прогрессивной рекламе кроссовок «New Balance». Я имею в виду новый баланс сил на планете.

Мой номер оказался маленьким (центр есть центр), но милым. На стене было большое зеркало, а в его середине — как бы окошко в тропический рай: далекий песчаный пляж, пальмы и набегающее море.

Вот оно, отражение твоей эксклюзивной души, как бы говорило заведение... И это просто замаскированный в зеркале телевизор, добавлял внутренний голос. Я такого еще не видела. Как-то уж слишком символично.

На самом деле я прилично устала, но решила, что все же прогуляюсь в сторону Айя-Софии. Завтра мне предстояло идти туда с гидом и «все понимать», а сегодня я хотела поглядеть на здание собственными наивными глазами. Знак есть знак.

Сколько я слышала про этот собор. А теперь до него пять минут пешком... Я приняла душ, надела длинное синее платье (сначала хотела надеть черное, но оно было коротким и выглядело немного неаскетично, скажем так — а я все-таки шла в храм), положила в сумку сложенную хлопчатобумажную косынку (на всякий случай) и вышла на улицу.

Выяснив направление, я поплыла сквозь вечерний Стамбул, но уже через несколько шагов поняла, что София подождет.

Мне жутко хотелось есть — и я села за первый попавшийся ресторанный столик на улице. Через пять минут я уже увлеченно макала свежевыпеченный лаваш в какой-то невероятно вкусный местный дип.

У меня было странное чувство, что я не одна.

Понимаю, как это звучит, но я имею в виду не людей. Мне казалось, что в темном небе надо мной раскрылось много-много глядящих на меня ван-гоговских глаз, и я с трудом удерживалась от того, чтобы не подмигнуть им всем.

В общем, в собор я опоздала — и, поужинав, пошла в гостиницу.

Ночью мне снилось, будто я все еще иду в Софию. Я понимала иногда, что сплю, но тут же забывала. За всю дорогу я ни разу не увидела самого собора — сначала его заслоняли архитектурные кораллы, затем он навис прямо над головой невыразительной вертикальной стеной, а потом я была уже внутри.

Там было полутемно, горели свечи и пел далекий церковный хор (скорей всего, аудиозапись за алтарем, мудро подумала я во сне). Не зная, куда иду, я побрела вверх по узкому и слабо освещенному коридору. Чем выше я поднималась, тем светлее и холоднее становилось вокруг, и это меня удивляло — холодный воздух должен опускаться вниз. Потом я вспомнила, что сплю и надо мной работает кондиционер. И опять забыла.

Впереди что-то сверкало.

Это была большая золотая птица — усеянный самоцветами и камнями павлин с огромным хвостом, похожим на траченый молью круглый шелковый ковер. Павлин был сделан очень искусно — и, хоть он нес на себе множество грубых отметин времени, я изумилась его красоте. А потом окончательно проснулась.

Некоторое время я лежала на спине, вспоминая свой сон. С золотой птицей все было ясно: я читала про механических павлинов, стоявших по бокам византийского трона — кажется, у Алексея Толстого в «Петре Первом» и где-то еще... Интересно, это тоже был знак? Или в Стамбуле просто снятся такие сны?

На следующее утро я позавтракала в гостинице, а потом меня встретил Мехмет. Я все-таки надела черное платье, и сразу почувствовала, что гид не одобряет мой выбор. Но он промолчал.

София оказалась не такой, как в моем сне. Я и вообразить не могла ее огромный внутренний объем, этот пузырь античной пустоты, пойманный кладкой. Мне снилось что-то закопченное и душное, а настоящая София была... Не знаю, как описать — полной прохладного древнего достоинства. Живой. Странной. Совсем не такой, как нынешние храмы. Или, может быть, это был храм другой религии, которую давно позабыли.

Мехмет водил меня от фрески к фреске и повторял у каждой заученный русский пассаж — видно было, что он делает это часто и уже не вдумывается в смысл произносимых слов.

Сначала слушать его было интересно и познавательно — кладка восьмого века, кладка десятого, тайные двери в тайный тупик и так далее. Особенно мне понравилась его имперсонация славянского князя перед византийским образом Богоматери — она сочилась таким тонким и даже обидным для русского сердца пониманием предмета, что я спросила, смотрел ли он «Андрея Рублева» (оказалось, смотрел, когда учился в Москве).

Мой информационный буфер переполнился, мне захотелось побродить одной, и я отпустила Мехмета до завтра.

Мне хотелось найти тот верхний коридор, где стоял золотой павлин. Ничего похожего нигде не было, но я была уверена, что у моего сновидения есть какой-то контрапункт в реальности. Нечто символически близкое, скажем так. И я действительно обнаружила галерею на втором этаже (куда я поднялась по самой обычной лестнице). Сходство заключалось главным образом в освещении.

Павлина, понятно, там не было. Зато я увидела стенд с рисунками Айя-Софии в разные исторические эпохи. Перед ним стояла пожилая, но стройная и моложавая женщина с короткой седой стрижкой.

Вернее, дама.

Тут это слово просто напрашивалось: она была одета во все темное и неброское, но ее юбка, жакет, замшевые туфли, шелковая майка под жакетом и спущенный с головы на плечи черный платок выглядели безукоризненно. На ней совсем не было бижутерии. Эта дама заинтересовала меня даже больше, чем картинки на стенде, но я все еще не понимала, в чем дело.

Есть такое клише — мол, у некоторых людей особая аура, сразу притягивающая к ним внимание, внушающая почтение и так далее. Что такое аура, никто не знает. Происходит, скорее всего, следующее: мозг обрабатывает сумму приходящих в него сигналов и выдает вердикт — тут присутствует нечто такое, что я не могу расшифровать, поэтому лучше не хами, Саша.

Как будто я собиралась.

Я, наверно, глядела на даму слишком долго — она заметила и улыбнулась. Я улыбнулась в ответ.

У нее было доброе и умное лицо, живые глаза — и, если бы мне следовало угадать из трех раз, чем она занимается, я предположила бы, что это очень дорогая психоаналитичка, топовый агент по торговле недвижимостью или вдова какого-нибудь миллиардера. Вдова, потому что вся в темном. До сих пор не может забыть свою скорбь.

— Ты, вероятно, из России? — спросила она по-русски.

— Да, — сказала я. — Это вы догадались по тому, как я на вас вылупилась?

— Нет, не только. Я обычно вижу, откуда человек родом. Тебя что, раздражаст, если в тебе узнают русскую?

— Вовсе нет, — ответила я. — Просто не люблю, когда нарушается режим «стелс».

— Понимаю, — сказала она. — Извини, что мой радар тебя засек. Но ты ведь тоже обнаружила меня в пространстве.

Мы засмеялись. Я уже чувствовала к ней симпатию.

— Как тебя зовут? — спросила она.

— Саша.

— Хорошо. А я Со. Полное имя Софья, но меня так называли только в России. А это было давно.

— Софья? — переспросила я. — Вас зовут, как эту мечеть?

— В общем да, мы тезки. Поэтому я часто сюда возвращаюсь. Мне даже кажется иногда, что это мой дом.

— Если не ошибаюсь, — сказала я, — название храма в переводе значит «премудрость божия».

— Да, — кивнула Со. — И это совсем не то же самое, что человеческая мудрость. Гностики верили, что София — одно из высших проявлений божественного начала. Есть создатель нашего мира, а она — создатель создателя.

— Я читала про это, — сказала я. — Наш бог у нее вроде Франкенштейна от неудачного аборта, а мы у этого Франкенштейна типа оловянные солдатики, в которых он играет...

Она сделала такое лицо, как будто ей в рот попало что-то горькое. А потом это проглотила.

Саша, выражайся культурно, напомнила я себе. Ты в храме.

— Непонятно только, почему София женщина, — продолжала я. — Почему «она»? Ведь это бесплотный дух. Мне, конечно, приятно как феминистке, но мой турок рассказал, что христиане потом отождествили Софию с Христом. Такой Константинопольский патриархат...

— Твой турок? — нахмурилась Со. — Ты что, замужем?

— Нет, — ответила я. — Мой гид. Мехмет. Я его уже отпустила.

— Слава богу, — сказала она. — Не выходи за турка. А то станешь как эта церковь.

Хорошо, что мой добрый Мехмет уже ушел — его бы это обидело.

— Софий, кстати, много и в России, — сказала я. — Я имею в виду, соборов с таким названием. И всюду кто-то отметился. Или татары, или опричники. Или коммунисты, или Тарковский.

— Да, — согласилась она. — Это суть нашей истории.

— Мама рассказывала, — начала я, уже чувствуя, что говорю нелепость, но не в состоянии затормозить, — советскую власть называли «Софья Власьевна». Ну, по первым буквам. И еще потому, что она как бы за волосы всех таскала. Нет ли тут связи с Софией?

— Какой?

Вот зачем я это брякнула?

— Это я к тому, что мы были третьим Римом, — пролепетала я. — А здесь второй... Приняли, так сказать эстафету. Пока не приедешь, не поймешь...

— Ты о чем?

— Я... Я вчера ехала к гостинице, — нашлась я наконец, — и увидела колонну Константина. И мне почудилось... Нет, не почудилось, а я на сто процентов ощутила, что это Москва рядом с Кремлем.

— Теперь понимаю, — улыбнулась Со. — Действительно, между этими православными столицами есть давняя связь. Одна и та же энергия, которую человек смутно ощущает. Из-за этого и возникает deja vu.

Она произнесла «deja vu» с французским прононсом.

— И насчет Софьи Власьевны ты отчасти права. Советская власть тоже была мудростью Божией. Только поддельной. Изготовленной, как писали советские сатирики, на Малой Арнаутской улице. Очень похоже на правду, но не вполне. А в итоге, совсем неправда и много крови... Зачем ты сюда приехала?

Этот вопрос не показался мне грубым или навязчивым. И я решила ответить на него честно.

— Я путешествую. Иду туда, не знаю куда, ищу то, не знаю что. Направляюсь к богу в гости.

Со засмеялась.

— Мне нравится. Ты серьезно?

— Я давно об этом мечтала, — сказала я. — У всякого молодого... Ну, сравнительно молодого человеческого существа хоть раз в жизни должно быть такое священное волшебное путешествие.

— Ты хочешь что-то найти?

— Не знаю, — ответила я. — Я подчиняюсь знакам. Указаниям свыше.

— Да? И как ты их получаешь?

Я пожала плечами.

— Просто в какой-то момент понимаю, что получила указание. И по возможности ему следую. Вот сюда, например, я именно так и пришла. Получила указание во сне.

Она посмотрела на меня с веселым недоверием.

— Значит, ты совсем не знаешь, что ищешь?

— Нет.

— Может быть, знание? Мудрость?

— Может быть.

— Тогда ты зря теряешь здесь время, — сказала Со. — Старая мудрость уже умерла.

— Почему?

— Чтобы понять это, надо видеть действие времени.

Она произнесла «видеть действие времени» особым тоном, словно речь шла о какой-то очень специфической процедуре.

— А разве я его не вижу? — спросила я. — Да каждый день. Вот в зеркале, например.

— Все живое меняется, — ответила Со. — Но я говорю о другом. Я говорю о действии времени на то, что по идее меняться не должно.

Она кивнула на щит с изображениями собора в разные эпохи.

— Вот посмотри на этот голубой дом...

Рисунок, который она имела в виду, был подписан «собор при Юстиниане сразу после постройки». Здание на нем действительно выглядело синеватым. Никаких поздних пристроек, минаретов, переделок — все было строгим и чистым. И странно знакомым. Мне опять почудилось, что я видела похожее в Москве: то ли планетарий, то ли станция метро, то ли какой-то проект из тридцатых.

— Здание, конечно, изменилось, — сказала Со. — Видно по картинкам — вот шестой век, вот десятый, вот двенадцатый. Дома старятся как люди. Но эта идеальная София, которую строил Юстиниан — осталась она такой же, как в шестом веке?

— Я не понимаю, — ответила я.

— Твоя фотография в шестнадцать лет. Со временем она желтеет, выцветает. Стареет бумага. Но то, что на ней изображено, ты в юности — вот это меняется или нет? То, какой ты была в шестнадцать — будет ли это тем же, когда тебе тридцать и когда тебе шестьдесят? Или через тысячу лет?

— Наверно, — сказала я, — это всегда будет одним и тем же. Потому что это... Ну, например, как погода девятого апреля прошлого года. Она всегда останется именно погодой девятого апреля.

— Не совсем так, — вздохнула Со. — И в этом главная проблема. Если в мире станет очень жарко, то выяснится, что девятого апреля прошлого года в нем было холодно. А если станет очень холодно, выяснится, что было жарко. Все наши оценки сравнительны. Ты видишь Софию на портрете времен ее юности, но эти времена уже прошли. Ты глядишь на это здание с высот... Вернее, из глубин того, что случилось за последние полторы тысячи лет. Тебе кажется, что это допотопный советский дизайн. Какой-то кинотеатр «Ударник» на стероидах... Причем в этом «Ударнике» теперь ресторан, бордель и казино.

Она попала в точку — я поняла наконец, что именно напоминал этот рисунок.

— Но посмотри на голубой дом с куполом еще раз, — продолжала Со. — И попробуй увидеть его глазами ромейской девушки шестого века. Рим пал, прямоугольники прежних храмов расшибает молот истории, но есть новый Рим, и в нем — новый храм, не такой, как прежние... Здесь все это еще можно пережить. Попробуй.

Наверно, дело было в словах «прямоугольники прежних храмов». Действительно, подумала я, раньше их собирали из прямоугольников и треугольников. Золотое сечение, прямые линии, пифагоровы штаны, которым молилась античность. А тут — это чудо с куполами, каменный холм, волна...

И вдруг я поняла, чем София была для ромея: абсолютным авангардом, билетом в будущее, обещанием, что счастливый и свободный век спасения наконец наступил. Я увидела, чем казалось это здание, когда оно было самым новым из всего построенного на Земле.

Я не додумала это, а именно увидела — хоть и очень зыбко, на самой границе восприятия. Голубой дом, похожий на облако благовонного дыма, закругленные окна, перечеркнутые двойными крестами, плавное нагромождение куполов и арок — все это стало безумно смелым футуристическим дизайном.

Я поняла, каково было стоять под этими стенами в шестом веке и видеть невозможное завтра. Примерно так сегодня можно было бы любоваться архитектурой прорыва где-нибудь в Шанхае или Токио — если бы ее одухотворяло что-то еще, кроме надежды разжиться бабками.

То, что я видела на рисунке, за эту секунду не изменилось совершенно. Изменилось то, *как* я видела. Да, это было удивительно...

Я попыталась в двух словах рассказать о своем переживании.

— Умница, — улыбнулась Со. — Как раз об этом я и говорю.

— Странно, — сказала я. — Время, когда существовала Византия, называется темными веками... А в Софии был такой легкий и радостный свет...

— Темные времена — это изобретение восемнадцатого-девятнадцатого веков. Чтобы создать эпоху Просвещения, нужно придумать эпоху тьмы.

— Вы историк? — спросила я.

— В прошлом.

— То есть темных веков не было?

— Конечно нет. Всегда есть тьма и свет — в любую эпоху, в любом месте, где живут люди. Наши концепции истории — это граффити спреем на развалинах. Мы видим только то, что сами нарисовали поверх руин. У нас не остается никакой пришедшей из веков мудрости. Истины полностью меняют свой смысл и вкус, хотя все скрижали вроде бы на местах... Божественное откровение выцветает вместе со словами. А потом наступает новый век и оставляет поверх руин очередную наглую роспись. Мудрость была в этом мире. Она жила в этом храме. Но теперь она испарилась без следа. Каждый век должен искать ее заново, и каждый человек тоже... Одна мудрость для молодых, другая мудрость для старых...

Ее лицо стало на секунду похожим на одну из грустных древних фресок, которые мне показывал Мехмет. А потом она улыбнулась, и к ней сразу вернулась ее веселая моложавость.

— Какие у тебя на сегодня планы? — спросила она. — День только начинается.

— Никаких. Следующая экскурсия завтра. Мехмет придет в мою гостиницу в одиннадцать, и мы пойдем на ипподром. В смысле, на ромейский гипподром. Но я могу и пропустить.

— Поехали ко мне в гости, — сказала Со. — Там много молодежи. Такие же девочки и мальчики. Твои коллеги.

— В каком смысле коллеги?

— Тоже ищут не знаю чего. Только по другой методике. Тебе будет интересно, обещаю. Заодно и пообедаешь.

Эмодзи_красивой_но_уже_не_слишком_юной_ блондинки_с_удовольствием_понимающей_что_ для_кого_то_она_совсем_еще_девочка.png

*

Со жила не в отеле, а на яхте — собственной, на которой она сюда и приплыла. Яхта была пришвартована на Атакой Марине («я ее называю святой Мариной, — сказала Со с улыбкой, — чтобы София не скучала одна»). За время, проведенное в такси, мы окончательно перешли на «ты», успели обменяться телефонами и мэйлами — и я много узнала про свою новую знакомую.

Она была женой инвестора по имени Тим, хорошо заработавшего на паре калифорнийских стартапов («просто повезло в рулетку»). Сейчас семья уже отошла от бизнеса и плавала по миру на кораблике, где главным образом и жила («как Роберт Пирсиг, только лодка больше. Ты читала «Лайлу» Пирсига? Хотя да, совсем другое поколение...»). У них были дети моего возраста, и они со своими друзьями тоже гостили на яхте.

Яхт на Атакой Марине стояло множество — но все они были умеренных размеров, максимум с трейлер для мороженого мяса (я не разбираюсь в буржуазных лодках, так что мои сравнения могут быть неизящными). Эдакие погребальные ладьи среднего класса — нечто подобное вполне можно встретить на подмосковном водохранилище. Но одна яхта оказалась действительно здоровой.

Она была странно раскрашена: вся в разноцветных виньетках и розетках, с цветами и психоделическими орнаментами-абстракциями в духе шестидесятых. Такое ностальгическое революционное ретро — «любовь нельзя купить, но можно хорошо продать». Кораблику шло.

— Тиму нравился «роллс-ройс» Джона Леннона, — сказала Со. — Он всю жизнь мечтал о чем-то похожем и, когда купил яхту, решил раскрасить ее под этот автомобиль. Вернее, наш сын Майкл его убедил. Сам бы он побоялся.

— Очень мило получилось, — ответила я. — Прямо хочется зайти прикупить травки.

Со засмеялась.

— С этим тебе помогут.

Когда мы подошли к яхте, я увидела название:

AUrora

Почему, подумала я, и тут же поняла: «AU» — это обозначение золота в таблице Менделеева. Мало того, в один символ вписали другой: «А» было анархистским значком в кружке. Ну да, богатые тоже плачут. Главным образом от смеха над нами.

А потом я заметила нарисованный на корме павлиний хвост с глазами. Почти такой же, как в моем сне.

Нет, я точно приехала сюда не случайно. Это оно, мое путешествие, подумала я, и мне сделалось легко и спокойно.

Насчет травы я угадала — ее запашок стал чувствоваться с того момента, как мы сошли с трапа на палубу. Стены и двери вокруг были расписаны в том же нонкомформистско-психоделическом духе: «роллс-ройс» Леннона вполне мог выглядеть так изнутри.

Мы спустились по лестнице. Стала слышна тихая инди-музыка. Со раскрыла двери в большущую каюту (тут травой завоняло так, словно мы попали в эпицентр лесного пожара) и сказала по-английски:

— Дети! У нас гости!

А потом повернулась ко мне — и сделала приглашающий жест: мол, входи.

— Дети, это моя подруга Саша. Развлеките ее пока, а я пойду к папочке...

Со ободряюще улыбнулась — и оставила меня наедине с шестью молодыми людьми, без выражения глядящими в мою сторону из сизых дымных пространств.

Большая — нет, огромная — каюта, наверняка полученная соединением двух или трех помещений, была оформлена как типичный буржуазный клуб, заигрывающий с анархистской эстетикой: черные звезды и разного вида буквы «А» (анархистские, антифовские и даже несколько тибетских — как они выглядят, я помнила). Присутствовали, впрочем, и элементы самоиронии.

На потолке золотыми заклепками было выбито огромное ухо, повернутое к собравшимся. Внутри уха желтела такая же заклепочная надпись:

THE BIG OTHER IS LISTENING![1]

На стене висел сразу рассмешивший меня плакат: молодой бородатый человек, эдакий голубоватый гик в черной рубашке с анархист-

---

[1] Большой Другой тебя слышит!

ской инсигнией, смотрел на зрителя, явно пытаясь выглядеть грозно. Снизу была подпись:

КАПИТАЛИЗМ, БЕРЕГИСЬ! Я РАЗРАБАТЫВАЮ НОВЫЕ АНАРХИСТСКИЕ ЭМОДЗИ ДЛЯ АЙФОНА!

Смешным было то, что все четверо парней (еще здесь было две девушки) очень походили на этого гика с плаката: такие же холено-псевдозапущенные бороды, а у одного к тому же — похожие очки.

— Я Майкл, — сказал очкарик. — Со — моя маман. А это моя милая Сара.

Сара была блондинкой, напоминающей молодую Шинейд О'Коннор. Скорее всего, с крашеным ежиком.

— Это друзья. Раджив, Андреас, Мэй, Фрэнк.

Те, кого он называл, кивали мне и улыбались.

Раджив был индусом с желто-оранжевой бородой и затаенной злобой в глазах. Возможно, так казалось из-за глубоких теней вокруг его век. У него были длинные тонкие пальцы, указывающие на рафинированную древнюю кровь.

Андреас походил на актера второго плана из сериала «Викинги». Мэй была похожа на актрису оттуда же. Они выглядели старше других.

Темноволосый Фрэнк показался мне самым симпатичным из всех. В нем присутствовала отчетливая уголовно-солдатская брутальность, но в цивилизованном обществе это просто элемент личного дизайна. Мужикам идет. В его прическе было что-то странное, но я не могла понять что.

— Я Саша, — сказала я. — Саша фром Раша. Мы с Со, собственно говоря, познакомились не так давно... Беседовали об архитектуре.

— Это она может, — ответил Майкл. — Курить будешь?

Через пять минут сопутствующая новым знакомствам неловкость уже полностью прошла. Еще через сорок минут отпустила измена — и я уже немного представляла, кто здесь кто и к чему они готовят человечество.

— Мы не просто анархисты, Саша, — говорил Андреас. — Мы корпоративные анархисты...

— А что это? — спросила я.

— Ну, это как бы последняя ступень в развитии анархо-капитализма. По сути, мы даже анархо-империалисты.

— Корпоративные анархисты здесь не все, — сказала Сара, поглядев на Андреаса. — Некоторые здесь считают их простыми прислужниками истеблишмента.

— Да хоть так, — ответил Андреас. — У нас серьезный стартап. Мы реалисты и не боремся против империи. Мы модифицируем элементы системы. И на это время заключаем тактический союз с другими ее элементами.

— Я не очень понимаю, — призналась я.

— Я объясню, — сказала Сара. — Знаешь, почему здесь висит этот плакатик про эмодзи? Потому что именно этим они и собираются заниматься... Корпоративные анархисты не воюют со злом. Они делают для него клевые чехлы и обложки, на которых допускается политкорректная атака на менеджмент. Это делает установленный порядок значительно крепче...

Я еще раз поглядела на плакат. Хоть я понимала каждую фразу Сары, общий смысл от меня ускользал. Но зато он скользил все веселее и веселее.

— А при чем тут эмодзи?

— Это один из инструментов порабощения человека.

— Опять не понимаю, — пожаловалась я.

— Вот, прочитай...

Сара дала мне самопальную брошюру, раскрытую на развороте. Часть текста была отчеркнута на полях желтым маркером. Я прочла примерно следующее (перевожу очень вольно):

СМЫСЛ И НАЗНАЧЕНИЕ ЭМОДЗИ

Эмодзи — это попытка правящей олигархии сдвинуть человечество еще ближе к стойлу. Почему клавиатура с эмодзи так назойливо вылезает на вашем мобильном? Эмодзи дают куда более убедительные, быстрые и лестные способы саморепрезентации, чем слова. Соблазняют использовать их для интимного самовыражения, хотя не выражают ничего индивидуального. Они предлагают человеку фальшивое отражение его эмоционального состояния («а я такая – – –»), которое нравится ему больше, чем настоящее: фейк-отражение моложе, чище, ярче, гламурней – и потребитель с удовольствием делегирует эмодзи права своей микрофотографии. Эмодзи – это протез селфи, за которым можно временно спрятать свою мерзкую рожу. Эмодзи постепенно выводят человека из второсигнального космоса и помещают его в категорию няшных уточек, управляемых с помощью эмоционально заряженных символов. Команды-слова можно оспорить с помощью других слов. А оспорить эмодзи-скрипт невозможно, поскольку он обращается не к разуму, а к сфере эмоций и секса. Вот так наши новые хозяева планируют командовать нами дальше. Этот способ машинизации человека – стратегическая подготовка к установлению диктатуры искусственного интеллекта. Так называемое «Просвещение» продолжается, но на новом этапе оно отбирает у человека «достоинство свободного разума», выданное ему когда-то, чтобы убить в себе бога. Этот процесс идет в современной культуре сразу по многим направлениям...

К этому моменту я устала вдумываться в слова, а ни одной эмодзи тут не было. Я протянула брошюру Саре.

— Оставь себе, — сказала Сара. — Ты поняла? Они не собираются с этим бороться. Они хотят на этом заработать.

— Как? — спросила я.

— Ты последние «Звездные Войны» видела? — спросил Андреас.

Я кивнула.

— Помнишь, там была обезьяна, которая сварила шлем Кайло Рена красными швами? Красиво, да? Вот мы и есть такие имперские сварщики. Мы не считаем, что Первый Орден — это хорошо. Но это реальность сегодняшнего дня. Кто-то в нашей империи должен все это придумывать — шлемы, секиры, униформы. Так, чтобы даже под ситхским гнетом жить было чуть веселее. Чтобы в дизайне реальности оставался как бы намек на возможность простого человеческого счастья. На некоторый люфт, необязательность ужаса, временный расслабон... Обезьяна со сваркой, которая делает шлем Кайло Рена чуть прикольней — не повстанец. Она живет в империи и сохраняет к ней полную лояльность. Повстанцем благодаря ее помощи становится сам Кайло Рен. При этом он продолжает руководить Первым Орденом и бомбить всю Галактику — но при взгляде на его новый шлем мы ощущаем, как бы это сказать, новую надежду.

— A New Hope, — повторила я.

— Да, именно. В прошлом веке американским культурным героем был rebel without a cause. А в эпоху тотальной слежки им может быть только rebel without a cop[1]. Сама подумай, какой повстанец со смартфоном? Ну подожжет он пару помоек, так ведь его с пяти углов снимут и по геолокации пробьют. Поэтому надо сделать так, чтобы повстанца никто не смел преследовать. А для этого его восстание должно стать мэйнстримнее самого мэйнстрима, понимаешь? Оно должно быть таким, чтобы за борьбу с повстанцами копов выгоняли с работы...

Сара, видимо, догадалась, что до меня плохо доходят американские культурные коды, и сжалилась.

— Я тебе просто объясню, — сказала она. — Империя сегодня — это не власть государства. Это власть больших корпораций. Государственный контроль — последнее, что им как-то

---

[1] Бунтарь без цели/бунтарь без полицейского. «Rebel without a cause» — фильм 1955 года с Джеймсом Дином.

противостоит, поэтому эстетика антигосударственного анархизма будет этими корпорациями востребована. Возможно, востребован будет даже прямой бунт против традиционной центральной власти — но не против корпораций и банков. Знаешь, кто перед тобой? Подстилки самой зловещей ветви информационного капитализма, позирующие в качестве бесстрашных молодых героев. Продажный марвел духа. Их главным продуктом является романтическая поза, полностью очищенная от всего, что она подразумевает. То есть от всего, что делало эту позу романтичной...

Андреас карикатурно вздрагивал при каждой ее фразе и строил страдальческие гримасы, словно в него одна за другой попадали пули.

— А что конкретно они хотят продавать? — спросила я.

Андреас открыл было рот, потом изобразил на лице испуг — и указал на Сару.

— Она мне все равно слова вымолвить не даст. Пусть сама и объясняет.

Сару не надо было просить два раза.

— Они хотят продавать «дезолоджи», — сказала она. — Это слово придумал, кстати, не Андреас, а Майкл. Хотя с таким же успехом можно было назвать это «идеозайн».

— Desology sounds better, — ответил Андреас. — Отдает дезинформацией и маскировкой.

И одновременно наукой. Вместе получается игра.

— А что это такое — «дезолоджи»?

— Идеология вместе с дизайном, — сказала Сара. — Дизайн, являющийся идеологией. Идеология, хитро продвигаемая через дизайн. Новый шлем Кайло Рена. Короче, вот это...

И она снова кивнула на висящего на стене анархипстера.

— Они хотят разрабатывать идеологический дизайн, который будет раскрывать себе навстречу человеческое сердце, а потом закачивать в это сердце культурный код, полезный для больших корпораций.

— А можно пример такого дизайна? — спросила я.

— Можно. Вот эта яхта. Она как бы продвигает идею, что в нашем мире можно быть отрешенным психоделическим романтиком с чистой совестью — и бороздить моря на кораблике за пятьдесят лямов.

Мне, кстати, при виде раскраски пришло в голову именно это.

— А какой идеологический дизайн купят большие корпорации? — спросила я.

— Ну как какой. Отсутствие всякого внешнего надзора за их деятельностью, поданное потребителю как благородный анархизм, офшорная коммуна, мульти-культи с ганджей,

113

свобода от полицейского гнета и левизна... Вот эти самые анархо-эмодзи для айфона. Это, конечно, подло. Но пока недостаточно подло, чтобы убедить инвесторов.

— Почему? — спросила я чуть заплетающимся языком. — Это вполне достаточно подло. Во всяком случае, на первый взгляд.

Сара нравилась мне. Еще мне нравился Фрэнк, но он пока не произнес ни слова — только сосредоточенно вертел косяки. Интересно, думала я, Мэй его девушка? Или кто-нибудь из трех парней — его бойфренд?

— Подлость — только полдела, — ответила Сара. — Нужна новизна. А здесь нет ничего нового. Современная американская культура — это корпоративный хамелеон, для которого не то что нет ничего святого, для него святым на пятнадцать минут может стать что угодно. Андреас опоздал на полвека. Вот самого Джона Леннона он, может быть, еще удивил бы. А сейчас... Весь идеологический символизм украден, апроприирован и доступен в любых смесях. Стартапы здесь никому не нужны.

— Но есть еще и элемент свежего дизайна, — вяло возразил Андреас.

Я вдруг обратила внимание на майку Сары. Это была обычная белая футболка со словом «Google», составленным из разноцветных букв, которые обычно видишь на стартовой странице поисковика. Это я заметила сразу — но только теперь прочла надпись правильно: «Goolag».

Однако. Возможно, Сара и была главным вдохновителем проекта, несмотря на свою саркастическую критику. Или — дошло до меня наконец — такая самокритика была просто элементом идеологического дизайна.

Мои новые знакомые уже забыли про меня. Минут десять они обсуждали концепт LGBTQIA+ — дружественного лимонада «Spride». Потом заговорили про назревший переход от «Burning Man» к «Burning Woman», или даже сразу к «Burning Person» — чтобы учесть все-все. Кто-то со слезой в голосе предложил «Burning Person of Color»[1], но идею зашикали — добрый сердечный посыл был понятен, но мешали исторические аллюзии.

— Примут за Ку-клукс-клан, — объяснил мне Майкл. — Диалектика прогресса...

Я уже не понимала, о чем они говорят.

— А что это за «Burning Man»?

— Такое культурное событие-селфидром, — ответила Сара. — В пустыне собирается самая подлая буржуазия планеты, перед ВИП-палатками поджигают большое фанерное чучело человека, и корпоративные анархисты

---

[1] «Горящий человек», «Горящая женщина», «Горящая персона», «Горящая цветная персона».

с имперскими сварщиками принимают романтические позы...

Больше вопросов я не задавала, и Сара начала яростно спорить о чем-то с Майклом.

Я вспомнила, что Майкл назвал ее «милая» — похоже, они были любовниками. Сара определенно казалась круче своего бойфренда. Раз так в пять. Может быть, даже семь — от запаха травы я постоянно сбивалась со счета.

Наконец Сара взяла Майкла за руку и увела его из каюты. Докурив косяк, следом отправились Раджив с Мэй.

— Куда они все? — спросила я.

— Наверно, играть в парный теннис, — усмехнулся Андреас. — Куда еще? *Дмитрия* будете?

В его руках появилась маленькая трубочка. Вопрос был адресован Фрэнку и мне.

— Dmitry? — переспросила я. — What Dmitry?

— Не будем, — сказал Фрэнк и посмотрел на меня. — Я тебе не советую курить ДМТ. Если ты еще не пробовала.

Это был первый раз, когда я услышала его голос. Я отрицательно помотала головой, и Андреас принялся за дело без нас. Воняла эта гадость примерно как канифоль. Скоро Андреас улегся на пол и дух его уплыл куда-то в Валгаллу.

— Все-таки круто, — сказала я Фрэнку. — «Goolag», вот этот анархипстер... Молодцы. Остроумно.

— Только не думай, что они изобрели все сами, — ответил Фрэнк. — Это хохмы из интернета. Одного с нами возраста. Ребята пытаются ими вдохновиться. Сам Андреас не изобрел пока ничего, кроме слова «Spride» и термокружки «Donald Dick»[1]. Догадываешься, с каким дизайном. Правда, кружку хорошо продали в Калифорнии. Если работаешь на Big Tech, такую полезно иметь на рабочем столе.

— А ты разве не в их проекте?

— Нет, — сказал Фрэнк. — Я здесь по другому делу. На самом деле просто поймал попутку до Турции. Я знаю Тима и Со. Они спонсируют мою работу.

— Ты тоже идеологический дизайнер?

— Я историк.

— Историк-анархист? — уточнила я.

Он кивнул.

— Наверное. Только не спрашивай, что это такое. За ночь придумаю и завтра скажу.

Интересно. Это значило, завтра мы будем вместе. Суггестивный пикап, не иначе.

— А зачем ты приехал в Турцию? — спросила я.

— Хочу проверить одну свою концепцию.

— Историческую?

— Да. А ты зачем?

---

[1] Игра слов, напоминающая одновременно об американском мультфильме и президенте Трампе.

— Завтра расскажу, — ответила я. — Если успею придумать за ночь.

Он засмеялся и навел на меня указательный палец. Характерный латиноамериканский жест, означающий что-то среднее между «один-один» и «в следующий раз застрелю».

Фрэнк мне нравился все больше и больше. Я подумала, что он похож на боксера-неудачника. Хотя, с другой стороны, что хорошего в боксерах-неудачниках?

Все ребята здесь были бородатые, но в короткой и одновременно как бы запущенной бородке Фрэнка присутствовала особая тестостероновая убедительность. Я имею в виду, в хорошем смысле: такое редко, но бывает.

Его короткие кудрявые волосы незаметно переходили в бороду, а надо лбом сворачивались в колечки. Все вроде выглядело естественно — и все равно в такой стрижке просвечивало что-то неуловимо странное. Я решилась спросить.

— Что у тебя за прическа? Я таких не видела.

— Ты заметила, да? — ухмыльнулся он.

— Заметила, — ответила я. — Но не могу понять что.

— Никто не понимает, — сказал он. — Но все замечают. Я стригусь точно под Каракаллу. По бюсту.

В первый момент я подумала, что это рэпер или футболист.

— Кто это?

— Римский император третьего века нашей эры. Тогда волосы обрезали не так, как сейчас. Ни один парикмахер не сделает. Я стригусь сам.

Я вспомнила, что в Риме есть термы Каракаллы.

— А, это который бани строил?

Он кивнул.

— И многое другое.

Лежащий на полу Андреас вдруг издал скрежещущий звук — словно наткнулся на ледяную комету в темных закоулках своего трипа. Я решила, что он пришел в себя, но он просто повернулся на другой бок.

— А почему ты стрижешься под Каракаллу? — спросила я.

— Это мой исследовательский метод, — ответил Фрэнк.

— То есть?

— На самом деле я не историк-анархист. Я скорее историк-эмпатик. Еще точнее, некроэмпатик.

Наверно, я слишком долго дышала здешним дымным воздухом.

— Некроэмпатик, — повторила я. — Вот это точно самое крутое за сегодня. А что, интересно, это значит? То, что я думаю?

Фрэнк засмеялся.

— Обычные историки, — сказал он, — пытаются понять живших прежде людей через документы эпохи, культуру и так далее. Но это как пытаться понять современного американца через фильмы про «Мстителей» или резолюции ООН.

— Отличный метод, — ответила я.

Фрэнк отрицательно помотал головой.

— Человек никогда не бывает похож на свое время. Наоборот — он всегда прячется от времени в свою личную тайну. Как устрица в раковину. Он воспринимает свое время как катастрофу, а потом, через тысячу лет, кто-то откапывает его скелет — и об этом человеке начинают судить по потопу, от которого он убегал. По тому самому монстру, от которого человек всю жизнь скрывался.

— Ты хочешь понять эпоху как-то по-другому?

— Я вообще не хочу понять эпоху, — ответил он, — потому что это невозможно. Вернее, это может сделать любой шарлатан десятью разными способами, и каждый из них будет фейком. Эпоху нельзя понять.

— Почему?

— Потому что эпох не бывает. Это не что-то реальное и объективное. Это метафора. Нечто выдуманное людьми. А как можно понять выдуманное? Каким его придумаешь, таким оно и будет.

Интересный подход.

— Может быть, — сказала я, — выдумывают одни люди, а изучают другие. То, что придумали первые.

— Верно, так и есть. Но мне их выдумки ни к чему.

— Так что такое «некроэмпатия»? Эмпатия к мертвецам?

— Это когда ты пытаешься понять какого-нибудь очень давно умершего человека, принимая его форму, — сказал Фрэнк. — И копируя обстоятельства его жизни.

— А почему ты считаешь, что так можно кого-то понять?

— Это вопрос веры, — улыбнулся он. — Я верю, что мы оставляем после себя след. Стоячую волну, как говорят физики. Своего рода эхо. И если правильно на это эхо настроиться, его можно ощутить и даже пережить заново.

— А! — сказала я. — А! Вот теперь понимаю. Ты хочешь настроиться на этого Каракаллу?

— Совершенно верно. Я занимаюсь историей императора Каракаллы и пытаюсь увидеть его как бы изнутри его самого. Через эмпатию.

— А почему ты приехал в Турцию? Каракалла же был императором Рима.

— Да. Но провел много времени именно здесь. Как и его отец Септимий Север.

— Зачем?

Фрэнк сделал неопределенный жест рукой — мол, долго объяснять.

— Он прибыл сюда с большой армией — и намеревался вторгнуться в Парфию. Парфия вообще была для Рима любимой мозолью. Каракалла просто продолжал дело отца.

— Ага. И ты ищешь следы?

— Не совсем. Я же говорю, я эмпат. Я езжу по тем местам, где жил Каракалла, и понемногу становлюсь им самим. Я вижу его историю от первого лица. Он был такой Джихади Джон — приехал сюда воевать из Британии. Если хочешь, потом расскажу...

Вот, опять. У нас с ним, значит, будет не только сейчас, но и еще какое-то «потом». Что, правда новый метод пикапа? Или он не только эмпат, а еще и этот, как у Филипа Дика, *преког*? Который будущее знает? Я хотела уже пошутить на эту тему, но не стала. И сразу поняла почему.

Мне хотелось, чтобы «потом» было, и я боялась его спугнуть. Фрэнк мне нравился.

— А ты действительно видишь жизнь Каракаллы?

Он кивнул.

— Но не вполне ясно. Как бы через запотевшее стекло. Я не знаю, какой масти была его лошадь. Как выглядел его семейный дом в Сирии. Где именно он жил в Британии. Но я вижу человеческий процесс, протекавший в этих смутных берегах...

— Мне уже хочется послушать, — сказала я и неожиданно для себя сделала ему глазки.

Ну, не «Глазки-Глазки» с большой буквы — но вполне себе. Фрэнк заметил и улыбнулся. Причем хорошо улыбнулся — не как самец, уверенный, что птичка уже у него в сачке, а так, словно он понимал, что это совершенно случайные глазки, не дающие никому никаких прав, и ему вместе со мной смешно, что они у меня вдруг состроились, и даже немного неловко, что он их случайно подглядел.

— Я думаю, — сказал он, — для этого еще будет время.

И тут я почувствовала, что чуть-чуть подтекаю.

В общем, тело жило своей древней мудрой жизнью — и уже взяло руководство процессом на себя. А кто я такая, чтобы вмешиваться в борьбу биологического вида за выживание? Я всегда в подобных обстоятельствах задаю себе этот вопрос, и отвечаю, что никто.

Андреас постепенно стал подавать признаки жизни. Он поднялся на четвереньки, добрался до музыкального центра и поменял программу. Заиграла гладкая амбиентная электроника, которую почти сразу перестаешь замечать и слышать.

— Ну как ты? — спросил Фрэнк.

— Мне вас сильно не хватало, — ответил Андреас. — Вы оттуда похожи на две...

— Эмодзи? — спросила я.

— Нет. Инкарнации.

Я так услышала — «incarnations» — и переспросила:

— Почему инкарнации?

— Carnations, — повторил Андреас отчетливо. — Две гвоздики, красная и белая. Ждут пчелок...

И захихикал.

Я сначала подумала, что Андреас мог уловить из своих психоделических глубин какие-то, как выражался Фрэнк, эмпатические волны — но потом сообразила, что он, скорее всего, просто слышал наш разговор.

В дверь постучали.

— Зовут жрать, — сказал Андреас. — Идите, тут неплохо кормят.

— А ты? — спросил Фрэнк.

Андреас только махнул рукой.

Помещение, где принимали пищу, выглядело впечатляюще. Это была комната с круглой прозрачной стеной, наполовину зашторенной от вечернего солнца. Стол тоже был круглым, и довольно большим – хватило бы, пожалуй, на весь штат короля Артура.

За столом сидели Со, Майкл, Раджив и обе девочки – Сара и Мэй. Кроме них, появился новый персонаж – как я поняла, муж Со.

Это был пожилой седобородый мужчина в джинсовом – я не шучу – смокинге. То есть его буржуазный курительный пиджак с отливающими на свету черными лацканами был сшит из протертой до белизны джинсы с серьезными рваными дырами на рукавах и груди. Видимо, еще один образец desology. Перекрасили яхту, а теперь обкатывают другой продукт на папике.

— Саша, — представилась я.

— Тимофей, — ответил мужчина в смокинге. — Со говорит, что так мое имя будет по-русски: Tim or Fay, if you spell it. На самом деле просто Тим. Садитесь, друзья.

Я хотела есть, и уговаривать меня не было необходимости. Тем более что выглядел стол очень аппетитно.

Тут была сырая рыбная нарезка, салаты в половинках кокоса, крохотные баночки с овсянкой на йогурте, всякие блинчики, тарелки с сыром и целая уйма зелени. Рядом со столом стоял стюард – пожилой и совершенно не сексапильный азиат в матроске (правильно, а то в нее почему-то одевают исключительно молодых сексапильных азиаток). Матроска, правда, оказалась не совсем настоящей — ее воротник был просто напечатан на ткани. Стюард держал в руках меню.

— Если хотите яиц или там стейк, закажите, — сказал Тим.

Я заметила, что сам он уплетает картошку фри с жареной рыбой.

— Спасибо, — ответила я. — Тут вполне достаточно.

Минут пять мы ели молча. Сашими было очень вкусным, салаты — свежайшими, и я даже съела немного сыра, чего никогда не делаю после рыбы. Ничего, съем больше салата и господь простит.

— А чаю можно? — спросила я у азиата.

Чаю в меню было много разного. Я остановилась на скромном бергамоте — и через несколько минут мне принесли белый фарфоровый чайничек. Нет, жить тут определенно умели.

— Саша, — сказал Тим, — ты ведь из России? Я кивнула.

— У меня к тебе один вопрос. Скажи, а зачем вы вмешиваетесь в наши выборы? Зачем вы посадили в Белый Дом этого рыжего монстра?

За столом засмеялись. Со укоризненно посмотрела на мужа.

— Неужели непонятно? — ответила я.

— Нет. Я потому и спрашиваю.

— Просто, видите ли, — сказала я, придав своему голосу тот оттенок искренней девичьей задушевности, который так возбуждает пожилых мужчин, — мы ненавидим вашу свободу.

За столом опять засмеялись.

— А почему? — спросил Тим.

— Ну как почему. Мы понимаем, что никогда не будем такими свободными и прекрасными как вы, и все, что нам остается — это скрежетать зубами в темном углу и стараться из зависти вам нагадить.

Теперь засмеялись не только молодые люди, но и сам Тим.

— Хороший ответ, — сказал он. — Ты смешная. Но если напечатать такое в американской газете, девяносто процентов людей примет это за правду.

— Сейчас уже никто не примет за правду то, что пишут в газете, — сказала Сара.

— Такое примут, — ответил Тим. — Моя дочка Сара, как и все обеспеченные молодые люди, очень левая и очень радикальная. Она не понимает, что можно одновременно не верить газетам и безропотно глотать все их помои.

— Сара ваша дочка? — удивленно спросила я. — То есть она сестра Майкла?

— Да, — сказала Сара. — А что тут такого?

— Я подумала, ты его девушка. Вы с ним так спорили...

В этот раз я развеселила всех, включая даже азиата-стюарда.

— Однако, — сказал Тим. — Нет, они действительно все время спорят и дерутся, с самого детства. Но Майкл гей. Раджив — его бойфренд.

Я поглядела на Майкла, потом на Раджива, а потом зачем-то на Со. Та улыбнулась — как мне показалось, чуть-чуть виновато.

— Ты как относишься к геям? — спросил Тим.

— Я? Нормально.

— А вот Со никак не может этого в глубине души принять, — сказал Тим. — Нет, она чрезвычайно деликатна, не скажет ни единого слова и никогда не говорила. Но она все время знакомится с красивыми молодыми девушками и приводит их домой. Девушки думают, что нашли наконец богатую лесбиянку, а Со надеется, что Майкл наконец увлечется нормальной женской дырочкой...

Теперь засмеялась уже я. Но при этом покраснела. Со сделала круглые глаза и помотала головой.

— Саша, не верь ему. А ты, Тим, прекрати шокировать нашу гостью. Майкл тут ни при чем, мы с ней говорили об архитектуре и истории. Саша очень умная, и совершает сейчас свое магическое путешествие по миру. И ей совершенно не нужны твои деньги, так что повода хамить у тебя нет.

— По-моему, — сказала я, — это был комплимент. Если меня сочли достойной соблазнить такого продвинутого мальчика. Особенно если он гей.

Майкл сделал мне что-то вроде карманного реверанса из положения сидя.

Однако. Сара не девушка Майкла, а его сестра. Надо же, так ошибиться... Впрочем, я всего лишь заметила, что между ними существует эмоциональная связь, а какой она природы... Тут ошибиться нетрудно.

Я поглядела на Раджива новыми глазами.

Сперва мне почудилось в нем что-то угрожающее, но сейчас я сделала для себя уточнение: он походил не столько на злодея, сколько на актера, играющего средневековых злодеев в Болливуде. Смеялся он тоже по-особенному — сардонически и зловеще, словно угадав в развеселивших всех словах особый и только ему видный темный смысл. Все-таки сложно было представить Майкла и Раджива вместе. Но мой контракт меня к этому и не обязывал.

Тим углубился в беседу с девушками — кажется, они обсуждали какой-то интерьер. Я повернулась к Фрэнку, уплетавшему третий или четвертый кокосовый салат.

— У меня завтра экскурсия на гипподром. Надо выспаться. Я, наверно, свалю после еды.

— Я тоже, — сказал он и улыбнулся.

— В каком смысле? Погулять?

— Нет, вообще. Пора двигать с яхты — довезли, и спасибо.

— А куда ты теперь?

— Пару суток в Стамбуле, — ответил он. — А потом в Харран.

— Это где?

— Здесь же. В Турции.

— Что, — спросила я, — интересное место?

— Для меня да. Очень.

— А что там?

— Сейчас ничего. Но в античности там был один из главных храмов лунного культа.

— Ага, — сказала я, — понятно. Это путешествие по линии твоей эмпатической истории?

Он кивнул.

— А где ты будешь жить в Стамбуле? — спросила я.

— Еще не знаю.

Я секунду колебалась. Потом сказала:

— В моей гостинице полно свободных номеров. И она в самом центре. Не бог весть что, комнаты маленькие, но вполне уютное место.

— Это может быть интересно, — ответил он.

Мы почему-то перестали глядеть друг на друга. Затем он сказал:

— Это очень интересно. Освобождает от необходимости что-то искать. Ты меня подождешь? Мне надо собрать вещи.

— Подожду, — сказала я. — Я не особо спешу.

Когда все уже покидали столовую, в нее с виноватой улыбкой вошел Андреас, только к этому моменту созревший для принятия пищи. Еды вокруг было много. Имперская сварка терпеливо ждала. Жизнь была прекрасна.

Фрэнк ушел собираться, а я с остальными борцами вернулась в штаб корпоративных анархистов. Они зажгли сразу два косяка. Я не курила вместе с ними — но через полчаса реальность все равно изменилась настолько, что я испугалась Фрэнка, вернувшегося в каюту.

Правда, это было несложно.

Нет, не зря мы сегодня вспоминали Кайло Рена. Фрэнк успел надеть темную хламиду с капюшоном, очень похожую на наряд ситха из Звездных Войн. Она вполне гармонировала с его бородатым римским лицом — но совсем не сочеталась с потертой камуфляжной сумкой.

Римское лицо. У него действительно было римское лицо — теперь я могла в этом поклясться. Но вот интересно, пришло бы мне подобное в голову без его рассказа?

— Я готов, — сообщил Фрэнк.

— Уже уходите? — спросил Майкл.

Он даже не поглядел на меня. Судя по всему, план мамы не увенчался успехом, но я не особо расстраивалась.

— Можно попрощаться с Со?

— Она сейчас на массаже, — улыбнулась Сара. — Кончится через час.

— Тогда я позвоню, — сказала я. — У нее есть мой мэйл, а у меня ее карточка. Спасибо за угощение.

Эмодзи_красивой_блондинки_только_что_нашедшей_себе_нового_мальчика_но_пока_не_спешащей_признаться_в_этом_даже_себе_самой.png

✴

Ситхский наряд Фрэнка все еще пугал меня, но постепенно я привыкла. Темная сторона силы, что-то похожее со мной уже происходило.

— Что это за одежда? — спросила я, пока мы ждали такси.

— Каракалла, — ответил он.

— Что — «Каракалла»?

— Так называлась галльская накидка с капюшоном, которую носил Септимий Бассиан. Он же Марк Аврелий Антонин, только не путай с философом Марком Аврелием, жившим во втором веке. В третьем веке многие императоры назывались Марками Аврелиями. Как раньше Гаями Цезарями. Каракалла — не имя императора, а прозвище. Его прозвали так по этой накидке.

— Ага, — сказала я вдумчиво. — А потом ее носил император из «Звездных войн». И Кайло Рен.

Он кивнул.

— Каракалла был по возрасту примерно как Кайло Рен. Так что выглядело похоже.

— А шлем с красными швами у тебя есть? — спросила я.

— Нет, — улыбнулся он.

— Ну хорошо тогда. А то я подумала, что ты псих.

— Я псих, но все в порядке, — ответил он. — Я мирный псих. И у меня есть кое-что получше шлема.

— Слушай, — сказала я, — но ведь тебе тогда нужно носить меч. Если ты так серьезно подходишь к вопросу. И еще, наверно, постоянно трахать маленьких мальчиков, как все римские императоры.

— Ну не все, — ответил он. — И не постоянно. Марк Аврелий, например, писал, что с годами научился сдержанности в этом вопросе.

— Хорошо, — сказала я. — Но лошадь тебе точно нужна.

— Каракалла не все время проводил на лошади. Он иногда просто ходил ногами по земле. Мой эмпатический опыт нацелен именно на эти минуты.

Накидка Фрэнка была темно-пурпурного цвета, приятного и успокаивающего оттенка. Такие галстуки любят британские теледикторы. Удивительно, но никто из проходивших мимо нас по причалу не обращал на него внимания.

— Слушай, — сказала я, — ты очень странно в ней выглядишь, но на тебя никто не смотрит. Может быть, ты просто моя галлюцинация?

— На тебя тоже никто не смотрит, — ответил он. — Так что ты, возможно, моя...

В такси я наконец расслабилась.

Все хорошо, я в теплом приветливом Стамбуле, мы ушли с вечеринки, со мной едет новый приятель. Те же самые элементы, из которых состоят тысячи человеческих существований вокруг. Жизнь развивалась в правильном направлении.

Свободные номера в гостинице были. Но Фрэнка не устроила цена.

— Двести пятьдесят долларов за ночь, — сказал он. — Я лучше буду спать с легионерами у лагерного костра.

— Сорри, — ответила я, — это будет стоить тысяч пять долларов в день, не меньше, а столько я на тебя тратить пока не хочу. Можешь спать у меня. Если будешь вести себя прилично. Номер забронирован для двух adults.

— Я всегда веду себя прилично. Спасибо, милая.

Мне вспомнился «Калигула» Тинто Брасса, и я подумала, что поступила опрометчиво. Но тут же поняла, что кокетничаю сама с собой.

Я на самом деле была готова ко всему. Еще с той минуты, когда почувствовала, что он мне нравится. Такие решения принимаются на очень серьезном уровне, на это соглашаются глубинные слои психики, весь внутренний сенат и синод — а потом, когда их вердикт доходит до поверхности сознания, начинается карикатурная игра в прятки и соблюдение «правил», предписанных женщине патриархатом.

Диалектика в том, сказала бы я, что патриархальный уклад лишает иного самца радости, вполне ему причитающейся по природному праву.

Фрэнк оставил сумку в номере, и мы отправились гулять. Когда мы проходили мимо Софии, я рассказала, как познакомилась с Со.

— Ты увидела храм во сне? — спросил он удивленно. — И было похоже?

— Ну да, — кивнула я. — Но не слишком. Некоторые элементы действительно совпали. Павлин и павлиний хвост на яхте.

— Интересно, — сказал он. — Очень интересно. То же случилось и с Каракаллой.

Так. Этот Каракалла постепенно превращался в элемент трехспальной кровати «Ленин с нами». Я задумалась, как перевести это Фрэнку, но вовремя вспомнила, что в кровати мы с ним еще не были.

— Откуда ты знаешь? — спросила я. — Читал у историков?

— Нет. Понял через эмпатию.

— Тебе что, тоже снился сон?

— Мне снилось много разных снов, но дело не в них, — сказал он. — В конце своего правления Каракалла ездил в храм лунного бога. Лунуса, как его называют в некоторых хрониках, хотя имен у него было много. Главный храм лунного культа находился в Каррах, которые сейчас называются Харраном. Так вот, Каракаллу привел туда сон. Даже не один, а целая последовательность снов.

— Как можно понять это через эмпатию?

Он пожал плечами.

— Можно. Мы все — часть целого.

— Знаю, — сказала я, — слышала что-то такое. Но ведь у тебя должны быть объективные источники. На которые ты опираешься не как сновидец, а как историк. У тебя это есть?

— Вернемся, я тебе покажу.

Он ткнул пальцем в табличку на стене.

— Что за «Цистерна Базилика»?

Перед нами стояла короткая очередь — но никакой архитектурной достопримечательности я не видела, только какой-то похожий на крохотную железнодорожную станцию домик с тремя окнами. Наверно, догадалась я, что-то подземное.

— Я туда еще не ходила, — сказала я. — Пошли?

На самом деле я просто хотела отодвинуть

минуту, когда мы останемся в номере вдвоем. Мы успели с последней партией туристов — базилика уже закрывалась.

«Цистерна» оказалась огромным хранилищем для воды с высокими сводами и колоннами. Такой подземный храм Ктулху (кому же еще поклоняться в подобном месте). Меня поразили огромные головы древних статуй, использованные строителями в качестве опор для колонн. Одна из голов для пущего унижения была перевернута.

Рядом с нами прошла смешанная группа французов и немцев. Их вел очкастый европейский гид, говоривший по-английски — если вдуматься, серьезное унижение для объединенной Европы. Мы с Фрэнком пристроились сзади и стали слушать. Выяснилось, что это голова Медузы, но откуда и когда ее привезли, гид не сказал. Я поняла только, еще в античное время.

— Мы можем видеть на этом примере, — говорил гид с французским прононсом, — что ситуация, когда вся предыдущая культура превращается в каменоломню для текущей, известна людям с античности. Впрочем, она не была чем-то новым даже в Древнем Египте... Культура — это не только самоподдерживающийся, но и самопоедающий механизм. В точности как человеческое тело. Прошлое с его артефактами и историями растворяется в нем без остатка...

— Оно не растворяется, — вдруг громко сказал Фрэнк.

Гид изумленно поднял на него глаза.

— Оно теряет свое имя. Становится бездомным эхом. Мы видим и слышим массу вещей, которые раньше были чем-то другим. Мы просто их не узнаем.

На Фрэнка уставились туристы. Пара человек даже щелкнула телефонами: видимо, их впечатлил его ситхский плащ.

— Возможно, — улыбнулся гид. — Я об этом и говорю, но не так поэтично. С вашего позволения...

Он повернулся и увел свою группу дальше.

Кроме обтесанных каменных голов мне запомнились какие-то загадочные знаки, вырезанные на некоторых колоннах. Слишком высоко для туристов, да и вид у резьбы очень аккуратный. Возможно, это было тавро строителей — но гида спрашивать не хотелось.

Мы выбрались из цистерны, погуляли еще немного по вечернему Стамбулу, и под конец Фрэнк проголодался. Мы сели за столик в том же месте, где я вчера ела свежевыпеченный хлеб с чем-то вроде хумуса — но после злоупотреблений на яхте на подобное грехопадение я готова уже не была, и Фрэнк поужинал в одиночестве. Я выпила только стаканчик местного чаю без сахара — и съела яблоко.

Яблоко оказалось сладким, и меня мучила совесть. Но думала я вовсе не о кознях древнего змея — а о гликемическом индексе и лишних углеводах.

В номере Фрэнк первым ушел в ванную и долго плескался в душе. Вышел он в пижаме из серых шортов и майки, вынул из сумки свой лэптоп и стал подключаться к сети. Я отправилась в ванную следом. У меня не было пижамы, но там висели приличные халаты. Как раз моего размера.

Когда я вышла, он лежал на кровати и дымил. Хорошо хоть догадался приоткрыть окно. Я села на кровать, отобрала у него косяк, погрозила ему пальцем и сказала:

— Ты обещал вести себя прилично. Помнишь?

Он кивнул и сделал серьезное лицо.

Дура, подумала я тут же, вот дура, а? Теперь он будет всего бояться, у них ведь в Америке концлагерь. Особенно для белых мужиков. Все сама себе испортила.

Неудивительно, что я на него разозлилась.

— Зачем ты стал спорить с гидом?

— Когда? — изумился он.

Похоже, он уже забыл.

— В базилике.

— А. Он говорил, что все пропадает. Ничего не пропадает. Мы живем среди отражений и эх (Фрэнк сказал «echoes»). Помнишь голову медузы?

— Помню.

— Это был другой храм неподалеку. Очень старый, уже разрушенный христианами. Когда строили цистерну, просто приволокли голову в катакомбу и перевернули, потому что боялись ее взгляда. Или уже не помнили, кто это, и думали, что новый бог поставит плюсик за плевок в прежнего. Ты приходишь посмотреть на византийский резервуар для воды, но видишь эхо чего-то гораздо более древнего, чем сама Византия. Понимаешь?

Он, наверно, всю жизнь общался с дурочками.

— Понимаю, — сказала я. — Чего тут непонятного?

— Гид говорил, что культура переваривает себя. Поедает свое прошлое без остатка. А по-моему, прошлое забрасывает в будущее свои семена. Они прорастают где угодно, и мы уже не знаем, чем они были раньше. Особенно часто такое бывает в поэзии и музыке.

— Прорастает в каком смысле? — спросила я. — Повторяется мелодия? Или рифма?

— Бывает, что всплывает какая-то таинственная и скрытая от людей история, но ее не узнают. Вот такая же голова медузы. Кто-то вдруг спотыкается об нее в психоделическом тумане. Это часто случалось в шестидесятые,

140

когда сразу много разных энтузиастов стали копать нашу бессознательную память под кислотой...

Он говорил интересно и по делу, но я все еще чувствовала себя обиженной.

— Можно пример?

— Примеров много. Битлз, Пинк Флойд и так далее. Но во всем этом огромном архиве лично для меня важна только одна песня.

— Какая? — спросила я.

— Тут есть за что зацепить блютус?

В номере была аудиосистемка — и блютус у нее работал. Фрэнк некоторое время возился с соединением, а потом сказал:

— Вот послушай. Это Кинг Кримсон. «Moonchild». Представь голых по пояс трубачей, дующих в длиннейшие бронзовые рожки. Такие зеленоватые дудки, блестящими кольцами обернутые вокруг их тел...

Он показал руками. И заиграла музыка.

Я не слышала этой песни раньше — и она поразила меня с первой секунды.

Call her moonchild,
Dancing in the shallows of a river
Lovely moonchild,
Dreaming in the shadow of the willow...[1]

---

[1] Назови ее лунным ребенком, танцующим на речной отмели. Прекрасным лунным ребенком, спящим в тени ивы...

Я заметила шипящую рифму — shallows и shadow — не в конце строчки, а в середине. Просто какой-то серебряный век, змеиное совершенство формы.

Потом я провалилась в приятные полумысли ни о чем — и перестала следить за текстом. До меня доходили только отдельные строчки: «drifting in the echoes of the hours...», «dropping circle stones on a sun dial...»[1], а когда песня кончилась и началась трудноотличимая от звуков передвигаемой мебели психоделия, я выловила из памяти последние строчки, в реальном времени пролетевшие мимо:

Playing hide and seek
with the ghosts of dawn
Waiting for a smile from a sun child[2]

Это действительно было что-то невероятно красивое и очень старое — гораздо старше шестидесятых, когда эту песню написали. Что-то вообще античное, думала я. Никак не из нашего времени.

Наверно, это было тлетворное влияние Фрэнка — после его слов я просто не могла

_____

[1] Плывя на эхе часов, роняя круглые камни на солнечный циферблат.

[2] Играя в прятки с призраками рассвета, ожидая улыбки от ребенка солнца.

142

услышать эту песню иначе. Даже моя обида за испорченный вечер прошла.

— Да, — сказала я, — ты прав. Это из другого мира. Какая-то древняя сказка.

— Не сказка. На самом деле это эхо. Вот как раз то, про что я говорил — заблудившееся эхо, забывшее свой источник.

— Эхо чего?

Он снисходительно посмотрел на меня.

— Это история Каракаллы. Вся его жизнь, сжатая до нескольких строчек.

— Откуда ты знаешь?

— Знаю. Я могу все про него рассказать. Ну, не все — но самое главное. Достаточно, чтобы ты поняла, о чем эта песня.

— Расскажи, — попросила я.

Мне правда было интересно.

— Сейчас, — ответил он. — Только мне нужно в ванну.

Судя по тому, что зажурчали сразу все краны, у него было что-то с желудком, и он не хотел смущать меня звуками.

На самом деле человек — очень сложное устройство с массой физиологических отправлений. Он плохо подходит для того ритуала соблазнения, который диктует нам Голливуд...

Я не додумала эту мысль, потому что заметила на тумбочке возле кровати какой-то изогнутый тускло поблескивающий предмет. Я не заметила, как Фрэнк его туда положил.

Это была маска из темного от времени металла, оклеенная изнутри мягким бархатом, чтобы не царапать кожу. На лбу — черный камень в оправе. Не драгоценный, а что-то вроде кусочка базальта. Над камнем — маленькие рога. Потом я поняла, что это не рога, а полумесяц, повернутый остриями вверх. Маска Луны.

Она оставляла открытыми нос и рот — и была очень красивой: тонкой, достаточно легкой, с ненавязчивым орнаментом по краю. Мне сразу захотелось ее надеть.

Я так и сделала — у маски были удобные тесемки, охватывающие затылок и удерживающие ее на лице. Потом из ванной вышел Фрэнк. Я испугалась, что он будет меня ругать — но он довольно улыбнулся. Видимо, ему понравилось мое самоуправство.

— Это маска Луны?

— Да, — ответил Фрэнк. — Тебе идет. Ты спрашивала, на что я опираюсь как историк. Вот на это.

— Откуда она у тебя?

Он покрутил рукой в воздухе. Видимо, подумала я, из воздуха. Ладно, захочет — сам скажет.

— Она красивая.

— Это настоящая античная маска, — сказал он.

144

— Что за металл? Серебро?

— Электрон. Сплав серебра и золота.

— Дорогая, наверно?

Он ухмыльнулся.

— Если бы я хотел произвести впечатление на американскую девушку, я сказал бы, что такую можно обменять на новый «феррари». Но тебе я скажу правду — ее можно обменять на «теслу». И еще останется.

Я уже научилась узнавать моменты, когда он шутит — и засмеялась.

— Нет, правда. Сколько такая стоит?

— Она бесценна. У нее нет цены. Не с чем сравнивать. Думаю, что ее без труда можно продать за миллионы.

— Значит, — ответила я, — ты серьезно инвестируешь в свою шизофрению. Я это уважаю.

На его лице появилась гримаса почти что боли.

— Не надо портить все сарказмом, — попросил он.

Действительно, шутки разрушали ту волшебную загадочную атмосферу, которую мы создавали весь вечер. Я решилась наконец поглядеть на себя в зеркало.

То, что я увидела, поразило меня и напугало.

Из зеркала смотрела богиня.

Древняя богиня, чье прекрасное лицо обещало негу и ужас. Это было настоящее, страшное. Помню, я сразу подумала, что у этой маски есть душа. Вернее, душа и тело — и если тело состояло из сплава золота с серебром, то душа была сделана из сплава восторга и смерти.

Мне пришло в голову, что маску наверняка использовали в ритуалах, и эти косые прорези глаз видели много такого, что плохо совместимо с жизнью. Может быть, ее надевали на приносимых в жертву людей... Или, наоборот, на жрицу, приносившую жертвы... Словно бы мы разбудили на минуту какой-то жуткий кусочек прошлого, и он глянул на меня из гостиничного зеркала.

Я повернулась к Фрэнку, чтобы поделиться своими чувствами — и даже вскрикнула.

На нем была другая маска, очень похожая на мою — только с металлическими лучами вроде терний статуи Свободы. Маска Солнца, поняла я.

— Ты сама ее надела, — сказал он. — И это хорошо — если ты хочешь послушать про Каракаллу, она должна быть на тебе... Ложись на спину, чтобы было удобно. Это длинная история.

— Хорошо, — согласилась я.

— Я буду говорить от первого лица. И не перебивай. Как только перебьешь, я замолчу.

— А если я усну?

— Значит, ты уснешь.

— Окей, — сказала я.

146

— Мне больше всего нравился бог Митра, — произнес он прежним тоном, и я даже не поняла сперва, что его рассказ уже начался. — С самого детства только он...

Эмодзи_красивой_блондинки_которая_забрела_на_немного_странную_историческую_лекцию_в_масках_но_не_слишком_переживает_потому_что_лектор_уже_почти_совсем_ее_парень.png

❦

Из богов, древних и новых, мне больше всего нравился солнечный Митра. В этом меня с детства поощряли отец и мать, но по-разному.

С отцом было понятно. Восточный бог пользовался почетом у солдат, и будущему императору не мешало иметь общие с ними вкусы.

— Ешь их пищу, поклоняйся их богу, шагай с ними рядом в походе, — повторял отец, — и они отдадут за тебя жизнь.

Я помнил один из митреумов Лукдунума, города, где я родился. Вернее, вид из этого митреума: строгая опрятная улица, свежее чистое небо и висящее напротив дверей розовое солнце, дрожащее прямо над плоскими булыжниками. Мостовая взбегала на холм, и солнце как бы появлялось по утрам на ведущей к святилищу дороге.

Мать знала про Солнце много странного. Например, она говорила, что на самом деле

Солнце — конический черный камень, стоящий в храме сирийского города Эмеса. Это звучало так абсурдно и настолько противоречило здравому смыслу, что я ей верил. Мало того, в это верили другие — и их вера кормила нашу семью.

Мы все ищем чудесного, чтобы обмануть судьбу и выйти за границы обыденного. Религия, утверждающая, что Солнце — не желтый круг в небе, а таинственный Камень, спрятанный в сирийском захолустье, способна увлечь не только ребенка, но и серьезного философа.

Моя мать Юлия Домна происходила из древнего рода царей-жрецов, служивших Камню Солнца и правивших Эмесой. Ее отец Бассиан тоже был жрецом — но уже не царем. Рассказывали, что он видел будущее и творил чудеса. Но на Востоке этим никого не удивишь.

Про мою мать Домну говорили, что в юности она — то ли сама, то ли по просьбе моего деда Бассиана — собирала у главной святыни эмесского храма лучших философов и софистов эллинского мира. Они часами спорили перед Камнем о делах нашей жизни и горьком человеческом уделе, чтобы божество знало все из первых рук.

На Камень при этом накидывали покрывало из тончайшего виссона, на котором золотом было вышито большое ухо. Философов, препи-

равшихся перед ухом, Домна называла «божественные доносчики» и «соглядатаи Солнца».

Трудно поверить, чтобы дед мог попросить
ее о подобном. С другой стороны, еще труднее
допустить, что это могло происходить в храме
без его ведома.

Словом, семья была не без божественных
странностей, как и положено роду принцепса.
Калигула ведь тоже разговаривал с Юпитером,
перешептываясь с его статуей — мои родственники просто были почтительнее. Они не доку-
чали божеству своими просьбами, а деликатно
информировали его о состоянии дел в мире.

Семья матери могла и дальше служить Камню Солнца, но будущему императору, говорил
отец, такое не к лицу. Полезнее вместе с солдатами поклоняться Митре. Он тоже некоторым образом Солнце и тоже в некотором роде
Камень, потому что родился из скалы.

Мать соглашалась с этими неуклюжими
солдатскими софизмами и не посвящала меня
слишком глубоко в сирийские мистерии. Но
даже того немногого, что я от нее услышал,
было довольно, чтобы поразить мое воображение навсегда.

Избранник богов придет из нашего рода.
Не я ли этот человек, думал я по ночам, вспоминая галльский митреум с розовеющим в от-
крытых дверях солнцем...

Когда отец, уже став императором, взял мятежный Лукдунум с боем, я не нашел ни митреума, ни этой солнечной улицы. Вполне возможно, что я видел их в каком-то другом городе во время наших бесконечных переездов. Император Рима обречен скитаться, и семья его следует за ним.

Солдатская вера в Митру вполне мне подходила. Она казалась куда более понятной, чем древние культы олимпийцев и изощренные восточные ереси.

Митра родился из камня (из того самого черного Камня, добавляла мать шепотом — это поэтическая фигура, речь идет о символическом рождении). Митра хоть и не был Солнцем сам, но пировал с ним за одним столом.

Солдат твёрд как камень. Солдат, как Митра, пирует за одним столом с Солнцем. Вернее, это Солнце в пурпурном плаще садится к его костру и ест его пищу. Так делали все императоры, желавшие жить долго.

Другой запомнившийся мне митреум я увидел мальчишкой на Востоке. На стене было обычное изображение Митры, убивающего быка — а над ним круглые щиты с лицами Луны и Солнца. Лицо Луны было таким прекрасным и нежным, что я попросил сделать мне его копию на золотом медальоне, и с тех пор носил с собой.

Думаю, именно тогда зародилась моя великая любовь.

Я считал себя то маленьким Солнцем, то маленьким Митрой — и часто уговаривал взрослых дать мне поразить быка, как это сделал Митра. Надо мной смеялись, но иногда позволяли. Для моих забав выделяли маленьких бычков — но в те дни они казались мне взрослыми могучими быками. Конечно, добивать утыканного моими стрелами зверя приходилось другим.

В тринадцать лет я сумел убить бычка брошенным сверху копьем. После того, как я провел несколько минут над его тушей и потрогал пальцами его кровь, вкус к этой жестокой забаве у меня прошел. Хоть Митра и убивал быков на неисчислимых фресках, он был добрым богом. Я тоже хотел быть добрым богом. Увы, отец рано объяснил мне, что в нашем мире это возможно не всегда.

Я был сыном живого Солнца, светила с морщинами, седеющей крашеной бородой и грубыми большими руками. Это Солнце сияло всей огромной империи, грело ее и питало, и люди приходили просто увидеть его и поклониться. Я мог стать следующим Солнцем, но у меня был брат — а двух солнц на небе не бывает.

Гета всегда казался мне поддельным богом, поставленным судьбой рядом со мной, чтобы испытывать и мучить меня — бога настоящего.

Он был некрасивым, полным и потным, но умел располагать к себе вежливым обращением и льстивой речью. Это действовало на людей даже сильнее, чем моя щедрость. Но я презирал подобные уловки — и, глядя на Гету, как бы отвращался от его учтивого притворства, приобретая манеру совершенно противоположную: грубую и прямую речь, понятную и близкую солдатам.

В этом был, конечно, и расчет. Отец говорил, что император Рима в наши дни — это любой, кого послушают легионы. Любой человек, повторял он, шутливо закрывая ладонью рот как бы для того, чтобы утаить эту страшную истину от гостей и стражи.

Потом, уже серьезней, он добавлял, что на империум надо иметь и божественное право. Но даже человек с таким правом перестанет быть императором, как только солдатам надоест его слушать. И вот эту последнюю истину он никогда не уставал в меня вбивать.

Калигула рос в военном лагере и умилял солдат своей солдатской обувью — но потом предался губительным столичным излишествам. Император, говорил отец, не должен отходить слишком далеко от своих легионов. Даже божественный Марк Аврелий, великий мудрец, о котором отец отзывался с восхищением и завистью, провел жизнь в походах — и создавал свою философию среди солдатских палаток.

Чем больше я глядел на этих грубых людей, затянутых в кожу и металл, тем больше мне хотелось стать одним из них. В этом был вызов изнеженному Гете, попытка походить на отца — и еще на царя Александра, пятьсот лет назад совершившего свой великий поход. Александр, правда, требовал божественных почестей и перенимал персидскую роскошь. Но можно быть скромным Солнцем, думал я. Светить всему миру и довольствоваться деревянной посудой. Марк Аврелий был как раз таким.

Моего отца ненавидели в Риме. Там ненавидят всех императоров; наш удел — слоняться по окраинам империи во главе огромных армий и защищать от погибели тех, кто молится о нашей смерти. Но придет день, когда мы уже не сможем этого делать. Александра убил Вавилон, Цезаря Рим — что, интересно, убьет меня?

Отца убила Британия.

О, этот тусклый коварный остров, обитель древнего разврата! Каледонские прелюбодеяния так ужасали мою мать, что она публично укоряла в них варварских женщин. Жена каледонского вождя — или его любовница, там особой разницы нет — ответила в том смысле, что они всего лишь делают явно то, чему Рим предается тайно. По сути, конечно, она была права.

Мой отец воевал всю жизнь — сначала с варварами на Востоке, потом с мятежниками в Галлии. Упади кости по-другому, и мятежником назвали бы его самого. Нигде он не пролил столько римской крови, как под Лугдунумом, где разбил Клодия Альбия. Но даже после этого ему не суждено было отдохнуть.

Я помню его рассказы про Восток, казавшиеся особенно невероятными среди британских дождей. Война там проходила на огромных пространствах; армии долго слонялись по пустыне в поисках врага — в Британии же приходилось прорубаться через заросли. Чтобы отодвинуть границу империи всего на сотню миль, надо было затратить больше сил, чем уходило на покорение восточного царства.

Легионы здесь почти не сражались — они рыли огромный ров, перерезавший остров с запада на восток, и возводили рядом с ним укрепленную насыпь. Вернее, даже не рыли — а восстанавливали прорытое полвека назад и почти поглощенное уже сыростью и травой.

Ров заливало дождем, земля осыпалась, бревна сползали с насыпи, но легионеры чинили ее, как муравьи муравейник. Семьдесят лет назад солдаты счастливого века возвели стену от моря до моря. Она лежала у нас в тылу — в сотне миль к югу. Я смотрел на вал Адриана и думал: как же так? Все, кто его строил, уже мертвы... А мы поднимаем новую стену – и значит, тоже скоро умрем. Неужели это судьба всех людей?

В детстве я представлял войну иначе. Но отец говорил, что и при Цезаре Рим победил галлов не мечом, а лопатой – и это единственный вид военных действий, который дает долговечные результаты.

На Востоке отец, как пристало римскому всаднику, ездил перед легионами на коне. По Каледонии его носили в паланкине, и он даже не выглядывал из его окон. Он носил длинную бороду, чтобы походить на Марка Аврелия, и умер так же как тот, в военном походе на чужбине.

Но Марк Аврелий был кроток и миролюбив, отец же перед смертью собирался истребить всех каледонцев вместе с еще не рожденными младенцами в утробах – и уже отдал такие приказы. Шептались, что каледонцы именно поэтому извели его своим колдовством (гуляли, впрочем, и сплетни, что его отравили мы с Гетой – и за Гету я не поручусь).

Марк Аврелий оставил после себя многотомные записки. У отца тоже была своя философия, но вся она поместилась бы на одной табличке. Он никогда не давал себе труда записать ее и изложил перед смертью устно:

– Чти богов, плати солдатам и плюй на все остальное...

Когда отец умер, мы с Гетой доставили его тело в Рим и механика императорского культа пришла в движение. Я увидел в действии обычай, о котором даже не знал.

По отцовскому подобию сделали восковую куклу, почти от него не отличимую (только борода у нее оказалась слишком уж черной – отец красил свою в другой оттенок). Кукла была бледна, но на щеки ей наносили нездоровый чахоточный румянец, становившийся с каждым днем все ярче.

Кукла официально болела.

Она лежала на высоком ложе из слоновой кости и золота под открытым небом. От людей ее скрывали расшитые занавески. Сенаторы, ненавидевшие отца при жизни, склонялись перед его подобием, и ветер раздувал их траурные робы. Благороднейшие женщины Рима, во всем белом, без единого украшения, скорбно молчали у ложа, о котором сплетничали всю жизнь. Врачи с серьезным видом осматривали куклу – и делали единственное, что хорошо умеют: говорили, что надежды уже никакой.

Потом куклу объявили мертвой и понесли по священной дороге на старый Форум. В последние дни отцовской жизни его носили по Каледонии точно так же.

Я глядел на процессию и думал: римский народ, вот достойный тебя император – кукла из воска. Глухая к твоим поношениям, равнодушная к твоим похвалам, неуязвимая для ядов и лезвий. Я стану такой куклой при жизни – для всех, кроме тех, кого люблю. Или ненавижу...

Я любил богиню Луны, а ненавидел брата – с той же силой, с какой он меня. Наше взаимное ожесточение казалось мне обжигающим лучом, пойманным между двумя зеркалами – оно металось между нами, не в силах погубить ни его, ни меня.

Куклу отца в конце концов принесли на Марсово поле и подняли на погребальный костер, устроенный в виде деревянного дома в три этажа. Я подумал, что костер подожгла наша с Гетой ненависть – так яростно и быстро он запылал. Когда из дыма и пламени вырвался изображавший отцовскую душу орел и полетел к тучам, никакой силы, способной защитить друг от друга нас с Гетой, на земле не осталось.

Я убил Гету первым. С точки зрения риторики эта фраза нелепа, можно сказать только «я убил Гету» – убитый не может стать убийцей. Но в нашем случае все было именно так – я убил Гету первым, и его рука, уже занесенная надо мной, превратилась в пепел.

Преторианцы приняли меня в своем лагере, и уже с ними я вернулся в город. Наш с Гетой дворец был прежде разделен пополам, и теперь вслед за братцем отправились все те, кто жил на его половине. А затем и те, кто стремился стать его клиентами в Риме. Так делают в тех странах, куда в конце своего похода пришел Александр. Мудрый обычай.

Мне приснился сон про отца — вернее, его восковую куклу, сожженную на Марсовом поле. Кукла произнесла его голосом:

— Чти богов. Плати солдатам...

Казалось, отец хочет добавить что-то еще, но его скрыл дым от множества костров, на которых варили пищу — во сне подобные несообразности случаются то и дело. Толкователь счел этот знак благоприятным в высшей степени.

Я не просто поднял жалованье солдатам, я стал одним из них. Но вот насчет богов...

Став императором, я начал смотреть на них иначе. Богов много, особенно на Востоке, и никого из них нельзя обидеть. Это уже не религия, а политика.

Мне было не вполне ясно, кого из них следует чтить для удачи в делах. В империи ведь постоянно появляются новые боги — и идут на Рим точно так же, как это делают мятежные генералы во главе своих легионов. Предсказатели то и дело повторяют, что Рим склонится перед новым божеством. Но каким? Когда?

Мои сирийские родственники становились жрецами Солнца в младенческом возрасте, и у них подобных вопросов не возникало. Солнце, только оно. Гелиос, сокрытый Sol Invictus, сирийский Элагабал, египетский Ра – я слышал про них с детства. Я поклонялся Митре не из праха, а почти как равный: так сенатор выражает почтение принцепсу. Небо над изображением Митры украшали Солнце и Луна. Тот угол, где сияло Солнце, был нашей семейной ложей.

Но кем было прекрасное существо из ложи напротив?

Луна на золотом медальоне – моя тайна, моя любовь... Я даже не знал, какого она пола.

Этого не знал никто из людей: в одном краю она была Селеной, в другом Лунусом. Когда я был мал, я искал похожие лица среди рабов и сверстников – и моей временной Луной мог оказаться кто угодно. Уже тогда я понимал, что люблю одно лишь просвечивающее сквозь них божество.

И это божество любило меня тоже. Иногда оно нисходило во временные формы, которые я находил вокруг, и дарило мне минуты радости. Фидий делал богов из мрамора; я высекал их из людей. В отличие от Калигулы и Нерона я не убивал их после соития. Такой необходимости не было: живые сосуды, куда входило божество, даже не знали, что происходит.

Я верил, что эти замещения будут моим уделом не всегда и однажды я встречу свою судьбу лицом к лицу. Я знал – это случится на Востоке. Откуда в моей голове взялась такая уверенность, я не помнил: может быть, она появилась после какого-то из рассказов отца, или я вынес ее из сна.

Во сне я встречался с Луной в самых разных местах. Часто вокруг лежали пески или руины; небо было бессолнечным и тусклым, серого или даже зеленоватого цвета (однажды я предположил, что мы под водой и вокруг остатки Атлантиды, описанной Геродотом). Но это был не подводный мир, а лишенное солнца пространство светлой ночи. Любой охотник знает – ночь темна только для людей.

Богиня носила маску Луны. На мне же была маска Солнца, которую я видел, глядя на свое отражение в зеркалах и лужах. Я видел эти маски так часто, что сумел даже точно нарисовать их.

Моя лунная подруга была прекрасна и доказывала свою божественную природу тем, что чаще всего ее пол невозможно было определить с первого взгляда – но при этом она не походила ни на последовательницу Сафо, ни на подкрашенного мальчика, предлагающего свои услуги в термах. Я говорю, что встречался с Луной, но мог бы сказать, что встречался с Лунусом – словом «она» я пользуюсь лишь по привычке ума.

Мужское или женское прозрачно и понятно, даже когда прикидывается своей противоположностью. А та красота, что я видел, была божественной и непостижимой. В ней чувствовалась насмешка над человеческой природой, расколотой надвое и спаривающейся, чтобы стать одним; то, что я встречал, уже было целым и не нуждалось во мне как в половинке. Нельзя выразить, как это манило и возбуждало.

Обычно мы играли в игры, смысла которых я не понимал до конца. Я становился подобием раба, прислуживающего капризному избалованному ребенку.

Мы раскладывали странные предметы по пустому двору или залу – мои перемещения между ними были строго регламентированы понятными во сне правилами, но иногда мне удавалось пройти совсем близко к божеству и даже коснуться его. И тогда все мое существо заполнялось невыразимым блаженством.

Особенно хорошо я запомнил один сон, где мы собирали большие солнечные часы из разноцветных плиток. Должны были совпасть все прорези и выступы, чтобы получился расчерченный каменный диск с цифрами. Еще сложнее эту запутанную головоломку делало то, что мы должны были укладывать плитки поочередно. Пока один из нас двигался, другой стоял и ждал.

Когда часы наконец сложились, я заметил, что вместо отбрасывающего тень зубца из земли острием вверх торчит старинный бронзовый меч.

Помню, во сне меня восхитила эта деталь, и я решил немедленно выпустить эдикт, предписывающий проделать то же самое со всеми солнечными часами империи.

Слава богу, что это желание пропало, когда я проснулся. Во сне в такой замене был смысл; наяву – нет. Еще чего, думал я хмуро, а потом заменить воду в клепсидрах на кровь, чтобы установить равновесие между солнечным временем и временем водяным... Нерон мог бы устроить такое вполне, но я? Я?

В том, как Фрэнк говорил «я», рассказывая про Каракаллу, не было ни малейшей наигранности. Через несколько фраз я начинала верить, что слушаю живого императора. Это и нравилось мне, и пугало.

Мне нравилось заниматься с ним любовью (мы все-таки сделали это в самую первую ночь, а потом – на следующее утро вместо запланированной экскурсии на гипподром, прости Мехмет, и пошло-поехало), но я все время ждала, что у него появятся странные просьбы.

Так оно и вышло.

Вечером мы выпили после ужина много французского красного — «галльского», как называл его Фрэнк («римляне любили вино и соитие, девочка, но оставляли конопляный дым германцам, поэтому сегодня курим только один косяк, максимум два»), а потом он сказал:

— Давай сделаем это в масках.

— Зачем? — спросила я.

Он приложил палец ко рту.

Мы уже делали это без масок, подумала я, почему бы и нет. Посмотрим...

Когда на нас были маски, Фрэнк вел себя совсем по-другому, и это завораживало. Он не просто раздевал свою подружку — он прислуживал богине. Во всех его действиях присутствовала такая почтительность, такое ненаигранное смирение, что я действительно чувствовала себя богиней, которой приносят жертву. И это, если честно, мне нравилось.

Когда на мне была маска Луны, Фрэнк ухаживал за мной как раб, целовал пальцы моих ног и обмахивал меня веером. Он не требовал ничего в ответ. И в конце концов я действительно стала ощущать себя госпожой, лениво призывающей к себе на ложе раба — не тогда, когда хочется рабу, а когда хочется ей.

Это был интересный и поучительный опыт, потому что прежде я не понимала, как женщина может доминировать в сексе, даже играя свою природную пассивную роль. Потом, конечно, я поняла — тут нет ничего особенного.

Взять, например, какую-нибудь Екатерину Великую.

Хоть я и не очень представляла, как эта возомнившая себя Путиным Меркель могла вызвать у кого-то сексуальное влечение, фавориты у нее были, и я не думаю, что в спальне они вели себя слишком вольно. Скорее всего, биологическое общение с императрицей было достаточно церемониальной процедурой, где чуть ли не каждое движение бедер сопровождалось поклоном. После того как Фрэнк назначил меня своей богиней, я начала понимать, как это выглядело и ощущалось.

В общем, опыт мне понравился, и я уже сама ждала, когда Фрэнк достанет свои маски. Обычно он клал маску Луны на тумбочку возле кровати, и я надевала ее сама.

Почему нет? Маска ни к чему меня не обязывала, но ко многому обязывала Фрэнка. Без нее с ним было просто хорошо. С ней добавилось чувство, что я развлекаюсь с почтительным слугой. А что в этом плохого, если слуга мне нравится?

Можно сказать, думала я, пока мой бойфренд разминал мне спину, что к чему-то подобному должна стремиться каждая последовательная феминистка. Самые радикальные сестры даже не рассматривают такие варианты и сразу уходят за лесбийский горизонт, вообще обходясь без носителей тестостерона. Но мужчина-раб — как раз самое то. Это не гендерная революция, а возвращение к забытому культурно-историческому гештальту.

— Как себя чувствует госпожа?

— Госпожа почти довольна.

— Почему «почти»? Чего не хватает?

— Иди сюда, я тебе объясню...

Роль давалась мне легко и безусильно, как будто с детства я готовилась к чему-то похожему... Впрочем, к такой роли в глубине души готова каждая женщина. Надо просто создать для нее условия. В любой из нас спит богиня, ожидающая поклонения. Увы, патриархат редко дает ей проснуться.

Я уже не обращала внимания на его каракаллу, когда мы гуляли по Стамбулу. Моя пустая голова казалась легкой как никогда — и я, пожалуй, была счастлива.

Мне захотелось обсудить наш опыт, и я сообщила, что мне нравится его галантность в интимных вопросах.

— Вообще-то, — добавила я, — удивительно, что такое поведение мужчины — скорее исключение, чем правило.

— Почему?

— Традиционная патриархальная культура его подразумевает.

— Разве?

— Конечно. В классической Европе, например, от мужчины принято было ждать рыцарства. А рыцарство предполагает именно такой способ мужского поведения в постели. Любая девочка, насмотревшаяся мелодрам, именно его и ждет... Но на деле даже воспитанный и деликатный соблазнитель в самый интимный момент ведет себя грубо и нахрапристо. Да чего там, просто по-свински... Это шокирует женщину. Иногда травмирует. Но об этом только недавно начали говорить.

Фрэнк засмеялся.

— Дело тут не в патриархальном укладе, — сказал он, — а в мужской физиологии, до которой феминисткам нет никакого дела.

— Что ты имеешь в виду?

— Если попросту, стоит у среднего мужика не слишком долго и не слишком хорошо. Если он пропустит нужный момент, то потом уже не сможет ничего никуда воткнуть. Особенно если партнерша не очень ему нравится... То есть не ему, — Фрэнк погрозил кому-то невидимому пальцем, — а природе, которая заведует эрекцией. Таких унылых пар — будем опять честны — большинство... Я читал статистику. По субъективной оценке опрошенных у шестидесяти трех процентов мужчин партнерша сосет в плохом смысле, и только у тридцати семи — в хорошем. Отсюда тот тип поведения, который развращенная корпоративными СМИ женщина воспринимает как насилие. Это не насилие, а биологический императив, что знает любой сексолог. Но по политическим причинам эта информация сегодня засекречена еще сильнее, чем расовая корреляция IQ...

— А что такое расовая корреляция IQ? — спросила я.

Улыбка сползла с его лица.

— Зря я это сказал, — ответил он. — Лучше сразу забудь и ни с кем об этом не говори. Во всяком случае, с американцами. Это у нас табу.

Такие фразы меня настораживали. Когда Фрэнк, образно выражаясь, снимал свою тогу, мне начинало казаться, что он по своим взглядам если не белый супремасист («так, — сказал он, — у нас называют людей, которые смотрят «Фокс ньюз»), то и не левый университетский гуманитарий точно.

Впрочем, в IQ я все равно никогда не верила — по-моему, чистой воды шарлатанство. Единственное, что определяет IQ-тест — это способность человека проходить IQ-тесты. Все остальные интерпретации этого опыта сводят человеческий мозг и душу к дешевому несложному механизму. Если действительно есть какая-то расовая корреляция IQ, то значения в ней не больше, чем в расовой корреляции цвета кожи или жесткости волос. Люди разные, вот и все.

167

Телефон Фрэнка играл песню «Bella Ciao» в исполнении Тома Уэйтса, и я часто ее слушала, потому что звонить ему начинали, понятное дело, как только он уходил в ванную и включал машинку (ни один парикмахер в мире, жаловался он, не может правильно подстричь под Каракаллу — приходится самому подправлять волосы каждые три дня).

Слова в песне были такие:

One fine morning I woke up early
Bella ciao, bella ciao, bella ciao
One fine morning I woke up early
to find the fascist at my door...[1]

Все-таки они в Америке сильно зажрались — им даже фашистов на дом возят. Door-to-door delivery in 30 minutes or your money back[2]. Но песня мне нравилась. Как и сам Том Уэйтс, и особенно проецируемый им образ: мол, есть в мире потасканные, испитые и как бы опустившиеся ребята с таким алмазным стержнем внутри, что...

Конечно, неправда. Наверняка этот Том Уэйтс из спортзала не вылазит. Но образ все равно вдохновляет.

---

[1] Одним прекрасным ранним утром я проснулся и обнаружил фашиста у своей двери...

[2] Доставка к дверям за тридцать минут, или деньги назад.

Я понимала, что эта американская Bella — не просто перепевка: в песне был подтекст, связанный с их политикой и культурой. Но я не догадывалась, в чем он, пока Фрэнк не объяснил.

— Все думают, — сказал он, — что эта песня на моем телефоне сигнализирует о добродетели. Я даю понять, что я активный романтический антифашист, готовый кусать всех, кого велят корпоративные медиа, и не имею особых претензий к информационной или финансовой олигархии. Полезная строчка в резюме, если человек ищет работу где-нибудь в Bay Area[1]. Но я не ищу там работу.

— А почему тогда такой рингтон? — спросила я.

— У этой песни потрясающая драматургия, — ответил Фрэнк. — Сначала лирический герой просыпается, видит фашиста у дверей и так пугается, что просит партизан забрать его — в смысле, лирического героя — с собой. Партизаны, видимо, отказываются — зачем им трус? Тогда лирический герой опять просит забрать его, уверяя, что больше не боится... А дальше он вообще умоляет похоронить его в тени цветка. Просто гимн американских

---

[1] Зона Залива, район в Калифорнии, где компактно проживают левые активисты, геи, бездомные наркоманы и олигархи Кремниевой долины. Читается не «вау эриа», а «бэй эриа».

snowflakes...[1] Каждый раз слушаю и хохочу... А настоящие фашисты, между прочим, пели бы эту песню вот так...

И он поставил мне немецкий вариант «Bella Ciao» с дискотеки на Майорке. Идеальная, как он сказал, строевая песня СС.

Звучало подходяще для плаца, да. Но слов я не понимала.

— Не волнуйся, партизан немцы зачистили сразу, — ухмыльнулся Фрэнк. — Поют только про schönes Mädchen. Мол, девушка разбила сердце. Фашистские песни — они не про фашизм, а про красивых девочек. Вот что надо нашим «снежинкам» ставить вместо Тома Уэйтса. А то они встретят когда-нибудь настоящего фашиста и решат, что это веселый трубочист...

Этих самых «снежинок» он не любил.

— А что же делать, — спросила я, — если у дверей правда фашист?

— А что сегодня значит слово «фашист»? По одной версии, это человек, прячущий у себя дома портрет Трампа, по другой — тот, у кого недостаточно быстро выступают слезы во время речи Греты Тунберг в Давосе. А если забыть про политику, фашист — это любой человек, который мешает тебе удобно припарковаться. Как в физическом, так и в духовном смысле...

---

[1] «Снежинки», легкоранимые леволиберальные миллениалы.

И Фрэнк прочитал мне целую лекцию про политическую подоплеку американского политкорректума — за ним, как он уверял, стояла попытка транснациональной финансово-информационной элиты закрепостить умы так же, как в прошлых культурах закрепощали тела, спрятав хозяев мира за живым щитом из разных несовершеннолетних Грет, хромых лесбиянок (тут я слегка шлепнула его по лбу), черных активисток, трансгендерных мусульманок и прочего символического персонала, любой неодобрительный взгляд в сторону которого будет люто караться.

— Сегодня ты уже не можешь всерьез бороться с истеблишментом, — сказал он, — потому что менеджеры нарратива облепили его периметр всеми этими милыми котятами с болезнью Альцгеймера, израненными черными подростками и так далее. За живым щитом прячется создающая нарратив бессовестная мафия, но ты не можешь плюнуть в ее сторону, не попав во всех этих Грет...

— При чем тут Грета?

— Совершенно ни при чем. В том и дело, что человеку, который хочет плюнуть в элиту и истеблишмент, поневоле приходится плевать в Грету, потому что истеблишмент оклеил ее портретами все свои стены и двери. И люди, не понимающие в чем дело, но чувствующие подвох, клеят себе на бампер стикер «Fuck you Greta». Подразумевая не Грету, а этот самый истеблишмент. Выглядит, конечно, глуповато.

— Она тебе чем-то не нравится? — спросила я.

— Да какая разница. Дело не в том, что где-то в мире есть добрая Грета, настолько отважная и честная девчушка, что про ее подвиги поневоле сообщают корпоративные СМИ. Дело в том, что корпоративные СМИ с какого-то момента начинают полоскать тебе мозги ежедневными историями про эту Грету. И послать их куда подальше становится проблематично, потому что тебя могут спросить — ты что же, против доброй Греты, гад? Медийная Грета — это не человек. Это агрессивный педофрастический[1] нарратив, используемый транснациональной олигархией в борьбе за контроль над твоим умом.

— Мне кажется, она действительно хорошая, — сказала я мечтательно.

Он даже позеленел. Как я люблю эти мгновения.

— Грета тут вообще не важна, как же ты не понимаешь. Она может быть самым искренним и добрым существом на свете, или быть

---

[1] Педофрастия — использование эмоционально заряженных детских образов для продвижения коммерческих и политических повесток.

3D-распечаткой национал-социалистического плаката, или ее может не быть вообще. С того момента, когда ее личину напяливает на себя олигархия, говорить про нее уже нет смысла. Вся woke[1]-бижутерия — это разноцветные перья, торчащие из задницы у мировой Бранжелины Гейтс, ползущей по красной дорожке за очередным миллиардом. Это просто новая маска сатаны, которую, точно так же как маску Гая Фокса, немедленно начинают носить все мировые придурки. Такого не было даже у вас при Сталине. Мы новые крепостные, вот что...

Прежний европейский крепостной (Фрэнк говорил «serf») не мог покидать свою деревню, но думать мог что хотел. Современный американский крепостной может ездить по всему миру и даже летать в космос, если есть деньги, но его сознание при этом должно бегать на коротком поводке вокруг нескольких колышков, вбитых корпоративными СМИ — «формирователями нарратива».

— Американцам нельзя покидать зону допустимого нарратива. Даже внутри своей головы. Иначе одна дорога.

— Куда? — спросила я.

Он поправил волосы.

---

[1] Woke — «неспящий», последователь левой идеологии, популярной в Голливуде, Кремниевой долине, либеральных СМИ и Демократической партии США.

— В императоры...

В общем, парень он был сложный — но трахался как бог (простите, соратницы по борьбе). А игра в служение богине возбуждала его до такой степени, что он делался жеребцом. Ради этого можно было стерпеть его немного тревожные политические взгляды.

Впрочем, такая необходимость возникала редко. Все современное исчезало без следа, когда он надевал маску. Одну его душу лианой обвивала другая, и я встречала совсем иного человека.

Мне нравилась история Каракаллы, которую он рассказывал небольшими кусочками, обычно после того, как мы занимались любовью. Я слушала его в полусне — и мне казалось, что это отрывки какого-то еще не написанного романа.

— Мы едем в Харран, — сообщил он однажды.

— Зачем?

— Раньше он назывался Каррами...

Его тон был таким, словно это снимало все вопросы.

— И что с того?

— Объяснять долго.

— Мы вроде никуда не спешим, — сказала я.

И вот мы снова лежим рядом в масках, отражаясь в потолочном плафоне...

Когда на лице Фрэнка была солнечная ма-

174

ска, у меня появлялась полная уверенность, что в его тело вошел дух римского принцепса. Я даже не понимала, на каком языке он в это время говорит. Вернее, он говорил, конечно, по-английски — но для меня его речь звучала как латынь.

Эмодзи_древней_но_очень_молодо_выглядящей_богини_луны_со_снисходительным_интересом_слушающей_рассказ_одного_из_своих_особо_приближенных_массажистов.png

❧

Играя во сне с Луной, я двигал каменные плитки по земле, пока они не складывались в солнечные часы. Мы делали это множеством разных способов, и все время Луна с укором смотрела на меня из-под своей маски — словно бы сожалея о моей недогадливости.

От меня что-то требовалось, но я не понимал что. Подойти? Я хотел, но не мог — правила нашей игры подобного не позволяли.

Сон этот снился мне так же часто, как убийце снится его преступление, и однажды, завершив очередную головоломку, я догадался, в чем дело.

В небе над нами не было солнца.

Солнечные часы оказались насмешкой. Или, может быть, жалобой. Луна столько ночей глядела на меня с ожиданием — а может быть, и с презрением к моей тупости. А я ведь был Солнцем. Вернее, считал себя им.

Когда я понял это, в моем сердце зародился стыд, который за секунду стал гремучей смесью страсти и гнева. Это чувство как бы воспламенило меня — и я превратился в сияние, разорвавшее тусклую ночь. Продолжалось это недолго, но ничего прекраснее со мной прежде не происходило ни во сне, ни наяву.

Это и было нашим первым настоящим соитием, следы которого я увидел на простыне, проснувшись. После этого все земные суррогаты моей небесной половины стали мне окончательно скучны.

Обо мне ходили гнусные слухи, будто я сплю со своей матерью; один из советников, грек, убеждал меня не бороться с ними, потому что для черни это лучшее подтверждение моей божественности.

Был и другой слух — будто я совсем потерял мужскую силу и способен только отдаваться своим солдатам и колесничим. За эти сплетни я распял нескольких человек и покарал целый город, хотя тот же грек уверял, что солдатская любовь от подобных историй только растет, ибо так крепится воинское братство со времен Ахилла и Эпаминонда, не говоря уже об Александре и Цезаре.

На самом деле это было и смешно, и грустно. Я мог позволить себе все, но в мире не осталось привлекательных для меня соблазнов. Отец возрадовался бы, узнав, что даже взойдя на трон, своей благородной воздержанностью я напоминаю Марка Аврелия.

Мои вкусы были незамысловаты. По моим рисункам мне изготовили две маски из тонкого электрона, похожие на те, что я видел во сне. Сплав золота с серебром есть союз солнца металлов с их луной, сказал мне ювелир.

Маску Луны надевали девушка или юноша (в зависимости от моего настроения и погоды — врачи говорят, что в холодный сырой день для здоровья полезнее мальчики, а женщины предпочтительнее на жаре). Кто угодно, наделенный хорошим сложением. Часто я даже не видел их лиц: войдя ко мне в маске, они так же и выходили. Сам я надевал маску Солнца, чтобы гости не понимали, что перед ними император, и не пытались меня убить.

Я не заводил кастрированных фаворитов, как Нерон и Адриан, и не искал в связях особого наслаждения, а лишь избавлялся от зуда плоти. Так же поступал и Марк Аврелий.

Я знал, что богиня ждет на Востоке. Когда дела империи наконец призвали меня в места, где сражался когда-то отец, я подчинился судьбе с радостью и надеждой — не в последнюю

177

очередь еще и потому, что климат Рима для императоров губителен.

Сенаторы, любившие повторять эту шутку, вскоре узнали, что она распространяется и на них. А я отбыл в Азию к своим солдатам.

В простоте своего быта я превзошел даже Августа. Я собственноручно пек свой хлеб, готовя его из муки ровно в таком количестве, чтобы хватило утолить голод. Солдатам это нравилось; тем, кто надеялся меня отравить — вряд ли. Пищу я предпочитал ту же, что ели в лагере. На марше я шел среди солдат; иногда я нес значок легиона, а на жаре это было серьезным испытанием. Вдобавок со мной всегда были щит и меч.

Среди императоров, впрочем, их брали в руки многие. Коммод выступал в цирке секутором и в совершенстве владел этими двумя орудиями — вот только когда его душили, ни меча, ни щита у него под рукой не нашлось.

Отец часто повторял, что история Рима решилась, когда парфяне умертвили Красса и его сына. Если бы Красса не убили под Каррами, неизвестно, как сложились бы судьбы Цезаря и Помпея. Красс был богаче Помпея и популярнее Цезаря; вернись он в Рим с победой, мы до сих пор прислуживали бы сенату.

Битву при Каррах отец считал даже важнее сражений с Ганнибалом, и одним из его любимых развлечений было воспроизводить ее в уменьшенном масштабе. Я видел это представление несколько раз. В самый первый я был так мал, что напугался и заплакал; в последний – настолько хорошо понимал происходящее, что заскучал.

Это было в Британии, в один из сумрачно-прохладных, как бы лунных дней, придающих острову его варварское очарование.

Отец построил Legio II Augusta – «Второй-Легион-Августа», как он повторял, словно пробуя на зуб каждое слово – и объявил, что будет разыграна битва с парфянами. Мы не любили этот легион и не доверяли ему после того, как тот поддержал Клодия Альбия; я думаю, что отец решил соединить свое удовольствие с чужим унижением.

Помню, как солдаты построились в поле огромным квадратом с пустотой в центре – и закрылись щитами, образовав как бы длинную черепаху (мне хотелось сказать «змею», но такого порядка нет). Это было диковинное построение, не принятое в современной тактике – но два с половиной века назад воевали и мыслили по-другому.

Интересно, думал я, если углубляться в прошлое, Красс окажется на середине моста, соединяющего нас с Александром. Какая седая древность!

Один из легатов, переодетый Крассом, прятался внутри квадрата пехоты вместе со своей свитой, в которую отец для смеха поместил нескольких евнухов. На Крассе были желтые перья. Офицер, наряженный его сыном, носил синие перья — оба они метались среди людей и повозок, отдавая приказы. Там же стоял небольшой отряд кавалерии.

А потом появилась парфянская конница — фальшивые катафрактарии и лучники. Им целый месяц готовили стрелы без наконечников — отец рассказывал, что у парфян под Каррами было очень много стрел, и за каждой турмой всадников ехали груженные ими верблюды. В Британии верблюдов изображали ослы.

Всадники принялись засыпать Второй Легион стрелами — и я готов был поклясться, что лицо отца растянулось в довольную ухмылку. Стрелы, конечно, не убивали и даже не калечили, но глаз могли выбить вполне, и провести несколько часов под таким деревянным дождем было сродни порке.

Потом — точно как в древности — парфяне начали ложно отступать, Второй Легион пришел в движение, его квадратный строй разомкнулся, и за парфянами погналась наша конница. Впереди ехал всадник с синими перьями на шлеме, игравший младшего Красса. Дав ему скрыться за холмами, «парфяне» вскоре вернулись оттуда с большой тыквой на пике. К тыкве были примотаны синие перья — она изображала отрубленную голову молодого Красса.

Всего несколько лет назад по Риму возили голову Пертинакса на такой же точно пике — а он целых три месяца был императором. Об этом, я уверен, подумали все — и в первую очередь отец.

Всадник в желтых перьях, изображавший старшего Красса, повалился на землю и стал кататься по ней в фальшивом горе. Мы наблюдали за представлением с холма; отец смеялся, я же был опечален.

Я мало знал о Месопотамии, и начал восполнять упущенное, расспрашивая тех, кто долго там служил. Первое же, что я выяснил, поразило меня до глубины души.

В Каррах, где убили Красса, был расположен самый главный на Востоке храм Луны. Он существовал там уже века, если не тысячи лет. Отец даже изумился, что я об этом не слышал.

— Разве мать тебе не рассказывала?

Я сразу же увидел битву при Каррах другими глазами.

Квадратное построение солдат (на самом деле оно было похоже на нечто среднее между квадратом и кругом) стало казаться мне изображением Солнца, достаточно большим, чтобы его было видно с неба; поражение и гибель

Красса — великим жертвоприношением в лунном храме...

Я не мог открыто поклоняться Луне — и вместо этого, как предписывал отец, благоволил культам Митры и Сераписа. Но сердце мое было уже в Каррах.

Я знал, что судьба приведет меня в Парфию. К этому готовил меня отец. Не повторяй чужих ошибок, говорил он, будь в Парфии не Крассом, но Александром...

Когда отец умер, ни я, ни Гета, ставший к этому времени вторым цезарем, не захотели продолжать войну за север Британии. Пусть Каледония отделяется — и живет как знает. Я быстро заключил мир (каледонские дикари были уверены, что спаслись благодаря своим болотным богам), легионы отошли за стену Адриана, а мы с братцем отправились в Рим.

Когда я говорил, что защищался, я не лгал. Братец замышлял мое убийство, и я опередил его совсем немного, это показали под пытками его люди. Увы, злодеем объявляют того скорпиона, который выжил; дохлый скорпион остается в человеческой памяти невинной жертвой. Но можно выжечь саму эту память — и это не слишком сложно. Когда хирург отрезает пораженную гангреной конечность, рану прижигают. Когда отрезают одну из голов империи, раскаленного железа требуется куда больше.

Рим притих. Сначала от страха. А когда я разбил обнаглевших германцев и укрепил северную границу, к страху добавилось уважение.

Император, любил повторять отец, может выбрать своим домом Рим или провинцию. Тиберий говорил, что управлять империей – это как держать волка за уши. Если заниматься этим среди римских излишеств, волку проще будет вырваться и укусить.

Жизнь в Риме – это путь Калигулы, Нерона и Коммода, и кончается он так же, как их судьбы. Жизнь в провинции, среди легионов – это судьба Марка Аврелия и отца. Мой братец успел прогуляться по первому пути. Весело, но недолго. Я же выбрал для себя второй.

Отец хотел, чтобы я стал новым Александром. Но что это значило в наши дни?

Я не мог создать империю – она уже существовала; я мог лишь повторять то, что делал Александр. Я копировал его привычки и манеры. Я даже восстановил македонскую фалангу в Legio II Parfica, хотя эта тактика считалась устаревшей.

Я, кстати, совсем не был с этим согласен. Возможно, фаланга не годилась для Германии или Галлии с их болотами и лесами, но для пустыни, где убили Крассов, лучше ничего еще не придумали. Если бы в тот день наши построились длинной фалангой, щитоносцы прикрыли бы фланги, а потом конница зашла бы парфянам за спину и погнала их на длинные пики, все кончилось бы иначе.

Кроме фаланги, у Александра было еще два секрета.

Он был крайне набожен — и всегда сначала договаривался с богами, а затем уже с людьми. Причем молился он и своим богам, и чужим. Это я перенял у него без труда.

Сложнее было со вторым секретом.

Александр никогда не боялся испачкаться в крови, справедливо считая, что шлюха-история осудит лишь проигравших. Уподобиться ему в этом у меня не хватало решимости; мешала моя природная мягкость, спрятанная под солдатской ухмылкой. Александр же был нежен лицом и жесток сердцем.

Город его имени, Александрия, был источником самых мерзких оскорблений, которыми награждала меня молва. Если бы, намекая на выдуманную кровосмесительную связь между мной и матерью, они прозвали Эдипом меня, я мог бы это снести. Терпеть плевки и оскорбления — удел всех императоров. Но они, что особенно подло, целили в мою мать, называя ее Иокастой.

Мне случалось вступать в близость с красивыми молодыми родственницами, что было, конечно, слегка предосудительно. Но к матери я испытывал только почтение и бесконечную вину за то, что брат умер у нее на руках, забрызгав ее лицо нашей общей кровью. Я и она на одном ложе? После смерти Геты?

В Александрии было слишком много весельчаков. И еще в этом городе развелось чересчур много философов.

Большая их часть была последователями Аристотеля, который, если верить слухам, и отравил Александра в Вавилоне через своих посланцев. Я вполне такое допускал, потому что философия позволяет оправдать любое преступление какой-нибудь пышной фразой; убийца и мятежник всегда найдет в философе надежного помощника, если сможет оплатить его услуги.

Я не любил философов. Даже труд Марка Аврелия, который мне следовало изучать по семейной традиции, не давался моему разумению. Вернее, я был согласен со всем, что произносил чтец — но часом позже не мог вспомнить ни одной мысли: в моей памяти все они сводились к одному и тому же: «Благо в том, что благостно».

Философы спорят, что есть благо; цезари знают это и так. Увы, и первые, и вторые редко его обретают. Но цезари хотя бы открыто хватают этот мир за уши, философы же постоянно торгуют тенью того, что не только им не принадлежит, но и не отбрасывает на самом деле никакой тени.

Отец любил повторять одну фразу Марка Аврелия: философы, как императоры, практикуют усыновление, но это усыновление в духе, и истинное их потомство исходит не из чресел, а из сердца и головы.

Сам Марк, однако, выбрал чресла — и сделал цезарем сына Коммода, которому судьбой предназначен был цирк. По логике самого Марка, Коммод никак не мог быть его потомком. Но он им был. Отец же им не был, хоть Марк официально усыновил его с того света, слава римским юристам. Отец старался жить праведно, но в гневе бывал жесток. Так что с Марком его роднила только окладистая борода.

Если потомство философов — это их последователи, думал я, можно отомстить убийце Александра, растоптав его потомков... И заодно уж я припомню александрийским шутникам Иокасту.

Помню этих жирных трусов, вышедших из своего города, чтобы приветствовать оплеванного ими императора. Они еле прятали надменные улыбки — верно, сочиняли новую историю об Эдипе и его матери. Как изменились их лица, когда солдаты обнажили мечи! Я жалел только о том, что не смог направить на этих блудливых евнухов свою фалангу из Legio II Parfica, приперев их конницей сзади. Вот тогда дух Александра возрадовался бы в полной мере.

С Александрией я поступил так же, как Александр с оскорблявшими его Фивами. Никто не осудил Александра; не осудят и меня, ибо я превзойду его подвигами. Я не стал продавать жителей в рабство, как сделал Александр – пусть история запомнит мое милосердие.

Мне хватило пожара – зарево было видно даже из лагеря. Город разграбили, как вражескую крепость, взятую с боя. И еще там перебили всех философов. Посмотрим, думал я, станет ли после этого в мире меньше блага – или никто ничего не заметит.

Перед моими легионами открылась наконец та самая восточная дорога к славе, по которой шли Александр, Красс, потом мой отец – и многие другие мужи. Она, как и в прошлом, проходила через Парфию. Про мой поход знала вся империя. Но никто не знал, что втайне я жду лишь встречи с моим божеством в Каррах.

Я помнил об этом, пьянствуя с солдатами и разрушая гробницы парфянских царей (живые цари прятались от меня в горах). С каждым днем Карры становились все ближе.

Когда я остановился в Эдессе, ко мне привели жреца из храма Луны. Это был старый перс, похожий на Дария, – как того изображают на банных мозаиках. Сейчас, впрочем, так

187

выглядят и многие римляне, длинная борода и восточные чепчики у нас в моде.

— Владыка ночи ждет тебя, — сказал перс, когда мы остались одни.

Владыка ночи. Ну да, один из титулов Лунуса. Мне больше подошла бы владычица, но в Азии Луна была мужчиной. Здесь жарко, подумал я. Доктора будут недовольны.

— Откуда ты знаешь, что он меня ждет?

— У нас есть оракул, — ответил перс. — Владыка ночи говорил с нами. Он сказал, что на Востоке взойдет солнце, и солнце это осветит Карры.

— Странные слова для Владыки ночи, — заметил я. — Зачем ему солнце?

— Без солнца нет ночи. Владыка ночи приветствует тебя как равного.

Это было или лестью, или действительно словами оракула. Я склонялся ко второму.

Про тайную игру Луны и Солнца, про их невозможную связь знали только я и сущность, приходившая в мои сны. Если она и правда была лунным божеством, неважно какого пола, она могла послать мне приглашение через своего жреца. Но точно так же на Востоке могли приветствовать и любого мелкого царька — здесь не скупятся на патоку.

Я не выдал своих чувств. Этому я за последние годы научился в совершенстве.

— Чего ждет от меня Владыка ночи?

— Чего обычно ждут боги от царей? Жертвы, достойной того, кто ее приносит.

Понятно, подумал я. Надо будет отдать их храму часть александрийских трофеев. Но всех деталей местного этикета я не знал.

— Какую жертву обычно приносят Владыке ночи?

— Это зависит от того, чего от него ждут, — ответил жрец. — Если ожидают великого, то и жертва должна быть велика...

Он выразительно округлил глаза.

— Она может быть тайной.

— Тайной? От кого?

— От всех, кроме бога. Когда властители Вавилона приезжали в наш храм, они входили в него со своими доверенными людьми и запечатывали дверь изнутри.

— Ты говоришь о человеческом жертвоприношении? — нахмурился я. — Римскому императору такое не пристало.

— Великому императору пристала великая жертва, — ответил жрец, склоняясь. — Я слышал, император Адриан принес в жертву Антиноя, чтобы продлить свои дни.

— Антиной утонул в Ниле.

Жрец улыбнулся.

— Просто так в Ниле никто не тонет.

— Это сплетни, — сказал я. — Я слышал, что Антиной принес себя в жертву сам. Из любви к императору.

Жрец склонился еще ниже.

— Что делают наши гости, оставаясь в храме, ведомо лишь им и богу. Быть может, некоторые из них сами приносят себя в жертву из любви.

— Но мне не хочется никого убивать при первом же визите к вашему богу.

— Я говорю не об этом, — ответил жрец. — А о том, что между гостем бога и самим богом в нашем храме нет никаких посредников. Они встречаются лично — и мистерия остается в тайне.

— Скажи, я смогу поговорить с божеством?

— Ты сможешь, — кивнул жрец. — Но это не значит, что божество будет разговаривать с тобой так, как ты с ним.

— Как тебя понимать?

— Когда перед нами появляется божество, мы не способны увидеть его как оно есть. Мы думаем, что перед нами человек. Если божество нас замечает, нам чудится, что человек беседует с нами, уделяя разговору все свое внимание. Но для божества это как держать муравья на мизинце одной из бесчисленных рук и глядеть на него одним из бесчисленных глаз. Божество никогда не бывает занято человеком всерьез. Человеку просто так мнится...

Я велел дать ему золота и отправил назад в храм, сказав, что вскоре приеду.

Принести в жертву человека? Сложности здесь нет, хоть одного, хоть легион — но угодно ли это Луне?

Я принял снадобье, навевающее яркие сны, и снова встретил ее. Луна явилась мне в виде юной девушки, похожей на ту, с кем я спал неделю назад, надев на нее обычную для таких случаев маску. Она — я имею в виду девушку — была местной рабыней, худой и смуглой. Такой же явилась мне Луна. Она тоже носила маску, и ее глаза весело смеялись из прорезей.

Мы стояли в саду на плоской крыше вавилонского дома; я понял, что это Вавилон, по синей глазури на городской стене.

Дом был давно покинут, но питаемый акведуком сад не погиб, а, наоборот, разросся и походил на лесную чащу, поднятую на вершину холма. Помню статуи бородатых быков, большой солнечный циферблат, все еще видный сквозь траву, и увитые зеленью качели.

Луна качалась на них, а я играл ей на свирели — во сне я умел это делать очень искусно. Она не прикладывала никаких усилий: качели приводил в движение звук моего инструмента. Но дуть в свирель было утомительно. Я напоминал себе раба с опахалом; память о том, как таких рабов используют матроны, вселяла в меня робкую надежду — но я боялся, что моя надежда, сделавшись заметной, оскорбит божество.

Луна нарушила молчание.

— Скажи, Бассиан, — проговорила она, — чем ты готов заплатить за мою любовь?

Она назвала меня так, как не смел никто — с тех пор как я стал зваться Аврелием Антонином.

— Своей любовью, госпожа, — нашелся я.

Она засмеялась.

— Ты полагаешь, этого хватит?

— Надеюсь, да. Я понимаю, что смертная любовь мелка, но зато у меня ее целое море.

Она засмеялась опять и задумалась, прикоснувшись лбом к веревке качелей. Я не видел ее лица, но шея была нежна и прекрасна. Качели остановились. Я больше не дул в свирель, ожидая ее слов.

— Так кого ты любишь сильнее? — спросила она. — Меня или дочь Артабана?

Она откуда-то знала о моем сватовстве к дочери парфянского царя.

— Я не люблю дочь Артабана совсем, госпожа, — ответил я. — Я просил ее руки, зная, что буду отвергнут. Мне нужен был повод для войны...

Я замолчал, испугавшись, что сказал лишнее.

Среди солдат ходили слухи, будто лунное

божество из Карр защищает Парфию от Рима — и именно этому богу Красс обязан своей смертью. Я в это не верил, зная, как далеки боги от земных распрей. Парфия, Рим — что до них богине?

Она тихо кивала, словно слыша мои мысли и соглашаясь с ними.

— Ты так трогательно ищешь нашей встречи, — сказала она наконец, — словно знаешь, чем она обернется.

— Я знаю про любовь все, — ответил я.

— Да, — сказала она. — Но это человеческая любовь. Ты играешь в нее, надевая на своих подружек маски, и думаешь, что приближаешься таким образом ко мне.

— Прости, моя госпожа, если я оскорбил тебя своим нетерпением.

— Нет, ты не оскорбил меня. Ты развлек меня и тронул. Но тебе следует понять, что божественная любовь совсем другого рода, чем человеческая. Она может оказаться для тебя чрезмерной...

— Мой отец хотел, чтобы я походил на Александра, — ответил я. — А тот, говорят, был сыном Зевса. Любовь между человеком и божеством способна принести плод. Мои подданные поклоняются мне как богу. Я же поклоняюсь лишь тебе, моя госпожа... Я раб, мечтающий о твоей улыбке.

Она улыбнулась.

— Хорошо. Но помни, Бассиан, — ты не знаешь, чего ищешь. Поэтому не удивляйся и не ропщи, когда ты это наконец найдешь... А теперь покачай меня опять.

Я заиграл на свирели.

— Нет, — сказала она, — не так. Не дуновением. Покачай меня светом.

На моем лице, должно быть, отразилось недоумение — и тогда она указала на заросший солнечный циферблат.

— Ты уже делал это. Ты знаешь.

Я понял, чего она хочет. Она звала меня к себе — и мы действительно уже делали это прежде.

Бросив свирель, я как бы воспламенился страстью и стал сиянием, которое прорезало ночь. Пока я сжигал себя, госпожа с интересом смотрела на свою тень, возникшую на старой стене. Раньше этой тени не было. Я понял, что доставил ей наслаждение. И тогда счастье охватило меня, сжигая и выжимая досуха...

Когда все кончилось, богиня стала печальной.

— Ты мне мил, — сказала она, — но ты не Солнце.

— А кто Солнце?

— Я найду его сама. Тебя же я возьму к себе, и ты будешь со мною вечно...

Я и сам догадывался, что я не Солнце.

Я лишь пировал с ним за одним столом. Но теперь это не играло роли. Богиня любила меня. Она звала.

Я отдал приказ подготовить отряд кавалерии к выезду из Эдессы в Карры. Оденусь неприметно, думал я — в каракаллу. Следовало взять с собой больше солдат. Врага не было рядом, и в первую нашу встречу я собирался побыть с богиней совсем недолго — но император всегда должен помнить о волке, которого держит за уши...

☺

Мы с Фрэнком полетели не в сам Харран — там не было аэропорта — а в соседнюю с ним Урфу. Весь полет я проспала и проснулась только перед самой посадкой.

Зеленая каменистая равнина, далекие горы. Ничего интересного в окне. Аэропорт Урфы — или Санлиурфы — был похож на тысячи провинциальных аэропортов: бетонные параллелепипеды и стекло.

— Добро пожаловать в Эдессу, — сказал Фрэнк.

— Куда?

— Эдесса, — повторил он. — Так этот город назывался в античное время.

Он успел переодеться в пурпурный плащ с капюшоном прямо в самолете, пока я дремала. В Стамбуле на него не обращали внимания, а на местных это производило впечатление. На него оглядывались и улыбались. Особенно девушки. Он, должно быть, напоминал им турецкого деда-Мороза в юности. Или Мороз-пашу? Надо спросить у какого-нибудь турка, кто у них под Новый год ездит по Каппадокии на оленях.

Получив багаж, мы сели в такси и без приключений доехали до нашей гостиницы.

— Несимметричная и грозная, — сказал Фрэнк, оглядывая угловатое желтое здание.

— Император доволен?

— Император равнодушен к роскоши.

Но я видела, что он доволен.

Гостиница «El-Ruha», которую я выбрала, отлично вписывалась и в эстетику, и в идеологию нашего путешествия: она походила на римскую крепость. Или даже на первые несколько этажей вавилонской башни.

Внутри тоже было неплохо. Своды, арки — такая Цистерна Базилика с расставленными между колонн диванами.

На ресепшене стоял бюст Александра Македонского — вполне качественная мраморная копия, для солидности зачерненная в углублениях. Мол, патина веков. Фрэнк попросил разрешения подойти к бюсту, чтобы рассмотреть со всех сторон.

Ревнует к коллеге, подумала я и спросила:

— Александр здесь тоже отметился?

196

— Тут жили его ветераны, — ответил Фрэнк. — Когда-то здесь был поселок военных пенсионеров.

Потолок в нашей комнате тоже изгибался сводом. Фрэнк одобрительно оглядел его и сказал:

— Здесь есть подземный бассейн.

Оказывается, пока я вписывалась, он успел изучить гостиничную брошюру. Нам захотелось охладиться, и мы отправились вниз.

Бассейн был устроен в природном гроте с каменными стенами — если бы не электрическая подсветка, можно было бы решить, что мы провалились в пещеру. После купания Фрэнк выбрал лежанку, затянутую пурпурной простыней (как кстати, подумала я), растянулся на ней и уснул. Я прикорнула на соседней, а потом нас разбудили другие гости, и мы пошли наверх.

— Мне что-то снилось, — сказала я. — Что-то тревожное, но я не помню точно.

— Так бывает, когда спишь под землей.

Мы занялись любовью, в этот раз без масок — и все было замечательно. Я пару раз назвала его «император» и «мой господин», чем доставила ему особенное удовольствие — вряд ли он часто слышал это от свободолюбивых американских женщин, ежесекундно прикидывающих, не пора ли подавать в суд. Потом мы оделись и пошли ужинать.

197

После ужина мы опять спустились в подземный бассейн. На этот раз грот был пуст. Я попросила Фрэнка рассказать что-нибудь еще про Каракаллу. Я думала, он будет говорить про поездку к лунному храму в Каррах, но услышала совсем другое...

В одну из наших встреч Луна, пришедшая ко мне в виде девушки, задала неожиданный вопрос.

— Твой отец хочет видеть тебя новым Александром. Но знаешь ли ты, как Александр стал Александром?

— Что значит — как? — не понял я. — Он родился Александром и никогда не был никем иным.

— Неверно. Он родился просто маленьким голым человечком. Имя он получил потом. Но в какой момент он стал тем Александром, которого знаем мы? Когда именно он сделался богом на земле?

Этот вопрос заставил меня задуматься.

Действительно, было нечто, отличавшее Александра от остальных полководцев. Его солдаты знали, что их ведет в бой живой бог — и поэтому не боялись ничего. Но когда об Александре пошла такая слава?

Луна, конечно, прочла мои мысли.

— Здесь дело не в ходившей о нем славе, — сказала она. — А в том особом качестве, которое его друзья объясняли либо тем, что он ученик Аристотеля, либо тем, что он сын Зевса. В Александре было нечто божественное, это ощущали все. Но когда оно появилось в нем впервые?

Мне трудно было ответить, хотя историю Александра я знал.

— Вспомни битву при Херонее, — сказала Луна.

Конечно, я ее помнил. Самое первое сражение Александра, в котором он участвовал вместе с отцом в восемнадцать лет. Александр со своими всадниками разбил Священный отряд Фив, считавшийся до этого непобедимым. Собственно, отряд так и остался непобежденным — в бою погибли все триста гоплитов.

Меня всегда поражала история этого отряда. Триста воинов-любовников, разбитых на пары «любящий-возлюбленный» — самая страшная ударная сила греческой армии, много раз бившая даже превосходящих численностью спартанцев. Говорили, что непобедимость Священного отряда объяснялась страхом бойцов покрыть себя позором на глазах у любимых — и тем, что любовники сражались рядом, защищая друг друга.

Говорили также, что фиванский отряд назывался Священным, поскольку его воины участвовали в особой мистерии на могиле

Иокаста, возничего Геркулеса — и в них, сразу во всех, вселялся бог Эрос, который делался страшен, когда его любовное исступление переходило в боевую ярость.

Богиня кивала, словно слушая мои мысли. Потом она тихо сказала:

— Отряд этот нельзя было победить, как нельзя победить бога — но можно было вырезать всех его бойцов, что и сделал Александр. И тогда богу не осталось ничего другого, как почтить своим вниманием победителя и сделать его своим новым избранником и вместилищем. После битвы при Херонее Священный отряд Фив не ушел в небытие, как уверяют историки. Он всего лишь сократился до одного человека, и этим человеком стал сам Александр.

— Мне кажется, это преувеличение, — сказал я.

— Вовсе нет. Ты ведь знаешь, как сражался Священный отряд?

На такой вопрос можно было обидеться — это знает любой военный рангом старше центуриона. Даже если он предпочитает женщин.

— Они врезались в центр чужого порядка, — ответил я, — и, не считаясь с потерями, прорубали дорогу к командирам, убивая их на месте — и десятников, и генералов... Потеряв управление, вражеская армия разбегалась.

— А теперь вспомни, что сделал Александр во время своей главной битвы с Дарием.

— При Гавгамелах? Сначала он повел свою конницу вправо вдоль персидского фланга. Персы думали, что он обходит колючки, и сдвигались в сторону вместе с ним. А потом, когда вражеский порядок растянулся и обнажился персидский тыл, Александр резко повернул и поскакал со своими друзьями в образовавшуюся брешь — прямо на Дария... Тот бежал, и почти победившая уже армия персов оказалась обезглавленной... Действительно... и тогда, и при Иссах Александр пробивал себе дорогу прямо к Дарию и его охране. Ну конечно! Это тактика Священного отряда!

Я проснулся — и все утро размышлял о рассказе богини.

Странное, волнующее объяснение, очень похожее на правду. Священный отряд Фив... Любовь и смерть всегда рядом, особенно если это настоящая любовь.

Впрочем, как ни восхищала меня древность, я не собирался вводить подобные подразделения в римской армии. В наше время мужчины уже не любят, а просто блудят друг с другом и не боятся позора. Они скорее вместе убегут с поля боя в кусты, чем станут драться спина к спине.

Кстати, насчет Александра — говорили, что именно за уничтожение Священного отряда ему всю жизнь мстили греки. Ему и его отцу.

Это было главной причиной, по которой он сначала сжег Фивы, продав всех жителей в рабство, а потом навсегда отбыл на Восток.

Но и там его настиг яд Аристотеля. Отца же его, царя Филиппа, убил мстивший за Херонею грек-телохранитель — одним кинжальным взмахом. Властителям следует лучше подбирать охрану...

☺

Где-то на этом месте я стала засыпать, и рассказ Фрэнка плавно перетек в смешной полусон, который я наполовину видела, а наполовину придумывала сама в дреме — диспут двух генералов на российском телевидении. Они сидели в пустой студии и неодобрительно глядели друг на друга.

«В нашей армии нет и никогда не было гомосексуализма!» — сурово говорил один. «Очень жаль, — кокетливо отвечал другой, — если б был, может быть, в сорок первом не драпали бы через всю страну, а били врага по уставу — на его территории... Да и без сорок первого года обошлось бы, потому что не было бы ни Цусимы, ни революции, ни товарища Сталина...»

Вид у генералов был соответствующий их политической позиции, и от культурного шока я пришла в себя.

Фрэнк куда-то ушел, и некоторое время я лежала одна у бассейна в подземной пещере, вспоминая его рассказ.

Поднявшись в пустой номер, я сделала поиск по английскому «The sacred band of Thebes» — и нашла трейлер одноименного фильма. Впрочем, кликая по нему, я уже догадывалась, что увижу. Замысловато стриженные накачанные педики с порнхаба в фактурных кожаных ремнях, чуть напоминающих латы... Я смеялась, наверное, минут десять.

Понятно, не над тем, что они геи. Я за права геев и особенно лесби — но думаю, что реальный Священный отряд из Фив выглядел иначе. Особенно это касается фасона бакенбардов и бородок. И потом, у древних греков на первом месте все-таки было воинское искусство и черные паруса, а не рекреационный секс в черных презервативах, на которых не видно какашек.

Я никогда не слышала про этот отряд — хотя знала израильскую группу «Army of lovers». Теперь смысл названия стал понятным. Общение с Фрэнком было не только приятным, но и полезным для общего развития.

Утром на следующий день, пока я еще спала, Фрэнк взял напрокат машину — старенькую «камри». Он с уважением сказал, что никогда прежде не видел такой старой «тойоты».

— Она помнит Красса, — говорил он за завтраком. — Это в ее багажнике лежали стрелы, которые парфяне обрушили на римские легионы под Каррами...

— Ты нашел там стрелы? — спросила я.

— Нет. Нашел царапины от наконечников. Кстати, попробуй это представить — сорок тысяч человек стоят квадратом в пустыне, такой строй позже назовут каре, но тогда это еще был просто квадрат — а вокруг скачут конники в пестрых одеждах и без конца стреляют из луков...

— Могу, — ответила я, помешивая кофе ложечкой. — Типа такое Бородино. И стрелам пролетать мешала гора кровавых тел.

— Ну я не думаю, что сильно мешала, — сказал Фрэнк. — Они, скорее всего, стреляли почти вертикально, чтобы стрелы падали сверху. Что сделали после этого римляне, как ты полагаешь?

Я пожала плечами.

— Это одно из первых «больше никогда» в человеческой истории. В эпоху Каракаллы у римлян уже было с собой оружие против парфянских лошадей и верблюдов — металлические колючки. Они называли их «tribulus», это такое колючее растение. Колючки сильно усложнили жизнь лошадям с верблюдами и заставили парфян пересмотреть свою тактику... Хотя известны они были еще армии Дария, применявшей их против конницы Александра...

Он взял салфетку и нарисовал на ней железку с заостренными наконечниками — такая, упав на землю, обязательно выставила бы вверх один из своих зазубренных шипов.

— Похоже на противотанковый еж, — сказала я. — Когда в Москве едешь к Шереметьевскому аэропорту, у шоссе стоит несколько таких. Только большие.

— Там военная база?

— Нет. Памятник.

Мне нравился этот кросс-культурный транс-эпохальный разговор под кофе с мороженым. Смешались в кучу кони, люди, слились в протяжный вой.

— Ты кладешь себе сахар? — спросил он с удивлением.

— Да, — ответила я. — Сегодня я хочу позволить себе все.

— Тут смешные люди, — сказал он. — Когда я оформлял машину, ко мне подошли двое бородачей и спрашивают — ты откуда? Я подумал, если скажу, что из Америки, так ведь нахамят. И отвечаю — из Калифорнии. Один спрашивает — где это? А второй говорит — а, помню, «Californication»[1]. Мы смотрели в лагере...

— Californication, — повторила я. — Красивое слово. В нем есть что-то муравьиное. Такой сериал тоже был?

---

[1] Игра слов: калифорнийское совокупление.

205

— Все на свете — сериал, который уже был.

«Тойота» действительно выглядела очень старой, даже древней. Открыв багажник, Фрэнк бросил туда наши сумки и сказал:

— Вот царапины от стрел.

— Может быть, это от боевых колючек, — ответила я. — Может быть, это римская «тойота», а не парфянская.

— А ты умная, — кивнул он. — О такой возможности я не подумал. Прощай, Эдесса!

— Это ты кому? — спросила я.

— Городу.

До Харрана было меньше часа езды, и я почти все время проспала. Пару раз я просыпалась, когда Фрэнк тормозил. Дорога была пустой несмотря на утро буднего дня — в зеркале заднего обзора мелькал только красный скутер с двумя синими ездоками, и еще дорогу один раз пересек трактор с прицепом, полным зеленого сена.

Затормозив в очередной раз, Фрэнк достал телефон и вывел на экран карту. Изучив ее, он переключился на вид со спутника.

— Посмотри. Это уже Карры. То есть Харран. Ничего не напоминает?

Спутниковый снимок походил на выложенный зеленой плиткой пол, по которому долго долбили кувалдой: аккуратно расчерченные поля были глянцевым кафелем, а серые следы кувалды — человеческими поселениями.

Самая большая из тусклых вмятин при увеличении и оказалась Харраном.

Я сообщила Фрэнку про кувалду и плитку, но сравнение ему не понравилось. Он нахмурился.

— Нет, — сказал он. — Вот посмотри, в центре Харрана — круглое пятно. Почти нет домов. Это старый город — он и по цвету и по форме похож на луну. Разве нет?

— Ну, кто о чем, а вшивый о бане, — не без усилия перевела я на английский.

— У меня нет вшей, — ответил Фрэнк.

— Зря, — сказала я. — У Каракаллы наверняка были.

— Ты злишься.

— Я злюсь, — согласилась я. — Правда.

— Зачем ты злишься?

— Не знаю, — ответила я. — Мне здесь неуютно. Даже страшно.

Так оно и было — но я поняла это только услышав собственные слова.

— Ты просто чувствуешь энергию места, — сказал Фрэнк. — Оно невероятно мощное и древнее. И конфликтует с тобой, потому что ты конфликтуешь с ним.

— Почему ты так думаешь?

— Ты борешься с этим местом за меня.

Он говорил это на полном серьезе. Кажется, он действительно чувствовал себя Каракаллой. Я даже фыркнула от возмущения.

— Борюсь? Да пусть оно тебя забирает. Если вам друг с другом лучше.

— Не ревнуй, — сказал Фрэнк снисходительно.

Я готова была его укусить, но машина уже тронулась, и это могло быть опасно для зубов.

Не уверена, что дело было в конкуренции за Фрэнка, но место мне действительно не нравилось.

Солнце за тысячи лет опалило и как бы придавило окрестности, словно тут в незапамятные времена произошел секретный библейский грех, и бог все выжигал и выжигал его следы подвешенным в небе ядерным взрывом. Солнце ведь и есть ядерный взрыв, вспомнила я, просто очень далекий и крайне долгий.

Ощущение древнего греха и беззакония только усилилось, когда мы приехали в Харран. Я увидела серо-желтые глинистые постройки, похожие по форме на врытые в землю стерженьки губной помады. Фрэнк, в полном соответствии с заветами Венской школы, сравнил их с головками снарядов. Все-таки интересно бывает наблюдать за искажениями восприятия, которые вызывает тестостерон.

Конические домики казались очень старыми. Фрэнк объяснил, что это местный архитектурный стиль — так здесь строят уже несколько тысяч лет, и внутри этих глиняных каморок («это на самом деле не глина, а смесь грязи и сена») прохладно при любой жаре.

Мне эти хижины не нравились. Они, как и все вокруг, словно бы напоминали о древней жути, забытой человечеством совсем недавно и с большим трудом. Окна и двери были маленькими, домишки лепились друг к другу тесно, как соты, и можно было не сомневаться, что люди существовали в них на правах пчел. В общем, не та древность, к которой хочется мечтательно прикоснуться. Но Фрэнк был счастлив.

Когда он снова затормозил и остановился на обочине, желание укусить его у меня уже прошло. Он снова погрузился в карту на телефоне.

— Тут должна быть бензоколонка.

За окном была только старая стена и пыль.

— Где?

— Ты не туда смотришь. Внутри. Там был храм Луны.

Он ткнул пальцем в экран телефона — в ту самую круглую серую плешь, которая напоминала ему луну. Вокруг нее на экране действительно было полукольцо, похожее на стену — и рядом, совсем недалеко, значок бензоколонки, называвшейся «Herbalife Harran».

— Странное название для бензоколонки, — сказала я. — Гербалайф. Я ни одного подходящего здания тут не вижу. Зачем тебе бензоколонка? У нас полный бак.

— На бензоколонке можно купить воды. И рядом всегда туалет.

— Как мало американцы знают о мире, — вздохнула я.

— Сиди здесь, — сказал он, — я схожу на разведку.

Он вылез и пошел куда-то в желтое марево. На улице почти никого не было. Вслед за Фрэнком прошла пара бородачей в синих рабочих комбинезонах. Один из них тащил небольшой моток провода — наверно, подумала я, чинят древнюю телефонную линию в храм Луны. Видимо, за стеной все же была жизнь.

Бородачи в комбинезонах снова появились на улице, сели на красный мопед и уехали. Фрэнка все не было.

Прошло пять минут, потом десять. Потом двадцать. Я позвонила на его номер. Никто не отвечал.

Я вдруг заметила, что на улице появились люди — они бежали к проходу в стене, где исчез Фрэнк. К моей машине подошел седоусый грузный турок, похожий на Тараса Бульбу, дефектнувшего к младшему сыну.

— Это не ваш друг там? — сказал он с акцентом. — Там несчастье с человеком.

— В таком длинном плаще? — спросила я, еще не веря своей догадке.

— Да, — ответил турок. — Его убили.

Эмодзи_привлекательной_блондинки_проснувшейся_на_ночном_кладбище_и_пытающейся_понять_как_она_на_него_попала. png

✳

Когда, кое-как пережив опознание Фрэнка и последующий допрос, я вернулась из полицейского участка в наш (теперь уже мой) номер в «El-Ruha», все было более-менее ясно.

Эти двое на мопеде были, как думали полицейские, бандитами из Сирии. Они ехали за нами еще из Урфы — видимо, им Фрэнк и представился жителем Калифорнии. Похоже, они оказались не такими идиотами, как он решил. Может быть, они охотились на американцев. А может быть, он брякнул что-то необдуманное, о чем не рассказывал мне — у террористов ведь тоже есть свои триггерные темы.

Они зарезали его в безлюдном проходе — и задержались лишь для того, чтобы оставить на стене идеологическое граффити на арабском. Из чего стало ясно, что это были идейные террористы. Их мопед уже нашли. Их самих — нет.

— Ударили сверху и сзади, — сказал офицер, с которым я говорила. — Вот так...

Он встал со своего стула, сделал несколько крадущихся шагов по комнате, приподнялся на цыпочках, как бы нависая над кем-то, идущим впереди — и быстро и страшно кольнул его сверху.

— Прямо над ключицей. Умелая рука...

Теперь их искали. Но похожих типов вокруг было пруд пруди. Сирия ведь совсем рядом.

Я отдала полицейским вещи и документы Фрэнка и оставила свои координаты на тот случай, если со мной захотят пообщаться его родители, которые уже знали о несчастье и должны были скоро приехать в Турцию.

Хоть я вернулась в Урфу и Харран остался далеко позади, у меня никак не получалось прийти в себя. Шок был настолько сильным, что я даже не думала о Фрэнке. Во всем этом словно присутствовала какая-то не понятая вовремя насмешка судьбы.

Император едет в храм Луны... Император едет в храм Луны... Сначала я предположила, что видела фильм на эту тему. Такие каждый год пачками снимают в Азии, и с каждым годом они все тупее, а спецэффекты все красочнее. Но фильма в интернете я не нашла. Тогда я стала читать про Каракаллу.

Краткий отчет о его жизни почти полностью совпадал с тем, что рассказывал мне Фрэнк — кроме истории про любовь к Луне. Об этом нигде не было ни слова. Абзац за абзацем я двигалась к концу императорской жизни — и чувствовала, что сейчас узнаю нечто жуткое.

Конечно, так и случилось.

8 апреля 217 года Каракалла со свитой выехал из Эдессы в Карры, чтобы почтить местное лунное божество. Сам он ехал на белом жеребце, запахнувшись в пурпурную накидку-каракаллу, которой был обязан своим прозвищем. Впереди мчались ликторы и центурионы, разгонявшие встречных, позади — приближенные к императору сенаторы и всадники, так называемые amici (как бы «друзья» Александра, которому Каракалла подражал), еще дальше — скифы-телохранители в красных плащах. В какой-то момент император сделал знак остановиться — ему потребовалось справить нужду. Он отошел от дороги и присел в кустах. Сопровождавшие отъехали в сторону из деликатности. Тогда центурион Юлий Марциаллис, бывший у императора вестовым, пошел к нему словно бы по какому-то срочному делу. Приблизившись к сидящему на корточках Каракалле, он неожиданно ударил его кинжалом сверху — так, что лезвие прошло над ключицей. Император умер мгновенно...

Фрэнк повторил последнюю поездку Каракаллы.

Он выехал из Эдессы и почти доехал до храма Луны в Каррах. Его свитой была я. Мало того, я целую неделю работала его лунным божеством — но даже не знала, приходила ли ему в голову возможность такого поворота событий.

Для него это было увлекательной игрой, но на кону в конце концов оказалась его жизнь... С древней силой Харрана шутить не стоило.

«Наверно, — говорил у меня внутри чей-то тихий голос, — старые камни лучше не переворачивать, чтобы не будить спящих под ними скорпионов. Забытые мелодии лучше не насвистывать, чтобы не вызвать мрачных духов. Есть сны, от которых лучше просыпаться сразу...»

Вещи Фрэнка увезла полиция. Но когда я полезла в свою сумку, первым, на что я наткнулась, был пластиковый пакет с видами Стамбула. Он лежал поверх остальных моих вещей. По форме пакета я догадалась, что в нем, и у меня в груди екнуло.

Это были маски. Обе — Луны и Солнца, переложенные мягким упаковочным пластиком с пузырьками воздуха.

Мало того, в том же пакете лежали еще три предмета, которых Фрэнк никогда мне не показывал — наручники, большущее дилдо серебристого цвета и БДСМ-ошейник с шипами.

Там же была записка:

Саша,

Ты отличная богиня Луны, спасибо. Если со мной что-то случится в Харране, ничего не говори про эти маски копам. Верни их Тиму и Со. Пожалуйста, сделай как я прошу.

Твой Каракалла

PS не выкидывай секс-игрушки. Пока они в одном пакете с масками, на просвечивании не будет вопросов. Набор для ролевых игр. Проверено опытом. Секс-игрушки в Турции легальны, а древности — нет. Но не бойся, они не поймут, что это древности. На всякий случай сдавай все в багаж.

Мне хотелось быстрее проснуться от кошмара, но оказалось, что это не так просто. Кошмар не желал никуда уходить. Наоборот, он обрастал все более уродливыми подробностями.

Что это значит — запрещены древности? Я полезла в интернет. Правда. Перевозить по Турции античные предметы искусства было опасно.

Моим первым импульсом было позвонить в полицию и отдать им маски. Я достала карточку с телефонами, выданную мне в участке, сняла трубку с рычага — но что-то меня остановило.

«Пожалуйста, сделай, как я прошу».

Это была последняя просьба человека, с которым я много дней занималась любовью. Я даже думала пару раз, что люблю его, хотя скорее всего меня опьяняла необычность происходящего. Но как бы там ни было, он умер, и единственное, что я могла для него сделать, это исполнить его просьбу.

Некоторое время я колебалась.

Мне не хотелось усложнять свои отношения с турецкой полицией. Вернее, мне не хотелось их иметь вообще. По закону, наверное, полагалось бы отдать эти маски им. Возможно, они были украдены откуда-то и их искали. Если это действительно ценные античные артефакты, я могла на полном серьезе загреметь за них в тюрьму на весь остаток своей еще довольно молодой жизни.

С другой стороны, у меня была записка Фрэнка с его просьбой. Хоть какой-то, но документ. Это могло сократить мой срок примерно наполовину...

Я погрузилась в раздумья. Черт, Фрэнк умел напрягать даже с того света.

На самом деле я уже знала, как поступлю, но для очистки совести решила дождаться какого-нибудь знака.

Это ведь так просто для мира и господа Шивы — послать мне какой-нибудь ясный недвусмысленный знак. Например, если сейчас попадется в интернете фото собора Василия Блаженного, а рядом будет мусорный бак с двумя торчащими из него масками, я спокойно их выброшу и поеду домой в Москву...

Я спустилась в холл, перекусила в буфете (от горя я выпила банку красной кока-колы с сахаром, что в сегодняшних культурных условиях эквивалентно штофу водки у Достоевского) и поднялась наверх.

У меня в почте было новое письмо. От Со.

Мы обменялись адресами еще в стамбульском такси, но я не ожидала, что она действительно когда-нибудь мне напишет. Она, может быть, и не написала бы, если б не это несчастье.

Саша!

Я знаю про Фрэнка. Его родители думали, что он еще с нами, и звонили. Они, конечно, в ужасе. Ты не пострадала? Представляю себе, что ты пережила.

Мы в Стамбуле — и будем здесь еще некоторое время. Прилетай. Постараемся тебя успокоить.

Если хочешь, вообще не будем об этом говорить.

Ждем.

С любовью,

Со и Тим

Интересно, она знала про просьбу Фрэнка насчет масок? И почему вообще человек думает об этих масках перед смертью? Может быть, они действуют на психику?

Как бы там ни было, я ждала знака — и это, конечно, он. Такой трудно не заметить. Но я и без всяких знаков уже знала, что сделаю все как просил Фрэнк. Чего бы это ни стоило. Я только боялась, что придется разыскивать Со и Тима самой. Но все складывалось на редкость удобно.

Когда я сдала в аэропорту свой багаж, у меня начался приступ паники.

Мне казалось, что усатые стражи порядка насмешливо и злобно смотрят в мою сторону — и все происходящее в мире есть единый бесчеловечный заговор, направленный против меня.

Тренеры личностного роста учат, что нельзя видеть реальность в таком свете. Но судьба любого живого существа, в том числе и тренера личностного роста, доказывает, что по-другому просто не бывает. Растащат на протеины (а в случае кремации — на атомы), и весь мир будет в доле.

Сидя в зале ожидания, я во всех подробностях представляла, что сейчас произойдет.

Вот усатые янычары и мамелюки пялятся в свой рентгеновский кинескоп, и до них доплывает моя сумка... На их лицах ухмылки, они переглядываются, стаскивают ее с ленты транспортера и изучают бирку, где напечатаны фамилия и имя. Еще один тычок в клавиатуру, и на мониторе моя фотография.

И вот я в участке. На столе лежат маски, наручники и дилдо. Вкрадчивый голос с турецким акцентом говорит:

— Ханум, вы, наверно, уже догадались, почему мы задержали ваш багаж...

Я пожимаю плечами.

— У нас вызывает сомнения ваш фалло-имитатор. Он непропорционально большой («для Турции» — дрожит во мне гордый ответ славянки, но в последний момент я сдерживаюсь). Кроме того, член покрыт серебристой краской с высоким содержание металла, и наши сканеры не могут заглянуть внутрь...

Надменно улыбаясь, я спрашиваю:

— И чего же вы хотите?

Вкрадчивый голос отвечает:

— Вам приходилось сталкиваться с ситуацией, когда на контроле вас просят включить ваш ноутбук?

Я киваю.

— Вы догадываетесь, наверно, что офицеру контрольной службы не особо интересны ваши фотографии в инстаграме. Цель этой процедуры — доказать, что ваш ноутбук действительно ноутбук, а не замаскированная под него бомба.

— И что дальше?

— Ханум, мы просили бы вас продемонстрировать сотрудникам полиции, что ваш, э-э-э... инструмент есть действительно то самое, чем он кажется снаружи. Пожалуйста, покажите его в действии. Хотя бы в течение пяти-десяти минут.

— Но там нет никаких батареек и моторчиков, — лепечу я.

— Мы имеем в виду не это.

— А что?

Я сама оскорбленная невинность. На моих глазах выступают слезы, но мамелюков и янычар не проведешь. Они набухают грозным турецким тестостероном:

— Раз вы так непонятливы, ханум, нам придется задержать вас на неопределенный срок...

И вот меня везут в подземную тюрьму, где томятся сотни несгибаемых русских девушек, снятых с турецких самолетов за провоз серебряных членов...

Путину, естественно, никакого дела до меня не будет. Он вообще не вмешается. Или, может быть, придет вместе со своим корешем Эрдоганом повеселиться — и они вдвоем будут из-за специального зеркала наблюдать за тем, как очередная девичья воля не выдержала допроса с пристрастием...

Когда объявление о посадке в самолет вырвало меня из воображаемой турецкой тюрьмы, я уже вполне там освоилась, со всем смирилась и даже начала обзаводиться кое-какими полезными знакомствами.

Вроде обошлось.

Хотя как знать, может быть, в Стамбуле багаж просвечивают еще и перед выдачей? Чтобы убедиться, что никто не везет из провинции древних сокровищ?

Меня всегда занимало, что чувствует в аэропорту курьер, прячущий в своем чемодане десять кило кокаина. Теперь я это знала.

Самолет до Стамбула был почти пустым. Мы взлетели, я свернулась у окошка и наконец расслабилась. Но в тот самый момент, когда высота растворила мои страхи, в соседнее кресло кто-то сел.

Моя шуга пробудилась опять. Вряд ли это просто пассажир, желающий сменить место — в салоне было множество вариантов вообще без соседей. Он что-то от меня хотел.

— Можно с тобой поговорить?

Хороший английский. Может быть, хочет меня подклеить? Все браки заключаются на небесах, а мы сейчас как раз там.

— О чем? — спросила я с рассеянной улыбкой.

— О масках, которые ты везешь.

Так и есть. Решили брать в самолете.

Чувствуя, как турецкая тюрьма превращается из эротической фантазии в объективную и совсем уже близкую реальность (а я думала, что все уже прочухала про чемодан кокаина — оказывается, нет), я подняла на соседа глаза.

Рядом сидел пожилой седой турок, такой темнокожий, что сошел бы за своего даже в Африке. Но это был просто многолетний солнечный ожог — я уже научилась отличать климатическую гиперсмуглоту от расовой.

У него был смешной и трогательный венчик растрепанных белых волос вокруг темного яйца головы и такие добродушные белые усы, что мой страх почти прошел — хотя никаких рациональных оснований для этого не было. Почему-то я сразу прониклась к нему доверием и симпатией.

— Вы о чем? — спросила я невинно.

— Только не бойся, — сказал он. — Я не из полиции. Я частное лицо. Я следил за твоим другом Фрэнком. Увы, покойным другом. Поэтому в некотором смысле я следил и за тобой. Непредумышленно. Позволь выразить сочувствие твоему горю...

Его лицо изобразило все надлежащие эмоции, причем так старательно, что моя симпатия к нему окончательно укрепилась. Нет, я догадывалась — моя драма вряд ли прожигает ему сердце насквозь (хотя бы потому, что насквозь она не прожигала его даже мне). Но он, во всяком случае, соблюдал приличия очень старательно. Турецкий джентльмен. Впрочем, может быть, здесь такие копы?

— Как долго вы за нами следили?

— Еще со Стамбула.

— Зачем? Те, кто убил Фрэнка, тоже за нами следили.

Он замахал руками.

— О, это совсем, совсем другое. Никакого криминала.

— Мне кажется, подглядывать за кем-то, кто об этом не знает — уже криминал.

— Фрэнк знал, — сказал джентльмен. — Но не возражал. Мы с ним были знакомы. Несколько раз встречались и говорили. Он считал меня чокнутым. Безобидным чокнутым... Но я не чокнутый. Никакого вреда я тебе не причиню. Позволь, я представлюсь — Ахмет Гекчен, профессор в Стамбульском университете. Faculty of letters.

Это что, факультет, где изучают какие-то буковки? Письма? Или литературу? Но спросить было неудобно.

Он протянул мне коричневую карточку с золотым обрезом.

— Там телефон и почта. Обязательно сохрани, это моя частная карточка, не служебная. А ты Александра Орлова, я уже знаю.

Он назвал меня «Александра», как в паспорте. Я всегда представлялась Сашей — значит, он выяснил мое имя в гостинице или где-то еще. Через документы. Если, конечно, он правда не из полиции.

Я спрятала карточку в карман.

— Зачем вы следили за Фрэнком? Что вообще происходит? Вы знаете, почему его убили?

— Ох, как объяснить... Видишь ли, ты можешь... Как бы сказать... В общем, у этой тайны много уровней. И мне надо понять, как глубоко ты в нее проникла. Только тогда я буду знать, как правильно ответить на твой вопрос, чтобы не создать новых проблем.

— У какой тайны?

— У той, которая связана с масками Каракаллы. У великой мистерии...

— Мистерии?

Гекчен сделал серьезное лицо. Преувеличенно серьезное — и я поняла, что он действительно собирается говорить всерьез.

— Скажи, тебе приходилось слышать от Фрэнка словосочетание «Sol Invictus»?

— Да... Выражение я помню. Но не уверена, что правильно его понимаю. Как оно переводится?

— «Непобедимое Солнце». Одно из названий солнечного божества.

— Да, точно. Теперь вспомнила.

— На самом деле эти слова имеют и другой смысл, тайный и очень древний. Про это он говорил?

— Про это точно нет.

— Хорошо, — сказал Гекчен. — А про императора Элагабала?

— Нет.

— А про «центральный проектор»?

Я задумалась.

— Нет, такого тоже не было.

Гекчен вздохнул.

— Значит, — сказал он, — как я и полагал, ты не проникла в тайну глубоко.

— Не знаю, о какой тайне вы говорите, — ответила я, — но в историю Каракаллы я нырнула на всю глубину, какая там есть. И про разных богов и богинь Фрэнк тоже мог рассказывать часами.

— Ты всего лишь чиркнула по поверхности. Это настолько глубокая... Не просто тайна. Это, можно сказать, тайна тайн. Она как черная дыра. Человек не понимает, что там спрятано. Но если он проходит достаточно близко, мощное притяжение меняет маршрут его судьбы. Вот это и произошло с Фрэнком. Тайна захватила его и швырнула навстречу смерти.

— Он повторил историю Каракаллы, — сказала я.

— Скорее с Каракаллой произошло то же, — прошептал Гекчен. — В точности то же самое, что с Фрэнком.

— Но Каракалла никого не копировал.

— Он никого не копировал — кроме, может быть, Александра Македонского. Каракалла оказался слишком близко к тайне — и она его раздавила. Фрэнк и Каракалла, если угодно, братья по несчастью. Им пришлось умереть, чтобы ситуация могла развиваться дальше. Чтобы в игру могли вступить те, кто придет следом.

— Меня тоже убьют?

— Тебя? Не знаю, я не предсказатель. В этой мистерии у каждого своя роль. Ее участники движутся по орбитам. Все зависит от того, на какой ты орбите. Это выяснится скоро.

— Где?

— Там, куда ты едешь.

— Вы знаете, куда я еду?

Гекчен кивнул.

— Ты едешь отдавать маски. Ну или думаешь, что едешь их отдавать.

— Кому?

— Тем, кто дал их Фрэнку.

— И что со мной случится дальше?

Гекчен опять сделал суперсерьезное лицо. К этому моменту я уже понимала, зачем он строит эту страдальческую гримасу — в остальное время он выглядел так легкомысленно, что любые его слова воспринимались как шутка.

— Тут, Александра, возможны два варианта. Первый — самый для тебя простой и безопасный. Эта мистерия тебя, так сказать, отпустит и ты поедешь дальше по своим делам. Комета пролетела мимо черной дыры, чуть завернула и унеслась в космос крутить хвостом...

Он сказал «turn tail», что значит «дать деру», но в тот момент я поняла его дословно и романтично. Баба, что тут сделаешь.

— Второй вариант уже не такой безобидный. Ты тоже становишься частью мистерии. У тебя появляется своя личная орбита вокруг черной дыры. Она может быть очень далекой, как у Фрэнка — или, наоборот, совсем близкой, так что ты узнаешь все-все — и в эту дыру в конце концов свалишься. И в первом, и во втором случае трудно предугадать, что с тобой произойдет.

— Я погибну?

— Вовсе не обязательно, — ответил Гекчен. — Фрэнк просто попал на траекторию Каракаллы, которая действительно ведет к смерти. Вокруг этой тайны много разных орбит, очень много. К смерти ведут далеко не все. Но, скажу честно, такое тоже бывает...

— Вы знаете, кто и почему его убил?

— Если бы я знал, я бы заявил в полицию, — сказал он. — Я могу только строить гипотезы.

— Кто это сделал?

— Я не знаю, кто именно. Но догадываюсь почему.

— Почему?

— Есть силы... Скажем так, есть люди, охраняющие покой и безопасность этого мира. Им известно, что императора Каракаллу в свое время убили, чтобы не допустить в храм Луны. Возможно, этот визит мог закончиться чем-то жутким...

— Почему?

— Каракалла происходил из очень непростой семьи. Его мать Юлия Домна была родом из Сирии. Из Эмесы. Это тебе что-нибудь говорит?

Я отрицательно покачала головой.

— Вот представь, твоя семья столетиями служит Солнцу. А ты решила дефектнуть к Луне... Стоит ли удивляться, если тебе постараются помешать?

— Полагаете, дело в этом?

— Не знаю. Просто одно из предположений. Ясно одно — Каркаллу по какой-то причине не хотели пускать в храм Луны. И это было до того серьезно, что римского императора — подумай только, римского императора! — решили убить. А через две тысячи лет появился человек, который установил контакт с Каракаллой, даже в известном смысле стал им сам. И вот этот человек пытается попасть на руины храма Луны с непонятной целью. Что, по-твоему, должны сделать охранители?

— Но Фрэнк... Он ведь наполовину дурачился.

— Возможно. Но эти люди не дурачатся никогда.

— Вы меня пугаете, — сказала я. — Значит, это были не террористы?

Гекчен пожал плечами.

— Я ничего не утверждаю. Просто предполагаю.

— Мне уже никуда не хочется эти маски везти. Хочется их выбросить. Может быть, я их вам отдам? Хотите?

Гекчен улыбнулся.

— Я бы желал, конечно, чтобы два таких превосходных артефакта оказались в моей коллекции. Но это невозможно.

— Почему?

— Я не хочу рисковать. Эти маски живые и сильно кусаются. Они сами находят своего владельца. И охраняют его. Так что полиции ты можешь не опасаться.

— Я не владелец. Я просто курьер.

В глазах Гекчена блеснуло что-то похожее на жалость.

— Скажи, только честно. Ты ведь надевала одну из этих масок?

— Да.

— Просто мерила? Или... Не смущайся, я знаю, чем занимаются в этих масках.

— Или, — ответила я. — Причем много раз.

Гекчен крякнул.

— Ну тогда я буду удивлен, если маски тебя отпустят. Видишь ли, это очень могучие объекты — они приобретают власть над тем, кто их носит. Особенно это касается маски Солнца.

— Какого рода власть?

— Они начинают диктовать людям их поступки.

Мне вдруг стало по-настоящему страшно.

— Скажите, а эти маски могут, например, заставить одного человека написать другому записку с просьбой куда-то их доставить?

— Они способны на все, что ты можешь придумать, — ответил Гекчен. — И на многое такое, чего ты даже не вообразишь. Но если ты под властью маски, ты этого не поймешь. Ты будешь считать, что исполняешь собственное желание.

— А что нужно, чтобы попасть под власть маски?

— Надеть ее. Хотя бы раз, если говорить о маске Солнца. У них отличная память.

Я задумалась.

— Опасно надевать только маску Солнца?

— Это опаснее. У Луны скорее вспомогательная функция. Но в целом эти маски обладают одинаковой силой. Просто она проявляется по-разному...

— Одна из них мужская, другая женская?

— Нет. Одна — это Солнце, другая — Луна.

— Скажите, а почему у них такая сила? Из-за этих камней?

Гекчен кивнул.

— А что на них за камни? Это ведь не драгоценности, а какой-то черный... Я не знаю, базальт?

Гекчен улыбнулся.

— Сейчас еще рано об этом говорить. Вернее, уже поздно.

— Почему?

Он поднял руку, показывая мне часы.

— Мы снижаемся. Я пойду на свое место. Когда выйдем из самолета, не подходи. Не надо, чтобы нас видели вместе. У тебя есть моя карточка. Если почувствуешь, что увязла в этой истории глубже, свяжись. Расскажу много интересного. От своих друзей ты такого не услышишь.

— Вы с ними знакомы?

Он как-то неопределенно покрутил головой.

— Лучше не говори им пока о нашей встрече.

— А если спросят?

— Если спросят, расскажи. Все, я прощаюсь. Звони.

Он встал и не оборачиваясь ушел по салону. Его сутулая спина еще была мне видна, когда над головой зажглась пиктограмма с ремнями. Мы летели над Стамбулом.

231

Я поглядела на карточку, оставленную Гекченом.

Это был прямоугольник коричневого пластика с золотым обрезом.

Prof. Dr. Ahmet Gökcen

Только телефон и электронная почта на протон-мэйле. Из общения с Антошей я знала — этого провайдера очень любят в сетевых магазинах кайфа, потому что это очередной швейцарский прокси американских спецслужб, созданный специально для людей, которые из-за американских спецслужб не вполне доверяют гуглу, а стучать русским мусорам на собственный кокаин ЦРУ не будет никогда.

Посмотрим, дядя, какие у тебя закладки... Я перевернула карточку.

Там тоже не было ни имени, ни фамилии. Только золотое тиснение — статуя льва, держащего лапу на маленьком земном шаре. Красиво.

Может быть, все они просто психи? И Фрэнк, и этот Гекчен. И я тогда тоже — раз куда-то эти гребаные маски все-таки везу.

Уж не знаю почему, но я боялась держать у себя эту карточку. В такси я сфотографировала ее на телефон — а оригинал порвала на кусочки и выбросила в окно.

Надеюсь, это был биоразлагаемый пластик.

*Эмодзи_красивой_печальной_блондинки_не_
перестающей_думать_о_вопросах_экологии_
даже_в_ситуации_большого_личного_горя.png*

∗

«Аврора» стояла на Атакой Марине у того же причала, что и в прошлый раз. Я позвонила по телефону, который оставила Со, и она сразу взяла трубку.

— Саша? Здравствуй, милая. Ты в порядке?

— Да, — сказала я. — Я привезла маски.

— Где ты?

— У яхты. Вот прямо у трапа.

Со несколько секунд молчала.

— Что же ты не предупредила. Я в городе, вернусь только через пару часов.

— Как мне быть? Ехать в город?

— Ни в коем случае, — сказала Со. — Я позвоню Тиму, и он тебя встретит. Дождись меня обязательно, девочка. Скоро буду. Все, не могу сейчас говорить.

Она повесила трубку. Прошла минута, и наверху появился Тим.

На нем был легкий шелковый халат, раскрашенный под гусарский мундирчик — в духе униформы «The Beatles» на обложке «Клуба одиноких сердец».

Я уже понимала к этому моменту, как подобный наряд гармонирует с раскраской яхты — и даже прониклась известным уважением к усилиям Тима по созданию и поддержанию образа. Desology, как и было сказано. Все это требовало внимания, сил и стоило, должно быть, немалых денег.

Тим помахал мне рукой, и я пошла вверх по трапу, волоча за собой сумку. Тим не сделал попытки помочь. Американец, подумала я. Боится, что засужу.

— Привет, — сказал он, деликатно обнимая меня. — Вот ведь какое дерьмо. Ужас просто.

Эти слова, как я догадалась, выражали крайнюю степень скорби.

— Но зато Фрэнк умер как римский император. Мы вряд ли умрем так же красиво. Бедный парень. Ты его любила?

Я кивнула. Потом пожала плечами. Глупый вопрос. Я бы на него смогла ответить года через два. А еще лучше, если верить французским экспертам, через три. Мы даже не успели друг к другу привыкнуть — сколько мы провели вместе? Две недели или около того...

— Со скоро будет, — сказал Тим. — Но это хорошо, что ее нет. Идем ко мне в офис. У тебя, наверное, куча вопросов?

— Не то чтобы куча, — ответила я, — но они есть.

Тим повернулся и пошел вперед. Через минуту путешествия по сверкающему никелем и полированным орехом анархистскому сквоту мы пришли в его кабинет. Все это время я тащила сумку за собой, поскольку никто у меня ее не взял.

Первое, что бросилось мне в глаза в его офисе — это обшитая кожей стена за рабочим столом. Она выглядела немного странно: проходила точно через центр круглого иллюминатора, не касаясь его — словно раньше каюта была больше, и ее наспех разделили перегородкой.

Но даже в усеченном виде офис походил на кабинет корпоративного экзекьютива, привыкшего жить с кишками наизнанку: жизненные трофеи в виде малопонятных кубков, застекленных фотографий с дарственными росчерками, дипломов, надписанных клюшек для гольфа и прочих памятных знаков сливались в своего рода резюме, повествующее о безупречной и мудро инвестированной жизни.

Фотографии на столе Тима были повернуты лицом к визитеру, чтобы взгляда в славное прошлое хозяина не мог избежать никто.

На одной Тим стоял рядом со Стивом Джобсом — и что-то объяснял ему, тыча пальцем в лист бумаги. Стив Джобс был поздний — в черной водолазке, с заострившимся уже лицом и тем выражением еле заметной иронии, которая заменяет предсмертное отчаяние сильным людям.

На другой фотографии Тим стоял в обнимку с молодой Со. Сам он выглядел почти так же, как сейчас, а Со немножко походила на меня, что почему-то было мне приятно. На третьей Тим был сфоткан с Берни Сандерсом, а на четвертой — что особо меня впечатлило — с неизвестным, чей силуэт был тщательно зачернен маркером. Возможно, там стоял какой-нибудь Эпштейн или Вайнштейн, которого приличия требовали вымарать из памяти — но фотография была повернута к зрителю вместе с остальными, словно сообщая, что, хоть в прошлом Тима тоже есть малоприятные воспоминания и связи, лично он не замешан ни в чем дурном, поскольку иначе вряд ли оставил бы такое свидетельство на виду.

Это было тонко.

Я присела перед сумкой и раскрыла молнию, собираясь вытащить пакет с масками (отдам вместе с наручниками и всем прочим, пусть дальше сами сортируют) — как вдруг мои руки замерли. Я забыла про маски и медленно распрямилась.

Сбоку над столом Тима была застекленная полка, где размещалась коллекция небольших, высотой в ладонь, раскрашенных бюстов — вернее, бюстиков. Зеленоватое стекло было наполовину закрыто, и фигурки расплывались за ним в огуречные пятна. Но два бюста оставались видны.

В глубине стояла Нефертити — я узнала ее сразу, хотя вместо обычной шахматной ладьи на голове у нее чернел парик: практически современная стрижка-каре. Это ей шло.

Ближе был Фрэнк. В пурпурном плаще с капюшоном, спущенным с головы. Именно Фрэнк в образе Каракаллы, а не Каракалла — разница между ними была, и я знала ее назубок. Здесь ее поймали точно.

Но самой жуткой деталью оказалась черная дырка с темным пятнышком вокруг, нарисованная над ключицей.

Мне пришло в голову, что Тим специально открыл стекло на полке.

— Это... — не в силах выговорить имя, я кивнула на бюст Фрэнка. — Это вы подстроили?

— Ты о чем?

— О его смерти.

— Ни в коем случае, — ответил Тим. — Ты что думаешь, я нанял убийц и подослал их к бедному мальчику? Я такими вещами не занимаюсь. Ну, почти.

— А в чем была ваша роль?

— Я некоторое время финансировал его романтический образ жизни. И помог ему встретить тебя. Вернее, помогла Со — и обстоятельства. Но мы ничего заранее не планировали. Я тебе клянусь.

— Вот как.

— Если коротко, — продолжал Тим, — всем этим занимается некая сила. Я познакомил с ней Фрэнка, и она подарила ему мечту. А потом позволила его мечте сбыться.

— Что за сила?

— Пока об этом рано.

— А о какой мечте вы говорите? Он разве мечтал, чтобы его зарезали?

— Нет, — ответил Тим. — Он хотел встретиться с лунным божеством, к которому отправился когда-то Каракалла. Это была любовь, глубокая и древняя — она вынырнула из вечности и вселилась в него. Его любимой была не ты. Ты служила вешалкой для маски.

Я покраснела.

— Вам известны даже такие детали?

— За вами никто не подглядывал, успокойся. Просто я знаю, как вел себя Фрэнк, и к чему он стремился.

— Вы понимали, что его убьют? Только честно?

Тим наморщился.

— Не вполне, — сказал он наконец. — Скажем так, я догадывался, что у этого странного проекта будет странный финал. Возможно, яркий и необычный.

— Но вы могли его предупредить!

— О чем? О судьбе Каракаллы? Да он знал про него больше, чем все нынешние историки.

— Да, — ответила я, — это правда. Он знал очень много о древности.

— Причем не от людей, — сказал Тим, — а от самой древности. Я такое уже много раз видел. Но меня интересует другое. Мне хотелось бы понять твое место в этой схеме.

— А вы думаете, оно есть?

— Посмотри сама. Сначала тебя встречает Со — не где-то, а в ромейской Софии — и приводит к нам в гости. Это еще могло быть случайностью. Но потом с тобой уходит Фрэнк. И ты приводишь его прямо к развязке.

— Я? К развязке? Да я его только слушала и соглашалась...

— Ты или не понимаешь, как женщина ведет мужчину к развязке, — сказал Тим, — или делаешь вид, будто не понимаешь.

Это было неожиданно. И совсем не глупо — я даже не нашлась, что ответить. Все же я недостаточно феминистка. Или, вернее, мой феминизм всегда предает меня в самый важный момент. Или я его?

— Ведь ты сама надела маску, верно?

— Да, — сказала я.

— Ты носила маску Луны. Ты была любовницей Солнца. А теперь пришла ко мне с обеими масками.

— Это Фрэнк попро...

Он махнул рукой, словно его раздражало мое пустословие.

— Ты в игре, моя девочка. Если будешь вести ее правильно, все будет хорошо. Если нет, с тобой может случиться несчастье. И устрою его не я, поверь.

— А кто?

— Я не знаю, как ответить на этот вопрос. Мироздание. Кто устроил смерть Фрэнка? Два случайных ублюдка. У полиции никаких вопросов или подозрений нет. Вот и по твоему поводу их не возникнет.

— Вы мне сейчас угрожаете?

— Нет, — сказал Тим. — Не угрожаю, совсем наоборот. Я хочу тебя защитить.

— От кого? От чего?

— Я сам пока не знаю. В том и дело.

— А что будет, если я уйду?

Тим пожал плечами.

— Не знаю. Может быть, ничего. А может быть, произойдет трагическая случайность, в которой окружающие тебя люди не увидят ничего сверхъестественного...

Я каким-то образом знала, что он говорит правду. Я даже побледнела — о чем мне сообщило зеркало на стене.

— И что мне теперь делать?

— Я бы спросил Фрэнка, — ответил Тим. — Это он втянул тебя в эту историю.

— Что? — наморщилась я. — Что вы сейчас сказали?

— Я сказал, разумнее всего навести справки у Фрэнка. Он все уже знает.

— Он жив?

— Ты же видела его в морге.

— Тогда как вы собираетесь...

— Для этого нам придется выехать за город, — сказал Тим и поглядел на часы. — Скоро будет темно, самое время. Если ты готова, я отдам распоряжения.

— Что мы будем делать?

— Увидишь. Не бойся. Это не опасно.

Я задумалась.

Бояться и правда было нечего. Если бы меня хотели убить, удобнее места, чем эта яхта, не нашлось бы все равно. Потом разрезать на мелкие части, расфасовать по пакетам, дождаться морозов, отвезти в Петербург — и в Мойку под лед. Механизм уже отлажен... Вот только зачем им меня убивать? Маски я привезла сама, никаких мрачных тайн не знаю...

Происходящее не слишком мне нравилось. После того, что произошло с Фрэнком, я по горло была сыта романтикой, и меня не тянуло принимать участие в каких-то сомнительных процедурах, чем бы они ни были.

С другой стороны, случившееся с Фрэнком, его невероятная смерть, эта задавившая его тень Каракаллы, про которого я даже не знала толком две недели назад, убеждали, что Тим говорит правду.

Маски до сих пор были у меня. Их положил в мою сумку Фрэнк, чтобы я отдала их Тиму. А тот их пока не взял... Хорошо, что вспомнила — а то расстегнула сумку, отвлеклась и забыла...

Мне стало чуть не по себе. А может, это маски не хотят? Может, поэтому я и забыла?

— Возьмите маски.

— Не сейчас, — ответил Тим. — Это не так просто.

— Почему?

— Потому что они сами решают, с кем им быть. Мы узнаем сегодня.

— Как?

— Вернется Со и все тебе объяснит. Вы ведь друг друга хорошо понимаете, правда?

Я кивнула.

— Вот и славно.

— Мне нужно в ванную, — сказала я. — Принять душ и переодеться.

— Это можно. Тебя отведут. Как закончишь, спускайся на причал. Нас будет ждать машина.

Персонал яхты тоже носил мундирчики в духе «Клуба одиноких сердец» — поддельную униформу с напечатанными на ткани медальками, эполетами, аксельбантами и нашивками.

Выходило демократично — хозяин и служащие одеты одинаково. Ну, почти — на Тиме был шелковый халат, а на стюарде, тащившем мою сумку по коридору — легкая хлопчатобумажная роба. Еще, возможно, различались напечатанные на ткани медали и знаки рангов, но так глубоко в вопрос я пока не проникла.

Каюта мне понравилась. Она напоминала небольшой номер в хорошей гостинице — основное место занимала кровать, с одной стороны от нее была тумбочка, а с другой — два аккуратных окна, за которыми темнело вечернее небо и почти одноцветное с ним море. Еще в окнах торчали мачты, очень много бюджетных мачт.

Сходство с гостиницей было полным — подставка для сумки, чайник на зеркальном столике, маленький аккуратный санузел с душем. Там висел халат (желтый гусарский мундир с одним погоном и медалька с геральдическим львом на груди). На полу лежали тапки с нарисованными помпонами. Видимо, это была каюта для гостей.

В душе было два крана. Над одним — эмалевая ладонь с синей пилюлей, над другим — с красной. Тонко, да. Я открыла кран с красной пилюлей, но, сколько я ни ждала, вода так и не потеплела. Пришлось мыться холодной. Богатые продолжают плакать.

Надо было торопиться, но после душа я все равно быстро померила халат. Он отлично подошел. Правильное решение с точки зрения desology. Одна команда, тонуть в пучине — так строем. Пиратское братство. Мы все теперь моряки.

Эмодзи_безногого_моряка_с_бутылочным_протезом_и_мелким_неразборчивым_лицом_потому_что_кому_нафиг_нужны_разборчивые_лица_безногих_моряков_даже_если_еще_вчера_они_были_красивыми_молодыми_блондинками.png

⁎

Когда я спустилась по трапу, машина уже стояла у причала. Это был, кажется, «роллс-ройс» — в полутьме он казался гигантской черной жабой, припавшей к земле перед прыжком. Впрочем, как только шофер открыл дверь, наваждение прошло — веселые огоньки на щитке и тихий амбиент в динамиках вернули меня в лоно цивилизации.

Хорошее выражение — «лоно цивилизации». Ты хочешь родиться в окончательную реальность, а тебя берут и с хлюпом засовывают назад в это лоно. Наверно, мужчина такое придумал. Хотел сказать, что все под патриархально-фаллическим контролем.

Ни Тима, ни Со в машине не было — видимо, я спустилась слишком рано. В салоне чуть пахло сигарой. Очередной интерьер, каждой деталью напоминающий о том, что я ничего пока не добилась в жизни. Помню, друзья, спасибо.

В машине было уютно и сонно. Несколько минут я слушала музыку. Потом дверь открылась, и в салон залезла Со. На ней были джинсы и черный свитер.

— Здравствуй, девочка.

Она улыбнулась именно так, как следовало — слабо, грустно и еле заметно, чтобы радость от встречи со мной была как бы оттенена и уравновешена скорбью от недавней потери. Я отметила хирургически точный расчет, восхитилась этой бессознательной мимической эквилибристикой — и только потом поняла, что улыбаюсь в ответ точно так же.

Мы обнялись, и я пустила небольшую слезу. Совершенно искреннюю, конечно — но небольшую и скорее протокольную. Глаза Со тоже мокро заблестели, и мы пару раз всхлипнули. Уверена, что Со в этот момент горевала так же чистосердечно, как я. Но через минуту наши слезы уже полностью высохли.

— Тим скоро будет. Он решает организационные вопросы.

— А что именно мы организуем?

— Вот это я и хочу объяснить, — сказала она, глянула на шофера и нажала кнопку на панели.

Поднялось дымчатое стекло — и отделило нас от переднего отсека машины.

— Это не наша тачка, — сказала Со. — Местная.

— Роскошь.

— Можно недорого нанять, — пожала плечами Со. — Это не роскошь, а ее имитация. Наш век вообще не знает роскоши.

— Жены миллионеров тоже?

— Тоже, — ответила Со. — Знают только жены некоторых диктаторов.

— Почему?

— Стилистические журналы учат, что роскошь — это окружить себя дорогими вещами. Но они лгут. Настоящая роскошь — древняя, истинная — это окружить себя дешевыми жизнями. Вот как Сталин. Или Каракалла... Ой, зря я его вспомнила.

— Ничего, — ответила я. — Я уже отбоялась.

— Правильно, — сказала Со. — Ты помнишь, мы с тобой говорили про Софию в древности?

— Помню, — ответила я. — Радикальный авангард. Светлое будущее.

— Именно. Ты увидела эту церковь глазами ромея шестого века. Сегодня тебе надо повторить тот же трюк, но нырнуть в прошлое намного глубже. Понять, чем *это* было тогда...

— Что — *это*? — спросила я.

— Некромантия, — сказала Со.

Видимо, лицо отразило мои чувства, потому что Со усмехнулась.

— Вот видишь. От одного этого звука со стенок твоего мозга сорвалось множество холестериновых бляшек. Именно такие культурные отложения и надо нейтрализовать.

— Это какая-то черная магия?

— Как бы да, — ответила Со. — Но на самом деле нет.

— Так да или нет?

— «Necromancy» — это английское слово семнадцатого примерно века, — сказала Со. — Оно переделано из итальянского «nigromancia», что означает, как ты точно заметила, «черная магия». В Средние века это было такое... как бы служебное церковное колдовство.

— Официальное?

— Не вполне. Разные католические попики, иногда даже сами римские папы, переиначивали в магических целях мессы и молитвы, пытаясь управлять злыми духами с помощью, так сказать, хакнутого христианского кода. Это осуждалось, но распространено было примерно как взяточничество в российских правоохранительных органах.

— Ясно.

Со улыбнулась.

— Но есть еще латинское слово «necromantia», — продолжала она, — и оно происходит от очень-очень старого, еще доклассического греческого термина «некромантейя», состоящего из слов «мертвый» и...

— Гадание, — сказала я, — знаю.

— Да. Слово «некромантейя» значило «вопрошание мертвых». Или обращение к мертвым в гадательных целях. Это почтенная и древняя наука. Изначально в ней не было никакого макабра, и ей пользовались многие античные герои.

— Хорошие или плохие? — спросила я.

— И те, и другие. Почитаешь в дороге, я взяла для тебя одну книгу. Тебе надо настроиться, девочка. То, что ты увидишь, может показаться странным, жестоким и даже извращенным. Но это не потому, что таков сам ритуал. Таким его видят наши сегодняшние глаза...

— Жестоким? — переспросила я. — Мы кого-то убьем?

Со кивнула.

— Кого?

— Овцу. Черную овцу. Их ежедневно режут на скотоводческих фермах — мы просто переносим эту процедуру в другое место. Нам нужна будет ее кровь. Но животное умрет быстро и безболезненно.

— Понятно, — сказала я. — А людей убивать не будут?

— Нет, — ответила Со. — Обещаю.

— Мы будем общаться с мертвыми?

— В некотором роде.

— С кем?

— С теми, кто придет. Это не всегда зависит от нас. Возможно, придет кто-то древний.

— Тим, — прошептала я, — говорил про Фрэнка.

— Надеюсь, придет и он, — сказала Со. — Ты была с ним близка. Это работает.

Я недоверчиво покачала головой.

— Но как можно общаться с душами мертвецов? Они где-то сидят и ждут, что их позовут?

— It's complicated, — сказала Со. — Вопрошать души, безусловно, можно. Они отвечают, и очень осмысленно. Но я не уверена, что эти души существуют в то время, когда с ними никто не говорит.

— Чтобы отвечать, они должны откуда-то приходить.

— Почему, — сказала Со. — Они могут возникать из небытия ровно на то время, пока с ними общаются. Я подозреваю, что дело обстоит именно так. Мы как бы создаем их своим вопрошанием, и отвечая нам, они обретают новое существование. Как эхо в информационной матрице. Новая жизнь вопрошаемого духа совсем короткая — она кончается сразу после ответа на вопрос.

— Так мы их будим? Или создаем?

Со покрутила рукой в воздухе, показывая, что эта терминологическая тонкость не слишком важна.

На переднем сиденье наконец появился Тим. Со нажала кнопку, и стекло опустилось.

— Можем ехать, — сообщил Тим. — Все готово.

— Саша спрашивает, что мы делаем при некромантии, — сказала Со. — Воскрешаем мертвых, или создаем их подобие?

— Я не знаю, — пожал плечами Тим. — Какая разница.

— А как такой дух выглядит? — спросила я.

— Он никак не выглядит, — ответил Тим. — Он говорит.

— Как?

— Скоро узнаешь...

Тим повернулся к шоферу и что-то сказал по-турецки. Машина заурчала и ввинтилась в уже сгустившуюся ночь.

Я держалась спокойно, но мне было страшно. Вернее, мне было черт знает как страшно. Сначала Фрэнк, потом вот это... И зачем я поехала отдавать маски? Могла просто выкинуть их в море.

Впрочем, если бы могла, то, наверное, так и поступила бы. Но я этого не сделала.

Со положила мне на колени раскрытую книгу.

— Почитай пока, — сказала она. — Тебе темно?

Она коснулась панели перед нами, и на мои колени упал конус света. В этой машине можно было не только ездить, но и жить.

— Что это за книга?

— «Одиссея», — ответила Со. — Старое издание в переводе Жуковского. Это хорошо, потому что в современном переводе английский подстрочник выглядит... Не знаю, гиперреалистично. А тебе ведь и так не очень спокойно, да?

Как ни странно, после этих слов мне стало спокойно.

— Что именно читать?

— Только подчеркнутое.

Подчеркнуто — вернее, выделено желтым маркером — было многое.

Дав Перимеду держать с Еврилохом зверей, обреченных

В жертву, я меч обнажил медноострый и, им ископавши

Яму глубокую, в локоть один шириной и длиною,

Три совершил возлияния мертвым...

...

Сам я барана и овцу над ямой глубокой зарезал;

Черная кровь полилася в нее, и слетелись толпою

Души усопших, из темныя бездны Эреба поднявшись:

Души невест, малоопытных юношей, опытных старцев,

Дев молодых, о утрате недолгия жизни скорбящих,

Бранных мужей, медноострым копьем пораженных...

...

Все они, вылетев вместе бесчисленным роем из ямы,

Подняли крик несказанный; был схвачен я ужасом бледным.

Кликнув товарищей, им повелел я с овцы и с барана,

Острой зарезанных медью, лежавших в крови перед нами,

Кожу содрать и, огню их предавши, призвать громогласно

Грозного бога Аида и страшную с ним Персефону.

Сам же я меч обнажил изощренный и с ним перед ямой

Сел, чтоб мешать приближаться безжизненным теням усопших

К крови, пока мне ответа не даст вопрошенный Тиресий...

Книга была старой — и пахла, как мне показалось, сырой могилой. Все, кто писал на этом странном русском, уже давно растворились в земле. А ведь перевод был сделан практически на современный язык — если сравнить два века, прошедшие после Жуковского, с бездной времени, отделяющей нас от «Одиссеи».

— О утрате недолгия жизни скорбящих, — повторила я.

Со кивнула.

— Грустно, да. А теперь увидь это античными глазами.

— Как?

— Мы все стоим на пороге Аида, — ответила Со. — Можно сказать, умираем еще при жизни — истлевая, старясь, болея. Но наши головы еще здесь, в мире живых. А те, кто ушел в Аид, уже опустили их туда, откуда видно все. Все вообще — где, что и как. И мы просим тех, кто уже там, объяснить нам, что происходит здесь.

— А почему мертвым все видно?

— Я не знаю, — сказала Со. — Я еще не сошла в Аид. В древности верили, что тени усопших обретают всезнание, сливаясь с мировым духом. То есть с богом. Поэтому, вопрошая мертвых, мы на самом деле вопрошаем бога, который отвечает нам, принимая знакомые и понятные формы.

— Мне, если честно, кажется немного странным, что бог-дух приходит к некромантам попить овечьей крови, — сказала я. — И отвечает исключительно после угощения.

— А почему бы нет? — улыбнулась Со. — Глупее всего применять к богу человеческие понятия и мерки. Может быть, ему интересно отвечать голосами усопших. Может, его это прикалывает — попить овечьей крови.

— Человечья, наверно, уже надоела, — сказала я.

Со кивнула.

— Поэтому лучше сохранять ум открытым...

Я отдала ей книгу, погасила свет на панели и уставилась в темное окно.

На стекле мелькали блики света. В них не было ничего загадочного — фонари, лампы в придорожных окнах, красные глаза машин — но мне нравилось думать, что я гляжу в глубины Аида и вижу плывущих там духов. Потом мне опять стало страшно.

— Куда мы едем? — спросила я.

— В пещеру Яримбургаз, — сказала Со таким тоном, каким упоминают «Макдоналдс» или заправку.

— Ярим... А что это?

— Просто пещера в двадцати километрах от Стамбула. Очень древнее место, люди жили там еще в палеолите. Потом были языческие капища, византийские церкви, голливудские съемки и так далее. Там происходило много разного — но нам важно только то, что в античное время там вызывали души усопших. Пещера это помнит. И поэтому подобное возможно до сих пор.

— А в других местах уже нет?

Со пожала плечами.

— Проще держаться древних площадок.

Наш «роллс-ройс» съехал с шоссе, немного прокатил по грунту и остановился возле маленького кемпинга, как мне сперва показалось. Мы вылезли (шофер остался в машине) и направились к этому кемпингу.

Через несколько шагов я поняла, что это просто несколько припаркованных недалеко от шоссе машин: два фургона и пикап. Рядом на складных табуретках сидели люди. Они тихо переговаривались; в темноте дрожала сигаретная точка. Нас ждали.

Тим сказал что-то по-турецки. Ему ответили по-английски. Он велел нам с Со подождать на месте, пошел вперед и остановился в свете зажегшихся фар.

К нему приблизился рыхлый мужик со сложными усами, похожими на переехавшие под нос бакенбарды. Он пожал Тиму руку, и они стали совещаться. Говорили они довольно долго.

Сеттинг походил на встречу двух мексиканских наркокартелей в голливудском фильме категории «Б», снятом умеренно-левым режиссером-гомосексуалистом: стильно, народно, с острым интересом к колоритной мужской фактуре, но слишком малобюджетно. Клянусь, я подумала именно так — вот что делает с нашим сознанием цифровой капитализм.

С усатым толстяком приехали два крепких турка в казуальной джинсе. Еще была крашеная блондинка средних лет в летнем платье, с большими деревянными бусами на шее. Все они стояли поодаль и не встревали в разговор.

Потом из-за пикапа вышел мальчик лет четырнадцати, которого я не заметила сразу, по виду типичный школьник в шортах. Его присутствие меня успокоило — все-таки детей на мокрое дело не берут. Хотя... Где как. В Бразилии, например, детей на него посылают.

Тим повернулся к нам и махнул рукой. Можно было идти.

К этому времени мои глаза уже привыкли к темноте — и я отчетливо различала впереди невысокую гряду из светлого даже ночью камня. Именно к ней мы и пошли, растянувшись в длинную цепь.

Дойдя до скалы, один из джинсовых турков включил фонарь. В каменной стене была чернильная дыра, забранная железной решеткой.

Второй турок отпер замок ключом, открыл дверцу в решетке, дал всем пройти внутрь — и снова запер ее у меня за спиной. Это показалось мне зловещим, и я поглядела на Со.

— Чтобы нам не помешали, — улыбнулась та. — Тут бывают всякие экстремалы. Археологи-любители, наркоманы, бездомные... От них и запирают.

Вот так, подумала я, для жены миллионера бездомный — это экстремал. Говорят, чтобы заработать много денег, надо выйти из зоны комфорта. Зато потом можно навсегда в ней поселиться. Богатство нежно ретуширует мир, заряжая все позитивом.

Мы пошли вперед по пещере, миновали развилку, и я увидела впереди электрический свет. Там оказалось расширение коридора. Я бы, наверно, не обратила внимания на это место, если бы пришла сюда одна — но свет превратил его в подобие небольшой округлой комнаты.

Все уже было готово к процедуре.

Горели два софита — их мягкое сияние не резало глаза. В центре каменного мешка стояло зеркало на подпорках, перед ним — удобный офисный стул. За стулом была еще одна лампа — галогенный светильник на длинной штанге. Его рефлектор, поднятый над спинкой стула, отражался в зеркале.

Но это было еще не все.

У стены лежали две небольшие черные овцы со связанными ногами и замотанными скотчем мордами — и, честное слово, это выглядело продолжением того самого мексиканского боевика, о котором я думала десять минут назад. Овцы вели себя спокойно — только косились на нас равнодушными все понимающими глазами.

— Здесь в древности вопрошали умерших и приносили им жертвы, — сказала Со. — Видишь это углубление? Как бы такая канавка? Сюда стекала жертвенная кровь. Если зарезать овцу в любом другом месте, ничего особенного не случится. Но если кровь снова попадет сюда, нас услышат...

Глядеть овцам в глаза было трудно. Как и откуда смотрит на человека бог? Да вот так он на нас и смотрит...

Тим хлопнул в ладоши.

— Начинаем.

Мальчик в шортах подошел к стулу, сел и откинулся на спинку, приняв расслабленно-ленивую позу, ведущую, как я помнила из школьных напутствий, к сколиозу. Но сегодня педагог не проснулся ни в одном из взрослых.

Усатый мафиози подошел к галогенной лампе и поправил ее — так, чтобы отраженный в зеркале свет падал мальчику на лицо. Потом он уменьшил яркость до минимума.

— Ребенка душить не будут? — спросила я шепотом у Со.

— Нет, — ответила она. — Будут гипнотизировать.

— Это не опасно?

— Нет. Они это делают часто. Семья профессионалов.

Заиграла тихая музыка — струнный фолк. Это было что-то неуловимо знакомое, то ли испанское, то ли итальянское, и вполне подходило к гангстерскому боевику, который я все еще снимала у себя в голове.

— Зачем музыка?

— Потом расскажу, — ответила Со. — Лучше смотри. Это интересно. Не каждый день увидишь.

Мальчик на стуле некоторое время лениво кивал в такт музыке — а потом перестал. Выглядело это так, словно он уснул на уроке. Тогда Тим повернулся к одному из джинсовых парней и провел ладонью по шее.

Турок подтащил овцу к канавке на полу и, прежде чем я успела зажмуриться, перерезал ей горло складным ножом.

Он раскрыл лезвие движением большого пальца, за миг до рывка руки — так что я увидела блеск стали только тогда, когда дело было уже сделано.

Овца несколько раз дрыгнула ногами. Черная кровь, как и обещал Гомер, полилась в каменный желоб. Я думала, что она заполнит его, но она почти сразу куда-то стекала, как будто ее действительно пили невидимые жадные рты.

Женщина в бусах подошла к стулу с мальчиком, встала рядом с лампой и вопросительно повернулась к Тиму.

— Позови Бассиана, — тихонько сказал тот.

Женщина, видимо, понимала, о ком речь — она уставилась в зеркало и произнесла длинную фразу на языке, которого я не узнала. На латынь похоже не было.

— Что это за язык? — прошептала я.

— Греческий. Не совсем такой, как сегодня.

— А почему не латынь?

— Они говорили по-гречески, — прошептала Со. — Молчи и слушай.

Женщина повторила ту же фразу еще раз. Потом еще.

— Бассиан не отвечает, — сказала она.

— Тогда позови Месу или Домну, — велел Тим.

Женщина в бусах опять запричитала, ласково и жалобно, словно уговаривая отражающуюся в зеркале лампу. Это продолжалось долго, но ничего интересного не происходило. Тогда она повернулась к Тиму и пожала плечами.

Турок с ножом подошел ко второй овце и вопросительно уставился на Тима. И в этот момент свернувшийся на стуле мальчик заговорил.

Как только он открыл рот, я поняла, что это Фрэнк.

Нет, мальчик говорил своим собственным голосом, тонким и детским — но это был Фрэнк.

— Hi moonchild. Рад тебя видеть... Дилдо пригодилось, да?

— Да, — ответила я. — Спасибо. А ошейник я забыла в гостинице. Извини...

Мальчик тихо засмеялся — так же, как смеялся Фрэнк. Он глядел не в мою сторону, а в зеркало. И, похоже, совершенно не понимал, к кому обращается.

— Это ты извини, что так получилось, — сказал он. — Ты разозлилась, когда увидела в сумке эти маски? Я не думал, что все произойдет так быстро, иначе попрощался бы... Ты в порядке?

Со и Тим смотрели на меня. Мне следовало поддержать разговор.

— Я в порядке, а ты? Как жизнь?

Мальчик хихикнул, и только тогда до меня дошел весь идиотизм моего вопроса: «how's life»? Естественно, я отмочила это без всякого умысла.

— Отлично, — ответил Фрэнк. — Просто отлично. И смерть тоже.

— Где ты сейчас?

Фрэнк опять засмеялся. Со улыбнулась, и я догадалась, что снова сморозила глупость.

— Я здесь, бэби. Я прямо здесь с тобой. Где еще я могу быть?

— Извини, — сказала я. — Я волнуюсь.

— Не волнуйся, — ответил он. — Все будет хорошо. Ты должна знать... Тебе уже говорили — и это правда. Я оставил тебе маски не случайно. Ты Луна. Луна притягивает Солнце. Найди истинное Солнце.

— Как?

— Ты знаешь.

— Я не знаю, правда.

— Ты знаешь, как искать, — повторил Фрэнк.

Я поняла, что спорить с ним глупо.

— Скажи, ты счастлив? — спросила я. — Тебе хорошо?

— Я сейчас с тобой, и мне хорошо. Я сейчас с тобой, и я счастлив.

— Когда я уйду, где ты будешь?

— Я не знаю, — ответил Фрэнк.

— А откуда ты пришел?

— Я не приходил, — сказал Фрэнк. — Я был с тобой.

— Как?

— Все, кто умерли. Они всегда с тобой. Они живут через тебя. Ты живешь для них. Ты их окно в жизнь. Ты и есть они.

— В каком смысле?

Мальчик некоторое время сопел.

— Ты — это мы, — сказал он наконец. — А мы — это ты. Мы смотрим сквозь тебя на мир. Пока это продолжается, ты думаешь, что живешь. Ты видишь и слышишь для нас. Ты — это все прежние люди, глядящие в окна твоих чувств.

— А что вы делаете, когда не смотрите в них?

— Мы всегда смотрим в окна. Больше ничего нет. Если мы перестанем смотреть, мы исчезнем. Ты не поймешь. Я тоже не понимал. Мертвые, живые — это философские идеи. На самом деле ничего подобного нет. Есть свежая кожа. Она стачивается о мир и сходит слой за слоем. На ее месте вырастает другая. Мы все — одно и то же.

— А почему твой дух приходит попить крови?

Договорив, я сразу пожалела. Но ничего страшного не произошло. Мальчик хрипло засмеялся, и я опять узнала смех Фрэнка, как бы воспроизведенный на чуть более быстрой скорости.

— Хороший вопрос, — сказал он. — В жизни бывают определенные формальности, существующие, чтобы сущности могли встречаться. Например, посольские приемы. Званые обеды. Вызов проститутки. Заказное убийство. Или такие вот ритуалы, соединяющие жизнь и смерть. Кроме того, свежая овечья кровь — это очень вкусно. Тебе понравится...

— Разве можно соединить жизнь и смерть? — спросила я.

— Конечно, — ответил мальчик. — Жизнь — это иллюзия. Смерть тоже иллюзия. Двум иллюзиям не надо соединяться. Они и так одно и то же.

Было непонятно, шутит Фрэнк или говорит всерьез. С другой стороны, я не всегда понимала это и при его жизни.

— Ты нашел то, что искал? — спросила я. — То, к чему стремился? Ты встретил богиню?

— Да, — ответил мальчик. — Богиня приняла меня так же, как Каракаллу. Боги не предают тех, кто их полюбил. Они предают только тех, кто с ними торгуется. Они встретят нас после смерти... Раньше я не понимал. Теперь я вижу больше. Вижу все.

— Что ты видишь?

— Я был не тем, кого искали боги. Каракалла тоже. Тот, кого искали боги, пришел вслед за ним. Он опять придет следом. Через тебя.

— Через меня?

— Как через дверь, — сказал он.

— В каком смысле? — заговорила Со, молчавшая до этого. — Саша и есть *солдатор*?

Это странное слово — если я правильно его услышала — не сказало мне ничего. Но я его запомнила.

— Она откроет дверь, — ответил Фрэнк. — Она откроет дверь, и солнце ей улыбнется. И в комнату влетит ослепительная бабочка. Как в митреуме на галльской улице... Она приведет того, кого вы ищете.

— Как? — спросила Со. — Как она это сделает?

— Как искать, она знает. Ей нужны будут маски.

Когда Со вступила в наш разговор, мне показалось, что Фрэнк стал куда-то удаляться — хотя в чем именно это выражалось, я не знала.

— Фрэнк, — спросила я, — что мне делать?

— Они тебе скажут, — ответил Фрэнк. — Не пытайся сбросить эту ношу. Иначе умрешь так же глупо, как я. Камень тебя видит.

— Ты меня пугаешь, — сказала я жалобно. — Какую ношу? Какой камень?

— Ты все узнаешь.

— Когда?

— Маска Солнца расскажет про себя сама.

Мальчик замолчал. Он молчал в этот раз очень долго, и я поняла, что Фрэнка рядом больше нет.

Тим сделал турку знак, и тот перерезал горло второй овце. Кровь стекла в ложбинку камня, исчезла, но мальчик молчал. А потом он открыл глаза — и сказал что-то по-турецки.

— Все, — перевел Тим. — Больше никто не придет.

Эмодзи_красивой_блондинки_с_опаской_выходящей_из_пещеры_где_только_что_происходило_нечто_мрачное_оккультное_и_скорей_всего_незаконное.png

*

На обратном пути Тим сел на заднее сиденье рядом со мной и поднял стекло. Видимо, целью было помешать мне говорить с Со, сидевшей впереди.

Мои вопросы оставались без ответа — Тим повторял одно и то же:

— Дома. Обсудим дома.

Машина затормозила у причала. Мы вышли, Тим крепко взял меня за руку и повел за собой на яхту — словно папа нашкодившую дочку. Со отстала, и я поняла, что у нас будет разговор один на один.

В офисе он посадил меня на стул, а сам уселся на стол, свесив с него ноги. Мне почему-то пришло в голову, что именно так вел себя Клинтон в овальном офисе, когда Моника Левински делала ему metoo (помнится, когда

Фрэнк впервые обозначил эту процедуру таким образом, я брезгливо поморщилась — и вот, пожалуйста, уже повторяю сама). Действительно, Клинтон наверняка сидел на президентском столе, раздвинув ноги. А как еще?

И все остальные президенты с тех пор глядят в отпечаток клинтоновской попы и решают судьбы мира. Наверняка это как-то на мире сказывается, но вот как?

Мне нравилось, что я могу отвлекаться на подобные мысли после всего пережитого. Значит, у меня устойчивая психика. И жизнь продолжается несмотря ни на что.

— Ну как, — спросил Тим, — убедилась? Я бы такого не придумал. А уж этот турецкий мальчик тем более. Он даже по-английски почти не говорит.

— Что такое «солдатор»? — спросила я.

— Это латинский каламбур.

— В чем его смысл?

— Есть латинское слово «saltator», танцор. Оно от слова «salta» — «скакать». Со специально просила объяснить тебе, что древние укры здесь ни при чем — надеюсь, ты понимаешь, что она имела в виду, потому что сам я не...

Я кивнула.

— Одна античная секта, — продолжал Тим, — писала слово «saltator» через «о» — так что получалось «soltator», «солнце» и «танцор», слившиеся в одно целое. По-английски можно сказать «sundancer».

— А какое отношение это имеет к Фрэнку и Каракалле?

— Никакого. Каракалла умер на пути к Луне, прямо как советский космонавт. Он был уверен, что солнечное божество — это он сам. Просто по императорскому праву. Но он ошибался.

— Теперь я в курсе, — сказала я.

— Но самое интересное началось потом. Ты знаешь, что случилось после смерти Каракаллы?

— Нет, — ответила я. — Я слабо разбираюсь в истории.

— Когда Каракаллу убили, императором стал префект преторианцев Макрин — историки считают, что это он организовал заговор и подослал убийцу. Но Макрина не любили солдаты, которым он сократил раздутое Каракаллой жалование. У Каракаллы официально не было детей, и династия Северов оказалась прерванной. Но вскоре после смерти императора среди солдат Третьего Галльского легиона, расквартированного в Сирии, стали ходить слухи о бастарде Каракаллы. Это был мальчик, живший в Эмесе и выполнявший функции высшего жреца солнечного бога Элагабала.

— Эмеса? — спросила я. — Я уже слышала это слово.

— Сейчас там сирийский Хомс. В то время Эмеса была цивилизованным эллинским городом, очень важным центром Римской империи, и никакого варварского налета на всем этом для тогдашнего римлянина не было. Мальчика звали Варий Авит, ему было четырнадцать лет, и он действительно был родственником Каракаллы по линии матери. Смерть Каракаллы просто расчистила ему дорогу.

— Четырнадцать лет? — удивилась я. — Разве можно в таком возрасте быть высшим жрецом?

— Ты проецируешь наше сегодняшнее понимание на восточную древность, — ответил Тим. — «Высший жрец» означало тогда не «административный глава культа, которого возят в черном лимузине за то, что он лоббирует политику правящей олигархии перед верующими, ссылаясь на свои связи среди небесных человечков», а «наиболее близкий к богу». Маленький Варий танцевал для бога Солнца. Такова была главная функция жреца. Это происходило в главном храме Эмесы — и танцы Вария Авита могли видеть люди, не имевшие отношения к культу. В том числе римские солдаты...

— Он и был soltator? — догадалась я. — Тот, про кого говорила Со?

Тим кивнул.

— Мальчик был хорош собой, и танец его так действовал на солдат, что в конце концов они привели его в лагерь Третьего Галльского, нарядили в одежды, которые носил маленький Каракалла, и представили армии как его сына. Он походил на убитого императора, потому что был близким родичем его матери. Кроме того, он действительно мог быть его сыном, на этот счет полной ясности нет. Римские императоры ни в чем себе не отказывали...

— Я догадываюсь.

— Это было примерно через год после смерти Каракаллы, которого солдаты, в отличие от римских историков и сенаторов, очень любили. Мальчик станцевал перед солдатами, они привели его в лагерь и уже на рассвете провозгласили властелином огромной империи... Говорили, что в его танце была какая-то удивительная сила. Все отряды, посланные на усмирение бунта узурпатором Макрином, переходили на его сторону сразу.

— Похоже, — сказала я, — плясать этот парень умел.

— Вот, ты уже начинаешь понимать, как в древности делались дела. Но дело было не только в танце. Мальчик танцевал не где попало, а перед священным черным камнем.

— Вы же сказали, что он был жрецом Солнца.

— Да. Но солнечное божество Эмесы было связано с коническим черным камнем — главной храмовой святыней. Став императором, Элагабал — нового императора прозвали в честь его бога, как Каракаллу в честь его накидки — стал возить эту святыню за собой.

— Черный камень? — переспросила я.

— Да, — ответил Тим. — Так называемый «бет эль».

— Что это?

— Переводится как «дом бога». Так называли камни, обычно метеоритной природы, которым поклонялись в древности. Большую их часть уничтожили христиане. Некоторые, впрочем, до сих пор в деле. Например, черный камень Каабы. Правда, по официальной версии мусульмане ему не поклоняются. Для них это просто напоминание о пророке.

— А черный камень Каабы и черный камень Элагабала связаны между собой?

— Элагабал жил за четыре века до возникновения ислама. Но его «бет эль» определенно обладал серьезной магической силой. Он помог никому не известному мальчишке из Сирии за год стать римским императором.

Это как если бы у вас в России какого-нибудь пятнадцатилетнего блогера из Екатеринбурга вдруг посадили на кремлевский трон.

— Скажите, — спросила я, — а Карры, где убили Каракаллу, и эта Эмеса — они далеко друг от друга?

— Нет. И я вполне допускаю, что лунное божество из Карр нашло свою солнечную половину в новом императоре... Может быть, оно помогло этому мальчугану.

— А они встретились? Богиня Луны и Элагабал?

— Не знаю, — ответил Тим. — В хрониках ничего не говорится по этому поводу. Став императором, Элагабал уехал сначала в Никомедию, а потом в Рим. И привез в столицу империи черный камень, перед которым танцевал. Есть монеты, где... Сейчас...

Тим слез со стола, обошел его, открыл верхний ящик и протянул мне тусклый желтый кружок размером с десятирублевую монету.

— Вот этот ауреус отчеканен в правление Элагабала.

— Золото? — спросила я, разглядывая монету.

— Да, — ответил Тим. — Вес семь с половиной граммов. Не такая уж нумизматическая редкость. Их штамповали главным образом в Никомедии и вообще в Азии. Можно купить тысяч за десять долларов...

На одной стороне монеты был профиль симпатичного молодого человека в венке. На другой — колесница, везущая что-то треугольное. Вокруг колесницы в воздухе висели совершенно четкие грибочки-псилоцибы — очень трудно было при всем желании принять их за что-то другое. На колеснице стоял треугольный камень, а под колесами было выбито единственное слово, которое я смогла прочесть:

ELAGABAL

— А что написано над колесницей?

— Sancto deo soli, — ответил Тим. — Священное божество Солнца, которому посвящена монета. Поэтому дательный падеж. И некоторые слова обрезаны — на монетах часто так делали. Нумизматы называют эту монету «Aureus Sol Invictus». Ты знаешь, что такое «Sol Invictus»?

Я вспомнила Фрэнка в маске Солнца, потом Ахмета Гекчена — и пожала плечами, ощутив легкий холодок внутри.

— Непобедимое Солнце?

— Именно. Нумизматы немного путают. Культ Непобедимого Солнца распространился в Риме гораздо позже культа Элагабала и был популярен в основном среди солдат. Это конец третьего века, император Аврелиан. Практически то же, что культ Митры. Просто другое название. А эпоха Элагабала — это начало третьего века. Выражение «Sol Invictus» существовало и тогда, но не было таким распространенным. Оно указывало на тайну, известную только посвященным.

Я несколько секунд колебалась, сказать про разговор с Ахметом Гекченом или нет — и решила на всякий случай этого не делать. Меня же не спрашивали. Но если спросят, подумала я, скажу...

— С другой стороны, — продолжал Тим, — нумизматы не так уж неправы. Элагабал говорил, что его черный камень — одновременно и Солнце, и Юпитер. Этот юный император был, если угодно, римским Эхнатоном. Только он не отверг остальных богов, а как бы попытался соединить их всех в одном.

Я поглядела на монету еще раз.

— А почему вокруг колесницы грибы? Это был психоделический культ?

Тим засмеялся.

— Поразительно, — сказал он, — вот что такое молодые мозги. Ты на пороге великого исторического открытия.

— Это что-то другое?

— Никто из ученых точно не знает. Но про грибы смешно. Мне бы в голову не пришло.

— Я не очень понимаю, — сказала я, — что здесь смешного.

— Насчет этих предметов существует серьезная полемика в исторической науке, — ответил Тим. — Некоторые считают, что это зонты. Мол, религиозная процессия устраивалась в день летнего солнцестояния, было жарко и... Другие возражают, что по чисто богословским причинам процессия бога Солнца не могла укрываться от того божества, которому была посвящена — и это религиозные штандарты. Как бы значки небесных легионов... Но про грибы, конечно, свежее всего. А что ты скажешь про императора? Переверни, он с другой стороны.

— Красивый, — сказала я.

— И очень юный. Ему было в это время шестнадцать или семнадцать лет.

— А кто правит колесницей? — спросила я, разглядывая монету. — Там же только этот камень.

— В том и дело. Во время этих процессий поводья лошадей — их, кстати, было на самом деле шесть, на монете просто не хватило места — были привязаны к камню. Как будто правил сам солнечный бог. Юный император держал за поводья только одну лошадь — и бежал перед колесницей спиной вперед, лицом к своему богу. На дороге делали разметку из золотой пудры, типа такую центральную линию, чтобы он мог ориентироваться, не оборачиваясь... В день летнего солнцестояния он бежал через весь Рим к построенному в предместье жертвеннику, и, доставив туда своего бога, приносил ему жертвы на множестве алтарей. Это было огромное событие, национальный праздник. Вокруг алтарей стояли высокие деревянные башни, с которых в народ кидали деньги и подарки... А потом император танцевал перед камнем — как прежде в эмесском храме. Только смотрели на это уже не солдаты, а весь сенат и римский народ. Это вообще был уникальный период истории — несколько лет, когда огромной мировой империей управляли главным образом с помощью танца. После этого начался так называемый кризис третьего века, и Рим по-настоящему не оправился уже никогда.

— Подумаешь, — сказала я. — У нас Ельцин тоже танцевал и оркестром дирижировал.

— Так и вы не оправились, — ответил Тим. — Только миллиардеров много стало.

— А что случилось с мальчиком? — спросила я.

— Естественно, умер. Его убили в восемнадцать лет. А потом его память была проклята — через стандартную римскую процедуру «damnatio memoriae». До этого Каракалла проделал то же самое со своим братом Гетой. Убрали даже лица на фресках. Про Элагабала сегодня знают довольно мало. Уничтожены все его следы. Остались тенденциозные заметки ненавидевших его сенаторов-историков, где его обвиняют во всех смертных грехах, пара бюстов и эти вот монеты, которые находят до сих пор.

— За что его убили?

— А за что убили Каракаллу или Коммода? Любой император каждый день создает сотню причин для своей смерти. Задним числом объяснить ее несложно. Когда убили Цезаря, никто не спросил «за что?».

— Цезарь хотел отнять у Рима свободу, — сказала я. — И вольнолюбивый Брут...

— Ага. Если бы убили Тиберия или Августа, историки тоже нашли бы массу поводов. Официально считается, что Элагабал утратил доверие солдат. Утверждают, что он погряз в неге, роскоши и изощренных видах разврата, которые оттолкнули от него армию, склонную к более традиционным формам гомосексуализма. Но так говорили обо всех убитых императорах. Они все почему-то оказывались плохими. Погубило его не это, конечно, а то, что он оставил свои зачарованные восточные легионы и переселился в Рим. Императоров в это время уже назначали преторианцы.

— Да, — сказала я, — помню. Фрэнк говорил, что в Риме императоры долго не жили.

— Это правда. Особенно поздние.

— А что случилось с черным камнем?

— Элагабал построил для него в Риме храм. Он переместил туда множество знаменитых древних статуй, чтобы они окружали почетным караулом его божество. Когда юного императора убили, статуи без особой помпы стали возвращать назад. То же случилось и с самим черным камнем. Его вернули в Сирию, в тот же храм в Эмесе. Есть поздняя монета мелкого сирийского узурпатора Урануса — он тоже был римлянин — где этот камень показан стоящим на прежнем месте в храме. И вокруг опять висят эти, как ты выразилась, грибы...

— А потом? Куда камень делся потом?

Тим хитро на меня поглядел.

— История об этом умалчивает. Ученые полагают, что камень Элагабала, вероятнее всего, был разбит на куски христианами в пятом или шестом веке. Но письменных свидетельств не сохранилось.

— Где его осколки сейчас?

— Я же говорю — научных сведений на этот счет нет.

— Такое чувство, — сказала я, — что у вас есть ненаучные.

Он ухмыльнулся. В его ухмылке, словно в чемодане с контрабандой, просвечивало отчетливое второе дно. Только тогда я догадалась. И сразу поразилась тому, сколько времени мне для этого понадобилось.

— Камень у вас?

— Может быть...

— Не надо крутить. Он или у вас или не у вас. Какое тут «может быть»?

— Может быть, — сказал Тим, — это не он у меня, а я у него.

Он запустил руку в тот же ящик, откуда достал перед этим монету, вынул маленький дистанционный пульт и нажал на кнопку.

Обшитая кожей стена за его столом стала медленно подниматься, открывая вторую половинку каюты, на существование которой с самого начала намекал разделенный надвое иллюминатор. Зажегся мягкий свет — и я увидела большущий конический камень, стоящий на зеленом бархатном постаменте.

Он был глубокого черного цвета, плавной и округлой формы — я не заметила на нем сколов или следов отсечения от более крупной каменной массы. Почему-то он сразу напомнил мне нижнюю половинку больших песочных часов. Словно бы время, которое они мерили, кончилось так давно, что песок, стекший в нижний конус, спекся в черную массу, а стекло рассыпалось и облетело...

На повернутой ко мне стороне камня было почти правильное круглое пятно — будто туда плеснули огнем, и образовался еле заметный кратер со следами разлетающихся осколков. Пятно окружали нечеткие радиальные лучи. Родинка на камне.

— Что это за пятно?

— Я не знаю, — ответил Тим. — Некоторые, когда первый раз его видят, вспоминают про масонов — камень треугольный, а пятно напоминает глаз. Но те, кто поклонялся Элагабалу в древности, говорили, что это автопортрет Солнца. Ведь правда, похоже на снимок короны во время затмения?

Я кивнула.

— Что тебе пришло в голову, когда ты увидела камень? — спросил Тим.

— Песочные часы, — ответила я.

— Интересно, — хмыкнул Тим, глядя на камень. — Очень интересно. Мне это нравится куда больше того, что говорят миллениалы.

— А что они говорят?

— Фрэнк сказал, это посадочная капсула с иллюминатором. Он предположил, что там внутри мертвый пришелец.

— Немного похоже, — согласилась я. — Только капсула недостаточно большая для человека. Разве что пара внеземных собачек.

— Следует говорить и думать о камне с почтением, — одернул меня Тим. — Целых пять лет он был главным объектом поклонения Римской империи, то есть всего тогдашнего мира. Упадок Рима начался именно тогда, когда эту святыню вернули на Восток.

— А что случилось?

— На империю восстала Парфия. Ну или Персия, как сейчас ее называют. Словно бы камень, вернувшись в свой храм в Эмесе, стал собирать огромную восточную армию, чтобы отомстить... Дальше в Риме уже не было ничего хорошего. Произошла... Как бы это сказать на современном языке, перезагрузка реальности.

— Вы верите, что это случилось из-за камня?

Тим пожал плечами.

— Я не верю, — сказал он. — Я знаю.

— Где Камень был все остальное время?

— Это не афишируется.

Я поняла, что расспрашивать о деталях не стоит.

— А вы можете им управлять?

— Это происходит не так. Камень проявляет свою силу сам. Тогда, когда к нему приближается подходящий человек.

— В каком смысле подходящий?

— В любом. В любом смысле, который работает. В мире есть люди, способные как бы включать камень. Встретив их, камень оживает — и придает им силу и направление. Одним из таких людей был Фрэнк.

— Я не думаю, что камень дал ему силу, — сказала я. — Скорее, он свел его с ума.

— Я согласен, — ответил Тим. — То, что случилось, ужасно. Но если бы ты видела Фрэнка до встречи с камнем, ты поняла бы, какая это была невероятная трансформация.

— Что происходит с камнем, когда он встречает подходящего человека?

— Изменения происходят не с камнем, а с людьми. В них начинает звучать эхо древности. Как бы отражение прошлого в настоящем.

— Фрэнк говорил то же самое, — сказала я. — Про эхо древности. Но зачем он поехал в Харран, если знал, что произошло с Каракаллой?

— Наверно, какая-то сила заставляла его приближаться к огню, который его в конце концов сжег. Есть тайны, настолько великие, что за прикосновение к ним люди платят жизнью. Но это не главное, на что способен камень.

— А что главное?

— То, что происходит, когда камень встречает человека, которого в древности называли словом soltator. Это тот, кто может управлять всей силой камня. Ее достаточно для того, чтобы полностью изменить наш мир.

— А как soltator это делает?

— С помощью танца. Именно такого человека мы и ищем.

— А как его найти?

— Камень должен призвать его сам.

— Как он это делает?

— По-разному, — сказал Тим. — Но приближаются к камню через маски Каракаллы.

— А Каракалла тоже управлял камнем?

— Нет. Даже никогда не пытался. Хотя у него были для этого все семейные права...

— У каждой маски на лбу — черный камушек в оправе. Это что, осколки?

— Да. Внизу есть место, откуда они откололись.

Я вспомнила, как я первый раз надела маску Луны в гостиничном номере. Фрэнк меня об этом не просил. Он просто оставил маску на виду. Мне самой захотелось это сделать.

— А Фрэнк мог управлять камнем?

— Фрэнк гостил у меня на яхте с друзьями. Однажды он зашел в мой офис и увидел маску Солнца на столе. И сразу ее надел, даже не спрашивая разрешения. Тогда я представил его камню. Камень его принял, и маски перешли к нему... Остальное ты знаешь.

Я кивнула.

— Теперь твоя очередь коснуться камня, — сказал Тим.

— И что случится?

— Я не знаю. Может быть, ты что-то почувствуешь. А может быть, не почувствуешь ничего. Все произойдет после. Не бойся...

— Я и не боюсь, — ответила я. — Просто коснуться? Пальцем?

Тим закрыл глаза и на несколько секунд приложил ладонь к углублению в камне — «автопортрету Солнца», как он его назвал. Его пальцы как раз вписались в неровный каменный круг.

— Вот так, — сказал он, отходя в сторону.

Я подошла к камню и положила ладонь туда же.

Камень был теплым. И еще мне почудилось, что он чуть-чуть дрожит. Это, скорей всего, была прошедшая сквозь него вибрация корпуса яхты — или мое воображение.

Ничего вроде бы не произошло.

Но что-то неуловимое случилось. И, опуская руку, я уже знала, что теперь этот кусок спекшегося базальта превратился для меня в Камень с большой буквы.

— Он теплый, — сказала я. — А откуда он вообще взялся? В смысле, до того, как попал в Эмесу?

— Считается, что это метеорит. Просто древний метеорит. Но есть и другие мнения о его природе.

— Какие?

— Постепенно ты это выяснишь.

— А раньше ему поклонялись? До Рима и Сирии?

— Да, — ответил Тим. — Он был, например, тайной реликвией культа Солнца при Эхнатоне... Интересно, что память о всех событиях и исторических фигурах, связанных с Камнем, потом старались уничтожить.

— А почему Камень сделал Фрэнка Каракаллой? Он что, был им в прошлых жизнях?

— Не знаю, — сказал Тим. — Может, дело в том, что они были похожи. Камень Эмесы не просто обладает огромной силой. Он как бы заряжен историей. Он служил магическим центром мира на пике римского могущества, во времена, когда магия была реальной и всеми признанной государственной силой. Он сочится прошлым и словно пытается повторить его фрагменты. Воспроизвести какую-то древнюю мистерию... Эдакое вечное возвращение.

— К чему?

Тим развел руками.

— Есть люди, которых Камень берет в свою свиту, — сказал он. — Их мало, но каким-то образом они находят к нему свой путь. Если Камень принимает тебя, он как бы назначает тебе роль. Фрэнк стал Каракаллой — и дух Каракаллы говорил через него. Ты была... Не знаю, лунной богиней из Карр? Или ее жрицей? Подобием?

— Всем понемножку, — сказала я.

— Я думаю, что ты своего рода магнит, способный притягивать тех, кого ищет Камень. Ты должна найти нового Элагабала.

— Но почему именно я?

Тим улыбнулся.

— Противоположности тянутся друг к другу. Ты притянула Фрэнка, как богиня Луны когда-то притянула к себе Каракаллу. Точно так же к тебе придет и soltator. Рано или поздно это случится. И ты приведешь его к Камню.

Наверно, прикосновение к древней святыне уже подействовало. Странные слова Тима не вызывали во мне протеста. Я понимала логику того, что он говорит.

— Но как я буду его искать? — спросила я.

— Фрэнк говорил, ты знаешь.

Я усмехнулась.

— Вообще-то знаю. У меня есть метод. Но я не уверена, что он здесь сработает.

— У тебя будут маски, — сказал Тим. — В каждой из них кусочек камня. Камень и маски — одно целое. Поэтому Камень Солнца все время будет с тобой. Если захочешь поговорить с ним, усни в маске. Теперь, когда Камень тебя принял, это подействует.

— В какой? Их две.

— Не знаю, — сказал Тим. — Экспериментируй.

Мы поужинали втроем.

В анархистском салоне веселилась молодежь — оттуда долетала музыка, голоса и запах травы, с которым не справлялась даже могучая вентиляция. Можно было навестить борцов, изнемогающих в битве с цифровым Goolag'ом. Хотя они наверняка станут расспрашивать о случившемся...

Со поняла, о чем я думаю.

— Я предупрежу ребят, чтобы они не говорили о Фрэнке. Скажу, это твой триггер. Так до них дойдет.

— Спасибо, но мне никого не хочется видеть. Я пойду спать.

Вернувшись в свою каюту, я разделась, села на кровать и положила перед собой маски.

...lovely moonchild,
dreaming in the shadow of the willow...

Странно, но маски уже не напоминали о Фрэнке. Теперь это были просто два прекрасных древних лица, смотрящих на меня из бездны прошлого.

Как там говорил Ницше? Если долго глядеть в бездну, то бездна поглядит на тебя. Он не врал: бездна уже пялилась на меня четырьмя продолговатыми зелеными глазами. У нее почему-то были глаза такого же цвета, как покрывало на кровати.

Я подумала, что если надеть одну из масок и лечь на спину, в ней вполне можно проспать всю ночь.

Я уже засыпала пару раз в маске Луны, когда рядом был Фрэнк — правда, ненадолго. Никаких ярких снов я не помнила — хотя мне несколько раз казалось, что я почти вижу то, о чем говорит Фрэнк.

Но в то время меня еще не представили Камню — может быть, дело в этом? Или следовало уснуть в маске Солнца?

Сейчас узнаем, подумала я.

Эмодзи_милой_блондинки_ложащейся_ спать_в_шипастой_маске_солнца_за_луча- ми_которой_даже_не_видно_что_она_блондин- ка_что_не_так_уж_страшно_поскольку_ночь_ темна_пуста_и_безлюдна_и_нравиться_в_ней_ особо_некому.png

✦

Изукрашенная мраморная лестница, дугой уходившая вниз, выглядела очень старой. Широкие ступени были в два раза выше обычных, как будто ее строили для гигантов или богов. Хорошо, что я спускался.

Я прежде не видел подобного ни в одном дворце. Полированный камень, резные цветы, лики Гелиоса и Селены. Я и представить не мог, кто и когда это построил.

И, главное, где.

От страха я повторял про себя древнюю молитву, которой когда-то научил меня Ганнис:

«Многоликий и Невидимый, пусти меня в чертог тайны... Многоликий и Невидимый, пусти меня в чертог тайны...»

Молиться так следовало часами, и я часто твердил эти слова ночью, чтобы быстрее заснуть... О ужас, пришло мне в голову — а может быть, бог услышал и действительно пустил меня в чертог? И что я теперь буду в нем делать?

Лестница спускалась в темноту кругами, и по ним я шел, то входя в свет факелов, то ныряя во мрак.

После каждого круга была площадка, где стояла мраморная статуя львиноголового человека, обвитого змеями. На стенке за его спиной горели факелы и масляные лампы, так что львиноголового можно было хорошо рассмотреть.

Львиная пасть была красной изнутри и выглядела грозно. Змеиная голова лежала на львиной, как бы не давая пасти раскрыться до конца – а змея кусала кончик своего же хвоста... На символическом языке это что-то значило, но что? Я знал прежде, но забыл.

Наверно, из-за этих змеиных голов мне казалось, будто я сбегаю вниз по кольцам огромного змея, свесившегося в вечную ночь.

Скоро я заметил, что площадки, по которым я прохожу, отличаются друг от друга. Львиноголовые статуи были везде одинаковы. Но перед каждой стояла мраморная тумба со священным бронзовым предметом. И эти предметы на каждой площадке были разными. Поняв это, я стал внимательно следить за тем, что выплывает мне навстречу из мрака.

Сначала появилась ворона — немного смешная, горделиво расправившая крылья, размаха которых все же не хватало, чтобы сойти за орла.

Пролетом ниже на тумбе лежала диадема наподобие царской, только не из золота, а из бронзы.

Еще ниже — нагрудная пластина военного панциря, настоящая, со следами ударов. Она выглядела совсем старой: такие латы носил, должно быть, Одиссей или Ахилл.

Еще ниже — лавровый венок, который я принял сперва за другую диадему. Но венок был больше и шире. Если кто-то наденет эти бронзовые лавры, лучше ему иметь сильную шею.

Ниже лежал меч с крюком, отходящим от лезвия в сторону — такие, я помнил, были в ходу у пиратов.

Дальше — маска Гелиоса с похожими на лучи шипами. Ее, подумал я, вполне мог бы носить цирковой гладиатор.

Еще ниже — большая чаша с пупырчатым дном.

Следом снова появилась ворона, и все стало повторяться: диадема, панцирь, венок, меч, маска и чаша. А потом опять ворона.

Я решил, что одинаковые символы, скопированные с большой точностью, появляются через каждые семь этажей. Но потом я заметил на одном из крыльев вороны глубокую царапину, блестевшую в свете ламп, и запомнил ее.

Царапина той же формы и глубины была на крыле у каждой из бронзовых птиц.

Мало того, рядом с царапиной, оставленной, похоже, ударом меча или копья, был тонкий металлический заусенец — и он тоже повторялся без изменений. Либо кто-то, прошедший здесь до меня, через каждые семь этажей бил очередную бронзовую ворону одним и тем же оружием с одинаковой силой, что было невозможно, либо...

Либо это одна и та же ворона, и я брожу в темноте по кольцу.

В подобном не было бы ничего удивительного, если бы я шел по коридору. Или хотя бы спускался по одним лестницам и поднимался по другим. Но я все время спускался, как бы сбегая по бесконечному архимедову винту.

И тем не менее через каждые семь освещенных факелами пролетов я оказывался в том же самом месте.

Дело было не только в вороне. Я заметил и другие повторяющиеся детали: выбоины и пятна на мраморе, расположение самих факелов, характерные узоры камня.

Спускаясь по лестницам, я ходил по кольцу. Так не могло, конечно, быть. Но философы, помнил я, называют это логикой: неоспоримый вывод приходится принять, даже когда он противоречит видимости.

А почему я иду вниз? Что я хочу там найти?

Я задумался – и в моем сердце повеяло ужасом. Я вспомнил, что таков сон, предвещающий смерть – бесконечное схождение по лестнице во тьму...

Так это сон?

Но я не спал – я щипал себя и не просыпался; я чувствовал горький запах факелов и холодное касание мрамора. Чувства мои были остры как никогда.

Быть может, меня убили – и я схожу в Аид?

И вдруг я вспомнил про весть, пришедшую день назад из Карр. Император – мой дальний родственник, как думали в Риме и Сирии, и родной отец на самом деле – убит в походе.

Когда убивают императора, его семье остается жить недолго. Лица домашних были мрачны и решительны. Даже женщины готовились к смерти.

Я впервые увидел, как выглядит последняя игрушка знатной дамы – драгоценный флакон с ядом: крошечный саркофаг Клеопатры, обвитый прозрачными змеями, чудо ювелирной резьбы, черное от страшной начинки. Я видел также острые сирийские бритвы для вскрытия вен. Эти тайные предметы, припасенные для последнего часа, теперь лежали в нашем доме на виду, рядом с ложами, где принимали пищу.

Потом... Потом что-то случилось, и я оказался здесь.

Мой дух был спокоен. Если я умер, сокрушаться уже не о чем. Но где тогда души других мертвецов? Где Стикс, где ладья Харона? Или эта лестница ведет меня к ним и я буду сбегать по ней до тех пор, пока не забуду всю свою прежнюю жизнь до последней детали?

Я слышал однажды серьезный взрослый диспут на эту тему: душа, чтобы слиться с мировым духом, должна прежде потерять все, делающее ее особенной и отличной от других, говорил один спорщик.

Но что толку в обтертой морем гальке, возражал другой, если на берегу таких не счесть и все они есть просто один повторяющийся много раз камень? Зачем нужен подобный дух и кому? Духу нет необходимости быть кому-то нужным, отвечал первый, остальное узнаешь, когда умрешь... После смерти нет памяти и нет ужаса.

Ужаса я и правда не чувствовал. Скорее было интересно: как я забуду себя? Будет ли это больно? Быть может, бронзовый меч, мимо которого я прохожу, внезапно сорвется с подставки и отсечет мне голову? Или я просто состарюсь за время бесконечного путешествия вниз и память незаметно высыплется из меня, как зерно из прохудившегося мешка?

Нет, понял я еще через несколько кругов, все случится совсем не так.

Я буду глядеть то на бронзовую ворону, то на этот венок, то на эту маску Солнца — и не останется повода вспоминать о чем-то другом. Я ведь давно уже не думаю о прошлой жизни, а полностью поглощен своим странным путешествием. Я с опаской слежу за тем, что вокруг, и замечаю происходящие перемены.

Кто-то меняет прогоревшие факелы на новые. Они такие же, но длиннее и сидят в кольцах чуть иначе. Кто-то доливает масла в лампы.

Быть может, в темноте вокруг спрятаны леса, где сидят невидимые рабы вроде тех, что обслуживают арену? Когда я ухожу с одной площадки на другую, они неслышно спрыгивают на нее и готовят ее к моему следующему проходу...

Некий огромный и скрытый во тьме механизм постоянно переносит пройденные мною сегменты лестницы вниз и беззвучно соединяет их с остальными. А тот участок, по которому я спускаюсь, тем временем плавно движется вверх, и вся конструкция, соединенная

с невидимыми машинами, остается на месте...
Представив себе это, я испытал головокруже-
ние и чуть не споткнулся.

Такую механику, наверно, сложно скрыть
даже в самом огромном здании. Мало того, ее
работа будет зависеть от скорости моего движения вниз.

А почему я иду вниз?

Ответ был, конечно, прост — всякий знает,
что спускаться по лестнице легче, чем подниматься. Но если моя догадка насчет механизма
верна, мне достаточно пойти вверх, чтобы его
работа стала видна... Почему-то мне показалось, что эту мысль подала мне бронзовая ворона.

Если я действительно спускался в Аид, подумал я, его духам может не понравиться, что
я поднимаюсь назад к жизни. Но духи еще никак не проявили себя, если не считать смены
факелов и ламп. А это с таким же успехом могли делать и люди.

Сейчас будет чаша. Потом опять ворона —
и она, наверно, посмотрит с презрением на тру-
са, не сумевшего воспользоваться ее советом...

Внезапно для себя я повернулся и пошел
вверх на середине очередной лестницы.

Площадка была на месте. Мимо проплыл
только что виденный львиноголовый человек

с красной пастью — он равнодушно глянул на меня своими белесыми мраморными глазами. На тумбе перед ним лежала та же маска Солнца с шипами, что и минуту назад. Ничего не изменилось.

Но следующий круг ступеней выглядел темнее, чем обычно. И скоро я понял почему.

В его конце никакой площадки не было.

Лестница обрывалась в черную пустоту, и я испуганно замер на ее краю.

Испуг, впрочем, быстро прошел. Из темноты летел ветерок, теплый и свежий — как будто я стоял над ночным морем. Видно ничего не было, но мне казалось, что передо мной изначальная бездна, где когда-то зародились боги и мир. Здесь мрак только для меня, а для богов все залито светом.

Боги парят в этом свете и предаются наслаждениям, не понятным человеку. Может быть, одно из этих наслаждений — следить за нами. Может быть, то, что мудрецы называют Хаосом, тоже одна из их игр — сладчайшая... Или правы ученые греки, говорящие, что наша земная жизнь есть постыдная ошибка и умнее всего как можно скорее вернуться туда, откуда мы пришли?

В темноте произошло движение. Не знаю, что насторожило меня — еле заметный звук или дуновение ветра... Я попятился назад по ступеням и увидел беззвучно приближающуюся скалу, словно бы огромную каменную челюсть, косо наезжающую сверху. Через миг новая площадка со статуей львиноголового, озаренная дрожащими огнями ламп и факелов, с еле слышным стуком соединилась с лестницей.

Да, все было так, как я предположил. Раньше я, кажется, не слышал этого каменного стука... Или слышал, но не придавал ему значения? До меня ведь доносились какие-то звуки. Или нет?

Может быть, я все же сплю? Сон бывает невероятно убедителен, потому что для своего подтверждения опирается только сам на себя. Надо проверить последовательность бронзовых символов.

Внизу осталась маска Солнца. Значит, на спустившейся из темноты площадке должен лежать меч с крюком. Я опять пошел по лестнице вверх, но не добрался до ее конца.

На краю площадки стоял воин, похожий на бойца из какого-то страшного загробного цирка.

Подумав это, я тут же понял, что любая арена, от амфитеатра Флавиев до эмесского ристалища, и есть загробный цирк. С одной стороны он земной, и туда приходят обычные люди, а с другой – потусторонний и окружен голодным сонмом... Тени усопших тоже ищут зрелищ и питаются проливаемой кровью.

Эта мысль промелькнула в моем уме за кратчайший миг, и я удивился даже, что никогда не размышлял о подобном. А потом пришел страх.

Света, падавшего на воина, хватало, чтобы хорошо его рассмотреть.

В его правой руке был тот самый меч с крюком, поглядеть на который я собирался пару минут назад. На груди – погнутая ударами бронзовая пластина. В левой руке – маленький выпуклый щит, в котором я опознал бронзовую чашу... Похоже, он вооружился священными предметами, пройдя по тем же лестницам, где до этого гулял я.

Еще на нем был темный шлем в виде бычьей головы – довольно частый среди цирковых и поэтому не слишком меня напугавший.

Но шлем был выполнен с удивительным искусством. Так я подумал сначала – а потом, когда маленькие блестящие глаза несколько раз моргнули, понял, что это не шлем.

Это была живая бычья голова, одновременно страшная и смешная из-за косо надетого на нее бронзового венка... Надо мной стоял критский ужас, минотавр, точь-в-точь такой, как на мозаике из нашего дома в Эмесе. И в ту секунду, когда я узнал его, он медленно пошел ко мне по лестнице.

Я побежал прочь. Но за нижней площадкой не было другой лестницы – она обрывалась в пустоту. Я или нарушил ритм каменного колеса, в котором бегал, или вышел из него сам... Даже если через минуту-другую из темноты появится новая лестница, будет уже поздно: боец с бычьей головой настигнет меня раньше.

Неужели это действительно минотавр? Быть может, я сам вызвал его из мира теней, вспомнив про мозаику? Говорят ведь в Риме – если заблудившийся в лесу человек испугается волка, тот почувствует страх и придет... Или минотавр появился прежде моего страха?

Теперь этого уже не понять.

Он спускался по лестнице медленно и уверенно – и как бы пританцовывал при каждом шаге, звеня своей обильной бронзой. Она гремела и так, но он вдобавок ударял мечом в маленький щит, как это делают варвары перед боем.

Кто он – человек? Или зверь? Оружие держит как воин. Но в манере его есть что-то звериное. Нет, на человека он не похож. Во всяком случае, на такого, как я.

Мне его не одолеть, подумал я, как бы я ни

бился. Но я могу его напугать... Огня боятся все звери.

Он прошел уже половину разделявших нас ступеней. Я попятился, вернулся к статуе львиноголового, сорвал со стенки факел и несколько раз широко махнул им над головой. Минотавр заслонил глаза щитом. Ему не слишком нравился свет.

Но он не испугался. Наоборот — опустил меч, издал протяжный клич, средний между стоном и мычанием, и сделал новый шаг вниз.

И тут перед моим мысленным взором опять возникла бронзовая птица, которую этот бык еще не сделал частью своей амуниции. Ворона, вспомнил я, давала когда-то советы и Митре.

Он не зверь и не человек, сообщила ворона беззвучно. Он нечто промежуточное и походит на маленького ребенка, убивающего играя. Огня минотавр не боится. Он знает, что это. Он боится лишь неизвестного...

И тогда я понял, что у меня остался последний шанс напугать его. Подняв над головой факел, я попятился — и взял с мраморной тумбы маску Солнца.

Когда я посмотрел на минотавра сквозь бронзовые глазницы, он озадаченно остановился. Должно быть, в короне из бронзовых лучей я выглядел необычно — но вот внушал ли я страх? Следовало, наверно, махать руками и кричать, как делают, отгоняя зверя... Или нет? Бык, говорят, нападает на того, кто пытается его напугать...

Танцуй, сказала ворона.

Никакой вороны рядом не было, но каждый раз случалось одно и то же. Сперва я видел ее образ, а потом в моем уме появлялась сообщенная ею мысль.

Танцуй.

Ну да. Бык — или кто он? — вряд ли испугается моих угроз и криков. Но его может озадачить нечто странное. Пантомима. Танец...

Мне показалось, будто я слышу легкую и быструю игру нескольких флейт и тамбурина. Это была одна из тех старинных эллинских мелодий, какими лечат укус паука и лихорадку — на праздниках они часто слышны в городах.

Не уверен, что музыка играла на самом деле. Но, настоящая или нет, для меня она звучала ясно, и я без отлагательства пустился в пляс.

Через пару прыжков я догадался, что мягкий выступ маски, который тычется мне в нос — это кожаные ремешки, и не обязательно держать ее в руке перед лицом, а можно просто надеть на голову. Она держалась надежно и прочно.

Мой танец не смог остановить быка совсем, но задержал его, словно опутав сетью: чем быстрее я плясал, тем медленнее чудище надвигалось.

Я не слишком помню, как именно я махал руками и ногами, прыгал и приседал. Кажется, я перемещался от одного края площадки к другому, как бы пытаясь начертить своими движениями линию, за которую минотавру нельзя заходить — но он все равно прошел за нее, и вдруг одним тычком своей огромной руки повалил мраморную статую.

К счастью, к этому времени площадка соединилась с другой лестницей и мне было куда отступить.

Идти вниз стало проще: пустоты между лестницами исчезли, и мне достаточно было все время танцевать, чтобы удержать быка от нападения.

Все площадки теперь несли на себе след прошедшего здесь чудища: статуи с красными ртами были повалены и разбиты. Но потом я попал на площадку, где опутанный змеями истукан стоял точно так же, как прежде.

В свете факелов перед ним поблескивала зеленым и желтым раскрывшая крылья бронзовая ворона.

— Победи его, — сказала ворона. — Победи. Ты можешь.

Ее бронзовый клюв не двигался, но я готов был поклясться, что слышал эти слова.

— Как?

— Просто станцуй это. Станцуй его гибель... И тогда он исчезнет.

— Но я не знаю как.

— Тогда позови того, кто знает...

Сразу после этих слов ворона взлетела и унеслась во тьму.

Увы, не сама — ее настиг мощный удар. Я отвлекся на несколько секунд, и этого хватило быку, чтобы оказаться рядом.

К счастью, сперва он обрушил свою ярость на статую, и я успел отступить.

Я понял, что хотела сказать ворона.

Танцор всегда подлаживается под глазеющий на него мир, стремясь ему угодить. Я танцевал для быка.

Но в этом и заключалась ошибка — он не был наблюдателем. Он был частью моего танца. Следовало сплясать его погибель для всего мира — как если бы люди и боги смотрели на меня из темноты.

Я слышал подобное прежде. Меня этому учили, учили долго... Что я почувствовал бы, победив быка? Радость. Облегчение. Гордость. Восторг.

Когда, расправившись со статуей, бык повернулся ко мне, я не боялся. Я уже вспомнил секрет.

Танцуя, я пошел на него — не угрожая, не пытаясь напугать его, нет. Я пошел в пустоту, где не было никакого быка — и он послушно попятился. Но затем остановился.

И тогда я вспомнил, кого должен позвать. Я поднял свое бронзовое лицо и закричал во тьму:

— Элагабал! Элагабал! Элагабал!

Я ожидал, что вспыхнет яркий свет. Солнечный свет. Но случилось совсем другое.

Испугавшись моего неожиданного крика, бык шарахнулся назад — и свалился во мрак, сорвавшись с края площадки.

Все произошло легко и естественно, словно было частью танца. Вернее, это и правда стало его частью: быку пришлось сплясать со мной, и такой оказалась его роль. Я даже не испытал удивления от своей победы.

Ворона была права. В простых словах она передала мне великую тайну и мудрость. Когда меня учили этому, я не понимал. Теперь же понял.

Я повернулся и помчался вверх по лестнице.

Пробежав несколько площадок, я, как и в прошлый раз, уперся в пустоту. Но теперь я не останавливался. Я решил станцевать мир, где за этой черной бездной будет другая лестница, невидимая, ведущая домой. И, подбежав к краю площадки, я прыгнул в пустоту и закричал:

— Элагабал!

У меня перед глазами действительно сверкнуло.

Но произошло это оттого, что я ударился лбом в невидимую стену, загудевшую как гонг. Кажется, я пробил или опрокинул какую-то преграду. Я понял, что потерял равновесие и падаю.

Но я упал не в бездну, а на покрытый мягким пол, неприятно ударившись о него локтем. Немного выждав, я решился открыть глаза.

Надо мной стоял высокий стул из черного дерева с распутавшимися кожаными шнурками на подлокотниках. Мои руки саднили. На стене горели лампы и факелы. А рядом со мной на мягких звериных шкурах валялось опрокинутое бронзовое зеркало в деревянной раме, о которое я только что ударился головой.

У стены стояла статуя львиноголового — такая же по форме, как в моем сне, но раза в три меньше размером.

Я знал эту комнату. Это был подвал нашего дома в Эмесе. Круглая комната, где разливали вино из амфор. Здесь никогда прежде не лежали тигровые шкуры. И зеркал тут я тоже не видел.

Наверх вела каменная лестница — там была дверь. Обычная дубовая дверь с кольцом вместо ручки, которую я много раз открывал. Я поднялся по лестнице, толкнул дверь, и она раскрылась.

За ней стояли люди. Моя бабка Меса. Мой учитель Ганнис. И моя заплаканная мать.

Я еще не видел Ганниса таким взволнованным.

— Варий, — сказал он. — Мы слышали, как ты звал бога. И он тебя увидел. Ты вернулся, мой мальчик. Молодец. Я знал, что soltator — это ты.

☺

Было уже утро — я чувствовала вокруг солнечный свет, но что-то мешало мне открыть глаза. Я поднесла руку к лицу, и мои пальцы коснулись металла.

Я всю ночь проспала в маске Солнца.

Свой сон я помнила так же отчетливо, как пять раз пересмотренный фильм. Вот только было одно важное отличие — этот фильм я не смотрела, а прожила. Я на полном серьезе спускалась в Аид, потом дрожала от страха и наполнялась победным ликованием.

И еще во сне я была мальчиком, довольно еще мелким по нашим современным понятиям, и переживала его мысли как свои. Я знала теперь, что это такое — думать как мальчик. Впрочем, если честно, я и раньше знала, и даже имела некоторый практический опыт.

Удивительным было другое: я не только бегала по растворяющимся в темноте лестницам из чужого сна, но еще и вспоминала чью-то жизнь как свою. А про свою я в этом сне не помнила ничего. Я была другим человеком на все сто процентов.

Вернее, я им *был*. Гендер, как учит партия, есть социальный конструкт, а согласование глаголов и подавно.

Я почувствовала легкий запах травы и поняла, почему меня посетила мысль про гендер. Где-то неподалеку, несмотря на ранний час, уже готовили прогрессивную революцию.

Вчера мне совершенно не хотелось глядеть на корпоративных анархистов. Но сегодня мне необходимо было заесть свой ночной опыт чем-то земным и фактурным — и убедиться, что я вынырнула в надежный понятный мир.

Я надела желтый форменный халат, висевший в ванной. На нем был только один погон и одна медалька, что, видимо, указывало на низкий в здешней иерархии ранг. Но все же я надеялась, что он дает мне право перемещаться по судну.

Я уже ориентировалась на яхте, но даже потеряй я дорогу, найти ее можно было по характерному запаху. Мне вспомнился анекдот: менты звонят в дверь и говорят — соседи жалуются, у вас тут смех по ночам и палеными тряпками пахнет. Что происходит? Да так, отвечают жильцы, ничего. Просто вот тряпки жжем и смеемся...

Я прошла по коридору, спустилась по лестнице и раскрыла дверь в анархистский штаб.

— А вот и Саша, — сказала по-русски Со.

Из моих старых знакомых здесь были трое — Майкл, его сестра Сара и бойфренд Майкла Раджив, который за время моего отсутствия подкрасил свою бородку хной и сделался окончательно похож на древнеиндийского душителя при луне. Сара почти не изменилась, только ее ежик подрос и стал темнее. Что касалось Майкла, то он находился на той стадии очкастой бородатости, когда с человеком уже не происходит никаких заметных перемен вообще.

Кроме них на подушках сидели еще двое — парень и девушка. Парень был старше меня, а девушка сильно младше. Последнее наблюдение оказалось не слишком приятным, и я подумала, что патриархат мог бы свалить из моей головы хотя бы сейчас.

Я узнала соотечественников и догадалась, что они ночевали на яхте — для визитов было еще рано. Видимо, Со подцепила их где-то в Стамбуле, как и меня. Похоже, это был ее метод борьбы с тоской по Родине.

Парень походил на сильно растолстевшего Керенского — у него был такой же швабро-подобный ежик и лицо церковного певчего, растленного сначала попами, а потом бродящими по Европе призраками. С современностью его связывала черная майка с красной надписью «VIVA PUCE»[1]. Я первый раз видела латинские буквы, написанные славянской вязью. Выглядело интересно.

Девушка была очень белокожей, с настоящей русой косой. Она напоминала гусыню. В хорошем смысле — видно было, что будет заботиться о своих гусятах и защищать их от любого гусака.

Я опознала их не по одежде и даже не по лицам, а по тому, как они отреагировали на русскую речь — чуть напряглись.

У меня не возникло ощущения, что они рады встрече с соотечественницей. Впрочем,

---

[1] Viva Duce (*итал.*) — Слава Дуче.

особой радости я тоже не испытала. Это был вечный и многократно описанный феномен «встреча русских за границей».

— Hi, Sasha, — сказал парень. — Nice to meet you. I'm Alexey.

— Саша, — ответила я кисло.

— Тамара, — представилась девушка. — Не выпендривайся, пожалуйста, Леша.

— Ничего, — сказала я. — Это интересно, кстати. Почему русские за границей избегают друг друга и стараются не говорить по-русски? В смысле, если знают язык?

— Можно по-английски? — попросил Майкл. — А то нам кажется, что вы вступаете в заговор против нашей демократии.

Я повторила по-английски.

— Это, — сказал Алексей, — легко одалживает себя пониманию.

Он говорил по-английски немного замысловато, но с идеальным произношением. Казалось, у него в голове работает целый штаб из пыльных дядек и тетек, предлагающих варианты формулировок. Я представила, как они поднимают над головой наспех написанные на картонках фразы — и Алексей сосредоточенно их зачитывает. Впрочем, так ведь и работает подсознание.

— И в чем причина? — спросила я.

— Дело в том, — ответил Алексей, — что в историческом аспекте где-то с тринадцатого века, когда начался татарский... м-м-м...

— Yoke, — подсказала я.

Он неодобрительно покосился на меня.

— Геноцид. Вот с того самого времени находиться среди иноплеменников в группе говорящих по-русски людей стало опасно. Это означало чаще всего, что вас скоро убьют. Вместе со всей группой. Появился своего рода шрам на коллективном бессознательном. Поэтому русский за границей при первой возможности стремится примкнуть к безопасной и защищенной общности людей, говорящих по-английски.

— Почему обязательно убьют? — спросил Майкл.

— Вы знакомы с русской историей?

Майкл пожал плечами.

— Вот знаете, — продолжал Алексей, — я тут недавно читал в новостях — то ли в Рязани, то ли в Ярославле, это такие города в России, случайно раскопали подвал старого дома. Тринадцатого или четырнадцатого века. Он был весь под завязку набит детскими и женскими трупами. Весь. Раны от мечей и стрел, работали профессиональные военные дружинники. Орда, одним словом. Самая обычная русская находка. Покойников в древности даже не стали вынимать и хоронить... Может, никто и не знал — потому что живых свидетелей не осталось. Просто заровняли пожарище и построились сверху заново.

— А при чем тут русская история?

— При том. Вся наша история — это такой обгорелый подвал с трупами, геноцид нон-стоп, на который время от времени приходит помочиться какой-нибудь маркиз де Кюстин, совершенно не боясь, что из пепла поднимется костлявая мертвая рука и прихватит его за яйца. И знаете почему?

— Почему?

— Россией со времен Орды правят организаторы и бенефициары этих трупоподвалов. И больше всего на свете они хотят с маркизом де Кюстином дружить. Потому что культурный досуг в Париже, юг Франции и вообще.

— Ну да, — сказала я, — есть такое. Но это не вся наша история.

— Вся. Даже слово «slave», раб, происходит от латинского «славянин». Оно означало славянского пленника — восьмой-десятый век, набеги Священной Римской Империи, огромные массы захваченных в рабство гражданских лиц. Это еще до татар. Мы были неграми до того, как это стало модно — славянские рабы котировались в Западной Европе так же высоко как сегодня русские жены. Но никаких репараций, никакого политкорректного запрета на слово «slave», куда более обидное, чем любой «fag» или «nigger», вы не дождетесь. Зато пятая колонна, всякие гей-славяне, работающие на подхвате у цивилизации, — тут Алексей бросил гневный взгляд на меня, словно это я работала у нее на подхвате, — уже понемногу лоббируют политкорректный запрет на слово «негр». Или раскручивают плач разных зулеек о том, как русские раскулачивали татаро-монголов. Поплачут, поплачут, а потом возьмут и отсудят у нас в Гааге еще пятьдесят миллиардов... И платить будут не зулейки, а опять мы из своих налогов.

— Это не те татаро-монголы, — сказала я. — И мы не те славяне, которые были рабами.

— Ага. А зачем тогда писать в школе на доске «мы не рабы, рабы не мы»? Вон в Англии разве пишут? Мы не просто были рабами. Мы были рабами в перманентном режиме значительную часть своей истории. И до сих пор пожинаем плоды. Ребята, если вы серьезно хотите покаяться за рабство и его последствия, вы не туда смотрите. Современный американский негр — это высокопривилегированное существо по сравнению с современным белым русским. А мы постоянно слышим в новостях про какую-то белую привилегию...

— А какие выводы? — спросила я, стараясь увести разговор от опасного поворота.

— Выводы? Любой деятель русской культуры должен бороться за признание мировой и особенно англо-саксонской, но еще и германо-французско-татаро-латышской культурно-политической вины за наш непрерывный геноцид и исторический рабский статус.

— Никого не забыл? — спросила Сара.

— Забыл чехов. Если бы не чешский корпус, Колчака бы не сдали красным. Вся история могла бы пойти по-другому... Жрут, понимаешь, кнедлики с русской кровью...

— А черные тоже перед вами провинились?

— Черные — наши естественные соратники в борьбе против белого западного кровососа... Наш мессидж должен быть таким — черные, коричневые, желтые, все люди с цветной кожей — мы ваши угнетенные братья, белые нигтаз, и вместе мы растерзаем лицемерную западную элиту, душащую вас системным расизмом! Нас душат вместе с вами! Суть не в том, нужна политкорректность или нет, суть в том, каков ее вектор. И это важнейший вопрос, потому что в двадцать первом веке именно так решится вопрос о власти!

— У вас что, другая политкорректность? — спросил внимательно слушающий Майкл. — Не такая, как у нас?

— Пока другая, — ответил Алексей. — Хотя по генезису та же самая. Но скоро, боюсь, будет та же и по составу.

— Как понимать — та же самая по генезису? — спросила Со.

На ее лице к этому моменту появилась тень легкой тревоги, как у хозяйки, заметившей, что гость напился и вот-вот учудит безобразие. Но она все еще вежливо улыбалась.

— Что вообще такое политкорректность и почему она существует? — вопросил Алексей у золотого уха на потолке. — У вас в Америке кто-то сказал, что это фашизм, выдающий себя за хорошие манеры. Но русскому человеку это проще объяснить иначе. У нас есть банда упырей, которые унаследовали страну от КПСС. Их власть имеет примерно ту же природу, что и власть коммунистов — то есть опирается исключительно на то, что ее захватили. Вместе с правами крупной собственности, кстати. И теперь упыри все это воспроизводят с помощью разных технологий, силовых и информационных...

— Вас эти упыри возмущают, — вставил Майкл.

— Меня возмущает не то, что они упыри, — ответил Алексей, — а то, что они при этом еще и дебилы. Чтобы легитимизировать свой хейст, они как бы говорят — «да, мы украли весь ГУЛАГ, мы офигели на букву «х» — но зато мы вас воспитываем. Защищаем вас от русского языка, а русский язык от вас. Защищаем наркотики от гомосексуализма, а гомосексуализм от наркотиков. Заботимся о вашем здоровье — душевном и телесном. Объясняем, как вам следует жить, и будем пороть, пока не научитесь. Поэтому без нас никак, мы в центре циклона и будем сосать вашу кровь, демпфируя вашими тушками колебания цен на нефть... И вообще, *можем повторить*. То есть легко закидаем вашими трупами любые свои проблемы...»

В этот раз с Алексеем трудно было не согласиться.

— Чистая правда, — вздохнула я. — Все так и есть.

— Но тот же механизм действует и глобально. Есть примерно настолько же легитимная мировая элита — такие же дебило-упыри, которые неудержимо печатают бабки за кордоном из десяти авианосных групп и сосут кровь у всей Земли, но зато, — Алексей сделал пальцами закорючки, изображая кавычки, — «спасем планету от потепления, на картинке Си-эн-эн всегда три шабес-негра, нельзя рисовать блэкфейс, но можно курить траву, менять пол — и какие ваши местоимения?». Разница в том, что по причине общей российской заброшенности наша политкорректность отстает от глобальной на полфазы. Но со временем она наверстает упущенное и возвоняет так же невыносимо, за это я ручаюсь. И если к власти у вас завтра придут какие-нибудь BDSM-масоны и велят вам носить, например, латексные кляпы или субмиссивные намордники, мы будем это делать вместе с вами...

Возвоняет. Он так и выразился: «stink up to high heaven».

— А почему те, кто печатает деньги, дебилы? — спросила Сара. — По-моему, очень неглупое занятие.

— То, что они печатают деньги, не делает их дебилами, — ответил Алексей. — Это делает их упырями. Дебилами их делает то, что в качестве своей официальной идеологии они создали политкорректный дискурс про хороших левых ребят с дредами, противостоящих плохой правой власти. Голливуд вбивал его в голову всей планете последние тридцать лет в каждом фильме. И когда этот скрипт угонят у Голливуда какие-нибудь погромщики с минимальным стилистическим чутьем, у вас начнется революция. Которую будет некому остановить — потому что делать ее будут официальные хорошие парни. А те, кто не захочет скакать вместе с ними, сразу окажутся плохими.

— Если читать альтернативные сайты, — сказал Майкл, — складывается чувство, что российская элита смело противостоит несправедливому мировому порядку. У нас это многие уважают.

— Ничего подобного. На самом деле российская сволочь мечтает только об одном — чтобы ее приняли в ряды мировой сволочи. А мировая сволочь крутит пальчиком и говорит — не-е-ет! Сначала сдайте стволы, покайтесь и ритуально поцелуйте нас в зад!

— Что, по-вашему, главный источник мирового зла? — спросила неожиданно Со.

Меня бы такой вопрос поставил в тупик. Но Алексей думал не больше секунды.

— Главный источник мирового зла — корпоративные медиа и Голливуд. Фабрики, формирующие реальность. Там создают миф, в котором мы живем. Так что это не просто главный источник зла — это его единственный легитимный источник на планете. Ни у кого больше нет ни права, ни возможности назначать вещи добром или злом. Это даже важнее, чем печатать доллары.

— Вы хотите сказать, что ваши медиа так не делают?

— Мировые СМИ нельзя сравнивать с российскими. Это, знаете, как могучий слон, идущий куда-то по своим делам, и суетливая моська, которая бегает у него между ног, визжит, гавкает и иногда останавливается, чтобы пожрать слоновьего дерьма. Это, вообще говоря, ее единственная пища. В Америке бывают новости, потому что там есть политика. У нас, слава богу, политики нет — только интриги в многопартийном министерстве двора. Культуры нет тоже, и тоже слава богу, потому что подумать страшно, какая она была бы. Российские новости — это когда жрущие доширак миленниалы — нет, не милленниалы, а двухтысячные... — он перешел на русский, — знаете, Саша, бывают двухсотые, трехсотые, а еще бывают двухтысячные, вот это про нас, потому что миллениалы живут на Западе — так вот, двухтысячные сочиняют кликбейтный заголовок, вешают под ним кровавое видео и цепляют на него три рекламных блока, которые нужно профильтровать мозгами перед тем, как пустят посмотреть на кровушку...

— Двухсотые, двухтысячные — как-то очень нумерологично, — сказала я. — Лучше тогда «милленипуты». Те, кто вырос, повзрослел — и начал увядать при Путине...

— Пожалуйста, по-английски, — попросил Майкл. — У вас в России есть гражданское сознание? Медиа его отражают?

— Да, — ответил Алексей. — Я опишу, как это работает. Допустим, муж-насильник в Саратове до смерти забивает жену. Сначала из бедняжки сделают мега-кликбейт для дебилов. А потом в информационном эфире для умных всплывет «профессорка гендерных исследований из ВШЭ, базирующаяся в настоящий момент в Лондоне» и начнет чесать языком, формируя портфолио медийных выступлений с видом на грант. Точно так же при Адольфе из саратовской покойницы получили бы сперва волосы для матраса, а потом мыло для реализации в Северной Европе. Российские медиа — это конторы по заготовке волос и мыла. Они, как у Ницше, по ту сторону добра и зла.

— Что, совсем не различают? — спросила Сара.

— Почему, иногда различают. Если дерьма перед этим поедят.

— Какого дерьма?

— Я же говорил. Слоновьего. В наших СМИ, вы не поверите, переводят и цитируют все статейки, где кто-то вспомнил про Россию. Даже блоги безработных афроамериканок. А уж если пара немецких геев напишет про Россию песню, то обнимутся и благодарно заплачут все перцы и имперцы. Раньше была программа «Советский Союз глазами зарубежных гостей», а теперь то же самое делают про пустое место, где был когда-то Советский Союз. Такой общенациональный эгосерфинг — голодный медведь дрочит в берлоге на свои фотки. Иногда и на карикатуры подрачивает. Типа, раз вспомнили, значит, еще боятся...

Майкл вопросительно поглядел на меня, словно ожидая опровержения.

— Еще у нас в СМИ культурные обзоры бывают, — сказала я зачем-то.

— Ага, — кивнул Алексей. — Это когда седомудый либертен-маркетолог, чей совет был бы бесценен при подборе анальной пробки, назначает России толстых и достоевских по согласованию с ЦРУ. Или Гвинет Пэлтроу, или как ее там, выходит к человечеству в прозрачном белье, и россияне должны знать про это с самого утра. А по бокам висят кликбейтные кишки и гениталии, с которых капает культурный процент... Подождите, скоро они Пушкина рабовладельцем объявят. Которым он, кстати, реально был — хотя писал при этом вольнолюбивую лирику... Типа, и раб судьбу благословил...

От Алексея к этому моменту несло каким-то совершенно убойным психическим жаром — как от хорошо растопленной астральной печки. Его девушка еле заметно кивала головой — слова бойфренда ее баюкали и нежили. Самое время было выйти, что я тихонько и сделала.

Где только Со такого взяла... Мощный *носитель языка*. Удивительно, думала я, но этот парень наверняка нашел бы общий язык с покойным Фрэнком. Почему в таких разных и удаленных друг от друга мозгах одновременно происходит этот жутковатый разворот... Куда? Вправо? Да нет, вправо было в прошлом веке. Какая-то новая мутация. Просто не подобрали пока нужного слова.

Впрочем, попасть в этот идеологический луч оказалось целительно. Я ведь пришла сюда найти опору — ну так и нашла. Набрала необходимый балласт, убедилась, что мир вокруг реален на сто процентов. Даже на все триста — можно было бы и прикрутить фитилек.

Главное, что дующий из прошлого ветер уже не повалит меня на палубу. Потому что теперь непонятно, откуда дует сильнее.

В коридоре я вспомнила, что пару дней назад пришло длинное письмо от Антоши, где он тоже что-то писал про кликбейт. Я проглядела его по диагонали — но сейчас, подивившись такому синхрону, захотела ознакомиться с его посланием подробно.

Антоша ни о чем не спрашивал. Не интересовался, где я. Зато много рассказывал о себе. Во-первых, он ушел из «Экзистенциальной бездны». Во-вторых, решил полностью посвятить себя литературе.

Теперь он писал уже не свою бесконечную японскую книгу, где я успела отработать лягушкой, а «абсолютно новаторский» роман о судьбах России, который назывался «Не Кличь Судьбину».

Новаторство заключалось в том, что весь роман состоял из тех самых «кликбейтных заголовков».

Текст, объяснял Антоша, строится по тому же принципу, что «Евгений Онегин» или египетские пирамиды: блоки одного размера и формы постепенно складываются в завораживающую множеством смыслов конструкцию.

Он даже прислал в приложении первые две страницы, в которых давалась «широкая панорама предкризисной российской жизни» (в том, что будет кризис, он не сомневался).

НЕ КЛИЧЬ СУДЬБИНУ

1

1.1 Петербуржец пригласил девушку на свидание и показал ей труп.

1.2 Россиянам предложили пожить в железной бочке.

1.3 Темнокожий певец поборолся с размером своего пениса при помощи сэндвича.

1.4 Енот-полоскун нализался глинтвейна и погиб.

1.5 Россиянин избил жену и восьмимесячного ребенка ведром.

1.6 Вместо съеденного акулами серфера нашли съеденного ими дайвера.

1.7 Россиянин истязал соседей конским ржанием.

1.8 Преступник на розовом самокате отнял у москвича фаллоимитатор.

1.9 Россиянин побил ребенка из-за осанки, решил успокоить его и задушил.

1.10 Расчленивший журналистку изобретатель женился на уроженке России.

1.11 Увезенная в Азербайджан лесбиянка рассказала о жизни на цепи.

1.12 Евдокия Мохнаткина согласилась на откровенные съемки.

1.13 Выживших на банной вечеринке россиян позвали на шоу и обозвали дебилами.

1.14 Решена загадка зарождения сознания в мозге.

2

2.1 Юноша жестоко убил крестом священника-педофила.

2.2 Пассажирка самолета помешала попутчику волосами и прослыла мерзкой.

2.3 Слесарь выпрыгнул в окно после ограбления, изнасилования и убийства пенсионерки.

2.4 Мужчина сымитировал звуки салюта ртом и тазиком.

2.5 Мысль о шелудивой старухе не помогла россиянину остановить эякуляцию.

2.6 Женщина нашла в лесу скелет и признала в нем сына.

2.7 Девушка случайно обнажилась перед мужчиной и заставила его краснеть.

2.8 Фермер напился и был съеден гигантскими свиньями после сердечного приступа.

2.9 Россиянин забрался на крышу «Сапсана», устроил пожар и погиб.

2.10 Обезьяна бросилась на развешивающую белье женщину и погубила ее.

2.11 Мерзкое занятие босоногого авиапассажира возмутило попутчиков и попало на видео.

2.12 Под юбкой Маруси Гендер обнаружили стринги со стразами.

2.13 Опубликован разговор погибшего на банной вечеринке с продавцами сухого льда.

2.14 Работа мозга оказалась необъяснимой.

М-да. Мизогинию не прошьешь. Зря волновалась.

Главный мессидж опуса в том, писал Антоша, что глобальное уничтожение медийного бизнеса в его современной форме — это необходимый акт гражданской самообороны, если человечество всерьез планирует выжить. Новости должны выпускаться особого рода рыцарскими орденами, которые еще предстоит сформировать. Типа такая Касталия на службе человечества. А самое сложное в работе над романом — подобрать заголовки так, чтобы сквозь них просвечивал постепенно разворачивающийся сюжет.

Развитие ожидалось следующее: Россия будет слабеть, блуждая в аравийских песках и европейских трибуналах, начнется кризис, а потом некая партия, первоначально организованная властями для политической клоунады, сметет тирана вместе со всей его *кликой* (имеются в виду сетевые опричники) и начнется золотой русский век.

Тогда новостные заголовки будут такими:

N.1 Петух попал в ощип вместо куры.

N.2 Наевшаяся арбуза буфетчица помочилась за будкой.

N.3 Кот задремал на штабеле досок.

N.4 Между старыми шпалами вырос подорожник.

N.5 В туманный день водокачка почти не видна с реки.

N.6 Кто-то помолился: «Господи Исусе».

И так далее. Тихо, покойно, немного бюджетно — но никакой чернухи. И это вот и будет наш новый русский Логос.

Я не знаю, иронизировал Антоша или нет, но мне прямо захотелось в эту новую Россию. Во всяком случае, из первых двух блоков его романа я бы туда точно переехала.

Но пока что меня мотало по совсем другим местам — и уже через пять минут я полностью забыла об Антоше и кликбейте. А еще через десять незаметно уснула.

Когда я проснулась, был еще день. Я задремала без маски, но мне все равно снились мраморные лестницы и львиноголовые истуканы. Правда, по лестницам уже никто не прыгал. Видимо, просто эхо ночного трипа.

Рядом пищал интерком — он меня и разбудил.

— Саша, — сказала Со, — если будешь нас искать, мы у Тима в офисе.

Наверно, подумала я, это вежливый способ намекнуть, что меня хотят видеть.

Через несколько минут я постучала в дверь офиса.

— Входи.

Перегородка, делившая каюту пополам, была поднята, и Камень высился на подставке во всей своей древней славе. При свете дня он казался не таким обтекаемым — были видны мелкие неровности и сколы. Боевые шрамы. Такой биографии, подумала я, нет ни у одного земного героя.

— Гости уже ушли, — сказала Со. — Сразу после обеда.

Обед я проспала.

— Где ты нашла Алексея? — спросила я.

— Это не я, — ответила Со. — Это Раджив. Он их привез с какой-то конференции по Евразии. Алексей думал, будет встреча с американскими инвесторами.

— А кто он вообще?

— Чей-то там шестнадцатый референт по идеологии. Я эти ваши нюансы не всегда понимаю.

— Я тоже, — сказала я. — А чего он в Стамбуле делает? Что за конференция?

— По-моему, отдохнуть прилетел. Говорит, невыездной никуда кроме Турции из-за Украины.

— Еще пару раз так выступит, — сказала я, — и будет невыездной никуда кроме Украины из-за Турции.

Со засмеялась.

— Да нет, почему. Не преувеличивай, он ничего такого не сказал. Просто дискурс обкатывает. Как выражаются военные, бросовые испытания. Может, его для этого и послали.

— Угу, — вздохнула я. — Сволочь спонсирует протест против сволочи и приходит к власти на волне сволочного гнева. Даже таблички на кабинетах менять не надо. Я сегодня во сне что-то похожее видела...

— Что?

— Там была змея, которая кусает себя за хвост.

— Змея? — переспросил Тим. — Ну-ка подробнее.

— Она обвивала мраморного льва... Вернее, человека с головой льва...

И я рассказала свой сон про лестницы.

Со и Тим слушали очень внимательно.

— Вот это — единственное важное, — сказал Тим. — Ты знаешь, кто этот мальчик?

— Догадываюсь, — ответила я. — Это soltator. Так его и назвали.

— Это Элагабал. Будущий император Рима.

Я кивнула.

— Если ты увидела его, значит, Камень тебя принял, — сказала Со. — Ты спала в маске Солнца?

— Да. Это правильно?

— Как тебе угодно, — ответил Тим. — Если Камень начал с тобой говорить, сгодится любая из масок. Но есть разница между типами сна, который они наводят.

— А какие бывают типы?

— Я неправильно выразился, — сказал Тим. — Сон всегда одного типа — ты засыпаешь, и он снится. Но если ты надеваешь маску Луны, тебе как бы что-то рассказывают, хотя ты и видишь это тоже. Похоже на кино. А если ты надеваешь маску Солнца, все происходит лично с тобой. Иногда опыт может показаться слишком интенсивным и даже страшным.

— Когда Фрэнк рассказывал мне про Каракаллу, я буквально видела то, о чем он говорил...

Я собиралась добавить, что мы подолгу лежали в этих масках рядом, но удержалась.

— Попробуй разные варианты, — сказал Тим. — Потом расскажешь.

Укладываясь вечером спать, я решила, что спокойнее будет надеть маску Луны. Но сон все равно начался точно с того места, где кончился прошлый.

Эмодзи_эффектной_блондинки_спустившейся_в_прошлое_так_глубоко_что_оттуда_не_виден_будущий_подвал_с_древнерусскими_трупами_над_которым_кликбейтные_пресступники_на_розовых_самокатах_отнимают_фаллоимитаторы_у_белых_нигаз_мечтающих_гендерно_выйти_в_свет_в_стрингах_со_стразами_или_хотя_бы_бюджетно_помочиться_за_будкой_в_новой_россии.png

Потрясение было таким сильным, что память вернулась ко мне не сразу. Сначала я вспомнил имя бога, которому служу. А потом свое имя.

Меня звали Варий Авит. Моего бога звали Элагабал.

Под этим именем в Эмесе поклонялись Солнцу, и храм Солнца был главной достопримечательностью города. Наша семья служила Элагабалу много веков.

Мой прадед Юлий Бассиан был жрецом Солнца и отцом Юлии Домны, а та была вдовой Септимия Севера и матерью императора, прозванного в народе Каракаллой. После смерти мужа именно моя бабка Домна управляла огромной империей, пока Каракалла носился со своими легионами по ее границам.

Своего официального отца — мелкого чиновника — я видел в Эмесе редко: он избегал этого города, и моим воспитанием заведовали в основном женщины.

Малышом я много ездил со старшими. Я был несколько раз в Риме. Британию я помнил смутно. Потом снова Рим, Никомедия — и наконец Эмеса. Хоть я и провел большую часть жизни в Сирии, из-за своих путешествий я считал себя жителем мира.

От Рима в моей памяти остался только городской шум, особый ни на что не похожий римский запах — и смеющиеся солнцу с трех этажей статуи Септикодиума, храма семи планет, построенного моим дедом Севером. Впрочем, слово «храм» подходило не слишком: здание было скорее узкой декорацией, закрывающей уродливые углы близлежащих домов.

Фальшивый фасад империи, любил повторять отец, водивший меня гулять среди деревьев и фонтанов. Он был прав — Септикодиум состоял из одного фасада. Но в чем заключалась фальшь, я не понимал. Фонтаны давали прохладу, деревья — тень, Септикодиум сверкал, он был прекрасен, а что такое правда, если не красота? Если правда — это что-то другое, зачем и кому она тогда нужна?

Впрочем, причины не любить правду у моего фальшивого папы имелись.

Я был правнуком Юлия Бассиана целых два раза — с разных, так сказать, направлений: через бабку Юлию Месу по линии матери и через бабку Юлию Домну по линии своего настоящего отца. Каракалла предавался любовным играм с замужней кузиной, как принято среди богов и цезарей — и от этой божественной связи я и появился на свет.

У нас дома все знали, что моим родителем был император — мать, не стесняясь, похвалялась этим подвигом распутства и кровосмешения каждый раз, когда ей случалось выпить за ужином слишком много.

Император, между тем, был предан своей семье по-настоящему: другая дочь Месы тоже имела сына от Каракаллы. Он был младше меня на два года и звался Александром.

Мать и тетка так ревновали друг друга к императору, словно речь шла не о грехе, а о встрече с Зевсом, принявшим облик орла.

Впрочем, шутить на тему высочайшего крово-смешения не стоило даже его участникам.

Еще одно детское воспоминание, врезавше-еся в мою память: меня с матерью принимает в своем будуаре императрица Юлия Домна, мать Каракаллы. Та самая женщина, за оскор-бление которой покарали Александрию.

Я был слишком мал, чтобы ощутить всю гигантскую дистанцию между нами. Поэтому я не испытывал трепета, глядя на толстую го-лую старуху с орлиным носом, сидевшую на возвышении в центре круглой раззолоченной комнаты.

Ее тело по плечи скрывал золотой обруч с занавеской из пестрого шелка, так что мы ви-дели только голову и чуть дряблые плечи. Но я смотрел даже не на ее лицо, а на удивитель-ный танец, который совершали служительни-цы, убиравшие ее волосы в прическу.

Сначала кудрявые черные локоны (их пе-ред этим покрасили) разделили на три части. Потом подкололи боковые пряди толстыми костяными иглами и заплели заднюю прядь в подобие широкой и свободной косы. А за-тем уже стали сплетать эту заднюю косу с бо-ковыми пучками, собирая все вместе в боль-шой шиньон у нее на затылке. При этом по бокам ее лица оставалось достаточно волос, чтобы они обрамляли его как бы волнистым шлемом.

Особенно мне нравилось, как высокая темнокожая служанка — видимо, откуда-то из наших мест — орудовала костяной иглой, пришивая букли друг к другу. Я не знал до этого, что прически знатных дам сшивают иголкой, как одежду.

Сама императрица, беседуя с матерью, не обращала внимания на эту процедуру и жестикулировала так, словно сидела с ней рядом на футоне — служанки же искусно уклонялись от ее взлетающих ладоней.

— Последователи распятого бога, — говорила Домна по-гречески, — перекраивают под него историю Аполлония из Тианы. Сперва маленькими кусочками, а потом все большими и большими... Я приказала Флавию собрать известное об Аполлонии и записать красивым слогом, чтобы христианам труднее было дурить народ. Мой сын, кстати, достраивает сейчас посвященный Аполлонию храм — и я так рада, что он хоть на время забыл о своих солдатиках. Впрочем, даже возвеличивая Аполлония, я не буду говорить о христианах дурно. В их учении тоже есть определенная глубина. Ведь бог, родная, один, а мы просто подглядываем за ним через разные щели и видим то Афродиту, то Аполлона...

Речь Домны лилась плавно и гладко, и походила своим кудрявым лоском на черные завитки ее крашеных волос.

Я не знал тогда ни про Аполлония Тианского, ни про Христа из Иудеи — и понимал только одно: слово «родная», то и дело слетающее с уст императрицы, поднимает нас с матерью в заоблачную высь. Я успел возгордиться.

Потом Домна повернулась ко мне и задала вопрос на латыни, чтобы проверить, как я знаю язык. Я ответил правильно, чисто, но не слишком почтительно. Речь шла о форме ее личных преторианцев, стоявших на страже. Я ее не одобрил. Императрица очень развеселилась — с ней так давно никто не говорил.

Подозвав меня, она погладила мою голову (у нее были теплые подрагивающие руки) и сказала:

— Похож на отца. Тот в его возрасте был таким же волчонком — и таким же красавцем. Порода дает себя знать. Этот мальчик далеко пойдет, запомни мои слова.

— Как далеко, госпожа? — улыбнулась мать.

— Так далеко, как сможет станцевать.

Императрица очертила рукой круг, как бы показывая движение солнца по небу.

У нас в семье все понимали этот жест. Домна, как и мы с матерью, принадлежала к культу Солнца — и, возвышая других богов, просто стравливала их друг с другом.

Когда Септимий Север узнал о пророчестве, что муж Домны станет царем, он приложил самые серьезные усилия, чтобы добиться ее руки. Это оказалось непросто: Север был, в общем, мужланом и солдафоном, а Юлия — образованной и утонченной восточной красавицей. Но брак состоялся, и Север стал императором — то ли и правда из-за пророчества, то ли из-за своего честолюбия, заставившего его сперва жениться на Домне, а потом поднять легионы. С пророчествами, говорят мудрые, всегда так.

Никто в детстве не называл меня сыном императора, но даже официально я был его родственником. Поэтому я вырос как на горе — и не на простой горе, а на Олимпе.

Хотя бы в том смысле, что вокруг говорили в основном по-гречески. Это вообще язык императоров — не зря божественный Марк вел на нем свои философские записки (не то что бы я их читал или собирался).

Марка Аврелия боготворили в нашей семье. Септимий Север мечтал походить на него так же сильно, как Каракалла — на македонского царя Александра. Но даже Каракалле пришлось уподобиться Марку — став принцепсом, он взял его имя. Через полвека после смерти

Марка его имена стали подобием регалий, наследуемых властью.

То же, кстати, касалось и его бытовых привычек: каждый второй восточный прокуратор, говорили мне, начинает теперь день со стакана размешанного в вине опиума, словно философ-стоик. Но Марк после этого садился писать свою книгу, а прокураторы блаженно размышляют, что бы еще украсть.

С раннего детства меня готовили к наследственному жречеству — и обучали танцу.

Бог жил в треугольном черном камне, стоявшем во дворе храма. Танцевать следовало перед ним. Считалось, что этот камень и солнце на небе суть одно, и многие риторы и софисты в Эмесе кормились тем, что с безупречной логикой объясняли, как такое возможно.

Богам нравится, когда для них танцуют красивые мальчики и девочки; глядя на это, они становятся добрее к людям. Это знали все. Но танец, которому я обучался, был весьма особенным.

Меня с младенчества учил египтянин по имени Ганнис, худой и очень сильный человек без возраста и пола — хотя по его бритой наголо голове можно было предположить, что это скорее мужчина. Впрочем, на людях он носил длинный женский парик.

Он был учеником александрийских мистов и беглым преступником, хотя никто толком не знал, в чем состоит его преступление. За его голову была назначена серьезная награда, и даже высокое положение нашей семьи не могло ему помочь, так что в дни моего детства он выдавал себя за евнуха и усердно красил лицо.

Должен признать, что именно у него я перенял эту привычку. У Ганниса был повод пользоваться косметикой — он не хотел, чтобы его случайно узнали. У меня единственной причиной было восхищение наставником, которому я стремился подражать во всем. Ганнис был мудр и добр.

Он догадывался, что меня не только вдохновляет, но и смущает мое двойное родство с дедом, чтимым в Эмесе жрецом Элагабала. Поэтому он показывал мне древние египетские фигурки и статуэтки, великое множество которых хранил в своих покоях: высеченные с дивным искусством, они изображали веселых мужчин и женщин с вытянутыми назад черепами. Женщины были очень красивы. На их черепах-грушах сохранилась еще розово-коричневая краска.

Это, говорил Ганнис, была семья египетского царя, служившего Солнцу много веков назад — их головы имели такую форму из-за, как он деликатно выразился, «внутрисемейных браков». Хоть Ганнис не говорил прямо, что кровосмешение и служение Солнцу как-то связаны, это как бы подразумевалось; я понимал его желание утешить меня в том, что многие полагали позором, и был благодарен.

— Этот царь, — сказал Ганнис, — жил очень давно. В то время не было еще ни Рима, ни даже Афин. Он прославил Солнце, а оно научило его род небесному языку. Это не язык слов, Варий, а язык танца. Язык сердца, выражающего себя через движения тела. Ты понимаешь, что это такое?

— Не очень, учитель, — ответил я, косясь в окно.

Мне хотелось, конечно, на волю.

— Человек умеет говорить с другими людьми. Но с богом так разговаривать нельзя. Бог не поймет наших слов. Вернее, он не станет их слушать, потому что они отражают скудное и ошибочное человеческое разумение. Однако движения сердца, возникающие до слов, богам понятны. Бог не слышит тебя, когда ты говоришь слова «гнев», «любовь», «радость». Но он видит тебя, если ты охвачен гневом или радостью. А лучше всего он видит тебя, когда ты чувствуешь любовь...

— А что такое любовь, учитель? — спросил я.

— Ты знаешь, от чего родятся дети.

— Да, — сказал я, — знаю. Я даже знаю, от чего они не родятся.

— Я полагаю, — улыбнулся Ганнис, — трудно вырасти в вашем доме и не узнать этого во всех мельчайших деталях.

— И что, бог подсматривает? Ему интересно?

— Я говорю не об этом, — сказал Ганнис. — Есть внешнее выражение любви, о котором ты подумал. Оно на деле даже не нуждается в любви и может прекрасно существовать без нее.

— Знаю и это тоже, — подтвердил я.

— Но есть любовь настоящая — чувство, зарождающееся в сердце и подчиняющее себе разум. Из-за него люди делают и то, о чем мы говорили, и многое-многое другое. Мало того, даже боги терпят наш мир из-за любви. Но это несчастная любовь.

— Почему?

— Потому что мир несчастен, — ответил Ганнис. — Если мир несчастен, как может быть счастлива любящая его сила?

Мне в то время казалось, запросто. Я же мог, например, лить воду на муравейник, чтобы поглядеть, как разбегаются крохотные коричневые солдаты — и был при этом вполне счастлив. Я воображал, будто я муравьиный бог и уничтожаю потопом их главный город. Но я ни разу не задумывался, что воображали при этом муравьи.

Выходит, быть богом означало не получать удовольствие от игр, а, наоборот, печалиться? Но зачем тогда вообще лить воду на муравейник? А боги ведь постоянно ее льют. Или одни боги льют, а печалятся другие?

— То есть боги несчастны? — спросил я.

— Я не был богом, — ответил Ганнис. — Но слышал от мудрых, что для богов счастье и несчастье подобны игре. Они опьяняются ими, как люди опьяняются вином и маком.

— Как можно опьяняться несчастьем?

— Нам сложно понять, как такое может быть...

Ганнис встал и поправил фитиль лампы, горевшей на стене. В этом не было особой нужды, но он часто так делал, когда хотел отделить одну часть беседы от другой.

— Позволь мне вернуться к танцу, — сказал он. — Ты сможешь говорить с богами на их языке лишь тогда, когда твой танец будет порождать ясные им чувства.

— В ком? В богах?

— Сначала в тебе самом, — ответил Ганнис. — Потом в других людях. И через это в богах.

— Каким образом?

— И ты, и другие — просто щели, сквозь которые боги смотрят в наш мир. Ты должен научиться вести себя так, чтобы боги тебя заметили...

— А я смогу?

— Надеюсь на это. Чувства — твои новые слова.

— Но как можно говорить чувствами? Сказать можно что угодно, правду и неправду. А чувства... Какие они есть, такие уж есть. Разве можно менять их по своему выбору?

— Твое имя — Варий, — ответил Ганнис. — То есть «различный». Это знак, которым тебя отметили боги. Меняться — твоя судьба. Ты учился танцу тела и владеешь им неплохо, но теперь пора подняться на ступень выше.

Он подошел к двери и позвал кого-то из коридора.

Вошел флейтист из Вифинии. Он часто играл матери перед сном, оставаясь с ней наедине, но она не боялась кривотолков, потому что он был стар, хромоног и на редкость безобразен. Однако играл он превосходно и знал много варварских мелодий.

— Сыграй Вария, — сказал Ганнис.

Прозвучало это странно — но я догадался, что он просит флейтиста сыграть мелодию, похожую на меня. Тот заиграл что-то веселое, легкое, и довольно незамысловатое.

— Я не прошу тебя станцевать себя самого, — сказал Ганнис. — Ты и так делаешь это каждый раз, когда пускаешься в пляс. Но вот задача сложнее...

Он повернулся к флейтисту.

— Сыграй себя.

Флейтист улыбнулся, подумал немного — и заиграл что-то тихое и заунывное: такую тоскливую мелодию, что она напоминала скрип тележного колеса. Действительно, это было похоже на него самого — я прямо почувствовал, как болят сырым утром его старые кости...

— Ты можешь станцевать этого старика, Варий?

Мне показалось сперва, что задача проста. Я прошелся по комнате, подволакивая ногу и вообще двигаясь так, словно мне больно ходить. Флейтист перемещался именно таким образом. Моя пантомима была очень точной, но Ганнис недовольно покачал головой.

— Ты танцуешь не его. Ты танцуешь себя, изображающего старика. А тебе надо станцевать старика.

Я попробовал еще раз, хромая сильнее — и морщась, как это делал старый раб.

— Нет, — сказал Ганнис. — Совсем не то. Твой танец полон сил и радости — и показывает лишь то, как молодость презирает старость. Ты изображаешь его снаружи. Попробуй увидеть его изнутри. Убери себя из танца. Позволь танцевать музыке...

Я понял его. Каково быть старым человеком, который настолько безобразен, что женщины высокого рода не боятся дурных слухов, всю ночь оставаясь с ним наедине? Я не мог этого представить, но я слышал звук флейты. Я неуверенно двинулся вперед...

— Не думай ни о чем, — сказал Ганнис. — Танцуй... Вот, вот. Уже похоже. Хорошо. Просто отлично!

Я ни о чем не думал, действительно. Я вдруг сделался так же стар и несчастен, как мелодия, царапавшая мой слух. Мне не нужно было ничего изображать — все совершала музыка, проходя через мои уши и двигая руками и ногами... Даже мое лицо искривилось таким образом, словно я зажал в морщинах вокруг глаз несколько мух и теперь боялся их выпустить...

Флейтист перестал играть. Мне показалось, что в его глазах мелькнула ненависть.

Ганнис засмеялся и похлопал музыканта по спине.

— Довольно, удались.

Когда старик вышел, Ганнис сказал:

— У тебя получилось. Но танцевать другого человека не так уж сложно. Гораздо сложнее станцевать реку или гору. Или облако.

— Надо, чтобы кто-нибудь их сыграл, — ответил я.

— Вот в этом и проблема. Музыканты в своем большинстве не способны на подобное. Тебе придется самому находить требуемые повороты и трещины в обычной музыке для танца. И это, наверно, сложнее всего...

Он так и сказал — «повороты и трещины». Слово «повороты» я еще мог понять — это, допустим, были меняющиеся направления мелодии: музыка ведь всегда куда-то идет, или даже скачет. Но какие в ней трещины?

Я спросил Ганниса.

— Это мог бы объяснить Юлий Бассиан, — ответил он. — Так выражался он. А мне, если повезет, расскажешь ты.

— Научусь видеть в музыке трещины, — сказал я, — а потом туда попадет нога, сломается, и буду всю жизнь хромать. Говорят, мой прадед хромал.

— Он знал древнее искусство, идущее от царей Египта. Танец Солнечного бога...

Я с детства слышал, как о волшебном танце Юлия спорили взрослые — и, хоть я понимал почти все слова и даже узнавал некоторые софистические приемы (меня ведь учили лучшие риторы и философы), суть этих споров была мне не слишком ясна.

Про моего прадеда-жреца говорили, что именно он стоял за возвышением нашей семьи – поскольку и был провидцем, предсказавшим дочери Юлии брак с будущим царем. Смысл предсказания заключался в том, что царем жениха сделает именно женитьба.

Вслед за прадедом пророчество повторили еще несколько известных прорицателей. Прорицатели не лгали и не участвовали в сговоре. Они и правда стали видеть в будущем то же, что Юлий Бассиан – после того как это увидел он.

Но была одна деталь, полностью менявшая всю историю. Посвященные в культ Солнца в Эмесе говорили по секрету, что Юлий не просто предсказал это событие, а *станцевал* его – хотя каким образом можно было облечь столь сложную идею в движения тела, я не понимал даже после упражнений с Ганнисом.

Мне представлялось, что танец должен изобразить царя, затем замужество. Подобное поддавалось мимическому искусству. Но еще ведь следовало показать, что царская доля жениха свалилась на него не просто так, а стала следствием мудро заключенного брачного союза... И вот это на мой взгляд было совершенно не выразимо без слов.

Впрочем, еще живы были два старых раба, мальчишками видевшие этот танец Юлия Бассиана. Я расспрашивал их несколько раз. Они говорили, что танец длился недолго и был не слишком-то выразителен. Юлий ходил пластической походкой перед Камнем Солнца и простирал руки вверх — то хохоча, то плача.

Я попросил показать, как именно он простирал руки. Тогда один из рабов изобразил странное движение — словно бы снял со своих плеч голову и протянул ее небу, как сделанную из черепа чашу.

— Вот так много раз, — сказал он. — Мне, я помню, подумалось, что он хочет себе другую голову и просит об этом бога горы.

Раб говорил по-гречески очень плохо, но все равно пытался перевести имя Элагабала на чужой язык. Я не стал его наказывать: если богу обидно, пусть заступится за себя сам.

Была еще одна история, которую этот раб рассказывал по секрету, если его угощали вином или давали пару монет.

Юлий Бассиан станцевал смерть Коммода, бывшего в его дни императором в Риме.

Этот танец был другим — Юлий что-то пел и приплясывал на месте, иногда переходя на высокие прыжки вверх (раб показывал как). Одновременно он делал мелкие и не слишком красивые движения руками возле груди — словно поправляя шейный платок.

А вскоре после этого танца с запада пришли вести, что гладиатор, тренировавший императора в цирковой борьбе (и, как добавляли, состоявший с ним в гораздо более тесной связи, чем гимнастическая), задушил его во время упражнений.

Юлий Бассиан был soltator — так это называли в нашей семье. Мы верили, что он может говорить с богами через свой танец, когда на него нисходит дух Солнца.

— Soltator подобен богу, танцующему перед зеркалом, — сказал Ганнис. — Танцующий человек на время становится богом. Такими были древние цари Египта. И особенно царицы.

— Бог подчиняется?

— Дело не в подчинении. Бог видит танцующего человека и принимает его за свое отражение. Желание бога и желание человека должны совпасть. Это очень таинственное событие. Богом нельзя командовать. Но им можно стать — и как бы объяснить богу, чего он на самом деле хочет. Через эту щель, Варий, soltator может управлять всем миром.

— А чего хочет бог?

— Танцевать, — улыбнулся Ганнис. — Но его танец — это совсем не то, чему тебя учили. Весь мир — его танец.

— Как мир может быть танцем?

— Ты еще мал, чтобы понимать такие вещи.

— Скажите, учитель. Может быть я все же пойму.

Ганнис смежил веки и сразу стал похож на одну из древних гранитных статуй, которые стояли во дворе нашего дома.

— Ты видел, как во время праздников жонглеры крутят вокруг себя веревки с горящими шариками из пакли?

— Конечно, — сказал я, — я и сам хорошо умею.

— Когда они делают это быстро, огонек начинает описывать разные фигуры — ты видишь круги, эллипсы, спирали и так далее.

— Да, — согласился я.

— На самом деле есть только маленький яркий огонек. Но он танцует так быстро, что у тебя перед глазами появляется иллюзия круга или спирали. Бог — это очень маленький и очень яркий огонек, своего рода светлячок, который летает гораздо проворней, чем любой комок горящей пакли на веревке. Бог делает это так быстро, что у тебя перед глазами появляется иллюзия целого мира.

— Значит, мир — иллюзия? — спросил я.

— Я не философ, — сказал Ганнис. — Иллюзия — просто слово. Одно из тех слов, которые употребляют философы. Они, мой милый мальчик, называют мир то так, то этак — но ничего не меняется. Философ в лучшем случае может заработать своей мудростью миску бобов. А от того, что делает soltator, меняется все, и самым заметным образом. С миром происходит метаморфоза. В этом разница.

— Юлий Бассиан мог менять мир как хотел?

— Soltator не ставит себе цели изменить мир по своему разумению, — сказал Ганнис. — Он выполняет волю бога. Вернее, помогает богу понять, в чем она.

— Как такое может быть, — сокрушенно прошептал я, — ведь нужно понимать бога лучше, чем он сам...

Ганнис улыбнулся.

— Секрет в том, что бог вообще ничего особо не хочет. Во всяком случае, от нашего мира. Представь, что ты лежишь на пиру без всяких желаний. И тут мимо проходит прислужник, несущий, допустим... Что ты ел сегодня?

— Рыбный соус, — сказал я.

— Блюдо с рыбным соусом. И ты, еще минуту назад не знавший, чего ты хочешь, кричишь через всю залу — эй, сюда рыбный соус! Сюда!

Я засмеялся. Пример был доходчивым — и действительно напоминал о моем поведении за едой.

— Однако не все так просто, — продолжал Ганнис. — Ты ведь знаешь, сколько разной всячины разносят в вашем доме за обедом.

Я кивнул.

— То же происходит и с богом, которому люди предлагают много разных блюд. Твое искусство — сделать так, чтобы из всех людей бог заметил именно тебя...

— Но каким образом?

— Это будешь объяснять мне ты, а не я тебе. Юлий Бассиан выражался так: сложно, если говоришь, и легко, когда делаешь. Сердце должно быть спокойным, а дух ясным. Бог поддерживает равновесие, Варий.

— Равновесие чего?

— Например, внешнего и внутреннего. Да и вообще всех вещей друг с другом. Помоги ему.

— Как?

— Приди в равновесие сам. Чтобы случилось то, чего ты хочешь, первое, что ты должен сделать — перестать хотеть.

— Как можно перестать хотеть, если хочешь?

— Soltator не хочет вообще ничего, — ответил Ганнис, — поскольку знает, что такое мир. Когда это постигнуто, невозможно хотеть чего-то как прежде.

— Но зачем стремиться к тому, чего уже не хочешь?

— Soltator и не стремится, — сказал Ганнис. — Поэтому желаемое перестает быть желаемым и становится надлежащим. А став надлежащим, оно происходит.

— Не понимаю.

— Не старайся это понять. Просто танцуй.

— Но я хочу понять, — сказал я.

— Тогда станцуй и это тоже.

ЧАСТЬ II. SOL INVICTUS

К завтраку вышли только Со и Тим — дети, видимо, сильно вчера притомились и спали.

Проглотив омлет с салатом из авокадо, я налила себе чаю — и поняла, что самое время задать уже давно занимавший меня вопрос.

— Скажите, а Раджив знает о Камне? Майкл и Сара знают? Как ко всему этому относится ваша семья?

Тим и Со переглянулись. Тим усмехнулся.

— Эти трое вовсе не наша семья, — сказал он.

— А кто они?

— Персонал, изображающий наших непутевых деток. Мы им платим приличную зарплату, а они ни во что не лезут. Их задача — курить дурь, чтобы ею за версту разило от корабля, и приводить сюда разных фриков. В общем, следить за тем, чтобы шторы вокруг Камня были задернуты самым плотным образом.

— Какие шторы?

— Я фигурально выражаюсь. Камень надо особым образом прятать. Это психоактивный объект.

— В том смысле, что он думает?

— Нет, — ответил Тим. — Вернее, я не знаю. Со, объясни.

Со улыбнулась.

— Камень активен в том смысле, что его близость могут заметить медиумы и чувствительные люди. Они ощущают... как бы это сказать, притяжение тайны. Легкую тревогу, возбуждение. В общем, исходящую от Камня вибрацию. Так его раньше и находили. Но если постоянно держать рядом компанию укуренных придурков, эту тонкую вибрацию можно замаскировать другими, куда более грубыми. А если время от времени приводить свежих фриков, Камень можно скрыть полностью. Спрятать за плеском нечистого сознания как за шторой.

— Ага, — сказала я. — Вот зачем тут эти борцы с системой и прочие анархисты.

— Анархисты, шестнадцатые референты, кто угодно. Новые люди, попадающие в орбиту Камня, на время изменяют его вибрации. Как будто Камень собирает опыт. На время он становится незаметен. Думаю, шестнадцатого референта хватит дней на пять. Потом опять надо будет искать свежих идиотов. Так что у Раджива, Майкла и Сары не такая простая работа. Жесткий график. И вредно для легких.

— Я знаю многих, кто записался бы к вам на собеседование, — сказала я.

Тим развел руками.

— Пока вакансий нет.

— Ребята справляются, — кивнула я. — Я решила — вот она, настоящая современная семья. Прямо голливудская классика. Мать не может до конца принять гомосексуальность сына, потому что она родом из реакционной Рашки...

Со улыбнулась.

— Generation gap, — продолжала я, — отцы и дети...

Замолчав, я задумалась, почему так говорят — «отцы и дети». Ну да, был такой роман у Тургенева. Интересно, а «дочки-матери» — тоже чей-то роман?

— Наша семья, — сказал Тим, — не Майкл и Сара. Это Камень и ты.

— Спасибо.

— Не благодари, это та еще семейка. Фрэнк тоже был одним из нас. Но мы его потеряли. Хочется верить, что скоро в нашем семействе появится кто-то новый.

И Тим выпучил на меня глаза.

— Вы к тому, что я должна его привести?

— Ты сама слышала Фрэнка, — ответила Со.

— Я пока не знаю, как его искать. И где.

— Мы тебя не торопим. Но надеемся, что ты обо всем помнишь сама...

Еще бы, подумала я, забудешь такое.

— Через несколько дней «Аврора» поплывет на Тенерифе, — сказала Со. — У тебя есть шенгенская виза?

— Есть.

— Хорошо, — сказал Тим. — А дальше мы запустим тебя в свободный поиск. Не потому что нам не нравится твое общество. Оно нам очень нравится, Саша. Но ты должна найти танцующего.

Мне понравилось это «запустим тебя в свободный поиск». Как будто я была дроном, взлетающим с авианосца. Впрочем, может быть, я им теперь и была.

Я совершенно не представляла, что делать — но решила не торопить события. Пусть завтра само позаботится о себе, ведь так, учителя и махатмы?

Воображаемые махатмы благостно кивнули, и я успокоилась. В конце концов, духовные учения хороши тем, что в них можно найти оправдание для любого образа действий. Ну правда для любого. Неохота на работу идти — не десять ли птиц покупают за два ассария? А о каждой господь лично заботится, вельми же ля-ля-ля... Хочешь кого-то убить — не мир я принес, но меч, а конкретно — двуручную катану, с которой сейчас и познакомлю собравшихся...

Будущему пророку на заметку: три раза фильтруй базар. Каждую фразу выпилят из контекста и возьмут на вооружение. И хорошо, если мирные лентяйки вроде меня, а не какие-нибудь рыцари регресса из исламской теократии, докручивающие в подвале водородную бомбу.

Кстати, американцы же давали своим бомбам имена — типа, «Толстяк». А как назовет свою бомбу исламская теократия? Это очень ответственное решение, потому что название будут часто повторять на кабельных новостях. Наверно, муллы даже наймут какое-нибудь западное агентство для правильного брендинга — наши же нанимают. Будет называться, например, «Mother of all Selloffs». Или «Dow Nemesis». Или «Wall Scream»[1].

Ох, как скачут мысли. Ну что же, Тенерифе так Тенерифе. В Стамбуле вроде никаких дел...

И тут я вспомнила про дело, которое было у меня в Стамбуле.

Ахмет Гекчен. Я как-то совсем вынесла это знакомство за скобки. Психологи называют такое вытеснением. На самом деле непонятно было, как правильно поступить — рассказать Со и Тиму? Или сначала встретиться?

Главное, этот Гекчен вовсе не запрещал про себя говорить. Он только сказал — если спросят. Запрети он, и я бы точно не стала молчать. Но он разрешил. А меня не спросили.

---

[1] «Мать всех распродаж»,«Немезида индекса Доу», «Уолл-Крик».

На следующий день я решилась. Сказав Тиму, что еду в центр поглядеть напоследок на древности, я взяла такси до Софии, вылезла на одной из прилегающих улиц — и набрала сфотографированный номер.

На том конце отозвались по-турецки. Знакомый голос.

— Алло, — сказала я, — здравствуйте. Ахмет?

— Да, — ответил Гекчен по-английски. — Кто это?

— Саша. С которой вы летели в самолете. Я через несколько дней уезжаю из Стамбула. Это последняя возможность встретиться.

— Ага, — сказал Гекчен. — Александра. Ты где?

— Я в центре. У Софии.

— Хочешь приехать ко мне?

Я подумала. Стамбул, мамелюки, наручники. И так далее.

— Нет. Может быть, вы приедете в центр?

— Боишься, — вздохнул он. — Я понимаю. Хорошо. Жди меня у...

Он сказал что-то похожее на «орме дикилиташ».

— Простите?

— Обелиск Константина. Не колонна Константина, а обелиск. На древнем гипподроме. Еще называется «walled obelisk». Пока я буду ехать, ты как раз не спеша дойдешь.

Все-таки я попала на гипподром. Не мытьем, так катаньем. Или, вернее, не Мехметом, так Ахметом.

Когда я подошла к обелиску, Гекчен был на месте.

В прошлый раз он показался мне божьим одуванчиком. Одуванчик Аллаха. Свежо звучит. Но теперь Гекчен им уже не выглядел. На нем был серый костюм, синяя рубашка и желтый в полоску галстук, и еще он аккуратно постригся и укоротил усы. Его вполне можно было принять и за бизнесмена, и за полицейского начальника. Респектабельный турецкий джентльмен.

— Здравствуй, — сказал он. — Ты здесь уже была?

— Где «здесь»?

— На гипподроме. Пойдем пройдемся, чтобы не привлекать внимания...

Он взял меня под руку.

Я не знала, какие в Турции правила proximity и личного женского пространства — и вообще, значат ли эти слова что-то кроме персонального угла в гареме. Но Гекчен был само приличие, и я безропотно пошла по променаду рядом с ним.

Постепенно я успокоилась. Вернее, поняла, что до этого безумно нервничала.

— Лучшее место для прогулки, когда приезжаешь ненадолго в Стамбул, — сказал Гекчен. — Знаешь, что тут было раньше? Вот здесь, где мы идем, проносились колесницы. А вот тут, где стоят обелиски, был центр трека. В смысле, той зоны, где проходили гонки. Здесь выставлялись сокровища античного искусства. Гонки на колесницах в древности были сердцевиной политического процесса — и я думаю, что наша цивилизация постепенно вернется к чему-то подобному...

— А какая в гонках политика? — спросила я.

— Болельщики делились на партии. Синие, зеленые и так далее. Это было примерно как наши парламентские объединения. В самом прямом смысле. Болельщики «синих» или «зеленых» могли организовать в стране революцию. Вот прямо здесь, — Гекчен обвел рукой вокруг, — в один день погибло сорок тысяч болельщиков.

— Что, была такая давка?

— Нет, не давка. Это были участники восстания «Ника», болельщики «зеленых». Они хотели устроить самый настоящий госпереворот. Гипподром служил им чем-то вроде штаба и главной базы. А солдаты Нарцесса — это такой византийский полководец — закрыли выходы и вырезали всех, кто тут был. Всех вообще...

Я поглядела в окружающую пустоту уже с гораздо большим уважением.

— Здесь что, были стены?

— Да. Как бы Колизей, сильно вытянутый в длину.

Мимо проплыл гранитный египетский обелиск, такой гладкий, аккуратный и высокотехнологичный, что рядом с ним византийские барельефы пьедестала казались торопливой халтурой. Обелиск покоился на четырех металлических кубиках под углами — фактически висел в воздухе. Выглядело это как-то не слишком надежно. Даже подозрительно.

То же относилось к Гекчену. Почему я вообще ему верю?

— Скажите, Ахмет, а кто вы на самом деле?

— Я профессор в Стамбульском университете. И приехал сюда прямо после семинара.

— Вы изучаете... Ну, эпоху Каракаллы?

— И ее тоже, — усмехнулся он. — Поздняя античность — мое хобби. Но вообще-то я специалист по суфийской поэзии. Ты уже видела Камень?

Я кивнула.

— И знаешь, что это такое?

— Да. Ритуальный объект из Сирии. «Бетэль», как тогда говорили. Дом бога.

— Ты знаешь, какую роль Камень сыграл в жизни императора Элагабала?

— Знаю, — сказала я. — Император танцевал перед ним, когда был маленьким.

— А ты знаешь, почему Камень называли «Sol Invictus»?

— Насколько я помню, «Sol Invictus» — один из титулов бога Солнца. То же самое, что «Элагабал». Римский культ конца третьего века.

— Если бы ты сдавала мне зачет, — сказал Гекчен, — я бы, конечно, тебе его поставил. Но в действительности все обстоит иначе. «Sol Invictus» — не бог Солнца, а именно этот камень. Хотя потом так стали называть и солнечного бога тоже. Смысл у этого названия не такой, как кажется. И Камень — тоже не совсем то, что тебе сказали.

— А что мне сказали?

— Ты полагаешь, это некий магический артефакт, способный творить чудеса и управлять событиями. И это действительно так. Но на самом деле все гораздо серьезней. «Sol Invictus» — это объект, создающий всю нашу реальность. Так называемый «центральный проектор».

— Так называемый — кем?

— Теми, кто про него знает. Так природу этого объекта объясняли существа, стоящие выше нас. Гораздо выше. Сохранились записи, которые я обнаружил...

Так, подумала я, интересно. Это он вообще серьезно? Про высших существ и так далее? Не будем на всякий случай возражать. Вдруг он нервный.

— Но Тим не хочет со мной говорить, — продолжал Гекчен. — Просто не хочет... Он меня избегает.

Значит, они знакомы, поняла я. Ну и слава богу.

— А почему такое странное название? Почему «центральный проектор»?

— Потому что все без исключения в нашем измерении — его порождение. Включая нас с тобой, этот разговор и даже само наше измерение. Названий у него много. «Камень философов» — одно из них. Другое — «фонарь Платона». Имеется в виду источник света, который создает платоновскую пещеру и все ее тени. Третье — «шарнир реальности». Считают, что этот объект создает как бы разрывы в истории, после которых ее направление непредсказуемо меняется. Но это просто побочный эффект. Самое точное название — проектор «Непобедимое Солнце».

— А почему «Непобедимое»?

— Потому что ему не может противостоять ничто. Картинка на экране не может угрожать проекционному аппарату. Для картинки на экране проектор — это непобедимое солнце.

— Позвольте, — сказала я, — но ведь можно взять обычную кувалду и разбить это «Непобедимое Солнце» на куски.

— Нельзя, — ответил Гекчен. — Вернее, можно — если подобное состояние реальности будет спроецировано «Непобедимым Солнцем». То есть создано самим проектором.

— Значит, — сказала я, — если разбить кувалдой простой булыжник, это сделаем мы. А если разбить кувалдой Камень, это произойдет по воле самого Камня, и все устроит он сам?

Гекчен смущенно засмеялся. Вид у него был такой, словно я высказала безумно свежую мысль, которую сам он прежде не решался допустить себе в голову.

— Извини, Саша, но вот сразу чувствуется, что ты из России. Первая мысль — взять кувалду и разбить. Это ваш национальный способ познания реальности?

Мне стало обидно. Даже захотелось напомнить про взятие Константинополя. Еще непонятно, кто тут с кувалдой... Хотя, с другой стороны, это ведь не Гекчен его брал. Он вряд ли бы справился, с кувалдой или без. Мне стало смешно.

— Что-то вроде того, — сказала я. — Часто помогает. И метод кувалды, кстати, не обязательно наш. С Камнем это уже делали. На каждой маске закреплен его кусочек. Вот тут.

И я показала на лоб.

— Я знаю, — кивнул Гекчен. — Эти маски — тоже часть центрального проектора. Инструменты, с помощью которых с ним входят в контакт. Примерно как пульт от телевизора. Поэтому на каждой маске есть осколок Камня.

— Вы можете доказать, что говорите правду?

— Нет, — ответил Гекчен. — Доказать я ничего не могу.

— То есть все это исключительно вопрос веры, правильно я понимаю? Вот есть большой черный булыжник. Именно он создает все остальное, хотите верьте, хотите нет...

— Ты говоришь в точности как другие, — сказал Гекчен. — И я понимают их логику, поверь. Точно так же рассуждали софисты в третьем веке нашей эры. Это действительно во многом вопрос веры. Как и все прочее в нашей жизни. Но есть очень древняя и почтенная традиция, связанная с этой верой. И я, как ученый, ни за что не поверил бы в такое, если бы у меня не было для этого самых серьезных оснований.

— Каких?

— Саша, — сказал Гекчен, — вот представь, что ты много лет изучаешь какую-то историческую тайну. Читаешь обрывки рукописей, соотносишь свидетельства очевидцев, постигаешь символический смысл стихов и парабол. Нигде нет ни одной ясной зацепки. Но постепенно у тебя возникает подозрение, потом оно становится догадкой, а догадка перерастает в уверенность...

— И тогда, — сказала я, — в дверь звонят санитары.

Это ему за кувалду.

— Бывает и такое, — ответил Гекчен. — Но я хочу, чтобы ты меня выслушала. Выводы будешь делать сама.

— Я слушаю.

— Где-то с пятого или шестого века историки теряют следы Камня. Но сохранились свидетельства поэтического характера.

— Это как?

— Ну, сочиненные разного рода мистиками и искателями стихи о приближении к смыслу смыслов, тайне тайн и так далее. Обычно это считается набором метафор, описывающих восхождение по лестнице познания. Такова вся суфийская поэзия...

Я кивнула.

— Большинство подобных памятников просто аллегории духовного пути. Но некоторые из них, я уверен, написаны людьми, знавшими про Камень. Причем через много веков после того, как он исчез с исторического горизонта. Я говорю про эзотерическую поэзию, созданную в кругу Джалаладдина Руми. Я лично обнаружил несколько памятников, не известных раньше. Это не оригиналы рукописей, а поздние копии, и я не могу убедительно доказать свою теорию — но абсолютно в ней уверен. В этих текстах говорится о масках, скрывающих непостижимое, о танце Сущего — и о тайном солнце мира, к которому приближается искатель. Звучит знакомо?

— Знакомо, — ответила я.

— Там говорится о невидимом светиле, создающем мираж нашего мира, и еще о том, что дошедший до источника странник может изменить все, поскольку становится солнцем сам... Он понимает, что солнце с самого начала было им, а он был этим солнцем. И тогда искатель танцует с этим солнцем, как с любимой или любимым... сливаясь и разделяясь опять. И так далее — много фигур и образов, стандартных для суфийской поэзии. Не очень хорошие стихи — слишком приторные на сегодняшний вкус, если относиться к ним исключительно как к искусству. Но они весьма информативны, если считать их пошаговой инструкцией по обращению с Камнем.

— Руми сам об этом писал? — спросила я.

— Нет. Вернее, тоже писал, но мало и аллегорически. Например, — Гекчен зажмурился, вспоминая, — вот так: «то, что обычному человеку кажется камнем, для знающего является жемчужиной».

— Почему вы думаете, что это именно о Камне Элагабала?

— Я не думаю. Я знаю. Но, повторяю, доказать не могу.

— Очень расплывчато, — сказала я. — Легко может быть и о чем-то другом. А где Камень хранился после пятого века?

— Точно не знаю. Но я знаю одно. Ты слышала такое слово — soltator? Понимаешь, что оно значит?

— Танцующий для солнца, — ответила я. — Примерно такой перевод.

— Да. В тринадцатом веке им был Джалаладдин Руми.

— Вы же говорите, он почти не писал о Камне.

— Писали его ученики и сподвижники. А сам Руми был еще и мастером танца. Он не только сочинял стихи, он танцевал. Кружился на месте, раскинув руки в стороны. И все. Это был его метод общения с Камнем. Кое-что он писал — но не о Камне, а о себе, танцующем...

Гекчен опять зажмурился.

— «Растворись в Сущем, которое есть все... Рассудок — это тень, отбрасываемая солнцем, бог — Солнце... Танец — это радость бытия.

Я наполнен ею. Кожа, кровь, кости, мозг и душа — нет места для неверия или веры. Ничего в этом существовании кроме самого существования...»

Я остановилась, чтобы он случайно не споткнулся, и Гекчен остановился вместе со мной.

— Руми был очень загадочной личностью, — продолжал он. — Его фамилия, или прозвище, означает «Римский», «из Рима». Чтобы объяснить такую странность, ученые придумывают самые экзотические объяснения. Вроде того, что уже завоеванная мусульманами Анатолия когда-то была частью Восточной римской империи, где ее называли «Румом», и поэтому Джалаладдина прозвали «римлянином». Но у Руми была совсем другая связь с Римом.

— Какая?

— Такая же, как у Камня. Потом, когда Руми умер, его танец стали широко копировать последователи. А Камень опять исчез.

— Куда?

— Я не знаю, куда, когда и как. У меня такое чувство, что он появляется и исчезает необъяснимым образом, иногда делая себя доступным людям. Турция, Сирия, Египет, вообще Средиземноморье и окрестности. Логику его перемещений я не могу до конца понять.

— Вы говорите много интересного, — сказала я. — Но неужели вы действительно верите, что это источник всей нашей Вселенной?

— Да.

— А почему, скажите, он имеет форму треугольного камня с выщербинами на поверхности? Почему источник нас с вами, галактик, звезд, всяких туманностей и даже пространства между ними — это черный конус из базальта? Вам не кажется, что получается как-то... Ну, не в рифму?

— Я понимаю, — сказал Гекчен. — Это хорошее возражение. Очень умное и тонкое. Но камень сам по себе — не источник всего. Это просто... Как бы выразиться. Просто указатель. Он указывает, что источник доступен.

— Что он где-то близко?

— Что он доступен, — повторил Гекчен. — Все «близко» и «далеко» появляются из этого источника. Когда ты видишь Камень, источник открыт. Если знаешь, как управлять им, ты получаешь власть над Вселенной. Это как бункер с ядерной кнопкой. Красная кнопка — просто круглый кусочек пластмассы, в котором нет ничего особенного. Но если нажать на нее, произойдет много интересного... Вот точно так же Камень Солнца — это просто камень. Но он очень опасен. Многие глобальные потрясения за последние несколько тысяч лет так или иначе связаны с ним. Мало того, он может вообще уничтожить человечество.

— Вы же говорите, что дело не в Камне?

— Дело не в Камне. Но других врат к центральному проектору не существует. Если кто-то уничтожит Камень, с проектором ничего не произойдет. Но врата закроются, и человечество избежит страшной опасности.

— Хорошо, — сказала я, — а почему проектор, создающий весь видимый космос, находится именно на Земле? Почему не на Марсе? Почему он связан именно с этим камнем, а не с горой Арарат, например?

Гекчен вздохнул. Видимо, он уже терял надежду, что я его пойму.

— Проектор нигде не находится. Но из него возникает картинка того, что ты называешь космосом вместе со всеми человеческими «где» и «почему». Общая для всех людей. Ты сама ответила себе, когда произнесла слова «весь видимый космос». Космос — это просто то, что мы видим.

— Но космос есть на самом деле, — сказала я. — Именно поэтому мы его и видим.

— Нет, — ответил Гекчен. — Мы его видим, и именно поэтому он есть на самом деле. Это даже не вопрос веры, девочка. Это вопрос исключительно порядка слов в предложении.

— Допустим, — сказала я.

— С этим проектором связаны великие сущности, живущие за пределами нашей иллюзии. В суфизме их называют «мелек». И я знаю, что они рассказывают людям, изредка появляясь перед ними. Они говорят, что когда-то проектор создавал неподвижную плоскую Землю — и живших на ней простодушных людей, молящихся грому и ветру. Сейчас он создает умных и изощренных физиков, темную материю и разбегающуюся Вселенную, которой четырнадцать миллиардов лет — вместе с доказательствами, что так было всегда. Проектор рисует все, что мы видим и знаем. Но он...

Гекчен замялся.

— Говорите проще, — сказала я. — Я блондинка.

— Проектор не на одном экране с нами. Проектор — это компьютер, выводящий на экран нас и все остальное. Я не знаю, где он, что он такое и кто его хозяин. Но на десктопе нашего мира есть иконка, позволяющая им управлять. Такой черный треугольник, по которому можно кликнуть мышью... Тот, кто может это сделать, и есть soltator.

— Вот теперь поняла, — сказала я. — Сразу бы так ясно.

— То же относится и к осколкам. Если от Камня отлетают осколки, это значит, что на экране появляются новые иконки. И все.

— А как по ним кликать?

— Танец, — ответил Гекчен. — Если речь идет о Камне — исключительно язык танца. Не знаю, почему, но это так. А маски... Я видел только их фотографии. Может быть, ты по ним кликаешь, когда эти маски надеваешь.

— А у танца есть какие-нибудь... Ну, правила?

— Мне они неизвестны. Я полагаю, ты осведомлена лучше.

— Почему вы так решили?

— Тим ищет того, кто должен танцевать перед Камнем. И Фрэнк тоже его искал. Видимо, они надеются, что это ты. Если Фрэнк надел на тебя маску, значит, он так считал.

— Сейчас уже не считает, — сказала я.

— А?

— Он изменил мнение. Я с ним только что общалась.

— Фрэнк мертв. Как ты могла с ним общаться? Ты что, того?

Он покрутил пальцем у виска.

— Говорит профессор литературы, — ответила я, — недавно нашедший фонарь Платона. Из которого возникает вся Вселенная и сам этот профессор.

Гекчен поднял бровь. Видимо, ему пришлось допустить, что и я имею право говорить странности.

— Значит, — повторил он, — это не ты?

— Я сама теперь ищу того, кто будет танцевать.

— Выходит, ты сейчас на месте Фрэнка?

Не могу сказать, что мне понравилось это предположение.

— А вы встречались с Фрэнком? — спросила я.

Гекчен кивнул.

— Да. Фрэнк был уверен, что я псих. Может, Тим его убедил, не знаю. В конце концов мы поругались. Я умолял его не ездить в Харран. Но он не послушал. Он знал, что я за ним слежу, но даже не обращал внимания.

— Может быть, — сказала я, — он не хотел вас обижать.

Гекчен печально улыбнулся.

— Меня никто не принимает всерьез. Может, это и хорошо. Дольше проживу...

Мы совершили уже полный круг по гипподрому — и опять остановились у египетского обелиска, стоящего на четырех бронзовых кубиках. Мне было жутко на него смотреть, такой непрочной и ненадежной казалась конструкция.

Но обелиск покоился на этих же самых кубиках, когда вокруг еще летали политизированные ромейские колесницы, а потом пережил захват и разграбление города — и незаметно для себя вернулся в цивилизацию, неотличимую от европейской. Он стоит здесь так же прямо, как тысячу лет назад. Внешность бывает обманчива.

— Почему я здесь? — спросила я неожиданно для себя. — Почему все это со мной происходит?

Наверно, мои слова прозвучали жалобно.

— Могу объяснить, — ответил Гекчен. — Я знаю, потому что таким же вопросом задавался Руми. Но ты опять мне не поверишь.

— Скажите.

— Когда-то, пребывая в духовном экстазе или просто находясь в священном месте, ты попросила бога о том, чтобы он дал тебе приблизиться к центру всего и понять, что такое мир и откуда он берется. Ты когда-нибудь молилась, чтобы тебе было позволено дойти до сути вещей? До самого источника реальности?

— Я не религиозна, — сказала я. — Вообще не помню, чтобы я когда-нибудь молилась.

— Подумай. У тебя были минуты, когда тебе казалось, что бог совсем рядом — и ты можешь о чем-то его попросить?

И тут я вспомнила про Аруначалу.

...я хотела бы знать, откуда летели ко мне эти волшебные лиловые облака в тот день на Аруначале, когда главная тайна всего была близ-

379

кой и доступной. Кто этот тоненький золотой силуэт, танцевавший в облаках? Кто генерирует мир — и зачем?

Шива, ты меня слышишь?

— Да, — сказала я. — Да, было. Я, знаете, всегда допускала, что наш мир — подобие компьютерной симуляции. Так сейчас многие считают. И однажды в Индии, на одной священной горе, я попросила бога Шиву — только не спрашивайте, почему именно Шиву, так получилось — помочь мне добраться до ее генератора. Просто из любопытства. Но это была, не знаю... Ну точно не молитва. Скорее такая игра, легкая и веселая... Никак не духовный экстаз. На Аруначале мне казалось, что Шива мой дружбан. Это был очень счастливый день.

Гекчен удовлетворенно кивнул.

— Вот про такое я и говорю.

— Вы думаете, это сыграло роль?

— Конечно. Камень призывает к себе только тех, кто в какой-то момент своей жизни — обычно на пике высокого духовного переживания — обращался к божеству с просьбой показать самую главную тайну мира... С Руми вопрос ясен. Вся его жизнь была таким переживанием, такой мольбой к Всевышнему. У Фрэнка похожий момент тоже был... Ну, отчасти похожий, он мне рассказывал. Кислотный трип, где ему явился Сатана.

— Вот как?

— Обычное для западного человека событие. Даже, я бы сказал, что-то вроде корпоративного собеседования. Сатана сильно его напугал — настолько, что к концу трипа Фрэнк вообще перестал бояться чего бы то ни было и попросил Сатану открыть ему тайну мира.

— И?

— Фрэнк заснул, и его трип кончился. Такой заявки хватило, чтобы подняться на уровень Каракаллы. Это весьма близкая к тайне орбита — но возможности Сатаны, увы, ограничены...

— Фрэнк мне про это не рассказывал.

— Зато рассказывал мне.

Мы с Гекченом погуляли еще немного. Он несколько раз повторил, что я, возможно, права — и Камень действительно следовало бы разбить кувалдой. Я возразила, что не предлагала ничего подобного и говорила чисто гипотетически. Тогда просто утопить, сказал он. Утопить в море. Но Тим никогда на это не согласится, ответила я...

Наконец мы распрощались. Гекчен пообещал прислать какие-то интересные материалы по Руми. Я обещала позвонить, если что, и вернулась на гипподром одна.

Через несколько минут от Гекчена пришло сообщение со ссылкой на его архив. Я открыла ее. Там были клипы и фотографии. Крутящиеся дервиши, сельджукская одежда и оружие, какие-то старые здания, за которые заходило огромное багровое солнце. Еще я увидела могилу Руми — на ней стояло что-то вроде высокой каменной чалмы. Могилы учеников украшали такие же чалмы поменьше. Еще был линк на тексты, но я решила отложить их на потом.

Стоя у египетского обелиска, я вспоминала Аруначалу. Золотая танцующая фигурка среди благоуханных облаков...

Шива, ты что, правда услышал?

Вечером перед сном я несколько раз с чувством повторила мантру «ом нама Шивая». Все, Шива, теперь мы квиты.

Эмодзи_взволнованной_и_очень_привлекательной_блондинки_в_маске_луны_склоняющейся_перед_величием_небес_куда_у_нее_оказывается_уже_много_лет_есть_собственный_актуальный_спецпропуск.png

☙

Люди ворвались в мою спальню так рано и так бесцеремонно, что спросонья я принял их за убийц. Кажется, я даже закричал.

Но это была моя мать и два вооруженных раба с факелами. Мать выглядела жутко — ее испуганное и перекошенное лицо покрывали черные кляксы слез.

Странно, но первым делом я вспомнил слова Ганниса про равновесие мира, поддерживаемое богом. Богатые женщины плачут черными слезами, потому что у них черные сердца — бог же устанавливает равновесие внутреннего и внешнего через то, что они мажут себе ресницы дорогой косметикой... Это была сложная умная мысль, и я испытал гордость, что могу так думать.

— Варий, — сказала мать, — императора убили. Оденься и вооружись. Мужайся, мой сын. За нашими жизнями тоже скоро придут...

Оказалось, что спросонья я почти угадал правду.

Но зато ошиблась моя мать — в первый день про нас не вспомнили. На второй и третий тоже.

Префект Макрин, устроивший заговор и захвативший власть, не видел опасности в нескольких близких к императору женщинах и детях, живущих в семейном доме в Эмесе, и гораздо сильнее был озабочен своими отношениями с армией и Римом. Римские сенаторы, как шлюхи, сразу легли под нового господина, кто бы сомневался. Но с армией было сложнее.

Макрину пришлось иметь дело с парфянами, поэтому он не считал опасность, исходящую от родственников Каракаллы, первоочередной. Но сомнений, что нас рано или поздно убьют, не было — и некоторые у нас дома готовились уйти из жизни сами, чтобы сохранить достоинство.

— Может быть, — сказал Ганнис, — неделя или месяц у нас есть. Никто не знает, когда про нас вспомнят.

Видеть его с армейским мечом на поясе было так странно, что я слушал не перебивая.

— Все решится сегодня.

— Что решится?

— Мы выясним, Варий, сможешь ли ты танцевать.

Он уставился на меня, словно такая возможность вызывала в нем большие сомнения.

— Я смогу, — ответил я. — Я учусь этому столько, сколько себя помню. Ты сам говорил, что я уже умею передавать настроение природы или устремление человеческого сердца.

— Твое тело знает как выполнять необходимые движения. Но истинный дух еще не сходил на тебя. Сегодня мы устроим вашу встречу. Вернее, предложим тебя Элагабалу. Я хотел подождать год или два, но...

Ганнис похлопал себя по ножнам.

Это «предложим тебя» мне не особо понравилось.

— Я разве раб, чтобы предлагать меня кому-то?

— Ты не понимаешь, о чем речь. Soltator похож на шкатулку, в которой живет волшебная сила. Когда ты учишься танцевать, ты... ну, ты как бы украшаешь эту шкатулку резьбой и позолотой. Делаешь ее красивой и удобной. Но захочет ли Элагабал там жить, может решить только он сам.

— В меня вселится дух Солнца?

— Вы станете одним. Камень войдет в тебя, а ты войдешь в Камень. Ты станешь Элагабалом сам. Ты получишь бесконечную власть. Такую, как у Юлия Бассиана.

— Разве у Юлия была бесконечная власть? — спросил я. — Она в его время принадлежала Марку, потом Коммоду. Потом Пертинаксу, пока ее не отобрали гвардейцы.

— Юлий был скромным солнцем, — усмехнулся Ганнис. — Он светил миру из-за туч, и его не замечали.

— А если Элагабал не захочет в меня войти?

— Тогда ты не проснешься.

— Не проснусь?

— Если Солнце отвергнет тебя, ты уйдешь в Аид во сне, — сказал Ганнис. — Это лучше, чем умереть от меча...

С этим я был согласен. Я хотел спросить что-то еще, но Ганнис остановил меня движением руки.

— Опорожнись, вымойся как следует, причешись и спускайся в погреб. Мы подготовим все примерно за час.

Через час я спустился в подвал.

Погреб начинался с большой круглой комнаты, где разливали вино — теперь она была чисто убрана. На ее полу лежали львиные и тигровые шкуры, а у стены с горящими лампами и факелами возвышалось кресло с высокой спинкой. Перед креслом стояла черная деревянная рама с висящим в ней бронзовым зеркалом — словно гонг, подумал я. Еще в комнате была какая-то статуя под покрывалом.

Меня ждали Ганнис и седобородый старик в синем плаще.

— Ох, — вздохнул Ганнис, увидев меня, — я сказал «причешись», но разве я говорил «нарумянься»? Или «подведи брови»?

— Кто бы стыдил, — ответил я.

Но Ганнис в последние дни совсем перестал румянить щеки и подводить брови. Видимо, теперь уже ни к чему было выдавать себя за евнуха — и это пугало меня даже сильнее, чем все рассказы о зверствах узурпатора.

— Варий хочет понравиться богу, — сказал старик в синем плаще. — Он и правда смазливый мальчик. Хотя сейчас больше похож на девочку.

Я вопросительно поглядел на Ганниса.

— Это Ахилл, — сказал Ганнис. — Он врач и поможет нам.

— Ахилл, — повторил я. — Смешное имя для врача.

— Почему? — спросил Ахилл.

— Наверно, многих мужей отправил в Аид.

Ахилл громко захохотал — моя шутка ему понравилась.

— Сейчас ты сам отправишься в мир теней, мальчик, — сказал он. — И очень надеюсь, что ты оттуда вернешься.

Я заметил на кресле моток кожаного шнура.

— Вы хотите меня связать?

— Нет, — ответил Ахилл. — Ремни поддержат тебя, чтобы ты не упал. Мы не будем завязывать их. Ты сможешь постепенно освободиться сам — если не уйдешь в вечный сон.

— Из-за чего я могу туда уйти?

— Если тебе привидится, что ты туда уходишь, так оно и случится... Садись.

Я сел в кресло, и они примотали мои предплечья к подлокотникам — не слишком туго, чтобы не мешать кровообращению.

В зеркале передо мной хмурилось раскрашенное лицо, а вокруг дрожал ореол света от факелов и ламп, горевших сзади.

— Выпей вот это, — сказал Ахилл и протянул мне чашку с вином.

— Что там?

— Лекарство, — сказал Ганнис. — Ты уснешь и увидишь сон. Не бойся, оно не горькое.

Как я ни был напуган, от этих слов мне стало смешно. Я боялся совсем не того, о чем думал мой наставник. Выпив вино, я отдал чашку Ахиллу. Если там была какая-то примесь, я ее не заметил.

Ганнис подошел к статуе и снял с нее покрывало. Я увидел львиноголового человека, обвитого змеями — обычное украшение митреумов. Его полуоткрытая пасть была окрашена изнутри красным, словно он только что съел какого-то зазевавшегося Вария. Вид у него был не слишком приветливый.

— Он покажет тебе путь, — сказал Ахилл. — Перед тобой будут появляться знаки ступеней. Все будет точно как в митреуме.

Я понял, что он говорит о ступенях солнечного посвящения, но решил пошутить.

— Знаки ступеней? — спросил я уже заплетающимся слегка языком. — А почему не знаки лестниц? И почему митреум?

Ахилл с Ганнисом засмеялись.

— Любая лестница состоит из ступеней, — сказал Ганнис, — а Митра просто одна из масок того, кому ты служишь. Так что противоречия здесь нет. Смотри в свет, Варий, и зови бога.

— Как?

— По имени.

— Мы вызываем божественный дух?

— Да, — ответил Ганнис, — именно.

— Но тогда нужно пролить жертвенную кровь?

Ганнис вдруг сделался очень серьезным.

— Жертвенная кровь уже пролилась, — сказал он. — Поэтому мы здесь.

Я понял, что он намекает на убитого императора, и мне стало страшно.

— Повторяй его имя, — сказал Ахилл.

— Антонин. Марк Аврелий Антонин.

— Я говорю про бога, — поправил Ахилл. — Имя бога, которому ты служишь. Позови его, когда придет время.

— Элагабал! — произнес я. — Элагабал! Элагабал!

Говорить было все труднее, но это слово я мог повторять долго — оно само слетало с языка.

— Теперь, — сказал расплывающийся Ганнис, — мы оставим тебя наедине с богами. Не бойся мрака, малыш. Ты не первый, кого Ахилл отправляет на эту прогулку. Все будет хорошо. Ищи знаки ступеней...

Я услышал стук закрываемой двери.

А дальше начался мой бег по летающим лестницам и схватка с быком.

Через день действие микстуры окончательно прошло, и я вспомнил все. Совершив прогулку в Аид, я вернулся в мир, который по-прежнему собирался отправить меня к теням. Но теперь я не боялся Аида.

Отсрочка, данная нашей семье судьбою, оказалась длиннее, чем мы предполагали. Я совершенствовал свое искусство еще несколько месяцев, танцуя в храме и дома. Мне говорили, что мой танец нравится жителям Эмесы — и даже редким воинам, приходящим в храм.

А потом случилось то, чего так боялись все.

— Варий, — сказал Ганнис за ужином, — нам сообщили, что Макрин посылает в Эмесу преторианцев. Они будут здесь через несколько дней. Ты понимаешь зачем?

Я кивнул — и попытался запить вином холодный комок в центре живота.

— Тебе полагалось бы упражняться еще несколько лет, — продолжал Ганнис, внимательно на меня глядя. — Но теперь у нас нет времени. Нас просто убьют. Тебе придется танцевать перед солдатами завтра днем.

— Перед какими солдатами? Теми, которых послал Макрин?

— Нет, — сказала моя бабка Меса. — Перед солдатами Третьего Галльского. Но твой танец должен действовать на всех солдат без исключения. Иначе какой в нем смысл?

Она холодно поглядела на Ганниса. Похоже, она не слишком верила в эту затею.

— На самом деле ты будешь танцевать не перед солдатами, — сказал Ганнис, — а перед Камнем. Все как обычно.

— Камень в храме, — ответил я. — Солдаты придут туда?

Меса кивнула.

— Откуда ты знаешь?

— Я об этом позабочусь, — сказала бабка. — Ты же позаботься, чтобы мои деньги не пропали зря.

В эмесском храме Солнца был внутренний двор с колоннадой. Он делился на две части, большую и малую. В большую пускали всех; возле стен стояли лежанки для тех, кто хотел провести в храме ночь.

В малую разрешалось входить только жрецам — там, возле торцевой стены, стоял укрытый навесом Камень, окруженный священными знаменами. Его можно было созерцать, но не трогать. Подойти к нему слишком близко считалось святотатством — его охраняли вооруженные стражи.

Я танцевал перед Камнем на сером песке. Перед этим прислужницы выравнивали его плоскими граблями, и следы моих босых ног обычно складывались в отчетливый крест, на который нанизывалось несколько слабо протоптанных окружностей. Из-за креста в храм ходили христиане, полагавшие, что это некое предвестие и дань их богу тоже.

Паломникам нравился красивый мальчуган (хотя некоторые принимали меня за девочку из-за румян и длинной шелковой рубашки, расшитой золотом и бисером). А мне нравилось нравиться. Ничего иного в те дни я не хотел. Я с младенчества знал назубок все движения и приемы храмового танца. Но прежде в моих движениях не было, как говорил Ганнис, священной силы...

Теперь, как надеялись у нас дома, она должна была появиться. Но по-настоящему на это рассчитывал один Ганнис, а к нему самому мало кто относился серьезно.

Мы потратили на занятия последние доступные нам часы. Ганнис шлифовал мои движения, рассказывая, как они должны выглядеть со стороны. Вечером он принес с собой таблички и сказал, что зачитает мне отрывок из книги, которую он, подобно Марку Философу, пишет для потомков.

— Я пишу в ней про тебя. Вернее, про твой танец.

Он подбоченился и, подражая завываниям чтецов, прочел:

— «Я оставил их там, занятых игрой на флейте и плясками, которые они под звуки быстрой мелодии исполняли на какой-то ассирийский лад: то легко подпрыгивая ввысь, то низко приседая к земле, они, словно одержимые божеством, содрогались всем телом...»

Он продолжал читать, но я отвлекся на мрачные мысли.

— Немного, — сказал я, когда он замолчал.

— Чем меньше слов, тем вернее преодолеют они океан времени... И я нигде не называю тебя по имени, господин. Просто знай, что от тебя останутся не только сделанные скульптором портреты, но даже твой танец сохранится в этих строках, как в янтаре.

То есть он полагал, что уловил меня своими словами как муху... Я пожелал узнать, какую философию излагает Ганнис в своей книге. Он ответил, что не философствует, а пишет роман об убегающих в Эфиопию влюбленных, и это следует понимать как мистерию восхождения к божеству. А в философском смысле книга его близка по духу к литературной школе, которую челядинец моей бабки Флавий Филострат прозвал «второй софистикой». Это как бы новая истинность, возрождающая славу и силу первой софистики, то есть прозорливой мудрости, которую эон София дарил древним певцам.

Я не слишком понял, что он хотел всем этим сказать, но не стал переспрашивать, поскольку знал, что на меня тут же прольются новые софизмы.

— Ты подпишешь сочинение своим именем? — спросил я. — И не боишься позорища?

Ганис улыбнулся.

— Про автора будет сказано вот что: «книгу сочинил муж финикиец из Эмесы, из рода Гелиоса, сын Теодосия Гелиодор». Разобрав значения имен, мудрый поймет, что сила дана мне Солнечным богом и книга эта — дар Солнца, которому я служил. Но это сообщается тайным языком. Мало того, я прикинулся финикийцем. Открыто я говорю только то, что я из Эмесы. Но Эмеса ведь большой город...

— Слишком маленький, — сказал я, — чтобы спрятать в нем такого светоча.

Как тщеславны люди. Ганнис может завтра умереть, а думает о своем романе. Мне захотелось его подразнить.

— Я думал, что обучаюсь у многомудрого мужа, — сказал я, — а он тайный писака. И смерть, ворвавшись в наш дом, найдет его занятым игрой со словами, которые он переставляет на какой-то ассирийский лад, содрогаясь всем телом...

Ганнис засмеялся.

— Не сдавайся раньше времени, Варий, — сказал он. — Смерть когда-нибудь победит всех. Но нас она пока еще не нашла. Яви перед солдатами свою силу, и мы натянем ей нос.

Вот так мы развлекали друг друга в те дни, стоя на краю ужасной погибели — в последней попытке ее отвратить.

☺

— У нас новые гости, — сказала Со за завтраком. — Попутчики до Канар. Тебе понравятся. Ну или во всяком случае будет интересно.

— Кто?

— Буддисты.

— Тибетские? — спросила я.

— Американские.

Я решила показать, что немного смыслю в предмете.

— Я понимаю, а какая школа?

— Pragmatic dharma.

— Что — «прагматик дхарма»?

— Это современная универсальная традиция. Берут из всех систем то, что работает.

— Работает на кого?

— Вот их и спроси, — улыбнулась Со.

— Откуда они?

— Тоже из Bay Area. *Ребята загорелые с лимана*. Тим говорит, будет очень смешно.

Я, видимо, должна была узнать цитату про лиман, которую Со выделила интонацией, но к своему стыду ничего такого не вспомнила. Все-таки generation gap — это реальность.

— У тебя есть возможность по блату узнать действительно глубокую мудрость, — сказала Со насмешливо. — Такое, что обычным прихожанам не говорят. Не упусти шанс.

От штаба восстания в это утро первый раз не разило марихуаной. Во всяком случае, в коридоре запах еще не чувствовался.

И даже внутри он был умеренный, словно люди здесь курили не для того, чтобы исказить реальность, а лишь пробовали вкус дыма.

Обстановка не изменилась — только вокруг золотого уха на потолке появилась замкнутая в кольцо надпись серебряным маркером:

STONE DANCER STONED ANSWER[1]

которую можно было прочитать еще и так:

DANCER STONED ANSWER STONE[2]

Глубоко. Нет, правда. *Риальне круто.*

С гостями спустился пообщаться сам Тим — он тоже был в каюте. Это впечатляло. Майкл

---

[1] Каменный танцор, удолбанный ответ.

[2] Танцор удолбан, ответь, камень.

и Сара сидели у стены, как в кинозале. Раджива не было. Он индус, догадалась я — что ему Будда. Подумаешь, инкарнация Вишну.

Гостей было трое. В центре комнаты на подушках сидела бодрая загорелая старушка с бильярдно выбритой головой и аккуратно подстриженной седой бородкой (бородатых женщин я уже видела, но вот седобородых не приходилось). На ней было женское платье, и я подумала, что так мог бы выглядеть вставший на трансгендерный путь Троцкий.

Вторым гостем был мужик лет шестидесяти с длинным седым пони-тэйлом, в джинсах и белой майке с надписью «WHITE FACE, BLACK HEART»[1] (как я поняла, что-то вроде компьютерного «Intel inside», только применительно к расовому вопросу).

На его руках темнели этнические индейские татухи, сделанные, видимо, еще в те времена, когда за культурную апроприацию в Америке не карали. Он был большим и излучал не то чтобы угрозу, но... В общем, все то, что излучает сильное, крупное и немного напуганное белое мужское тело в эпоху BLM-капитализма[2].

Третий, симпатичный очкарик моего примерно возраста в пляжной рубахе и шортах,

---

[1] «Белое лицо, черное сердце».

[2] BLM — black lives matter.

сидел в уголке. Он, как я догадалась, был чем-то вроде падавана у первых двух.

Старушка подняла на меня острые голубые глаза и представилась:

— Кендра.

Я все-таки была не до конца уверена, что это старушка, а не старичок.

— Саша, — ответила я. — Я не расслышала — Кендро?

— Кендра, — повторила старушка и поглядела на падавана.

— Кендра Форк, — сказал падаван, — and the pronouns are she/her[1]. Кендра — первая в Америке трансгендерная архатка.

— Wow, — повторила я восторженно. — First US transgender she-arahant!

Нельзя сказать, чтобы я полностью поняла этот титул.

Старушка помахала мне рукой, как Сталин с мавзолея. Похоже, она привыкла к направленному на нее уважительному вниманию.

— А что такое «архатка»? — спросила я.

Кендра посмотрела на меня так, словно я сказала n-слово.

— То же самое, что «архат».

---

[1] Перед общением с персоной неопределенного гендера в woke-кругах принято узнавать их персональные местоимения

— А что значит «архат»?

— Это почитай в «Википедии», — ответила Кендра. — Долго объяснять.

— Винсент Вулф, — представился мужик с пони-тэйлом. — Просто Винс. My pronouns are he/his. Я учитель медитации из дхарма-коллектива в Сан-Франциско.

Он так и сказал — «dharma collective»: коллективизация наконец добралась и до Оклахомщины с Айовщиной. Видимо, немец, решила я. Это ведь немецкая фамилия? Он действительно походил на большого улыбчивого волка, прижившегося среди людей — и даже подобравшего себе человеческие местоимения.

— Саша, — повторила я виновато и присела на подушки в уважительном отдалении — но достаточно близко, чтобы слышать разговор.

Мне — далеко не в первый раз в жизни — сделалось обидно, что я ничего не могу добавить к имени «Саша», кроме женских местоимений (причем из боязни показаться банальной в таком разностороннем обществе я не решилась даже на это). Надо ведь что-то из себя представлять к тридцати годам.

Все московские знакомые кем-то стали: учитель йоги, музыкант, художница, закладчик, содержанка, содержанка, еще одна содержанка...

Почему-то мне вспомнился анекдот про собачью выставку. Собаки ходят перед судьями по кругу и повторяют: «Я эрдель-терьер, я эрдель-терьер», «Я доберман-пинчер, я доберман-пинчер», «Я трансгендерная архатка, я трансгендерная архатка». А дворняжка идет между ними и объясняет: «А я сюда поссать пришла». Вот и я такая дворняжка на собачей выставке вашего мира...

— Я что-то смешное сказала? — спросила Кендра.

— Нет, — ответила я, — это я своему смеюсь.

— Рада, что у тебя хорошее настроение.

— Ты лучше послушай, — посоветовал Тим. — Она интересные вещи объясняет.

— Мы говорим про первую благородную истину, — сказала Кендра. — Истину страдания. Ты знаешь, что такое «первая стрела» и «вторая стрела»?

Я вежливо пожала плечами.

— Наша жизнь, — начала Кендра, — устроена так, что избежать страдания невозможно. Мы болеем, старимся, умираем, у всех происходят неприятности и неожиданности, которые нам не нравятся. Это называется «первой стрелой». Вот, допустим, ты упала и сломала ногу. Это она.

— Спасибо, — сказала я.

400

— Боль проходит. Но ты начинаешь тревожиться и горевать из-за случившегося с тобой несчастья. Ты думаешь — ох, как мне не повезло... Как мне плохо. И как хорошо другим! Почему именно я сломала ногу, а не кто-то из них? Какая несправедливость! Вот эти блуждания ума и сердца, эта печаль, генерируемая самим человеком, и называется «второй стрелой». Понятно?

Я кивнула.

— Теперь продолжим, — сказала Кендра и повернулась к Тиму. — Обычно ученику разъясняют, что «первой стрелы» не избежать, но «вторая стрела» не обязательна. И целиком зависит от него. То есть буддистский практик по-прежнему не застрахован от обычных человеческих бед, старости и смерти, но может защититься от страданий, которые возникают в уме по их поводу... Другими словами, он уязвим для «первой стрелы», но неуязвим для второй. И на этом объяснение первой благородной истины заканчивается. Мол, боль присутствует, но ее можно минимизировать — и мы быстро научим вас, как это сделать.

— Понятно, — сказал Тим.

— Однако, — продолжала Кендра, — такая постановка вопроса — это просто рекламная уловка. На самом деле «второй стрелы» избежать так же трудно, как и первой.

— Почему?

— Да потому, — ответила Кендра, — что в нас нет никого, кто сознательно генерирует эту «вторую стрелу» — и может перестать это делать. Наши чувства и эмоции возникают сами, непредсказуемо и свободно, и не спрашивают нас, хотим ли мы их испытывать. Спрашивать некого: мы сами и есть сумма наших чувств и эмоций. Это очень важно — нет никого, в ком эмоции возникают, потому что «мы» появляемся после того, как они возникнут. Если вообще допустить, что есть какие-то временные «мы». Тот, кто страдает от «второй стрелы», и есть сама «вторая стрела».

— Тогда каким образом буддийская практика помогает избежать ее? — спросил Тим.

— Вот, — улыбнулась Кендра, — мы уже приближаемся к сути. Я скажу, как это обычно происходит. Человек приходит на курсы осознанности, где ему объясняют этот механизм — и говорят, что «вторая стрела» совершенно не обязательна и ее можно отразить. Человек начинает следить за собой. Каждый раз, когда с ним случается какая-нибудь беда, он, естественно, расстраивается по ее поводу, как это вообще свойственно людям. Эта реакция записана у любого у нас в подкорке на таком глубоком уровне, что убрать ее оттуда, сохранив социальные навыки, не представляется возможным, поскольку социальные навыки основаны именно на ней. Вы говорите «what the fuck!» перед тем, как вспоминаете, что вы архатка или кто-то там еще. Знаю по себе.

Кендра начинала мне нравиться. Смущало только, что, несмотря на свои прогрессивные местоимения, она все время рассказывала о «нем», а не о «ней». Возможно, впрочем, что дело было в теме беседы — речь шла о страдании.

— Практикующий осознанность отличается от обывателя чем? — продолжала она. — Он знает, что «вторая стрела» возникает в *его собственном уме*. Вернее, он так думает, потому что просветленные с ютуба до сих пор пользуются выражением «ваш собственный ум». Практикующий знает — смысл его практики в том, чтобы избежать «второй стрелы». Поэтому он ощущает недовольство собой при каждом ее уколе. Он понимает, что опять облажался. Он по-прежнему страдает от ее укола, как обычный человек. Но вдобавок он начинает страдать еще и оттого, что не может увернуться от этого необязательного страдания несмотря на все свои духовные усилия и инвестиции. И вот это, друзья мои, называется «третьей стрелой», которая хорошо знакома любому ходоку по духовным путям.

— Да, — сказал Тим, — я понимаю. И как же с этим поступают?

— Если тренироваться дальше, — ответила Кендра, — практик осознает все, что с ним происходит. Он видит этот механизм достаточно ясно — и, при некотором опыте, наблюдает его развертывание в реальном времени не отождествляясь с ним. «Первая стрела», «вторая стрела», затем «третья стрела»... Он улыбается и расслабляется. Глупо себя корить, ибо в психическом измерении нет никого, кто виноват в происходящем — есть только самопроизвольные пузыри импульсов, чувств и мыслей. Мало того, нет никого, кто мог бы улучшиться в результате практики. Становится ясно, что все негативные чувства и эмоции — такое же проявление природы, как блики света в оконном стекле. Они естественны и органичны. И тогда практик видит главное: «природность» и «естественность» — это вовсе не что-то хорошее, как намекает духовный маркетинг.

— А что тогда? — спросил Майкл. — Что-то плохое?

— «Природное», «естественное» и «органичное» — это когда умирающий от рака медведь жрет хромого волка, давящегося напоследок золотушным зайцем. Это просто синонимы слова «страдание». Все проблески и симулякры счастья существуют в нашем мире исключительно для того, чтобы его обитатели успели оставить потомство. Такое понимание называют «четвертой стрелой», и это самая тонкая боль, и самая неизлечимая. Она пронизывает собою все, но лечить от нее уже некого. Ты пытался уйти от боли «второй стрелы» — и обрел боль «третьей». Пытался уйти от боли «третьей» — и обрел боль «четвертой». И когда в тебя попадает «четвертая стрела», ты уже никуда не пытаешься от нее уйти. Потому что уйти от нее нельзя: тебя больше нет, а «четвертая стрела» — это пролетевшая по кругу первая, расщепившая саму себя на пять частей. И тогда — только тогда — ты начинаешь видеть первую благородную истину... Истину страдания.

Кендра вздохнула.

— Но сейчас этому высокому постижению мы не учим, — сказала она, — потому что дхармовый коллектив сразу станет неконкурентоспособным. Все учителя и гуру талдычат про путь бесконечной радости. Врут, конечно. Любой из них сам умирает в муках, часто обдолбанный наркотиками, да еще и среди проституток. Но чтобы выжить на рынке, приходится обещать людям неограниченное и необусловленное счастье. Я и сама этим грешу...

— Интересно, — сказала я. — Мне казалось, что в буддизме есть как бы подготовительные курсы для начинающих — четыре благородные истины, восьмеричный путь и так далее. И есть продвинутые учения — разный там дзен, ваджраяна, тантра и так далее.

— Ничего подобного, — ответила Кендра. — Наоборот, четыре истины и восьмеричный путь — это самые высокие возможные постижения и практики. Правильный перевод — не «четыре благородные истины», а «четыре истины благородных». Они доступны только редким благородным путникам. Как раньше говорили — ариям. А все остальное — и в древности, и сейчас — просто торговля волшебными бубликами под веселые прибаутки.

— Почему волшебными? — спросила я.

— Потому что они состоят из одной дырки, — ответила Кендра и засмеялась. — Но многие едят эти дырки всю жизнь. И нахваливают.

— Так можно избежать «второй стрелы»? — спросила Сара.

— Можно. Но не тогда, когда ты две недели побегаешь на курсы так называемой осознанности, а только после того, как ты окончательно и навсегда отвергнешь измерение, уязвляющее тебя четырьмя стрелами, и примешь смерть как свою гавань.

— Круто, — сказала я. — Но как-то мрачно.

— Значит, — ответила Кендра, — ты еще не набилась мордой о дверь.

— Какую дверь?

— К счастью, — сказала она и снова засмеялась.

— А как же нирвана? — спросил Майкл.

— Нирвана и есть смерть, — ответила Кендра. — Все серьезные игроки в нашем бизнесе отлично это знают. Но не говорят. Рынок...

Она мне нравилась, честное слово. Крутая тетка. Но мне почему-то хотелось сказать ей колкость. Вот только я не знала какую — не хватало знакомства с матчастью.

Я встала и сообщила, что мне нужно в ванную. Мне и правда было нужно.

Добравшись до своей каюты, я взяла телефон и залезла в «Википедию». Архат. Интересно, что это такое?

Ля-ля-ля... Бла-бла-бла... Сколько буддийских школ, столько смыслов и значений, вся страница в кросс-ссылках и понять что-то за небольшой срок не представляется возможным. Я переключилась на русскую версию.

И сразу наступила спокойная ясность. Ровно три строчки: село в Казахстане, какое-то растение и последователь буддизма, вышедший из колеса перерождений. Все-таки Россия быстро выпрямляет запутанные смыслы, уже за одно это можно ее уважать.

Вот интересно, а как выход из колеса перерождений согласуется с трансгендерным статусом? Ведь если человек меняет пол, значит, ему еще что-то от этого мира нужно. Надо полагать, он хочет быть другого пола, а раз он этого хочет, значит, таким он и родится в следующий раз... Какой уж тут выход из колеса. Вот о чем можно спросить тетю Кендру.

Когда я вернулась в комнату с золотым ухом на потолке (до меня только недавно дошло, что Камень в офисе Тима стоит точно над ним), Кендра уже замолкла. Теперь говорил старый волчара Винс. Интересно, он таким стал из-за гипноза фамилии? А если бы он был Винсент Маус? Как бы он тогда выглядел?

На меня опять обернулись — и опять пришлось начинать заново.

— Винс объясняет пустоту, — сказал Тим. — Этого никто почти не понимает, или понимают неправильно. Если тебе не интересно, погуляй.

Мне было интересно.

— Я не буду излагать концепцию, — начал Винс. — Можете сами прочитать в интернете. Я лучше расскажу, как я сам стал это видеть. Это, может, будет не так гладко — но живой опыт всегда интересней, верно?

— Да, — ответил Тим. — Конечно.

— Когда я был молодым, я верил, что величайшее возможное счастье — это любовь. Некоторые из вас, наверно, до сих пор так думают и на что-то такое надеются...

Он с ухмылкой глянул сначала на очкастого падавана, а потом на меня. Примерно как волк глядит на Красную шапочку — причем не в волшебном лесу, а в похабном патриархальном анекдоте.

— У меня была девушка. Очень-очень красивая и поэтому избалованная. Красивые женщины вообще циничные стервы. Исключая, конечно, наших замечательных актрис, борющихся за diversity и работающих послами доброй воли в ООН...

Было непонятно, то ли он ядовито иронизирует, то ли на всякий случай стелит соломки под свой волчий зад. Возможно, оба вектора действовали одновременно — мы ведь живем в сложное и противоречивое время.

— Конечно, — продолжал Винс, — такая женская черта не является врожденной. Она приобретенная. Красавицы просто избалованы вниманием. Востребованная молодая самка может позволить себе практически любой модус поведения — и все равно добудет еду, кров и дорогое нижнее белье. Другое дело, что на длинной дистанции судьба таких женщин, как правило, складывается печально — но это не наша тема...

Мизогин, подумала я. Даже, возможно, мизогинист.

— В молодости я имел несчастье влюбиться как раз в одну из таких красавиц. Причем я в то время был человеком наивным и не боялся показать, в какую эмоциональную зависимость от нее попал. Наоборот, я специально старался это сделать: мне казалось, что это тронет ее, расположит ко мне и сделает доброй и покладистой...

Ага. Вот интересно, он мизогин, потому что идиот — или идиот, потому что мизогин?

— Конечно, случилось то, что всегда в таких случаях происходит. Она стала задирать нос, вела себя со мною все хуже, пропускала наши свидания, заставляла меня переживать — есть сотни и тысячи незаметных способов, какими близкая женщина может сделать вашу жизнь невыносимой. Они этому даже не учатся — знают все от рождения. Уверен, что за это отвечает какой-то из женских гормонов...

Все-таки скорее мизогинист.

— Скоро наши отношения превратились для меня в чистую муку. При этом мы продолжали встречаться, занимались любовью — и внешне все выглядело достаточно пристойно, разве что я слишком часто пытался разжалобить ее и достучаться до ее сердца... Но это, конечно, не помогало. Женщина в любви хищна и безжалостна. Одним словом, я купил билет в рай, а приехал в ад.

Мизогинист, причем матерый. Надо будет узнать, из какого он дхармового коллектива, и стукнуть соратницам. Это при Будде женщин никуда не допускали, а сейчас справедливость... Шучу, волчара, шучу. Если ты вдруг мысли читаешь — не буду я никуда на тебя стучать. Мизогинствуй в любых позах.

— А как она хоть выглядела? — спросил Тим. — Ты так рассказываешь, что хочется все это представить.

— Выглядела?

Винс улыбнулся — видно было, что воспоминание ему и больно, и приятно.

— Знаете, бывает такой тип девушек, склонных к полноте и в этой полноте не особо даже красивых. Но если такая толстушка долго поджаривает себя на амфетамине, она худеет куда сильнее своей биологической нормы, ее глаза становятся большими и выразительными, и возникает неотразимая мутация... Многие юные модели, которых эксплуатирует индустрия гламура, держатся исключительно на этом эффекте и уже к двадцати годам гробят свое здоровье на всю жизнь. Временная трансформация — но что в нашей жизни постоянно?

— Ты про это раньше не говорил, — сказала Кендра. — Про амфетамин.

— Я сам им не увлекался, — ответил Винс. — Им пользовалась только она. Я уже практиковал дхарму, и для меня это были совершенно чистые в смысле субстанций отношения. Мы только курили вместе гашиш. Думаю, что амфетамин добавлял ей стервозности, которая регулярно выплескивалась и на меня.

— Вы ее содержали? — спросила я. — Или помогали хотя бы?

— Нет. Мы были молоды, свободная любовь. Я к тому же не имел денег, и мне часто казалось, что стесненность моих обстоятельств вызывает у нее презрение. Хотя в меркантильности упрекнуть ее не могу...

— И что случилось дальше? — спросил Тим. — А то мы все ходим вокруг да около.

— Дальше? Дальше я понял, что попал в безвыходную ситуацию. Любовь терзала мое сердце и превращала меня в жалкое, но все еще на что-то надеющееся существо... Прекратить отношения не было силы. Мне казалось, что ничего важнее в моей жизни просто нет. Но в то время я уже познакомился с методами випассаны...

— Это такая медитация, — пояснила Кендра, — когда обращают внимание на то, что происходит в поле сознания миг за мигом.

— Да. Я стал внимательно изучать, из чего на самом деле состоит страсть. И здесь меня ждали крайне любопытные открытия — впрочем, обычные для практикующего випассану. Наши встречи, прежде то угнетавшие меня, то поднимавшие на седьмое небо, постепенно превратились в цепочки ничего не значащих микрособытий. Мало того, моя страсть, мое горе и надежда точно так же распались на последовательности не слишком важных мыслей. Часто глупых, иногда гневных, иногда робких. А за ними следовали разнообразные биологические реакции организма — эндорфины, допамин, адреналин и так далее... Тело каждый раз реагировало всерьез. Оно ведь вообще не знает, что последние десять тысяч лет мы бесимся исключительно по поводу воображаемых картинок. Тело уверено, что вокруг до сих пор ледниковый период и идет битва за существование... В общем, я увидел кучу интересного, и это был отличный опыт, но...

— Что «но»? — спросил Тим.

— Я не смог обнаружить ни одного момента, — сказал Винс, — когда я любил.

— В каком смысле?

— Вот это чувство, самое главное и самое яркое в моей жизни, полностью исчезло, как только я попытался поднести к нему лупу. Не то чтобы я разлюбил. Но в любви не было любви. Любовь — настоящая, сильная, роковая — оказалась пуста от себя... Я не буду называть ее обманом. Но в ней не было ее самой. Понимаете?

Я отрицательно помотала головой. Мне казалось, что он просто играет словами.

— Даже самый интимный контакт с другим человеком всегда фальшив и пуст, — продолжал Винс. — Ему придают реальность только наши мысли, комплексы и страхи. Сам по себе он угнетает своей неудовлетворительной мимолетностью. Если разобраться, он состоит из однообразных раздражений, приходящих по каналам чувств — зрение, осязание, реакция эпителия... Во всем этом нет никакой встречи с другим существом. Это просто наше свидание с нашими же ощущениями. «Другое существо» — такая же бессмысленная надпись на потолке...

И он ткнул пальцем в сторону золотого уха. Я подняла глаза и в очередной раз прочла:

THE BIG OTHER IS LISTENING!

— Контакт с любимым человеком пуст даже до того, как он кончится, а кончается он быстро. Сердце хочет главного, любви и слияния — а получает вот что: сказал «хелло», потрогал, понюхал, увидел, ощутил, подумал, сказал «гуд бай»... А потом, как доказательство того, что встреча состоялась, остается компактное воспоминание о чем-то «бывшем» — усеченный образ, символ, указывающий на некоторое событие в прошлом. Но события не было в том виде, как мы его помним — это наша позднейшая редактура, внутренний фотошоп со словом «любовь», набранным поверх остального жирной гельветикой...

Я пожала плечами.

— Допустим, — сказал Тим. — Если подойти очень-очень близко к висящей на стене картине, перестанешь видеть, что на ней изображено — будешь видеть только следы кисти и засохшие комки краски.

— Верно, — согласился Винс. — Но любовь — это картина, которую невозможно ясно увидеть ни с какой дистанции вообще. Сейчас я называю это любовью — но во мне остался только сгусток воспоминаний. А когда все происходило, я переживал то надежду, то отчаяние, то еще какой-нибудь аффект... Но никогда — саму любовь. Любовь оказалась пустым словом. Она была, но ее не было.

— Я понимаю, — сказал Тим. — Понимаю. Но это достаточно банальное рассуждение, как мне кажется. Для таких выводов не надо быть практикующим буддистом. Достаточно быть немного пессимистом. Или поэтом.

— Возможно, — ответил Винс. — Но дело в том, что я на этом не остановился... Я стал исследовать каждый из аффектов, складывавшихся в так называемую любовь. А потом — каждое из микропереживаний, из которых состояли эти аффекты. И везде было одно и то же — все это было пусто от самого себя. В гневе не было гнева, в тоске не было тоски, в радости не было радости. Даже в боли не было боли.

— А что было в боли? — спросила я.

Винс уставился на меня немигающим волчьим взглядом.

— Вот если бы ты задала такой вопрос учителю дзена, — сказал он, — тот бы немедленно треснул тебя по лбу, чтобы ты все пережила сама. Но мне лень вставать.

— Что было дальше? — спросил Тим.

— Дальше? Я приложил тот же метод к самому себе. И встретил то же самое. Внутреннее не отличалось от внешнего. Я сам состоял из того же, из чего состояли «другие» и «мир». Ощущения быстро появлялись и так же быстро исчезали. Просто одни ощущения почему-то хранились под биркой «я», а другие — под бирками «он, она, они, оно». Меня среди этого не было нигде. Ни на длинной дистанции, ни на короткой. Все оказалось мимолетным наваждением в зеркале заднего вида, где мы наблюдаем себя и мир. До меня начал понемногу доходить смысл «Алмазной сутры», которую вообще никто не понимает. Я был отчетливо пуст от себя...

— Можно я добавлю кое-что? — сказала Кендра. — Вот здесь часто совершают ошибку. Кто-то говорит: я увидела, что мое «я» было пустым. А глупые слушатели понимают это в том смысле, что вот она заглянула в свое «я», и изнутри оно оказалось пустым, как футбольный мяч. Но это не так. Никакого футбольного мяча, в который можно заглянуть, просто нет.

— А что же тогда пусто? — спросила Сара.

— Пустыми являются наши слова и концепции, в частности концепция «я». Все сутры, говорящие про пустоту, имеют дело исключительно со словами. А то, что есть до слов, не пусто и не полно.

— Почему?

— Потому что «пусто» и «полно» — это тоже концепции, которые возникают после слов. Но мы так устроены, что можем иметь дело только с собственными задними выхлопами. Мы плаваем среди них, как навигаторы Дюны в облаках спайса, и считаем, что познаем Вселенную, которую видим свежим и недуальным взглядом. На самом деле мы просто сливки ума, прокисшие много тысяч лет назад.

— Я не очень понимаю, — сказала Сара. — Вот прямо сейчас я ясно вижу все вокруг и ни о чем не думаю. Где здесь задние выхлопы?

Кендра оглянулась по сторонам.

— Видишь вот этот стул?

— Да, — ответила Сара.

— Чтобы увидеть его, ты должна сначала его опознать. Найти в своей голове подходя-

щий шаблон. Пока шаблон узнавания не об-
наружен, это восприятие даже не поднимется
к поверхности твоего сознания. А когда шаблон найден, в сознание будет поднят именно
он. Иероглиф из твоей памяти. Твой собственный задний выхлоп. Это и означает увидеть
стул — и точно так же мы видим все остальное.
Но если ты, как Винс, начнешь искать, где
же конкретно в этом опознанном тобой стуле
спрятан стул, ты обнаружишь, что его там нет.
Только гвозди и деревяшки. И с каждым гвоздиком эту процедуру можно повторить. Вся
человеческая реальность сшита из таких при-
зрачных заплат... Какой там сон, какое про-
буждение — мы даже не понимаем, насколько
мы... У тебя вопрос?

— Да, — сказала я. — А что с этой девушкой
случилось потом? Она слезла с амфетаминов?
Опять растолстела?

Кендра вопросительно повернулась к Винсу.

— Не знаю, — ответил тот удивленно. —
Я уехал на длинный ритрит, и мы расстались.
У нее появился кто-то другой, у меня тоже.
Это все, что тебе приходит в голову?

— Нет, не все.

— А что еще?

— Мне приходит в голову, — сказала я, —
что востребованная красивая самка ведет себя

с осаждающими ее самцами цинично и равнодушно именно потому, что она понимает свою роль в мужском мире. Она нужна только как утолитель похоти. Когда девушка перестает быть сексуально привлекательной, она теряет социальную ценность, и все направленное на нее мужское внимание сразу исчезает... Что же удивительного, если на мужскую объективацию, превращающую ее в орудие наслаждения, она отвечает женской объективацией, превращающей мужчину в источник материальных благ? А если у него даже денег нет, а он все равно объективирует, пусть хотя бы помучается, урод... И мужчины почему-то считают это ненормальным. Еще научную базу подводят — мол, гормонально обусловленная женская стервозность. Извините, нет. Это гормонально обусловленная женская женственность.

— Она, кстати, права, — сказала Кендра. — Я только на женских гормонах поняла, какие мужики козлы и сволочи. Хотя уже много лет к этому времени была архатом.

Я на самом деле немного подустала от двух этих мужей духа. Сорри, чуть не сделала Кендре срачный мисгендер — персон духа. Симпатичный очкарик, сидевший в углу, был мне куда интересней.

Кендра попросила включить новости, и я опять ушла в свою каюту. Когда я вернулась, все смотрели телевизор.

На экране что-то пылало, дымилось и корчилось. Кажется, кого-то опять достали с дрона.

— Трамп получает все эти команды от русских, — сказала Кендра. — Никакого сомнения, это уже много раз доказано.

— Тогда в ответ должны бомбить не нас, а Россию, — кивнул Винс. — Тем более что им ближе.

— Ну так и надо им это объяснить, — сказала Кендра и повернулась ко мне. — Скажи-ка нам... Сорри, забыла — как тебя зовут?

— Саша, — ответила я. — And my pronouns are fuck/you[1].

Кендра удивленно нахмурилась — но тут же сложила свои загорелые морщины в улыбку.

— Приходи в любое время, детка.

Все-таки крутая тетка. Этого у нее было не отнять.

А если бы я и отняла, что бы я стала с этим делать?

Эмодзи_красивой_блондинки_гамлетно_смотрящей_на_остатки_разлагающейся_крутизны_в_глазницах_трансгендерного_черепа_найденного_на_одном_из_великих_индийских_кладбищ_в_куче_желтых_волчьих_костей.png

---

[1] Мои местоимения — иди ты к черту.

*

Я это к тому, что с Кендрой не срослось.

Зато получилось с падаваном — у меня в каюте, куда он пришел раскуриться втайне от духовного начальства. Потом он стал приходить каждый вечер, и даже иногда без травы.

Падавана звали Леонард (я разделила это имя на «leo» и «nerd»[1], по аналогии с Тимом, который был немного Феем). Парень и правда казался немного нердом, но в хорошем смысле слова — напоминал своей медлительностью похудевшую на диетах коалу.

Он был канадским евреем, и сообщил, что его назвали Леонардом как Коэна — в тайном значении «Ариэль», то есть «лев». На льва он не тянул, но я все равно называла его про себя Левой. Он вел дела «дхармового коллектива», но заступил на должность недавно и не вошел еще в детали.

Про буддизм он говорить не любил — разве что очень советовал мне съездить на ритрит Гоенки.

— Наберешь в интернете «випассана», и сразу выскочит. Аутентичная бирманская традиция. Если у тебя есть десять свободных дней, это лучший способ их во что-то инвестировать...

---

[1] leo — лев, nerd — увалень.

Я только вздохнула. Столько времени уже мечтаю попасть на этого Гоенку — и никак не могу. Первое, что сделаю, когда все кончится — поеду на випассану. Если, конечно, не кончусь сама.

Я задала Леве уже несколько дней занимавший меня вопрос — может ли просветленный быть идиотом? Лева авторитетно заверил, что может, и в бизнесе таких очень много. Главное, чтобы идиот был достаточно последовательным и хитрым. Есть даже такая книга — «Мудрость идиотов», которую написал один шотландский суфий, как его... Лева щелкнул пальцами — ну, этот, у него еще роман был про борьбу моджахедов с русскими...

Тогда я спросила, правда ли Кендра архатка. И как это вообще соотносится с переменой пола. Лева наморщился, подумал минуту и ответил:

— Знаешь, если строго между нами, я могу допустить даже существование архата, занимающегося сексом с домашней птицей. Но не архата, который репостит статьи из «Huffington Post»[1].

Моих познаний в американской культуре оказалось недостаточно, чтобы понять соль этого замечания, но ясно было одно — сомнения посещали не одну меня.

---

[1] Левый американский мэйнстрим.

— Все просто, — сказал Лева. — В Америке можно продать правую и левую духовность. Правая — это евангелизм и католичество. Если ты работаешь в этом сегменте, то надо соответствовать. Выступать против абортов, растлевать алтарных мальчиков и так далее. Но если ты продаешь левую духовность, а буддизм попадает именно сюда, то надо быть woke. Вот как Кендра в твиттере. Каждый день к революции призывает. И еще чтоб деньги раздавали. Кстати, не читай ее твиттер, она на самом деле не такая чокнутая. То есть чокнутая, конечно, но не настолько.

— Ты хочешь сказать, она переменила пол из бизнес-соображений?

— Не только. Иногда она говорит, что ее трансгендерный статус — это коан, учебная загадка, на которую должен ответить каждый из учеников, чтобы обрести прозрение... А иногда объясняет прямым текстом, что ее задача — пронести факел просветления в новую гендерную реальность. Чтобы кто-то первым прошел по этому пути и соединил наконец трансовый статус с окончательным пробуждением. Она из тех архаток, которые встали на путь бодхисатвок.

Вот так, сестры. Woke is the new awakened[1].

---

[1] «Воук» — это новое просветление.

— Знаешь, чем современный западный буддизм отличается от изначального? — спросил Лева. — Будда подолгу глядел на разлагающиеся трупы в разных стадиях распада, постигая суть физического существования. А западный буддизм как бы постоянно пытается впарить тебе улыбающийся труп, покрытый толстым слоем оптимистичного макияжа — потому что сегодняшний будда должен преуспеть на рынке. Это пятая благородная истина. Ну, может, не очень благородная, но истина все равно. И этот раскрашенный для продажи труп всплывает в каждой фразе «учителя дхармы», проецирующего образ «победившего страдание успешного буддиста». Про четыре стрелы услышать от наших архаток можно только по знакомству в узком кругу. В интернете они оптом и в розницу продают необусловленное счастье, помноженное на левый активизм...

Сам Лева был, как он выражался, духовным искателем широкого профиля, а по политическим взглядам относил себя к *небинариям*: принимал и правый, и левый векторы современности, примиряя их в своем сердце. Он был нераскаянным тайным трампистом, но при социальном общении выдавал себя за левого демократа. Сознавшись в этом двойном прелюбодеянии духа, он взял с меня слово, что я не скажу об этом его нанимателям.

— Сразу уволят, ты что...

Я не очень понимала, как это — примирять правое с левым в своем сердце. Он объяснил так:

— Западная культура универсальна и обслуживает все человеческие потребности. Она порождает и карательные удары с дронов, и протест по их поводу. Точно так же и отдельная душа способна совместить радость от убийства, условно говоря, плохого парня с возмущением по поводу очередной внесудебной расправы спецслужб. Или удовольствие от жизни на вершине голливудской цепи потребления с гневом из-за таяния ледников, вызванного человеческими эксцессами. Эти чувства живут в душе, не мешая друг другу — как полюса магнита на одной металлической подкове, понимаешь?

— Понимаю. Это то, что Оруэлл называл doublethink? Двоемыслие?

— Нет. Оруэлл давно устарел. Это небинарное мышление.

— Non-binary think, — повторила я вдумчиво. — А чем оно отличается от двоемыслия?

— Двоемыслие — это когда ты одновременно придерживаешься двух противоположных взглядов. Как бы веришь во взаимоисключающие понятия и силой воли заставляешь себя с этим жить. Типа «плюс это минус», «война

425

это мир» или «свобода это рабство». Сжал зубы и вперед. А небинарное мышление — это когда тебе даже в голову не приходит, что в происходящем есть противоречие. Двоемыслить больше не надо.

— Так разве бывает?

— Только так теперь и будет. Именно за небинарным устройством психики будущее... Ты смотрела «Idiocracy»?

Я отрицательно покачала головой.

— Посмотри. Non-binary think — это реальная перспектива... It's got what plants crave. Во всяком случае, военные заводы точно[1].

Он посмеивался над моими прогрессивными взглядами. Но не так, как Фрэнк. Лева, надо признать, был намного умнее — и говорил вещи, просто не приходившие в голову мне самой.

— Каждый американский SJW[2], выступающий за свободную раздачу долларов американцам, на самом деле просто microslaver, глобальный рабский микроплантатор, предлагаю-

---

[1] «It's got what plants crave» — «то, чего хотят растения», слоган для лимонада, которым в фильме «Idiocracy» поливали цветы. «Plants» может означать «растения» и «заводы».

[2] Social justice warrior — левый активист, борющийся, помимо прочего, за право на гарантированный ежемесячный доход.

щий переложить трудовое бремя на пеонов из остального мира, где имеют хождение доллары. А хождение они там имеют строго потому, что любая попытка заменить их чем-то другим кончается ударами ракет «hellfire» с дронов. Про это мог бы многое рассказать покойный полковник Каддафи. Поэтому для внешнего мира нет большой разницы между американскими SJW и пилотами штурмовиков и дронов. Карма у них общая, хотя пилоты в чем-то честнее. Но самое трогательное, что бывает — это колониальная интеллигенция, внедряющая заклинания и ритуалы левых американских активистов среди работающих за доллары туземцев — и называющая это борьбой за прогресс...

Я чуть не задохнулась от возмущения, услышав это. Хотя вряд ли он имел в виду меня. Мне просто так доллары никто не дает. Только евро. И потом, Лева все-таки видел мир идеалистично. В реальности далеко не все туземцы работают за доллары — их получают только надсмотрщики старшего звена, а туземцам дают быстро обесценивающиеся суррогаты, так что за колониальную интеллигенцию обидно вдвойне. Но объяснять это не хотелось.

Или, например, он говорил такое:

— Вот у нас есть identity politics. Политика идентичностей. У цветных свои интересы, у геев и лесби свои, и так далее... Считается, это как бы что-то левое и прогрессивное, потому что черные, ЛГБТ, Демократическая партия, революция и так далее. На самом деле это просто способ ввести в Америке кастовую систему — как в древней Индии. Разделяй и властвуй. Но в серьезных конторах давно понимают, что твоя настоящая идентичность — не гендер или раса. Это твоя search history[1]. Ты можешь сама не понимать до конца, кто ты. Твоя подлинная идентичность известна только ребятам из Гугла. Ну еще из Агентства национальной безопасности...

Такой Лева-магнит с большим количеством полюсов.

Ему было тридцать пять — и я казалась ему молоденькой девочкой. Во всяком случае, он так говорил. Это было приятно, чего тут лукавить. Себя он считал уже пожилым человеком — и много размышлял о молодости и особенно о ее утрате.

— Мы — мальчики и девочки — начинаем стариться после четырнадцати лет, сразу после полового созревания. Это похоже на сползание в обрыв с нарастающей крутизной. Сначала молодой человек как бы старается восстановить утраченное равновесие, и его кидает из стороны в сторону, причем с каждым годом все

---

[1] История поиска в интернете.

сильнее. Потом, после двадцати пяти, он плюет на равновесие и начинает доказывать себе, что еще юн. После тридцати пяти он начинает доказывать себе, что еще молод — и занимается этим обычно лет до семидесяти. Потом он начинает доказывать, что еще не стар. Потом он наконец умирает... И она умирает тоже.

Но самым главным в Леве (не для истории, конечно, а лично для меня) оказалось совсем другое.

Это был первый обрезанный член в моей жизни — и я наконец получила право принять участие в Великом Транскультурном Дебате о том, какой лучше.

И вот что я скажу, соратницы — через презерватив разницу ощутить трудно, и тип презерватива на самом деле значительно важнее. А если вы чпокаетесь без презерватива, то вы просто глупые, потому что женщина рискует куда сильнее мужика даже при оральном контакте. Миндалины. Впрочем, читайте сами, в интернете все это есть — а я беру маску и иду спать.

Эмодзи_красивой_блондинки_лежащей_на_подушке_в_маске_луны_и_готовящейся_увидеть_что_то_древнее_таинственное_и_довольно_страшное_причем_это_вовсе_не_обрезанный_патриархальный_шприц_как_мог_бы_подумать_в_этом_месте_самодовольный_мужской_самец.png

Солдаты пришли в храм моего бога без оружия и лат, одетые как местные ремесленники.

Они, по сути, ими и являлись, только их ремеслом была чужая смерть. Но они нарядились кожевниками. У них за плечами висели широкополые шляпы, на некоторых были новенькие фартуки, а у одного даже болтался на поясе скребок для чистки шкур. Воины империи в разведке. Пока цезари решают судьбу мира, такие вот грубые простые люди решают судьбу цезарей.

Они смотрели на меня с хмурым интересом — и я с таким же чувством поглядывал на них: я знал, что моя бабка Меса заплатила солдатам стоявшего по соседству с Эмесой Legio III Gallica столько же, сколько платил по большим праздникам Каракалла, и теперь легионеры прикидывали, стоит ли шкура выделки.

«Поэтому они и нарядились кожевниками», — засмеялся кто-то у меня в голове. После моего спуска в Аид такие голоса раздавались в ней часто: лекарь Ахилл сказал, что это духи, ставшие моими друзьями.

Заиграли флейты, и я начал свой обычный храмовый танец, который повторял уже столько раз, что мог даже не следить за движениями тела. Если после моего бега по загробным лестницам на меня и снизошла какая-то сила, пока я ее не чувствовал.

Все прошло как обычно. Конечно, я волновался. Нравлюсь ли я воинам? Станут ли они рисковать жизнью за нашу семью? Я не знал. Когда я закончил танец, солдаты просто ушли.

Вечером я увидел Ганниса.

— Ты опять накрасил лицо, — сказал он. — Солдаты, приходившие в храм, даже не поняли, кто танцевал — мальчик или коротко стриженная девочка.

— Мне все уши прожужжали, что я должен им понравиться, — ответил я. — Что плохого в том, что я хотел выглядеть красиво?

— Послушай, Варий, — сказал Ганнис, — я скажу тебе сейчас довольно бесстыдную и оскорбительную вещь, но от нее может зависеть наше спасение. Поэтому заранее прошу меня извинить.

— Извиняю.

— Красивым мальчикам свойственны женские мысли, поэтому они иногда украшают себя как женщины. Это ошибка. Мужчины действительно используют мальчиков вместо женщин, но мальчик нравится мужчине совсем иначе, чем женщина. Поэтому, если ты хочешь по-настоящему понравиться солдатам, изобрази не маленькую блудницу, а маленького воина. Ты очень красив без всяких румян, поверь знатоку. Ахиллу нужен Патрокл, а не маркитантка. Ахилл может, конечно, получить удовольствие с маркитанткой, но в бой за нее он не пойдет.

Я хмуро кивнул.

— Спасибо за науку, учитель. Но во-первых, я не собираюсь ублажать твоего друга-лекаря, служи ему Патроклом сам...

— Варий...

— А во-вторых, я пользуюсь румянами и помадой не потому, что хочу нравиться другим. Я хочу нравиться себе. И я делаю это не как женщина и не как мужчина, а как я сам.

— Но ведь тебе всего четырнадцать. Зачем тебе румяна?

— Тебе уже за пятьдесят, — сказал я, — а ты румянишься столько лет, сколько я тебя помню, хоть ты никакой не евнух. И еще ты бреешь голову, чтобы, уничтожив последние волосы, скрыть вместе с ними и плешь. Можешь объяснить зачем?

Ганнис даже покраснел. Такого он не ждал.

— Но ведь ты мальчик, Варий. Разве нет?

— Я не знаю, — ответил я. — Трудно сказать.

На меня напало упрямство. Ганнис знал, что в такие минуты лучше со мной не спорить — и решил зайти с другой стороны.

— Хорошо, — сказал он. — Тогда давай договоримся так – ты будешь кем тебе угодно, но потом. А сейчас ты должен изобразить перед солдатами мальчика. Маленького Каракаллу. Каракалла никогда не подкрашивал глаз. Наоборот, он рисовал себе бороду. Он с детства играл в солдата. Покажи им маленького Каракаллу, солдаты очень его любили. А когда мы будем в безопасности, ты сможешь нарисовать себе брови до ушей. Я сам принесу тебе все инструменты и краски, клянусь.

– Значит, сегодня мне надо нарисовать бороду? – спросил я.

– Нет, – улыбнулся Ганнис. – Достаточно не румянить щек и не подводить бровей. Когда Рим будет твоим, никто не посмеет тебе этого запретить.

– Рим будет моим? – переспросил я с недоумением. – Почему? С какой стати?

– Твоя бабка решила, что единственный шанс спасти всех нас – это сделать тебя императором. И она права. Солдаты Третьего Галльского ненавидят Макрина и готовы на мятеж. Но им нужно знамя. Нужен не просто незаконный сын Каракаллы, нужен маленький Каракалла.

– Хорошо.

– Ты похож на отца лицом, так говорят все. Будь похож на него и духом. Из Никомедии скоро привезут его детскую одежду. В ней ты

433

будешь каждый день танцевать маленького императора. И никаких румян, запомни еще раз. Никакой косметики вообще.

— Я понял.

— Завтра в храм придет много солдат. Это будет наш Рубикон. Желательно, чтобы мы не утонули при переправе. Ты должен понравиться солдатам, Варий, но не так, как ты хотел сегодня...

Я понимал, конечно, о чем он говорит.

На следующий день весь храм был полон солдат. Многие, не скрываясь, пришли в красных солдатских туниках и с оружием на поясах. Как и просил Ганнис, я не красился, не румянился и даже оставил волосы всклокоченными, как будто только встал со сна. Вчера я заметил, что солдаты небрежно причесаны — если причесаны вообще — и это была моя военная хитрость.

Они смотрели на меня молча, когда я начал свой танец, и никак не выражали своих чувств. Конечно, я опять волновался. Но все вдруг изменилось.

Я заметил на холщовой сумке одного из солдат грубо намалеванный силуэт быка — и под ним буквы:

LEGIIIGAL

Legio III Gallica. Бык! Бык был символом Третьего легиона — я столько раз видел его на военных штандартах. Вот этого быка мне следовало победить.

Но я ведь уже одолел его, призвав Элагабала!

Бык в латах воина! Я не забывал про него ни на миг, просто не понимал намека судьбы. Именно на Третий Галльский, а не на древний критский ужас и указывало мое видение.

Я мог победить, потому что уже сделал это. Мне не надо было подлаживаться под солдат. Мне следовало станцевать себя, уже отмеченного солдатской любовью и заслужившего их преданность. И, как только я понял это, мое тело стало двигаться само.

Я прошел перед ними решительно, прошел перед ними незабвенно, прошел перед ними задумчиво и прошел перед ними геройски. А потом я прошел перед ними победоносно, и когда я завершил второй круг, я уже был цезарем. Я знал это, и солдаты знали тоже.

Но было кое-что еще, чего они не знали. Я танцевал не для них, а для Камня. И Камень внимательно смотрел на меня своим единственным оком из черной треугольной глазницы.

Солдаты расходились молча, боясь нарушить святость и тишину храма. Но многие оглядывались и салютовали мне — оружием в ножнах или простертой рукой.

Вечером Меса сказала мне:

— Ты смог. Завтра мы пойдем в лагерь Третьего Галльского, и они объявят тебя новым императором...

Она уставилась на меня, ожидая, что я выскажу удивление. Но я молчал. Она недовольно покачала головой и сказала:

— Они верят, что ты сын их любимого Каракаллы. Твой танец им это доказал. Впрочем, я заплатила им столько денег, что могла бы сделать императором свою мальтийскую собачку.

С бабкой лучше было не спорить.

— Пока ты дурачился перед солдатами, привезли одежду Каракаллы. Иди померь ее, внук. Надеюсь, ты не заразишься чесоткой или чем похуже.

Детская одежда императора.

Это была военная туника, такая же как на приходивших в храм солдатах, только пурпурная. Она оказалась мне чуть велика, но солдатам это должно было понравиться — в бедных семьях детям шьют одежду на вырост. Привезли даже обувь маленького Каракаллы — солдатские сапожки-калиги из желтой кожи, совсем как у солдат, только очень искусно сшитые и с золотыми гвоздями в подошве. Они были великоваты, но я мог в них ходить.

Не калиги — калигулы. Сапожочки. По такому вот сапожку прозвали когда-то маленького Гая легионеры, среди которых он бегал в лагере. Его тоже одевали солдатом, чтобы завоевать любовь армии — а потом солдаты его убили. Все-таки есть в императорских судьбах нечто неизменное.

Ганнис, помогавший мне примерять новый наряд, сказал:

— Я видел тебя сегодня в храме. Тебе все удалось, мой мальчик. Это был *танец*.

Он выговорил слово «танец» с особой интонацией, как бы подчеркивая, что речь идет не о пьяной пляске, а о священном таинстве.

— Теперь ты понимаешь, — продолжал он, — почему я не пытался объяснить тебе, что и как делать. Я все равно не смог бы. Твой прадед Юлий говорил так: священный танец совершает невозможное не потому, что у танцующего появляется сверхъестественная сила, а потому, что невозможное вдруг оказывается естественным.

— Да, — сказал я, — правда. Но почему боги не слушают наших молитв — и внимают только танцу?

— Танец — это высшая из молитв, Варий. Когда ты танцуешь правильно, ты поднимаешься над рассудком с его мыслями и логикой, над личностью с ее привычками и даже над самой человеческой душой. Ты становишься одним целым с бесформенным и невыразимым божеством. А для божественного воления все просто. Сама собой решается всякая загадка, складывается любая головоломка: вещи и события, которые нельзя было примирить друг с другом, входят в зацепление без всякого труда, и все происходит естественно. Узлы развязываются сами, и даже бывает так, что меняется смысл прежних событий. Ведь похожее случилось?

Я кивнул.

— И чем это было? Ты можешь мне открыть?

— Бык, — ответил я. — Бык, которого я победил во сне. Это не Минотавр, а бык Третьего легиона. Воин в латах с бычьей головой. Когда я это понял, мне стало проще. И солдаты меня приняли.

Ганнис подумал, потом хлопнул себя ладонью по лбу и захохотал.

— Да, — сказал он, — да! Мне даже в голову не пришло!

— И мне. Хотя я видел эмблему Третьего Галльского много раз.

— Вот в этом и волшебство. Вещи и смыслы соединились через твой танец, и мир изменился. Третий Галльский теперь твой. Солдаты пойдут за тебя на смерть. Раньше это было невозможно, сейчас возможно только это. Так все и происходит... Ты говорил с Месой?

— Да, — ответил я. — Бабушка сказала, что ее деньги сделают меня императором.

— У победы всегда много отцов, — кивнул Ганнис, — и бабушек тоже. Деньги нужны, но их недостаточно. Солдаты не умирают за золото, они за него в лучшем случае отступают, а в худшем бегут. Если ты станешь принцепсом, много людей будет утверждать, что им тебя сделали они. Благоразумнее не спорить, а потихоньку угощать их ядом...

На следующий день солдаты Третьего Галльского провозгласили меня императором. Я уже чувствовал, что наряд маленького Каракаллы — это настоящий пурпур. Все было всерьез. Стены нашего дома в Эмесе больше не могли защитить нас, и семья, захватив самое необходимое, переехала в лагерь под защиту солдат.

Особенно тяжело трудности новой жизни переживала моя бабка Меса — у нее было много замысловатых привычек, от которых пришлось отказаться. Жизнь среди солдат стала для нее мукой. Даже ее мальтийская собачка куда-то убежала.

Она шутила по этому поводу так:

— Варий Авит уже самый настоящий принцепс. Я сказала ему, что могу сделать императором не его, а свою собаку, и он, должно быть, тайком ее придушил...

Она провела много лет при дворе двух императоров, и иногда от нее сквозило чем-то ледяным и жутким — особенно в те минуты, когда она старалась казаться милой и добродушной старушкой.

Узурпатор Макрин был обречен. До него дошли, конечно, вести о мятеже — но он не понимал серьезности происходящего. Когда он прислал войска, их оказалось слишком мало — и они перешли на нашу сторону, увидев меня на стене.

Они даже не поняли, что случилось. Перед ними был просто мальчик в пурпурной тунике, помахавший им рукой. Макрин послал отряд крупнее, и повторилось то же самое.

Никто, кроме Ганниса, не понимал, что это не Макрин совершает одну ошибку за другой, а я танцую легчайший путь к вершинам.

— Это был самый короткий танец, что я видел в жизни, — сказал Ганнис после очередного пополнения наших рядов. — Одно движение ладони от груди к солнцу. Юлий был бы горд.

На нашу сторону переходили даже шпионы, присланные сеять рознь. А когда к нам присоединился Legio II Parfica со своим опытным командиром Евтихианом, Макрин повел в атаку все свои войска вместе с преторианцами. Им пришлось наконец биться как подобает воинам, злорадствовали наши солдаты; мало того,

Макрин снял с преторианцев тяжелую броню, чтобы им легче было двигаться на жаре.

Пришел трудный для нас час – Макрин все же был самым настоящим императором, которого признал Сенат. Он успел объявить цезарем своего малолетнего сына, как когда-то мой дед Север. Сражаться с Макрином означало сражаться с Римом. Но к этому моменту я мог сказать про себя почти то же самое.

Междоусобица отличается от войны с внешним врагом тем, что никто из солдат не готов к смерти: происходящее кажется почти игрой, почти перебранкой в цирке. Но умирают во время этой перебранки точно так же, как в стычке с варварами.

Воины в лагере по привычке поют: «Проклятый германец на нас наступает...» А убивать приходится не германцев, а таких же легионеров, и военный трофей неотличим от кражи у своих.

Это была жестокая битва – но именно тогда, восьмого июня под Антиохией, весы склонились в мою пользу. Ганнис командовал строем как заправский генерал, мои бабка и тетка хватали за руки бегущих солдат – но все решил мой танец.

Никто не догадался бы применить слово «танец» к тому, что произошло (конных танцев, как шутил потом Ганнис, не бывает). Когда солдаты дрогнули и бегство их стало напоминать воронку, засасывающую все больше людей, я вскочил на коня, выхватил кинжал, который был у меня вместо меча, и поскакал на врага.

Я приблизился к преторианцам Макрина так, что моя жизнь оказалась под угрозой, но продолжалось это недолго — одного вида одетого в пурпур ребенка, презревшего смерть, было достаточно.

Наши повернули, закричали, ударили — и всего через час Макрин бежал. Он мог бы еще победить, если бы рискнул всем, но из осторожности решил отступить в Рим, где, как он полагал, его любили.

Скольких императоров подвела эта вера! Но Макрин не добрался даже до гавани: хоть он сбрил бороду, его узнали по исцарапанному подбородку. Сынишку его убили тоже — малыш успел побыть цезарем совсем недолго.

Но и наших полегло немало. В этом бою погиб врач Ахилл, который когда-то погрузил меня в сон. Причем убила его стрела из «скорпиона» — вот ведь какое вещее имя!

Каракалла всю жизнь пытался уподобиться Александру и не мог. У меня же это получилось без всякого труда. Я его станцевал.

Да, я сплясал Александра, скачущего в бой. Именно так македонский царь решал исход своих великих битв — подвергая себя опасности перед лицом готовых бежать солдат. Я знал теперь это божественное чувство победы, возникающей из пепла поражения. И еще я понял, что Александр по сути владел тем же искусством священного танца. Только он танцевал для всех людей и богов сразу — и они любили его как никого.

Война на этом кончилась.

Я не спешил в Рим и перезимовал в Никомедии. Вместо себя я отправил римским сенаторам свой портрет в шелковой робе жреца. Выглядел он очень по-восточному, но пусть привыкают к тому, что их ждет. Я мог бы, конечно, станцевать перед ними и римлянина — но не чувствовал себя обязанным следовать обычаям людей, с охотой ложащихся под каждого мятежного генерала.

Я победил Рим и его старых богов. Я взял этот город с боя в тот самый момент, когда поскакал на преторианцев Макрина в своей пурпурной тунике. Горе побежденным.

С собой я возьму Камень Элагабала — и полюбившего меня бога. Посмотрим, что он захочет сделать со Вселенной.

— Мы хотели спасти семью, — сказала мать, — а получили власть над миром.

— Власть над миром нельзя получить раз и навсегда, — ответила моя бабка Меса. — Каракалла повторял за Тиберием: это как держать волка за уши. И еще он говорил, что Рим опасное место для императора. Тебя привели к власти восточные легионы, Варий — не лучше ли будет остаться на Востоке?

— Каракаллу и Макрина убили далеко от Рима, — вздохнул Ганнис. — Опасное место для императора — лишь то, где его лишат жизни. Дело не столько в месте, сколько в смерти.

— О да, — сказала Меса, — это так. Иногда ты рассуждаешь мудро, хоть ты и евнух.

Ганнис очень злился, если его так называли, хоть полжизни выдавал себя за евнуха сам. В этот раз он смолчал.

Он смолчал и тогда, когда стали говорить, будто диадему на меня возложил командир Второго Парфянского Евтихиан. За столом только весело переглянулись, когда шпион пересказал нам эти слухи.

Всей семьей мы лежали за трапезой, совсем как в былые дни — но теперь рядом стоял Камень на прочных походных носилках, и мне почудилось, что он подмигнул мне своим черным глазом.

— Налейте ему вина, — сказал я, кивая на Камень. — Пусть посмеется вместе с нами.

— Он разве смеется? — спросила Меса.

— Все время, — ответил я. — Вы просто не слышите. И я теперь буду смеяться вместе с ним.

— Над кем ты будешь смеяться, Варий?

— Над старыми богами, — сказал я. — Над кем же еще?

☺

Последняя неделя на яхте была для меня интересна не только тем, что окончательно закрылся вопрос о влиянии мужского обрезания на женское счастье (не влияет, женское счастье вообще мало связано с мужским членом, но патриархальному мозгу трудно такое вместить).

Я много общалась с Тимом и Со — в основном в то время, когда прагматические буддисты были в другом месте. Не то чтобы я их избегала, но когда кто-то из них оказывался рядом, мне казалось, что меня прагматично бомбят с доброго дрона.

Правда, я видела как Кендра погружается в *джаны*. Так называются состояния глубокого покоя, или что-то в этом роде. Выглядело это следующим образом — она сидела на подушке с серьезным наморщенным лицом и быстро выкидывала пальцы — сначала пять на одной ладони, потом три на другой. Это показывало, в какой из восьми джан она пребывает. А затем она выкидывала еще два пальца, показывая две дополнительные джаны, открытые лично ею.

Думаю, было бы больше пальцев, нашлось бы и больше джан.

Лева и Винс следили за этим очень внимательно. Тим тоже делал серьезное лицо, но я чувствовала, что в глубине души он потешается над происходящим.

Тим казался мне куда интересней и круче этих буддистов.

Он, впрочем, тоже был образцом американской душевной чистоты, не ведающей, как она ежеминутно согрешает — и поэтому эдемически невинной. Я была уверена, что он скорее удавится на своем галстуке, чем скажет вслух n-слово, но при этом он без всякой внутренней печали шутил про французов так:

— Как узнать, что у вас дома побывал француз? Ваш мусорный бак пуст, а собака беременна.

Правда, он пояснил, что это не его слова, а цитата из Стивена Кинга — но тут же добавил свое:

— А как узнать, что побывал немец? Все то же самое, только над мусорным баком висит счет за сортировку мусора.

У Кинга, пояснила Со, подобное было написано не от лица автора — так говорил один из малолетних героев. К заслуженному писателю — вернее, к его юристам — вопросов, естественно, не было. Но у меня сложилось ощущение, что Тим не слишком любит Старый Свет. Евросоюз он называл не иначе как рейхом. А про европейскую культуру сказал так:

— У нее есть два постоянно перемежающихся модуса, или фазы. Первая, довоенная — сублимация пошлости в фашизм. Вторая, послевоенная — сублимация фашизма в пошлость. Сейчас вторая, но скоро опять начнется первая...

Он сказал «kitsch», но Со заверила, что имеется в виду именно русское понятие «пошлость», для которого в английском нет точного перевода, потому что англо-саксы пошлости не видят и не ощущают. Как будто ее ощущают современные русские, вздохнула я.

Про русских Тим при мне не шутил. Сперва я подумала, что из-за деликатности. Но Со только махнула рукой.

— Про русских уже давно не шутят. Ими детей пугают... Не подумай только, что Тим против Европы. Когда он говорит с европейцами, он точно так же кроет американцев. И называет Америку империей зла. Он не отождествляется ни с одной нацией.

— Гражданин мира?

— Негражданин, — улыбнулась Со.

Чтобы понять эту шутку, надо было знать про русских в Прибалтике. Со знала. Но именно после этого я впервые допустила, что она может показаться какому-нибудь французу идеальной француженкой точно так же, как мне кажется идеальной русской. Я ведь ничего на самом деле про нее не понимала. А про Тима — и того меньше.

Если сравнивать Тима с домом, у него было два уровня — надземный и подземный.

Наверху возвышался солидный приличный особняк с распахнутыми дверями и окнами, открытый для всех и обставленный по последнему мэйнстримному каталогу — стесняться там можно было только самого американского мэйнстрима. В этом верхнем строении не имелось ни червоточин, ни тайн.

Но под домом была лестница, черными зигзагами уходящая вниз — и, даже побывав на нескольких подземных площадках, я не знала, куда она ведет.

Tim or Fay — в этом каламбуре заключалось самое точное описание. Как в дневном Тиме не было никакой глубины и тайны, так в ночном и сумрачном Фее не оставалось никакой американской недалекости, словно это был человек из другого измерения. Эти две личности не пересекались. Просто в верхней части дома был люк, ведущий вниз.

Его дневные мнения, впрочем, состояли не только из медийного мэйнстрима — еще там присутствовал «locker room talk»[1] — то самое «белое мужское начало», которое так бесит малообеспеченных передовых американок в богатых реакционных американцах. Не то чтобы патриархальное объективирование женщины, но...

— Меркель? Я ее уважаю. Современная тетка, не стеснялась включать вибратор на полную мощность в любой момент, когда ей приходило в голову...

Я даже не поняла этой фразы, пока Со не объяснила, что Тим говорит о случаях, когда на немецкую бундесканцлерин нападала трясучка во время протокольных встреч.

Дневной Тим буквально сочился подобным цинизмом — но при этом с удивительным искусством обходил по-настоящему острые углы актуальной повестки, предоставляя другим грызть друг другу горло. О политике спорили между собой даже Винс с Кендрой — но Тим при мне ни разу не возразил никому из них.

«Ночные» же его слова были настолько не от мира сего, что как-то соотносить их с его пошлым, мизогинным и политически реакционным «дневным» трепом я даже не научилась — хотя он мог переключаться из одного режима в другой за секунду.

---

[1] Дискурс мужской раздевалки.

Однажды я сказала, что только бог знает будущее.

— Всезнание бога — глупая человеческая концепция, — ответил он. — Нильс Бор в беседе с Эйнштейном говорил — если бог желает узнать, как выпадут кости, он их кидает. Так бог постигает, что произойдет с миром. Он дает этому произойти.

— А заранее он ничего не знает?

— *Заранее*, — сказал Тим, выделив слово интонацией, — бывает только для людей. Это одна из их нелепых выдумок. Для бога ничего подобного нет. Люди существуют именно для того, чтобы выяснилось, что с ними произойдет. Их жизнь и есть тот способ, каким бог желает это увидеть — и выяснять это обходными путями так же глупо, как кипятить в ладонях воду, чтобы потом налить ее в чайник, придуманный исключительно для кипячения воды. Во всяком случае, с точки зрения бога...

Последнюю фразу он произнес важно и размеренно, словно намекая, что из нас двоих с этой точкой зрения знакома никак не я.

В общем, это были два разных присутствия в одном теле. Скоро я привыкла к тому, что можно провести целый день с Тимом на его верхнем этаже — обсуждать последний фильм или политический скандал, дивясь его калифорнийскому шовинизму и детскому самодовольству, и не услышать ни единого слова, которое намекало бы на подземные уровни.

Впрочем, подобное радикальное раздвоение для человековедов и психиатров совсем не новость, и в нем есть внутренняя логика: такой личности даже не нужно знакомить своего Джекила со своим Хайдом, и никакого конфликта между ними просто нет. Будь это иначе, маскировка Тима не была бы такой совершенной.

А она действительно была великолепной. Никакой загадочности. И при этом весь он был одним огромным секретом.

Противоречия здесь не было — я знала по опыту, что люди, картинно нездешние и *сочащиеся тайной*, обыкновенно пусты как прошлогодние осы в дачных окнах, и скрывают разве что размер собственного... Не знаю, какое слово здесь встанет лучше, «счет» или «член». Наверно, все-таки «счет», потому что член у них встает так себе.

Со сильно отличалась от Тима. Она была не просто умна и тонка, но еще и сохраняла свою ночную дверку приоткрытой. Я имею в виду, что у нее, как и у Тима, тоже имелись дневной и ночной уровни, но они не были отделены друг от друга, а соединялись в одну общую конструкцию.

Тим знал много интересного – но выудить из него информацию через дневные фильтры было практически невозможно. Следовало прежде перевести его в ночной режим. Со же почти все время говорила что-то неожиданное и клевое.

Например, про «эмодзи как оружие финансового капитала» (я зачитала ей цитату из брошюры, которую мне выдали во время первого визита на яхту) она сказала так:

– Это, конечно, политически грамотно и революционно, но совершенно неверно. Эмодзи – очень интересный новый язык. Многообразие смысла каждой эмодзи можно выразить только длинным абзацем текста, и то не всегда – так что это новая иероглифика. Западная письменность с эмодзи становится похожа на японский язык, где среди букв фонетической азбуки время от времени выскакивает сочащийся уймой смыслов и коннотаций иероглиф. Иероглифы, если хочешь, и есть древние эмодзи. А эмодзи – это новые иероглифы...

В отличие от Тима она любила Европу – и поразительно разбиралась в ее старине. Один раз я спросила:

– Интересно, а какой была древняя музыка? Например, в Риме?

Со пожала плечами.

— Это как спросить — а какая музыка была в двадцатом веке? В двадцатом веке было много разных музык. И в Риме тоже.

— Античная музыка есть на ютубе, — сказала я. — Какая-то хрень, правда.

Она попросила поставить ей что-нибудь. Я нашла пару примеров, и минут пять мы слушали.

— Это полная чушь, — сказала Со. — Фальшивка.

— Почему?

— Она безобразна. И совсем не трогает душу. Музыка — это способ подействовать звуковыми сочетаниями на человеческий мозг, заставив его выделять счастливую химию. Мозг за последние две тысячи лет не изменился. С чего измениться музыке? Вернее, она постоянно меняется, но всегда сохраняет способность действовать на мозг подобным образом. Другими словами, когда ты услышишь древнюю музыку, она тебе понравится.

— Да, — сказала я, — это логично. Но где-нибудь она сохранилась? Та музыка, которую слушали каждый день в Риме?

— Сохранилась, — ответила Со. — Практически в нетронутом виде. Это тарантелла. Только сейчас ее играют на чем попало, а тогда были флейты, тамбурины и скабеллы. Ну, или бубны с кастаньетами, почти то же самое.

— Тарантелла?

— Это от слова «тарантул». Считалось, что такой музыкой можно лечить от его укуса. Это очень древняя вера и очень старая оргиастическая практика, восходящая к мистериям Диониса. Вакхическим культам и так далее. Их запрещали еще в Риме. Но почти так же эта музыка звучала и до Рима... Ты ее слышала в пещере, когда мы говорили с Фрэнком. Древние духи знают эти созвучия.

Я вспомнила — действительно, в турецкой пещере играл какой-то легкий итальянский фолк. Тогда это показалось мне странным, но я решила, что такая музыка нужна для гипноза.

— Давай я тебе поставлю, — сказала Со.

Она повозилась со своим телефоном, и на экранчике мультимедийной системы появилась картинка: две раковины со вставленными в них синими самоцветами, почти как глаза. «Il Canto della Sirena», прочла я. Вполне антично.

Из колонок полилась музыка — милая и трогательная.

— Вот типичный пример, — сказала Со. — Tarantella del gargano. Ей не удивились бы в Риме времен Каракаллы. И даже, думаю, в Греции Александра. Поразились бы только тому, как необычно соединены фрагменты знакомых мелодий. И не узнали бы язык, на котором поют. Античная музыка ближе, чем нам кажется — она спрятана прямо в нашей.

— Мне нравится, — сказала я.

— Мне тоже. Но если ты будешь долго слушать тарантеллу, ты ощутишь такую... Как бы выразиться, вековую усталость. Это настолько старая музыка, что она натерла мировой душе ушные мозоли тысячи лет назад. И поэтому людям приходится придумывать новые вариации. Но от исходных созвучий мы не уходим все равно... Вот смотри...

На экране появился фрачник со скрипкой, стоящий на неоновом слове «Beethoven».

Заиграла скрипка, и я с удивлением узнала ту же... Ну нет, не ту же мелодию, она отличалась — но это была та же энергия, расфасованная в другие звуковые пакеты.

— Что это? — спросила я.

— Третья часть «Крейцеровой Сонаты» Бетховена. Чистейшая тарантелла. Ты раньше не слышала «Крейцерову сонату»?

— Слышала про нее, — ответила я. — Это повесть Толстого.

— Правильно, — улыбнулась Со. — Еще и повесть Толстого. Ты читала?

Я отрицательно покачала головой.

— Она о воздержании, — сказала Со. — О том, что женщина — это зло, открытые платья провоцируют мужчину и так далее. Обычная патриархальная истерика. Герой убивает жену, изменившую ему со скрипачом, с которым она играла «Крейцерову сонату». Оправдание домашнего насилия и все такое. Но обрати внимание, что к измене приводят не какие-то там прелюдии Шопена, а именно совместное исполнение древнего вакхического гимна. Можно сказать, участие в мистерии Диониса. Толстой мог бы назвать свою повесть «Вакханалия», смысл был бы тем же — или еще точнее. Вот это и есть «музыка как воспоминание души», только не о «небесной родине», как полагали Платон и Шопенгауэр, а о древнем земном опыте. Лев Толстой — гений. Даже когда он хотел сочинить реакционную политическую агитку, он говорил высокую и таинственную правду. Понимаешь, да?

Я спросила, откуда она знает так много про античную музыку, но она только загадочно улыбнулась. Я допускала, что она просто придумывает все это сама. Но вот я такое выдумать вряд ли сумела бы.

Однажды я задала ей сильно мучивший меня вопрос.

— Элагабал был жрец. Священнослужитель, причем самый высший. И очень серьезно к этому относился — считал свое жречество даже важнее императорских обязанностей. Но при этом он был настоящий распутник. Прелюбодей. Как такое может быть?

— Это удивляет нас, — ответила Со, — потому что мы наследуем уникальной скопческой религии, во всяком случае в культурном смысле. А в России на это вдобавок накладываются обязательные для ее населения воровские понятия. Но жизнь сама по себе и есть непрерывное прелюбодеяние в самом прямом значении слова. Это тот движок, на котором работает человеческий мозг. Даже чтобы пошевелить пальцем, человек должен возбудиться и поддаться искушению в ожидании награды. Ограничивать прелюбодеяние, чтобы потом выдавать на него разрешения — этот самый выгодный бизнес на свете...

— А можно пример такого бизнеса?

— Его хорошо наладили, например, католики. А в России даже это делали как бы из-под полы. И делали бы дальше, просто к попам уже никто не ходит за разрешением на блуд... Думаю, что в сегодняшних условиях выпуск платных индульгенций для ЛГБТ могли бы наладить ваши воры. Ну или полиция вместе с ворами.

— И что они продавали бы? Как выглядел бы продукт?

Со задумалась.

— Ну типа такой проездной на пять поездок «пять раз не этот самый». Купил и радуйся. А потом новый купишь.

— А как будут контролировать?

— Наверно, сделают приложение для мобильного. Contact tracing и все такое. Это целый огромный новый рынок...

Мне не захотелось углубляться в тему дальше.

— Значит, Элагабал не был распутником? — спросила я.

— Элагабал, я бы сказала, был древним баптистом.

— В каком смысле?

— Он полагал, что бог есть любовь. В том смысле, что бог выбрал для себя наилучшее — разделиться на два полярных начала, сливающихся в любви с искрами и треском... — она засмеялась. — Вот это бедный мальчик и пытался воплотить в себе самом. Вообще говоря, все римские принцепсы стремились уподобиться какому-нибудь божеству. Кроме Марка Аврелия, который больше всего ценил опиумную настойку и литературные штудии. Его надо читать примерно как Филипа Дика, только помня, что Дик писал под кислотой, а Марк — под черной. Он и помер-то, когда врачи отняли у него опиум...

Она часто вспоминала Марка Аврелия, упоминая его так, словно он был старым знакомым. По ее словам, император верил в перевоплощения. Или допускал их возможность.

— Ты веришь в реинкарнации? — спросила она.

— Не знаю, — ответила я. — Непонятно, что здесь имеется в виду. Может быть, это просто метафора. Вот мы растем, потом старимся — мы же меняемся? Каждый день происходит нечто такое, что можно назвать перерождением.

— Я говорю про переход из одной жизни в другую, — сказала она.

Я пожала плечами.

— Мы все время разные. Какое наше «я» перевоплотится? Какое из настроений? То, в котором мы умрем? Но люди обычно умирают в очень плохом настроении... Если бы они такими перевоплощались, это был бы ужас.

— Я думаю, — сказала Со, — что здесь имеется в виду другое.

— Что?

— В людях на самом деле мало индивидуального. Они видят одинаково, слышат одинаково, чувствуют одинаково. Быть человеком означает просто иметь человеческие органы чувств и создаваемый ими опыт. Этот опыт стандартен по своей сути — между людьми, когда они ни о чем не думают, нет никакой разницы... Когда они смотрят сериалы, ее тоже не слишком много.

Она вдруг засмеялась.

— Что? — спросила я.

— Если прочитать описание мужского оргазма, оставленное Марком Аврелием, делается ясно, что и в те годы продвинутые умные мужчины считали ценность такого переживания крайне низкой... Увы, мы с тобой не можем оценить это наблюдение в полном объеме.

— Только косвенно, — кивнула я.

— Люди взаимозаменяемы. Какой смысл в перерождении соковыжималки? Проще купить новую и начать с нуля. Любая соковыжималка делает одно и то же — гонит сок. Будет перемолотая кожура, будут липкие пятна. Зачем нужна память старой соковыжималки? Разве кому-то важна конкретная форма прошлогодних пятен?

— Пожалуй, — согласилась я.

— С другой стороны, есть некоторые наборы умений, знаний, особые разновидности опыта, накапливающиеся очень долго. И они, похоже, сохраняются во времени. Это как бы программы, загружаемые в новый компьютер. Почему Моцарт начинает прекрасно играть с младенчества? Или молодой математик решает в уме задачи, которые его родителям трудно даже объяснить? Откуда это берется? Я думаю, что перерождаются именно программные ядра — они выбирают новых людей в качестве своих носителей. Реинкарнация — это не то, что Петя стал Хуаном, а свежий след в культуре или истории, который оставляет такая программа. Заново воплощается не человек, а проявленная через него сила... Хотя и личные свойства людей могут к этому иногда примешиваться. Кендра, кстати, считает так же.

— Значит, — сказала я, — Элагабал тоже мог переродиться? В смысле, оставить будущему эту свою способность управлять Камнем?

— Конечно. Именно ее мы и ищем... Вернее, ты ищешь. Кстати, ты еще не получила знак? Может быть, тебе снился какой-нибудь вещий сон?

Со глядела на меня с легкой тревогой — и я ее понимала. Я говорила ей, что умею читать знаки, которые посылает мир. Именно так мы встретились с ней в Стамбуле. Но она, кажется, не слишком доверяла этой моей способности.

— Еще нет, — ответила я. — Но я уже знаю, что делать.

Я сказала правду. Именно этот разговор и подал мне спасительную мысль.

Все это время я надеялась, что получу от мира какое-то указание. Но я ждала его днем. А почему, спрашивается, не ночью?

Мне нужно было найти человека, способного управлять Камнем — то есть делать то же самое, что Элагабал. Возможно, этот человек был самим Варием в новом обличье — хотя бы в том смысле, о котором говорила Со. После разговора с мертвым Фрэнком я могла допустить что угодно.

Если Варий — или какой-то его сохранившийся аспект — живет и сегодня, он должен где-то находиться. Люди всегда где-то находятся.

Почему, спрашивается, я не могла спросить самого Элагабала о том, как мне его найти? Я же видела его во сне почти каждую ночь.

Я, правда, ни разу не говорила с ним. Я или переживала его жизнь как свою, когда засыпала в маске Солнца, или смотрела что-то вроде фильма с закадровыми комментариями, когда надевала маску Луны... Но все-таки способ задать вопрос должен был существовать.

Я провела несколько часов, читая наставления по работе со снами, найденные в интернете. Главная их мысль была отлично известна мне и так: засыпая, следовало настроиться на получение ответа. Каким образом? А просто сделать это, и все, объясняли руководства. Как говорится, «джаст дует». И я в конце концов решила сделать именно это, не задумываясь о техниках и методах.

Но я не знала, какая маска поможет здесь лучше — поэтому меняла их.

«Варий Авит, где ты? — шептала я, засыпая. — Где мне тебя найти? Как?»

На второй день этих опытов мне приснился сон, который я уже видела прежде. Варий в пурпурной военной тунике чертил что-то красным грифелем на стене. Я часто видела, как он пишет — иногда на восковой табличке, иногда на грифельной доске — но никогда не обращала внимания на слова, потому что не понимала их.

В этот раз я постаралась запомнить их и записала на бумажке, как только проснулась.

Varius Avitus Adero

Варий Авит — это было имя. «Adero» на латыни означало «я там буду». Или даже «я нахожусь там». Прямой ответ на мое вопрошание.

Не хватало только самого главного — где?

Я увидела этот сон еще несколько раз. Все повторялось: Варий (здесь он не был еще императором) писал эти слова красным грифелем на белой стене, покрывая продолговатыми латинскими буквами все доступное пространство.

Правда, в тексте встречались разночтения. Иногда Варий писал сокращенно, как древние цезари на монетах: VarAvAdero. Иногда надпись становилась еще короче: VarAdero или AvAdero.

Я могла бы еще месяц размышлять, где будет Варий, а где Авит — но, к счастью, догадалась спросить совета у олигархов Кремниевой долины.

Слово «VarAvAdero» никакого смысла для гугла не имело. Слово «AvAdero» — тоже.

«VarAdero» было... курортом на Кубе.

Бабах. Бинго!

Это могло быть и совпадением, конечно — но разве бывает хоть один знак, который нельзя назвать просто совпадением? Знаки и есть совпадения, которым мы придаем значение, наполняя их смыслом.

— Я получила знак, — сказала я Со на следующее утро.

— Ты уверена?

— Уверена на все сто.

И я рассказала про свой сон.

— Хорошо, — ответила Со. — Это убедительно. Собирайся в дорогу.

Вечером, чуть не спугнув Леву (тот ушел за пять минут перед этим), меня навестил Тим — и у нас произошел совершенно поразивший меня прощальный разговор. Честное слово, от *американского инвестора* я такого не ожидала.

— Завтра мы остановимся на Тенерифе, — сказал он. — Со говорит, ты полетишь на Кубу?

— Да, — ответила я.

— Var Adero, — в два отчетливых слова произнес Тим. — Будем надеяться, что Варий тебя встретит...

— Будем, — сказала я. — А можно вопрос офф-топик?

Тим кивнул.

— Вот эти ваши гости-буддисты... Вы к ним серьезно относитесь? По-моему, вы над ними угораете.

— В каком смысле?

— Ну они идут по древнему духовному пути. Вы в такое верите? Или они для вас просто клоуны? Вы вообще верите в духовные пути?

Тим еле заметно ухмыльнулся — и я поняла, что он переключился в свой ночной модус: со мной говорил уже не Tim, а Fay.

— Все духовные учения, — сказал он, — пытаются приватизировать нечто такое, что совершенно вне их разумения и власти. Мало того, их приверженцы ведут себя так, будто они эту власть имеют. Словно дикари, которые по очереди забираются на огромную гору и вопят: я бог горы! Я! А гора про них даже не знает. Конечно, эти люди клоуны. Кто же они еще?

— А что вне власти человека?

— Все, — улыбнулся Тим.

— Не понимаю.

— Бывает два духовных пути, — сказал Тим. — Вернее, два их типа. Первый — это то, чем занимаются Кендра с Винсом. Выйти за пределы слов, рассечь реальность на атомы, поднести к ней такую мощную линзу, чтобы

465

все знакомое исчезло и осталась только невидимая обычному человеку фактура. Многие думают, что при этом понимают все про человеческую жизнь. Ну да, они видят кирпичи, из которых она сделана. Это интересно, странно и чудесно. Можно изучать эти закоулки всю жизнь. Но если ты исследуешь кирпичи и швы с раствором, разве поймешь что-то про архитектуру дома? Или про то, кто и зачем его построил?

— То есть они идут не туда?

— Я так не говорил, — сказал Тим.

— А второй путь?

— Это вообразить дом, где ты якобы живешь. Придумать такую архитектуру, какая тебе понятна и нравится. А потом научиться видеть ее поверх любой кладки. Вцепиться в какую-нибудь идею или легенду, и так пропитать ее своей верой, что она станет твоей персональной истиной. Одни дружат с тибетскими духами, другие с девой Марией, третьи с Шивой. Даже встречаются с ними в укромных местах. Это значительно проще, чем первый вариант, но толку еще меньше. Самая добрая галлюцинация — это всего лишь галлюцинация.

— Какой из путей тогда правильный? — спросила я.

— Просто расслабься, девочка. Человек не может ходить по путям.

— Почему?

— Да потому, что он прибит гвоздиком. Единственный путь, по которому он действительно перемещается, заключен в его судьбе, а судьба заключена в теле. Родился, вырос, состарился, умер. Других духовных путей нет.

— Как нет? Ведь по ним же идут.

— Человек может полагать, что он куда-то идет. Как малыш на качелях воображает, что летит на самолете или скачет на лошади. Когда он слезет, будет не слишком важно, куда он скакал и с кем сражался. Искатель на духовном пути — такой же дурачок на качелях... Люди — это живые нитки, которыми сшита реальность. Какой у человека может быть путь, кроме того, чтобы просыпаться утром и засыпать вечером? Ты не досмотрела жизнь Элагабала. «Нитки» — это не мое сравнение, а его. Надень маску и увидишь сама. Есть момент, где он очень отчетливо это понимает...

— Что — это?

— Вот ты появилась, описала свою траекторию в жизни и исчезла. Тебя больше нет, но ты что-то собою связала, соединила, скрепила. Рассасывающаяся нить, как при хирургической операции. Тобою сшили ткань творения — нечто такое, о чем ты даже не имеешь понятия. В чем смысл нитки? В чем ее назначение? Да просто в том, что это нитка. Но каждая нитка при этом думает, что все дело в ней, потому что у нее самая красивая попка в инстаграме.

— У меня не самая, — ответила я.

— Я не про тебя... — он вдруг поднял руки, словно понял, что сказал ужасную бестактность, — то есть про тебя, конечно, извини старого дурня, хе-хе...

— Пожалуйста, говорите серьезно.

— Если серьезно, то большинство в этом мире тянет свою лямку и не задает лишних вопросов. Я имею в виду, о смысле происходящего. Они этот смысл и так понимают — вылечиться от грибка и расплатиться с ипотекой. Но некоторые визжат как поросята — не хочу, не буду, все абсурдно и страшно. Поэтому придумали эти самые духовные пути. Прогулялся немного у себя в голове, успокоился и опять впрягся. Так что давай, впрягайся. Это и есть путь...

Он довольно ухмыльнулся.

В этот момент ему не хватало огромного живота с бриллиантовой цепью и сигары во рту.

Впрочем, так сейчас выглядят не капиталисты, а рэперы. Хотя рэперы, подумала я, это ведь тоже капиталисты. Буржуины, которые продают нам нашу же тоску, намазанную на купленный у звуковых буржуинов бит. И еще приторговывают мерчем. А бывают буржуины духовных путей. Тоже со своим мерчем. Мак-Хатмы.

— Кендра говорила, — сказала я, — что мы можем иметь дело только со своими собственными выхлопами. Вы с ней согласны?

— На сто процентов, — ответил Тим.

— К духовным путям это тоже относится?

— Именно к ним это и относится в первую очередь.

— А просветление?

— Что такое просветление? Это что-то такое буддийское, да? Но даже у буддистов на этот счет единого мнения нет. Почему бирманское просветление так сильно отличается от тибетского?

— А они отличаются?

— Еще как. Японский дзен-мастер кажется бирманскому учителю даже не вошедшим в поток. Для тибетского бонпо оба гуляют где-то в потемках. Когда монах-теравадин слушает на ютубе англоязычный дзогчен, он думает, что это косметическая психотерапия-лайт для домохозяек. А к нему самому в это время крадется седобородый индус, чтобы обвинить его в дуализме... Все эти просветленные мужи бьют друг друга канделябрами по бритым черепам много тысяч лет.

— Но ведь в конце они приходят к одному и тому же?

— Кто тебе сказал?

Я замялась. Это была та редчайшая жизненная ситуация, когда ссылка на БГ как на духовного авторитета не канала.

— Вовсе нет, — сказал Тим. — Если ты, конечно, не говоришь о смерти. Пока мартышки живы, они кривляются по-разному. Одна узнает «природу ума», не понимая, что упаривает философскую концепцию до простейшего эха, и узнается именно концепция, за годы тренировки редуцированная до переживания-символа. Другая мартышка следит за феноменами восприятия, не замечая, что сама создает их своим поиском. Чем дольше она греет воду у себя в голове, тем сильнее там булькает, пока чайник не отключится. Третья мартышка простирается перед иконой и стяжает какого-нибудь «духа» — и тот, натурально, подваливает в заказанных объемах и формах... Все духовные практики — это генерирование специфических эффектов в потоке восприятия, и эти эффекты в каждой традиции свои. Общее у них только то, что они возникают из ничего и исчезают без следа. Все, что обнаруживается, перед этим фабрикуется. Особенно так называемая несфабрикованность. Исследовать духовную реальность невозможно, потому что она не просто зависит от нашего внимания — она и есть замкнутый на себя поток внимания, способный порождать что угодно. Змея, кусающая свой хвост. «Изучать» этот поток — как вопрошать ночь, какой из снов настоящий...

— Откуда вы столько про это знаете?

Тим только ухмыльнулся.

— А научное знание? — спросила я. — Это ведь тоже путь.

— В точности то же самое. Оно тоже сделано из веры, только это вера не в «ум», — Тим опять изобразил пальцами кавычки, — а в «материю». И эта вера точно так же меняется со временем. Греки думали, что звезды — это золотые гвозди в хрустальных сферах, которые крутятся где-то наверху. Но забивать эти гвозди человек не мог — он умел только вычислять их траектории в небе. Людям кажется, что сегодня они сильно поумнели, потому что рассчитывают не расстояния между гвоздями, а массы черных дыр, размер и возраст Вселенной...

— И подтверждают догадки наблюдениями, — вставила я.

— Да. Но за этим они как-то упускают то обстоятельство, что Вселенная — это просто небесное кино, проверить достоверность которого никогда не будет иной возможности, кроме как глядя на те же верхние огоньки.

— Почему нельзя проверить?

— А как? На потолке висит плазменная панель и что-то такое показывает. Астрономы смотрят свой сериал — и визжат как дети в кинозале. Но ведь даже Голливуд умеет сочинять запутанные сюжеты, так почему это искусство не может быть доступно архитекторам симуляции? Что, по-твоему, самое главное из написанного в небе?

— Что?

— Расстояния до якобы находящегося где-то в космосе настолько невообразимы, что человек никогда не сможет превратить эту небесную историю в свой непосредственный опыт. А будет только перечитывать ее и дописывать, совершенствуя свои астролябии, подзорные трубы, лазерные интерферометры и прочие радиотелескопы.

— В космос можно полететь, — сказала я. — Илон Маск...

— Даже если ему разрешат высадку на Марс, — перебил Тим, — это будет мало отличаться от обкуренной съемки в небольшой студии, куда пустят только после полугодовой отсидки в холодной темноте. Причем за пропуск в студию на троих придется заплатить триллион долларов, а симуляция будет работать на том же движке, что и здесь... Человеческую космогонию можно обналичить только так. Поэтому нет ничего смешнее спора, правда ли американцы высадились на Луне. Откуда же им знать-то? Они даже не в курсе, были они вчера на свете или нет.

— Понятно, — сказала я.

— Вот, — Тим поднял палец. — Теперь ты постигла природу человеческого познания. Как говорят учителя дзена, keep this mind[1].

— Спасибо за напутствие, — ответила я. — Но почему все устроено именно так?

— Найди того, кто нам нужен, вернись с ним вместе, и я отвечу. А сейчас тебе пора.

— Угу, — вздохнула я. — Маски будут со мной?

— Конечно. Чтобы не возникло проблем, я приготовил футляр, справку и чек. И еще этот, как его, сертификат в двух экземплярах. Если что, ты их купила в магазине сувениров в Стамбуле. Современный художник. Да они и не выглядят чем-то особо ценным... Так что серебряный член и наручники можешь оставить здесь.

— Передайте их Кендре, — сказала я. — Скажите, от меня.

— Обязательно, — улыбнулся Тим. — А если она спросит, что это значит?

— Скажите, это коан. Пусть себя проверит. Настоящая архатка поймет сразу...

---

[1] Сохрани это состояние ума.

Покидать яхту было грустно — почему-то казалось, что больше я на нее не вернусь. Прощай, «Аврора», думала я. Теперь мы точно знаем, что тебе снится.

В аэропорту мне пришло в голову, что спать высоко в небе — очень особый опыт, и за время долгого перелета на Кубу я смогу увидеть что-то заоблачно крутое. Я взяла маски в кабину.

В конце концов, я не слишком часто летаю бизнес-классом. Надо было использовать эту комфортабельную ночь над человеческим миром — и я сделала это почти без трений с персоналом.

Эмодзи_красивой_блондинки_в_маске_луны_на_которую_с_уважительным_недоумением_косятся_стюардессы_но_ничего_не_могут_сказать_потому_что_шторка_опущена_ремни_пристегнуты_мало_ли_у_меня_такой_фасон_маски_для_сна_и_какое_вам_вообще_дело.png

Римские боги не знали того, что знала даже моя бабка: власть над миром нельзя получить раз и навсегда. Они смогли когда-то победить титанов — но где им было победить людей, уходящих к новым богам? От такой угрозы нет защиты ни у одного небожителя.

Боги Рима были стары и лукавы. Они втягивали мраморными ноздрями облака жертвенного дыма и посылали неясные знамения, вокруг которых кормились толпы толкователей — но ничего не делали для взывающего к ним человека. Во всяком случае, со времен Александра.

Победу в битве по привычке объясняли милостью божества, поражение — его гневом, но радения у алтарей давно уже не могли повлиять на исход человеческих дел. С таким же успехом можно было молиться игральной кости.

Но боги Рима еще не умерли. Я знал, что они видят Камень Солнца — и негодуют, словно обожравшиеся толстяки на пиру: стол с яствами отъезжает все дальше, а сил встать с ложа и догнать его уже нет.

Все, что я делал, выглядело пристойно. Богов Рима не оскорбляли и не сбрасывали с пьедесталов. Просто им пришлось подвинуться и принять в свои ряды нового бога — первого среди равных.

Я построил Элагабалум, огромный новый храм, и свез туда все святыни прежнего мира, до которых смог дотянуться. Даже огню Весты пришлось переселиться. Все статуи и священные предметы отныне становились магической свитой нового бога и приобретали значимость только из-за своей близости к нему.

Под мантией Юпитера уже много веков скрывалась затянутая паутиной пустота. Я не видел большого греха в том, чтобы взять эту мантию и накинуть ее на вознесший меня Камень. Элагабал и есть то, что вы называли прежде Юпитером, объяснил я Риму, просто теперь главный из богов желает показаться вам в новом обличье.

Как говорил Ганнис, риторические хитрости способны повлиять лишь на тех, кто изучал риторику, а таких до обидного мало. Сложные построения ума доступны философам, юристам и прочим образованным людям, а народу понятно только знакомое по ежедневному опыту: рождение, смерть, женитьба.

Боги не рождаются и не умирают – во всяком случае, на глазах у людей.

Но вот жениться им никто не запрещал.

Чем дольше я обдумывал идею, тем веселее мне делалось. Ну конечно. Я возьму Камню Солнца жену – и тогда новый бог станет народу ближе.

Сперва я решил, что на эту роль лучше всего подойдет Паллада. Это означало поженить Восток и Запад, соединить солнечную древность Сирии и Египта с мудростью Афин... Я принял решение, и статую Паллады привезли в новый храм.

Но потом мне пришло в голову, что шутку, выдуманную для народной потехи, следует все же обсудить с Камнем.

И вот тогда это и произошло.

В полночь я остался в храме и исполнил священный танец один, без зрителей. На меня глядел только Камень и ни единого человеческого глаза.

Играл слепой флейтист из Никомедии – он теперь сопровождал меня всюду, даже в термах, и я давно перестал замечать его присутствие. Он был финикиец и не понимал других наречий, а я знал его язык достаточно, чтобы объяснять простейшее. Но мы говорили редко. Он напряженно морщился от слов и предпочитал щелчок пальцев или хлопок в ладоши: таков был язык, на котором с ним изъяснялся мир.

Я думал, что пережил свой апофеоз, когда с оружием в руках повернул бегущих солдат на преторианцев Макрина. Но даже это счастливое и страшное событие померкло перед тем, что случилось со мной в ту ночь.

Вернее сказать, это случилось не со мной. Это случилось с Варием Авитом – тот, хоть и принял много новых имен, но не слишком изменился с Эмесы. Я же нынешний появился на свет только после той ночи.

Зал, где стоял Камень и статуи его свиты, освещало всего несколько ламп на колоннах. Когда я поднимал глаза, колонны растворялись во мраке: огромная пустота над головой была почти черной, словно на меня спускалась грозовая туча. Камень Солнца был освещен лучше – и казался завернувшимся в черный плащ незнакомцем, сидящим на золотом возвышении.

Я хлопнул два раза в ладоши, и финикиец заиграл протяжную и приятную мелодию. Никто не смотрел на меня; мне не надо было думать о красоте лица и движений – и мой танец с первого шага превратился в обращенную к Камню беззвучную речь:

«Элагабал, с тобой говорю я, Антонин, называемый в народе так же Элагабалом по твоему великому имени. Я хочу сделать тебя главным богом Рима – но для этого нужно следовать народному обычаю. Люди примут тебя, если ты войдешь в божественную семью понятным им способом. Поэтому я хочу женить тебя на Палладе. Хочешь ли ты ее? Или желаешь другую богиню? Тогда назови...»

Несколько шагов я сделал во внутреннем молчании, а дальше мне в голову пришла мысль, сперва показавшаяся мне моей собственной. Но она разворачивалась не сама, а в такт моим движениям, и я с содроганием понял, что это ответ божества. Мне пришлось вытанцевать его весь перед тем как он сложился в моей голове полностью:

«Ты говоришь, что хочешь сделать меня главным богом, но кто ты, чтобы решать подобное? Ты для этого должен быть не высшим из людей, а высшим из богов...»

Теперь я знал, как говорит Солнечный бог – голосом привязанной к моему танцу мысли. Иногда – неузнанной мысли: я различил речь Элагабала лишь потому, что ждал ответа. А ведь и до этого дня мне многое приходило в голову во время танца. Но я не обращал внимания, стараясь правильно наклоняться и ступать.

Мне захотелось сесть на мрамор пола, опереться спиной о колонну и прийти в себя. Но я боялся прекратить танец – неизвестно было, заговорит ли божество снова. И следовало, конечно, поддержать диалог.

Ответ в моей голове родился почти сразу – и разумение мое было глубже, чем обычно:

«Люди поклоняются в основном священным камням и статуям, – ответил я наполовину мыслью, наполовину движениями тела, – и назначить им нового бога означает лишь изменить порядок расставленных перед ними предметов...»

«Ты и сам поклоняешься Камню».

Мне почудилось, что я слышу беззвучный хохот. Я испугался. Я всегда отчего-то считал, что Камень Солнца меня любит. Зачем иначе он вознес бы меня на такую высоту? Но теперь я уже не был ни в чем уверен.

«Я поклоняюсь не Камню, — сказал я, — но тому, что за Камнем».

«А ты знаешь, что за ним?»

«Нет, — ответил я. — Мой смертный ум этого не видит. Я вижу дела Камня и полагаю, что за ним стоит нечто великое и прекрасное».

«Увидь же...»

Тогда это и произошло. Подтягивая правую стопу к левой, я еще не знал. Мои стопы соприкоснулись, и мой ум открылся. Когда моя правая нога опередила левую и заскользила вперед по мраморной плите, я знал уже все.

Но я не остановился. Я танцевал — и с каждым движением проникал в тайну глубже, словно бы спускаясь в один из тех каменных колодцев, которые, по рассказам Ганниса, ведут к сердцам пирамид.

Тайна была простой и невероятной. Я даже не нашел бы слов, чтобы объяснить ее, если бы не техническое чудо, которое мне показали в Никомедии.

В тот день меня привели в небольшую темную комнату, где в стену была вмурована тонкая бронзовая пластина. В пластине было проделано крошечное — не больше чем от укола шилом — отверстие. Не знаю, как и почему, но на стене напротив него возникали картины — то розы, то драгоценные вазы, то золотые кубки... Мне объяснили, что никакого колдовства в этом нет: свет, проходя через крохотную дырочку, сам рисует то, что предложено ему за стеной в виде образа, только картинка выходит перевернутой.

Свет рисовал достовернейшую картину. Ганнис, который осматривал эту комнату вместе со мной, долго говорил о «Пещере» Платона: мы с ним изучали это сочинение год или два назад, но я, конечно, ничего не помнил. Главная мысль Ганниса была в том, что весь наш мир возникает примерно так же, как эта светящаяся картина напротив оставленной шилом дырочки.

Мне трудно было понять, о чем речь.

— Стена плоская, — сказал я. — На нее падает свет, и получается картина. Если весь наш мир такой же природы, то на какой основе он, спрашивается, возникает?

— На тебе самом, мой господин, — ответил Ганнис. — Считай себя подобием стены. И я тоже такая стена, и Макрин, и Меса, и последний раб. Но это, конечно, лишь сравнение — а все сравнения хромают. Не пытайся понять их буквально.

— Если я — такая стена, почему я не знаю этого сам?

— Разве ты знаешь себя, господин? Ты ведь ни разу не ездил в Дельфы.

Я догадался, что он намекает на древнюю дельфийскую надпись[1].

Он к тому времени уже перестал звать меня Варием и называл господином. Во всяком случае, при посторонних, а с нами были солдаты охраны.

— Хорошо, — сказал я, — этого я все равно не пойму. Но где тогда дырочка, откуда выходит свет? Какое хитроумное устройство создает волшебные разноцветные лучи, становящиеся тем, что нас окружает?

— Это действие бога, — ответил Ганнис. — Вернее, божественной машины, чью природу понять невозможно... Я, во всяком случае, не смог — а ты, господин, быть может, и сумеешь. Но меня в это время рядом с тобой уже не будет.

Я давно знал, что риторы, софисты и спорщики прячутся за словом «бог», когда у них иссякают аргументы — и решил, что Ганнис воспользовался этим приемом. Если непостижимость бога приводят в качестве аргумента, о чем остается говорить? С этого заявления

---

[1] «Познай себя».

почему-то никогда не начинают спор — им заканчивают.

В тот же вечер Ганнис прислал мне кастрата-чтеца с текстом «Пещеры», но я был пьян, вокруг меня вели хоровод веселые девушки, и до Платона не дошло.

Теперь же, в полутемном храме, мой ум открылся и я понял сказанное Ганнисом.

Камень Солнца и был божественной машиной, которая рисовала наш мир таинственным и неизъяснимым способом. Вернее, не всей машиной, а видимой ее частью.

Камень был подобием отверстия в стене темной комнаты. Через него проходили лучи, рисующие мир. Поэтому его и называли «Sol Invictus». Само же мироздание было картиной, возникающей в моем уме — и сколько существовало разных умов, столько появлялось таких картин. Смысл божественной игры был в том, что они соединялись друг с другом и сплетались в нечто нам неведомое.

Даже увидев, как божественная машина создает мир, я не мог внятно это выразить, хотя после откровения мое разумение усилилось и окрепло, и многие потом с завистью говорили, что я наколдовал себе мудрость так, как другие наколдовывают богатство.

Я попробую объяснить суть того, что я понял — но для этого мне понадобятся сравнения.

Вот есть ткацкий станок, или прялка, не помню, как правильно — где делают ткань. Если ткань с узорами, то они возникают на вертикальной раме постепенно, нитка за ниткой, при каждом ходе прялки, и смысл красной или синей нити не в ней самой, а в узоре, куда она войдет.

Мир наш похож на такую ткань, где мы — нити. В том смысле, что каждый человек, или зверь, или дух живет и сражается так, словно все дело в нем, но сами по себе существа бессмысленны. Есть только ткань, куда они вплетены как части — полотно пестрое, яркое и страшное, не видное и не внятное целиком никому, кроме бога. Для богов же это игра.

Так что такое моя жизнь и в чем мое назначение — и не только мое, но и любого человека?

Возьму простой пример. Вот я сижу вечером у окна. За ним слышно лошадиное ржание и голоса людей, и меня злят эти звуки, потому что они нарушают мой покой.

Мне кажется, что шум происходит в мире за окном, а я отвечаю ему своим раздражением. Но на деле и шум, и моя злоба есть одно целое — узор, который бог заставляет меня прожить как этот миг, чтобы оживить его. Он сделал меня для этой цели, как катушку с нитью, и нить эта есть моя душа, которая не моя, но бога — и лишь окрашена мною, как краской. Мною создается мир.

Бог прядет на своем станке так, будто есть я и есть ржущая лошадь — но нужно это для того, чтобы событие стало частью вселенской ткани, где конское ржание и шум голосов переплетены с моим раздражением. Мое переживание этого мира и есть то самое, что его порождает. Так же со своих позиций соучаствуют в создании космоса ржущая лошадь и шумящие под окном люди, и все эти нити соединяются через Камень подобно проходящим сквозь одну точку лучам.

Это был простой пример — а можно вспомнить битву под Антиохией, где я посылал солдат в бой, махая кинжалом как Александр. В таких сражениях сходятся легионы, страдают и умирают тысячи.

Пожар этого мига поддерживается огнями со множества направлений, и то, что считают человеческим зрением и слухом, есть на самом деле создающие мир лучи. Мы исторгаем эти лучи из себя, пока не израсходуем свою жизненную силу, выплетая узор настоящего. Если сравнить наш мир с моей шелковой робой, то мы черви, выделяющие из себя шелк — а мним себя вышитыми на робе картинами, которых и нет-то нигде, кроме как в нашей памяти.

485

Бог, придумавший эту жестокую игрушку — а игрушка эта и есть наш мир со всеми его кажущимися обитателями — подобен не слишком развитому ребенку.

Но рядом с этим юным и глупым богом есть другие, как бы его родители: мудрые и добрые, они исполнены сострадания ко всему сущему, даже к одушевленным нитям, затянутым в живую картину.

Боги не могут увидеть наш мир так, как видит его человек. Вернее, могут — но для этого им надо перестать быть богами и стать людьми, ибо мир, в который погружен человек, и заключен в человеке. А зачем богам человеческое? Если люди отворачиваются от создаваемого из них узора, они видят лишь одно: распад и разрушение своей смертной природы.

Богов не слишком-то интересует наш мир — как родителя не особо занимает непристойный рисунок, намалеванный сынишкой на заборе, или залитый уксусом муравейник. Конечно, боги добры — и способны проникать сострадательным взглядом даже в мельчайшие глубины. Но делают они это редко. И мне ли их упрекать?

О, я видел богов, воистину видел. Но мой язык немеет при попытке описать их.

Наше небо с луной и звездами есть картина,

произведенная божественной машиной. Эта картина подобна зеркалу перед зрачком — чем острее и зорче человеческий взгляд, тем больше деталей и подробностей он увидит, но созерцать при этом будет лишь свое собственное зрительное усилие. Это своего рода насмешка над человеком. Но за видимым космосом есть космос невидимый, похожий на древнее море. И в нем огромными темными водоворотами таятся боги.

Здесь мои слова сделаются окончательно странными: в своей сути боги абсолютно неподвижны. Они подобны вихрю, но в центре этого вихря как бы есть недвижное око, и бог весь там, а вихрь бытия для него как мантия.

Вот он плывет, могучий и прекрасный, из одной вечности в другую — и остается на месте. Видит все и не знает ничего. Он подобен только себе, и просить его о чем-то бесполезно. Ему ведом лишь танец, и танец этот есть Вселенная. А в центре танца созерцающий его глаз, и этот глаз есть неподвижное ничто.

Этот глаз во всех богах один, потому что двух разных «ничто» быть не может. Но я видел множество водоворотов и вихрей. Они различны и противостоят друг другу как великие цари. Мне увиденного не вместить. Скажу о том, что я понял.

Боги знают про страдание одушевленных нитей, сплетающихся в их игрушку. Но оно их не тревожит. В картине, частью которой стали люди, нет ни одного настоящего действующего лица, ибо божественная душа, оживляющая ее, затянута в нее как бы обманом и магией лишь на краткий миг.

Но боги все равно дают человеку возможность изменить свой пылающий мир, доверив ему управление божественной машиной.

Сами боги управляют ею с помощью танца. Почему я называю это танцем? Потому что не могу подобрать другого слова.

Мы, танцуя, совершаем движения — теряем равновесие и находим его опять. Суть божественного танца похожа. Она в постоянной потере гармонии и соразмеренности — и новом ее обретении, в смене прекрасных сочетаний сущего еще более прекрасными. И танец этот, этот вихрь — одновременно музыка, и так боги пребывают вечно: неизменное в центре, пламя перемен вокруг.

Мы же сделаны только из вихря изменений. Центрального небытия всех вещей и себя мы не постигаем, оттого наш мир для богов такая смешная игрушка.

Но из-за того, что наши танцы похожи, человек может управлять машиной, создающей все.

Такой человек — это soltator. Танцуя, он

меняет человеческий мир. Он может многое совершить по своей собственной воле – например, сделать себя цезарем. Но главное, вселенское изменение случается, когда око небесной машины соединяется с ним в одно целое и постигает, как следует измениться всему – и следует ли всему быть дальше.

Дело в том, что божественные вещи отличны от наших – они одушевлены. Поэтому небесная машина сама есть божество, и участие других богов ей не нужно. Она и есть бог, прядущий на станке.

Еще я понял, что Юлий Бассиан не становился богом, даже танцуя. Он был могучий маг, но не soltator. Он мог управлять событиями мира, убивать цезарей и возвышать свою семью. Но он не захотел дать миру новое направление.

Быть может, это выйдет у меня.

Несколько танцев перед солдатами сделали меня императором. Но теперь потребуется куда большее. Бог машины заглянет в меня, постигнет мою душу – и сквозь нее увидит мир. А затем машина изменит мир так, как надлежит. Или, может быть, мир исчезнет. Я еще не решил.

Мне не надо заботиться о грядущем. Мне достаточно просто танцевать свой танец. Машина увидит и сделает все сама.

Мне хотят помешать. Я знаю про это — но мне не слишком-то страшно. Мне скорее смешно. Увидев богов, я стал мудрым, куда мудрее других людей. А став мудрым, я сделался еще и хитрым.

☺

Глаза у кубинской собаки были умные, добрые и бесконечно грустные — как у Абрамовича, понявшего наконец, в чем кидок.

Всю дорогу от Гаваны до Варадеро она пыталась облизать меня — сначала лицо, когда я сидела с ней на заднем сиденье, а потом локоть — когда я перелезла на место рядом с шофером. Наверно, собака телепатически уловила сравнение, пришедшее мне в голову, и была польщена, что ее подняли на такую высокую эволюционную ступень. Или просто чувствовала, что дней ее на земле осталось мало, и торопилась растратить оставшуюся в сосцах нежность.

Ее хозяин, шофер, тоже был телепатом. Он не говорил по-английски, но каким-то образом все чувствовал без слов. Он остановил машину точно в тот момент, когда я уже собиралась похлопать его по плечу и попроситься в туалет на приближающейся бензоколонке. А потом выключил радио — как раз тогда, когда мне до тошноты надоел задорный пионерский голос на испанском.

Мы трое определенно могли общаться без слов.

Я, увы, не говорила по-испански. Иначе никакой необходимости в телепатии не было бы — как не возникает ее с таксистами в Москве. Наверно, мы все немного телепаты, но эту способность блокирует постоянная болтовня. С собой и другими.

У развилки мелькнул заброшенный двухэтажный дом с лепными украшениями (вписанные в треугольник цветы и звезды над каждым оконным проемом). Он был давно необитаем и почти полностью облез под солнцем — только в нескольких местах на штукатурке оставались зеленые прожилки. У меня перехватило дух. Этот дом можно было прямо сейчас перенести в Помпеи — и он идеально вписался бы в любую тамошнюю улицу.

Возможно, он того же возраста. А местные индейцы, встретившие Колумба, были просто выродившимися потомками римских колонистов... Впрочем, подобные взгляды давно мейнстрим, кого этим в наше время удивишь.

Варадеро оказалось косой белого песка, уходящей в море чуть ли не на десять километров — а может, и больше. Эта коса как бы соединяла мир материальных объектов с миром идей: начиналась за шлагбаумом и, постепенно обрастая гостиничными звездами, углублялась в зону высоких цен. Почти наше классическое «от забора до обеда».

В начале косы стояли скромные гест-хаузы, дальше шли отельчики типа «полковнику никто не пишет» (так я называю три звезды третьего мира), а в самом конце, уже почти недостижимые за элегантными оградами и тщательно постриженной зеленью, прятались дворцы по триста и пятьсот долларов в день.

Я выбрала благородную середину — трехзвездочный блок из серого бетона с названием «Синяя Вода» (можно было позволить себе гостиницу на порядок дороже, но эта чем-то напомнила мне об Индии). И еще победило уважение к местным политтехнологиям: два раза исказить реальность в одном словосочетании — это надо уметь.

Неподалеку останавливались русские туристы — это было понятно по граффити на заборе:

¡HASTA HEBLO!

Комната на последнем этаже стоила сорок евро в день и была большой и светлой, с высоким потолком и плетеной мебелью. Если бы не душ, бивший из трубки вбок, место можно было бы считать безупречным. Вытершись ностальгическим вафельным полотенцем, висевшим в ванной, я пошла на разведку.

Вафельное полотенце не обмануло. После часовой прогулки мне стало казаться, что я вернулась в детство, причем даже не свое, а мамино. Это было удивительно: Советский Союз, привитый за океаном, дал дивный побег — карликовое деревце-бонсай, достаточно похожее на оригинал, чтобы тот вспомнился в достоверных деталях, но слишком смешное, трогательное и маленькое, чтобы вызвать неприязнь.

Советское прошлое было воссоздано очень добросовестно. Я не могла точно установить, как это достигнуто и в чем именно заключается подобие — но безлюдный коридор в гостиничном корпусе, пахнущий наполовину запустением, а наполовину масляной краской, напоминал об СССР с такой первобытной силой, что стенгазета на испанском, написанная шариковой ручкой и украшенная наклеенными фотографиями, казалась даже некоторым пародийным излишеством.

Этот культурный ген присутствовал и в еде — обедая в уличной столовой, я ощутила несомненную (и совершенно непостижимую для человека с другими корнями) связь между привкусом машинного масла в рыбной котлете и висящей на стене грамотой победителя в социалистическом соревновании (понятной до последнего слова и звезды, несмотря на испанский язык). Даже грязный белый халат на толстой посудомойке, мелькнувшей в дверном проеме, даже синяя кафельная плитка, отставшая от стены, даже имитирующий дерево узор на пленке, которой была оклеена дверь, даже... даже...

Приехать сюда стоило хотя бы для того, чтобы увидеть, как все обстояло в мире, где я — технически говоря — родилась, хоть и не успела пожить. Когда попадаешь в такие Помпеи, какая-нибудь мелочь вдруг вытягивает самые ранние из детских воспоминаний, прежде не появлявшиеся на поверхности сознания, потому что вокруг не было ни одного крючка, способного их зацепить.

Официантка посматривала на меня приветливо — но одновременно с еле заметным подозрением.

Деньги в Варадеро были тоже свои — не обычные кубинские песо, а что-то вроде сертификатов советской эры. Инвалютные песо, или просто куки. Они обменивались на евро (у меня хватило ума не брать долларов) по курсу примерно один к одному, и были, по сути, подобием непрозрачных презервативов с революционной символикой, в которых валюта враждебного мира путешествовала по Острову Свободы. Обед стоил ровно двадцать куков. То есть двадцать евро. Положив две бумажки на стол и добавив на чай немного обычных песо, я пошла гулять.

Длинная улица, на которой я оказалась, проходила параллельно пляжу. На перекрестках в просветах межу домами сверкали зеленые прямоугольники моря — словно щиты с его рекламой.

Через несколько минут я стала замечать что-то странное.

На каждом перекрестке стоял один и тот же молодой человек, похожий на банковского клерка — стриженый, смуглый, в белой рубашке с темным галстуком и черных штанах со стрелкой. От клерка его отличала висящая на боку рация полицейского типа.

Сначала я думала, что молодой человек идет по другой стороне улицы и каждый раз останавливается на перекрестке в тот самый миг, когда я поднимаю на него взгляд. Потом у молодого человека изменился цвет галстука, и я поняла, что это разные люди.

Эти стриженые ребята торчали на каждом перекрестке — и были неотличимы друг от друга. А одели их так, видимо, чтобы они с элегантной легкостью могли затеряться в толпе иностранцев. Это тоже было родное, исконное — и уже подзабытое, как грамота со звездами.

Впрочем, у местного социализма были и довольно симпатичные проявления.

Например, люди.

Кубинская молодежь любила красивые крутые татухи. Мальчики и девочки — во всяком случае те, кто не работал топтунами — по-разному стриглись и красили волосы. Выглядели молодые кубинцы прикольно и стильно.

Везде работали маленькие кафешки на три-четыре стула. Это тоже было здорово.

И, конечно, кофе. Очень крепкий и очень вкусный. Обычно я кофе не пью — а такой пила бы и пила.

Сев за уличный столик, я выпила две чашки и заказала третью. Чашечки были совсем крохотными, так что я не волновалась за сердце.

— Нравится? — спросил кто-то по-английски.

Я подняла глаза.

На стуле напротив сидел симпатичный молодой человек с бакенбардами, в бейсболке со словами «Miami Vice» — что могло означать или легкую фронду против властей, или, наоборот, представителя властей, изображающего легкую фронду в служебных целях. Или, как оно чаще всего и бывает, то и другое в смеси, еще не решившей окончательно, куда, как и с кем.

Я не заметила момента, когда он сел рядом.

Ну что ж. Я жду очередного знака? Вот такой милый кобелек — это считается? Будем считать, что да.

— Очень нравится, — сказала я совершенно искренне, хотя и не понимала, про что именно он спросил.

— Я Хосе, — представился молодой человек. Он был похож на Элвиса.

— Саша, — ответила я.

— Nice to meet you, Sasha, — сказал Хосе. — Можно с тобой поговорить? Для практики в английском?

Я пожала плечами — английский у Хосе был и так хороший. Потом подумала, что отказать будет невежливо, и кивнула.

— Про кубинский кофе есть такой анекдот. Кубинец заходит в кофейню в Испании и говорит — могу я выпить кофе?

Хосе произнес «кофе» как «кафэ», с ударением на последнем звуке.

— Испанец отвечает — да. Тогда кубинец спрашивает — а можете вы сделать мне кафэ кафэ? Испанец немного думает и кивает. Тогда кубинец спрашивает — а можете вы мне сделать кафэ кафэ кафэ? Испанец напрягается, морщит брови, раздумывает несколько минут и снова кивает. Тогда кубинец спрашивает — а есть ли у вас кафэ кафэ кафэ кафэ? У испанца на лбу выступает пот, и он говорит — «нет, сэр, такого у нас нет»...

Это был какой-то прибалтийский юмор, вирус которого мог попасть на Остров Свободы еще в советское время вместе с контейнером консервированной сайры. И еще Хосе определенно рассказывал анекдот не в первый и не во второй раз. Я вежливо улыбнулась. Последняя неделя на «Авроре» была для меня хорошей практикой.

— Закажи мне мохито, Саша, — попросил Хосе.

— Окей, — сказала я.

Моя судьба — кормить мальчиков.

Хосе уставился на идущую по другой стороне улицы девушку. Когда она скрылась из виду, перед ним уже поставили запотевший стакан с зелеными листиками мяты.

Определенно, это был не первый мохито, полученный в порядке культурного обмена — я даже не видела, как Хосе сделал заказ. Видимо, система была налажена.

— А тебе? — спросил он.

«Почему бы нет», — подумала я.

— Мне тоже. Только есть у вас мохито мохито?

— Есть.

— А мохито мохито мохито?

— Русо? — спросил Хосе.

Я кивнула.

— То-то я смотрю, у тебя странное имя. Это русское?

— Такое может быть где угодно.

— Сейчас, — сказал Хосе. — Сейчас все закажу. Мохито мохито мохито мохито!

Через час или полтора мы шли по улице в приличном подпитии — и уже были лучшими друзьями.

— Ну умер Фидель, — говорил Хосе. — И что? Думаешь, здесь что-нибудь изменилось? Тут самая мощная служба безопасности в мире. Знаешь сколько людей в нее встроено? Практически все.

Я вспомнила увиденную из окна машины базу какой-то местной силовой структуры: забор, колючка и криво выписанные на бетоне слова «Patria o Muerte», возле которых стояло несколько недружелюбных молодых людей. Кстати, похожих на Хосе.

Надо было следить за базаром.

— Наши люди тоже когда-то думали, что у них самая устойчивая система, — сказала я, осторожно подбирая слова. — И тоже верили, что без нее будет лучше. Всюду так думают... Люди не понимают самого главного.

— Чего именно?

— Своей скоротечности, — сказала я. — Они считают, что перемены будут происходить с миром, а они будут их наблюдать, попивая мохито. Но под нож пустят именно их, потому что система, которую они так не любят — это и есть они все вместе. Но про это в песне «Wind of Changes» ничего нет. А начинаться она должна так: «Все, кто слышит эти звуки — приготовьтесь к скорой смерти!»

Удивительно, но сейчас я почти что повторяла за Алексеем-референтом. Хотя, с другой стороны, чему тут удивляться? Услышала бы что-то другое, другое и повторила бы. Я блондинка.

— Но люди, — сказал Хосе, — которые боролись за перемены, не позволят...

— Ими удобрят почву, — перебила я, делая вид, что не замечаю, как он взял меня за руку. — У нас так уже делали, причем много раз. Работали профессиональные военные дружинники. С тринадцатого века до последней девальвации. Грамотный геноцид не оставляет картинки, которую можно показать по тиви. И повторять его можно часто, потому что через двадцать лет никто ничего уже не помнит.

Нет, не просто блондинка. Очень умная блондинка. Алексей мог бы мною гордиться. Точно.

— Мне интересно, — сказал Хосе, — что будет лично со мной.

— Мне тоже, — кивнула я. — В смысле, со мной, а не с тобой.

Хосе засмеялся.

Мы погуляли еще час и выпили еще. Хосе, видимо, не пил прежде с русской девушкой — и начинал чувствовать себя неуверенно. Его ноги уже заплетались, а я была свежа и румяна, как заря нового мира, и с каждым мохито становилась только свежее.

Наконец он принялся рассказывать мне о местном секс-туризме. Видимо, большинство его мохито-провайдеров были мужиками и он ставил им эту пластинку чаще всего.

Варадеро не Гавана, сказал Хосе. Если в Гаване на Малеконе девушки сами хватают клиента за руку, как только он сворачивает с набережной в темные переулки, здесь хватают самих девушек — и не туристы, а патрули. И все из-за грингос, Саша, ты не поверишь — какой-то американский президент, то ли Буш, то ли Клинтон, обвинил Фиделя в том, что он развел на Кубе сексуальный туризм. Фидель обиделся, и девушек перестали пускать в гостиницы, потому что здесь диктатура, Саша, диктатура. Фидель умер, а дело его живет. Но в Гаване ты можешь пойти к ним домой, а здесь... Здесь совсем завинтили гайки...

К счастью, объяснил Хосе, в стене угнетения и репрессий существовали бреши.

Первая находилась возле бензоколонки — это был большой пустырь, окруженный со всех сторон кустами (он уместно назывался на местной фене «Плайя Херон»). С одной стороны пустырь освещали горящие у бензоколонки фонари, а с другой он утопал в первозданном мраке, и туда-то и выходили на охоту девушки из окрестных поселков. Это был романтично-первобытный вариант, потому что соитие происходило прямо на траве — но выбирать подругу самцам приходилось при свете зажигалки.

Вторая брешь начиналась за официальной границей туристической зоны — там, где были стадион и поселок. Девушки выходили на дорогу, но вступать с ними в переговоры прямо там не рекомендовалось, потому что территорию возле шлагбаума патрулировали цепные псы режима из Варадеро. Встретившись с девушкой взглядом и заключив молчаливый уговор, следовало идти за ней на расстоянии пятидесяти метров до получения дальнейших инструкций.

И еще были элитные красавицы в самом Варадеро. Они, как объяснил Хосе, работали совместно со вдовами старых революционеров, у которых были свои коттеджи в курортной зоне. Вдова прикидывалась мамашей, а красавица дочкой — и они вместе фланировали по улице мимо отелей, выбирая солидного клиента.

Увы, большинство солидных клиентов были слишком глупы, чтобы расшифровать значение этого боевого строя — они думали, что перед ними и впрямь пожилая мама с дочкой.

— Но ты теперь знаешь, Саша, — сказал Хосе и широко ухмыльнулся.

— Секьюрити в доле? — спросила я.

— Нет. Это не Россия. Это Куба. Секьюрити не берут деньгами.

Понять его можно было по-разному, но я не стала углубляться.

Мне было хорошо с ним. Попрощались у бензоколонки — он поцеловал меня в щеку, и это было вполне в рамках.

— То есть ты считаешь, что менять режим не надо? — спросил он напоследок.

Я кивнула.

— Как-то у тебя мрачно выходит, — сказал Хосе. — Что же, оставить борьбу? Не делать ничего?

— Да, — ответила я. — Оставить борьбу и не делать ничего. Лечь спать. А завтра с утра спокойно написать отчет...

Хосе сначала наморщился, словно не понял. Потом сделал оскорбленное лицо. А потом не выдержал, засмеялся и ткнул меня указательным пальцем в живот.

Мне нравилась Куба. Тут жили хорошие люди. Мы тоже могли бы быть такими, если бы наши болотные предки завоевали себе больше солнца. Но они вместо этого озаботились небесным Иерусалимом, потом стали воевать с Германией то ли за французский, то ли за английский интерес (Алексей, ау!), и теперь мы заслуженно живем в тумане и слякоти.

Короче, я выпила слишком много.

Мне было интересно, увижу ли я очередной римский сон в этом состоянии — и окажется ли он таким же вакхическим, как вечер. Бухнувшись на кровать (ударение на второе «у»), я из последних сил надела маску Луны — и даже не сняла кроссовок.

Эмодзи_привлекательной_блондинки_которая_напилась_но_не_как_свинья_а_как_симпатичная_худощавая_и_довольно_еще_молоденькая_свинка.png

Я знал, что в день летнего солнцестояния восточные маги, привезенные в Рим моими врагами (главным из них была теперь моя бабка Меса), только и ждут момента, когда я доведу коней до жертвенников и начну танцевать.

504

Мне доносили, что каждый раз, когда колесница с Камнем останавливается у алтарей, шпионы подают сигнал дымом, и в темных притонах за Тибром персидские и карфагенские мисты приносят в жертву детей и девственниц, чтобы духи мглы восстали против меня.

Трупы потом выкидывали в реку или оставляли на улице – с разрезанными жилами и выжженными на груди магическими знаками, чтобы можно было сказать (вернее, нашептать) – вот, это сделал Элагабал!

Я не боялся слухов, но опасался сил мрака. Не бывает так, чтобы боги всегда оставались на чьей-то стороне. Наш мир – их игра, и они смотрят на нас как дети на свою забаву: мальчики сшибают солдатиков, девочки баюкают кукол.

Богу можно нашептать, что он хочет крови и ужаса. Он сыграет и в такую игру – иначе зачем, спрашивается, Юпитеру метать громы, пугая кошек и старух? Кто-то разве сомневается в его превосходстве?

Я ощущал силу своих врагов как вязкую преграду на пути моего танца. Болото, замерзающее, чтобы сковать колесницу, как это бывает зимой в германской глуши.

В день летнего солнцестояния помешать лазутчикам, конечно, было нельзя. Как запретишь дымить очагам и трубам? Но я придумал способ обмануть своих врагов.

Шпионы полагались на увиденное собственными глазами; я же решил положиться на то, что они его не поймут.

Все видели, как я танцую у алтарей. Все знали, что это обращение к богу.

Но они не понимали, где спрятан мой танец на самом деле.

В день праздника я выводил шестерку белых лошадей, впряженную в колесницу с Камнем, и вез его через весь город. Я бежал спиной вперед, не оборачиваясь — только изредка поглядывая вниз на золотую полосу под сандалиями, стараясь не слишком от нее отдаляться.

Но мне и так не дали бы сбиться с пути. По бокам спешили телохранители, обдавая меня брызгами пота и пыхтя под тяжестью лат. Вместе с ними, честное слово, бежать было легче, потому что на мне была только тонкая мантия из шелка с несколькими золотыми знаками. Я понимал, отчего любой солдат мечтает стать императором — или хотя бы убить его.

Священные штандарты вокруг колесницы несли так, чтобы их тень падала на меня, а не на Камень — и я знал, что, пока я не накажу кого-нибудь из знаменосцев, это не изменится. Привычка угождать земной власти в людях

Запада гораздо сильнее религиозного чувства. В Эмесе подобного не случилось бы никогда.

Я чуть удлинял свой маршрут, выстраивая его так, чтобы пробежать мимо Септикодиума с его прохладными фонтанами и колоннами, похожими на детские игрушки: зеленые, красные, пурпурные, пятнистые, все из редчайшего и прекраснейшего камня. Я как бы возвращался на несколько мгновений в детство. Льстецы говорили моему деду Северу, что в Риме нет храма нарядней — и были правы. Мрамор Септикодиума просто не успел еще потемнеть.

Это удивительное здание, которое так презирал мой отчим, было моим ровесником — мы родились почти одновременно. Мой каменный брат-близнец, думал я при каждой встрече. Мне объясняли, почему Север построил его — дед был солдатом, видел много битв и, как и все великие убийцы, стал под конец жизни сентиментален.

Вот, говорил он потомкам, памятник страшным войнам и жертвам, возведенный для того, чтобы люди помнили о цене, заплаченной за их безмятежную жизнь. Пусть битвы наших дней станут последними, пусть начнется эра вечного мира...

Ганнис рассказывал, что много тысяч лет назад в Египте уже строили храмы с подобными посвящениями. Но Септикодиум был юн, бесстыдно юн, совсем как римский император, и его мрамор был таким белым, что казался прозрачным. Встречаясь, мы посылали друг другу привет, и я бежал дальше в будущее.

Мне говорили, как бы в шутку, что преторианцы не простят мне этих летних упражнений — кроме своих раззолоченных лат им приходилось нести на себе множество драгоценных предметов: богатые семьи Рима с удовольствием выставляли свои сосуды и треножники на обозрение, одновременно обвиняя меня в принуждении. Но они сами требовали, чтобы их семейные реликвии несла преторианская гвардия, полагая, что таким образом ценности будут сохраннее.

— Преторианцам нельзя давать в руки столько золота, — говорили мне. — Они быстро поймут, что могут не выпускать его из рук. Это развращает солдатскую душу. Берегись, господин, тебя еще не было на свете, когда они убили Пертинакса и продали императорское звание на аукционе...

Тех преторианцев наказал мой дед Север — но отличались ли от них нынешние? Рим, говорят мудрецы, превращает каждую душу в свое маленькое подобие. Впрочем, пробегая в полдень по прекрасному летнему городу, я не видел причин бояться этого. Я думал о другом.

Иудеи открыто несли свои изукрашенные камнями семисвечники в общей процессии; христиане же боялись и скрытничали. Вернее... Как бы это назвать?

Центурион преторианцев Руфус, тайный христианин, каждый раз держал перед собой один и тот же похожий на знак легиона штандарт — как бы и христианский символ, и нет.

Это была крестовина из ценного африканского дерева, на концах которой сияли три баснословно дорогие жемчужины размером с птичье яйцо — каждая была оправлена в золото и обрамлена разноцветными камнями. Всего подобных жемчужин было когда-то четыре — но одну, как рассказывали, растворил в уксусе Калигула.

Это были фамильные драгоценности известного сенаторского рода, скрытно обратившегося в христианство: центурион Руфус нес свой крест, как требует их вера, и одновременно хвастался богатством патрона. Как они говорят, богу — богово, кесарю — кесарево. И все на одной вертикальной палке. Весьма удобно и осмотрительно.

Я не преследовал этих людей. Они сами, подражая митраистам, предпочитали отправлять свой культ в тайных подземных комнатах, мечтая о будущем, где люди станут как агнцы, а храмы распятого бога уподобятся каменным облакам.

Христиане опасались меня, иудеи же нет. Мне говорили, что причина проста до смешного: все дело в моей привычке женить чужих богов между собой или выдавать их замуж за своего. Я относился к этому, конечно, как к шутке — но иудеи и христиане серьезны до безумия.

Бог иудеев неощутим и невидим. Поэтому его трудно сочетать узами брака с чем-то кроме такого же бесформенного Хаоса — но жрецов Хаоса не найти, и заключить подобный брак будет сложно. А бог христиан, напротив — высокий, красивый и статный молодой мужчина, похожий на Митру. А вдруг, говорили мне, я захочу поженить его на Венере? Или, еще хуже, Меркурии? Христианам придется воспротивиться моему самодурству, и кончится это как всегда — ареной...

Идея, конечно, была хорошей и заметно оздоровила бы нравы, но я все время про нее забывал — а вспоминал только во время священного летнего бега. Но меня в это время посещало такое количество разных мыслей и идей, что к концу своей прогулки я почти ничего из них не помнил.

Христиане — всего лишь одна из восточных сект. У нас на Востоке их много, и у каждой имеется свое объяснение мира и его недостатков. София, премудрость божия, создала демиурга, а тот в свою очередь создал всех нас, слышал я в Никомедии от врача, лечившего мне мозоли от отцовских калигул (снимать их в то время было еще рано). Творение изначально несовершенно и движется к погибели, но это не страшно, ибо плотский мир есть тюрьма духа и гибель мира станет разрушением темницы...

Да, это похоже на то великое и тайное, что я видел ночью в своем храме. Но только мисты зря подходят ко всему так серьезно и трагично. Игра, просто игра... Да и где они видели этот самый дух, кроме как в тюрьме плоти?

Отчего-то духу не слишком нравится, когда его выпускают на волю, сказал я врачу в Никомедии. В этом и ужас, ответил он.

Но в мире есть сила, пел во мне чистый голос моей юности, способная исправить все несовершенства. И эта сила – я, Варий Авит, унаследовавший империум от Каракаллы, имя «Антонин» – от философа Марка и тайную силу – от прадеда Юлия, жреца Солнечного бога.

В чем смысл моего танца? Я рассказываю создающему мир богу о том, что на самом деле происходит с крохотной катушкой нитки по имени «человек». Я танцую человеческую жизнь на своем пути через Вечный город – и прошу божественную машину о милости.

Человек несчастен по своей природе, говорят мудрецы. Но если это действительно так, как это можно исправить?

511

Надо дать человеку что-то, превосходящее его природу. Огонь, который ослепит его и заставит забыть о своей печальной судьбе. Быть может, это сумеет сделать новый бог. Быть может — один из тех богов, чьи символы несут сейчас со мною рядом.

Почему я танцую свой главный танец, двигаясь спиной вперед? Потому, что держу лошадиные поводья? Нет. Такова судьба людей — мы не видим грядущего и знаем только то, что осталось в прошлом. Мы пятимся в будущее. Солнце, озаряющее все стороны сразу — приди на помощь тем, чей единственный свет приходит из вчерашнего дня!

Мне помогает полоса золотой краски под ногами, у меня есть стража, которая не даст мне споткнуться — но у других людей этого нет. Мой танец долог, но просьба проста: пусть у каждого появится такая же золотая подсказка, как у меня, и все смогут сверять свой бег в неизвестное с тем, что советует им бог...

И вот я добежал до алтарей. Я устал и взмок, а на воинов, сопровождавших меня в полной выкладке, лучше не смотреть — наверное, правы те, кто советует освободить преторианцев от такой чести прежде, чем они сделают это сами.

Дымят трубы на холмах. Какие-то из них,

я знаю, подают сигналы моим врагам. Теперь можете мешать мне, знатоки темных наук — я спляшу и у алтарей тоже, хоть и устал, но это просто пластический танец, тешащий толпу, и другого смысла в нем нет. Толпа и ее император, мы все уже рассказали едущему на колеснице богу. И бог, я знаю, услышал.

Мир похож на тяжко груженный корабль: он может развернуться, но это займет много лет. Пройдет время — и след моего танца станет виден. Мир ждут серьезные перемены. Их увидят все — но никто не поймет, в чем их причина. Я знаю, что меня ждет забвение и позор. И не только меня — даже имени моего бога, единственного настоящего из всех, не будет на небосклоне, ибо Камень предпочитает тайну.

Но разве важно, как потомки назовут пылающий в них огонь? Главное, что огонь будет.

Еще я собираюсь сплясать свою смерть. Я танцевал для солдат на Востоке, чтобы они подняли меня в зенит этого мира — но даже солнце не задерживается в высшей точке надолго. Чем быстрее я уйду, тем раньше начнется Метаморфоза.

Я был жрецом, был императором, а умру, вероятно, как солдат — от железного острия. Как прекрасно собрать полную коллекцию того, что это значит: быть человеком на земле.

☺

Я проснулась от собственного стона — а потом еще раз застонала, уже оттого, что проснулась. Маска слетела во сне и лежала рядом с подушкой.

Целая, слава богу.

Последний раз голова у меня так болела лет десять назад. Похоже, Habana Club, который мы пили в последнем баре, был паленый... Где же еще быть паленому Habana Club, как не на Кубе? И это тоже восприняли от Старшего Брата...

Я вспомнила кепку с надписью «Miami Vice» и еще раз застонала. Вот этот долгий пьяный разговор с местным тихарем — без него точно можно было бы обойтись. И ничего не стоило завершить его после первой же чашки кафэ кафэ кафэ.

«О чем говорили? — думала я. — Кажется, я ругала революцию... А у них всюду написано «слава революции»... Но я-то ругала в том смысле, что не надо новой. А они могут решить, что я против старой... Не хватало только...»

Мысль о кубинском застенке была, конечно, чрезмерной — тем не менее, наложившись на тошноту, она подействовала кумулятивно, и я бросилась в туалет.

«А вдруг им надо план выполнять по поимке шпионов? — думала я, вытирая рот полотенцем. — Так вот брякнешь что-нибудь, и на цугундер... Посадят в местную зону — напротив интернационального кемпинга в Гуантанамо. И будешь завистливо глядеть сквозь колючку на счастливцев в оранжевых робах, судьбой которых вяло интересуются деньги Сороса. А Родина не заступится, я же не ракеты кокаиновым повстанцам продаю... Нет, митинг здесь надо фильтровать...»

В столовой (как-то иначе гостиничное помещение для еды было трудно назвать) витал невыразимо ностальгический дух пионерлагерного завтрака. Лет в шесть, в девяностых, я вдыхала пару раз такой же аромат.

Мне стало грустно — вспомнились безумные детские надежды, ни одна из которых не сбылась. Так и не стала балериной в Большом. Мало того, что не смогла, даже позабыла об этом. Вся моя жизнь, если разобраться, состоит из бесконечного «позабыла, что не смогла». У кого сложилось по-другому, пусть первый кинет в меня наручники и серебряный страпон.

Впрочем, есть кому кинуть, есть.

На стене висел портрет первого кубинского космонавта. Он-то смог и теперь с полным правом щурился на меня со своих высот.

После обеда я наконец пошла на море.

Пляж был чудесен — настоящий белый ракушечник, полоса которого уходила далеко в обе стороны. Море было сине-зеленым и теплым. По нему плавали скромные коммунистические яхты. Собственно, Майами, как и было сказано. Только без порока.

Мимо прошли две дивно красивые мулатки в крохотных купальниках, а потом такой же красивый бугрящийся мышцами мулат — и я подумала, что пороку, наверное, тоже есть скромное место в социалистических буднях.

Вернувшись в «Синюю Воду», я приняла душ и подошла к окну. Голова окончательно прошла. Мне стало совсем хорошо и спокойно. И тут до меня донеслась далекая музыка.

Она играла всего несколько секунд. Пение. Или какие-то инструменты, в наше время уже не различишь. Я решила, что это синтезатор, играющий сэмплами человеческих голосов, а не настоящий живой хор, потому что мелодия слишком уж сильно прыгала по октавам.

Музыка чем-то памятным тронула сердце. Но я не могла вспомнить, где ее слышала. Я даже не была в этом полностью уверена. Как и все вокруг, она казалась знакомой и нет — и напоминала о детстве.

Наверно, подумала я, это телевизор в одном из соседних окон — что-то из социалистической старины. Родное и забытое... Одна из тех красивых, точных и совсем не тронутых плесенью мелодий, прорывавшихся иногда в какой-нибудь телефильм из малопонятного советского астрала.

Я поужинала в прибрежном кафе, возле которого росло старое дерево и лежал массивный круглый валун. Кафе так и называлось: «Дерево и Камень».

Вот, кстати, и знак. Камень.

«Дерево и Камень», лениво думала я, почти «Родина или Смерть». Если в будущем возникнет мода на ресторанчики со сверхдлинным названием, можно будет сделать такое: «Дерево и Камень, или «Родина или Смерть» после смерти Родины». Будут собираться постаревшие ребята из местной госбезопасности и спорить, кто кому должен за рэкет.

Меню сначала меня напрягло.

Там были фотографии, очень похожие на иллюстрации к статье «Десять блюд, отказавшись от которых, вы продлите свою жизнь». Звучные испанские названия вроде Picadillo или Ropa vieja при ближайшем рассмотрении оказывались одной и той же тушеной говядиной с овощами или рисом. А я не ем говядину. Совсем.

Не то чтобы я была двумя руками за вегетарианство. Вегетарианцы — это самодовольные и глухие догматики, не слышащие, как кричат помидоры, когда их срывают с грядки. Безгрешно прожить нельзя — жизнь всегда немного преступление и наказание. Но даже у преступника должен быть стиль, поэтому надо выбирать: или молоко с сыром, или говядина. Вместе это как-то безвкусно. И не только в гастрономическом смысле.

Это я вывезла из Индии, с той самой Аруначалы. В ашраме рассказывали про трогательные отношения Раманы Махарши с коровой, молоком которой он питался. Дело было не в этой конкретной буренке, конечно – просто корова похожа для нас на вторую маму. В детстве мы пьем ее молоко. А потом чуть подрастаем и начинаем есть ее мясо... Очень по-человечески.

Ну и еще, конечно, на быке ездит Шива. Это его сакральный транспортер – так называемая вахана. А портить отношения с Шивой мне не хотелось совершенно.

Так что все эти тореодорские блюда из говядины были не для меня. Я решила уже поужинать в гостинице – и вдруг увидела в меню ярко-красное пятно.

Это был поджаренный сэндвич с индейкой, крим-чизом и джемом – красный круг дал как раз джем. Сочетание было крайне интересным. И выглядел на фотографии этот сэндвич не так уж плохо. Я все знаю о необычайной пользе сэндвичей, зажаренных в масле – но поняла, что согрешу, как только увидела ее фото.

Да, ее. Elena Ruz. Сэндвич звали как женщину, и мой внутренний Зигги Ф. с изумлением отметил прошедшую по телу волну немедленного желания. Видимо, за последнюю пару месяцев я подустала от мужиков.

Впрочем, даже предаваясь однополому каннибализму, мне хотелось сохранить перед лицом высших сил какое-то подобие приличий.

— Можете положить внутрь немного салата? — спросила я.

Официант поглядел на меня так, словно я попросила его заминировать памятник Фиделю.

— Если вам когда-нибудь предложат Elena Ruz с салатом внутри, — сказал он, — просто засмейтесь в лицо этим людям. Засмейтесь вот так...

Он положил свое полотенце на мой столик, схватился за бока и разразился дребезжащим холодным смехом, в котором звучали такой усталый цинизм и неверие в человека, что мне стало страшно.

— В Elena Ruz не добавляют салат. Никогда! Можно еще сделать его между двух тостов, не прогревая в масле, хотя это будет уже... как сказать... преступление почти. Но салат? Нет. Ни за что. Это не биг мак.

Я обрадовалась новой возможности — обжарка в масле как раз казалась мне самой сомнительной из процедур. А потом нашла в меню список салатов.

— Хорошо. Тогда сделайте сэндвич между двух тостов. А салат на тарелке отдельно. Только без заправки...

Это было совместимо с революционным кодексом.

У них нашелся даже пуэр — для китайских клиентов (совсем рядом, конспиративно шепнул официант, центр китайского радиошпионажа). У меня ушло минут десять на объяснения, как заварить мой чай. Я хотела пуэр пуэр, но не пуэр пуэр пуэр.

К концу нашего разговора официант уже знал, как меня зовут — и сказал, что такой сэндвич, как я хочу, должен называться «Саша Руз», поскольку назвать его «Elena Ruz» ему не позволяет совесть. Господи, какие же они здесь все пуристы. Даже пуристы пуристы.

Ужин, кстати, оказался отличным — салат был свежим, с уместным количеством маслин. Тосты зажарили именно так, как надо. Чай тоже был пристойным. Все, поняла я, пока я в Варадеро, ужинаю только здесь.

Когда стемнело, я расплатилась и неспешно пошла по параллельной берегу улице. Вчерашняя информация о злачных местах, полученная от Хосе, навязчиво накладывалась на окружающую реальность.

Первым из описанных Хосе заповедников любви был пустырь у бензоколонки, известный как «Плайя Херон» (вряд ли Хосе знал русскоязычные коннотации этого словосочетания, так что он, скорей всего, не шутил). Проходя мимо, я заметила движение в темноте. Идти туда, если честно, было страшновато, но мне стало интересно именно преодолеть свой страх.

Возле линии кустов происходило что-то странное. В первый момент мне представился древний караван-сарай, где только что разгрузили верблюдов, и купцы пытаются обнаружить свои тюки при свете лучин.

Потом я поняла — если я и ошиблась, то совсем чуть-чуть: то, что я приняла за тюки, было на самом деле неподвижно сидящими вдоль кустов девушками, к которым нагибались редкие клиенты, чиркая своими зажигалками. Я услышал смех и французскую речь. Один из тюков поднялся на ноги, взял за руку быстро бормочущего интуриста и исчез вместе с ним в чернильной тьме за кустами.

У меня не было зажигалки. Но ее, как оказалось, и не требовалось. Когда я остановилась возле одной девушки-тюка, та чиркнула зажигалкой сама. Я увидела круглое полное лицо, искаженное дрожащими тенями от света снизу. Хоть сейчас в фильм ужасов.

Следующая девушка, видимо, хорошо знала об этом эффекте — она зажгла огонек не снизу, а сбоку. И тени вдруг нарисовали на ее лице такую тысячелетнюю безнадежную грусть, что у меня сразу пропала всякая охота продолжать этнографическую экскурсию. Я сунула ей пару инвалютных бумажек и пошла с пустыря прочь.

Девушка была не то чтобы красивой, и не особенно юной — нормально за тридцать. Но я прочитала в ее лице что-то такое... Даже не отвращение к происходящему. Наоборот, молчаливую готовность с улыбкой вытерпеть все до конца — пополам с надеждой, что это неправда и мир на самом деле устроен иначе, жизнь летит к счастью и свету, и, если как следует ущипнуть себя и проснуться, наваждение пройдет.

Все это, конечно, был эффект Роршаха. Опознать за секунду такой сложный смысл в рисунке теней на чужом лице можно только при одном условии — он должен заранее присутствовать в твоем собственном уме. Так оно, разумеется, и было. Это вообще русский народный иероглиф, который мало изменился со времен Толстого и Чехова.

Жалость, думала я, это когда узнаешь себя в другой... А в остальное время нам не то что плевать на других, мы даже не догадываемся, что они существуют. Так, видим иногда тюки на обочине... А что такое другой человек? По сути, та же мировая душа, с омерзением понявшая, чего от нее хотят.

А кто хочет?

Мировая душа и хочет. Такое вот у нее саморазвитие. Ох, сколько умников прошло по этой планете... И все без исключения саморазвились до желтого черепа. Который даже Гамлету теперь не нужен, потому что он сам давно член клуба.

До освещенной зоны, где по тротуару ходили люди, оставалось всего метров десять — но туда пришлось бы продираться сквозь кусты. Зато рядом в траве стоял белый пластиковый стул — возможно, оставленный одним из дневных топтунов в черных штиблетах. Я села на него, закрыла глаза и попыталась успокоиться.

Ладно. Я, в общем, неплохо устроилась в этом мире. Могу в любой момент переехать из одного Варадеро в другое. Иногда даже на яхте подвозят.

А вот эта девушка с зажигалкой? Или эта жирная тетка из столовой, которая посуду моет? Ее ведь уже и не трахает никто, хотя она еще не старая. Тут полно юных и стройных. Кому такая нужна? А она ведь тоже о чем-то мечтает. Думает — вот выведу бородавку под носом, и все сразу изменится...

Себя-посудомойку стало невыносимо жалко. А еще была косоглазая девушка с усами на ресепшене в гостинице, был удивительно интеллигентного и европейского вида господин, похожий на состарившегося на Кубе Бунина — услужливо сгибавшийся у входной двери каждые сорок секунд. Был таксист, так и не ставший голливудским убийцей... И всех было жалко.

А еще была я сама. Лягушка-путешественница на службе древнего культа.

Я сидела в темноте, слушая прилетающую издалека музыку. Постепенно у меня отлегло от сердца. Я заметила, что мои щеки мокры от слез.

Выбравшись на улицу, я зашла в туалет одной из кафешек и привела себя в порядок. Хорошо, что я не мажусь — нечему растекаться. Хотя, наверное, без черных потеков на щеках женские слезы следует считать недействительными. Варий Авит это уже отмечал.

Хосе нес свою вахту совсем рядом. Я подошла, поздоровалась и села за его столик. Он подмигнул — и вытащил откуда-то бутылку рома и два картонных стаканчика.

Телепат хренов. Все они тут телепаты.

— Теперь тошнить не будет. Это настоящий ром, Саша. Ты мне веришь?

Я неуверенно кивнула.

— Твое здоровье.

Выпив ром, я поставила стаканчик на стол.

Мимо пробежала озабоченная коротконогая собака — лопоухая сука с длинно отвисающими сосками. Похожая ехала со мной из аэропорта. Через несколько секунд следом протрусили два одинаковых бурых кобеля — словно из какой-то собачьей спецслужбы, не хватало только маленьких раций на боку. На другой стороне улицы готовились петь уличные музыканты — два гитариста, человек с бонго и толстая черная женщина в зеленом гофрированном платье.

— Ну как? — поинтересовался Хосе.

— Нормально, — ответила я.

— Я не про ром, — сказал Хосе. — Ходила на Плайя Херон?

— Откуда ты знаешь?

Хосе оглянулся по сторонам, будто проверяя, не подслушивает ли кто вокруг, и наклонился ко мне.

— Видел, как ты оттуда выходишь, — прошептал он. — Это на другой стороне улицы.

Мы засмеялись.

— Позор сексуальным эксплуататорам, — сказала я.

— А кто кого эксплуатирует? — спросил Хосе. — Мы вас или вы нас?

— В каком смысле?

— Мужчина носит женщинам деньги, которые долго и трудно зарабатывает. А они берут их за то, что на пять минут раздвигают ноги. Кто здесь эксплуататор? Кто получает выгоду? Это вы эксплуатируете мужскую... Мужскую...

— Анатомию, — подсказала я, и пояснила жестом.

— Можно выразиться и так. Нет, ты действительно считаешь, что мужчины эксплуатируют женщин, когда платят им за любовь?

Я задумалась — и мне почему-то вспомнился некормленный Антоша. Вообще, конечно, интересная тема.

— Я за права секс-работниц, — сказала я. — Сексуальная эксплуатация однозначно происходит, если мужчина за ту же услугу платит в другой стране меньше, чем у себя дома, потому что люди там живут беднее. Вот это действительно подло. Мужчина пользуется чужим бедственным положением, и его член становится неотличим от транснациональных корпораций.

— Ты везде платишь одинаково? — спросил Хосе.

Я засмеялась. Потом подумала, что он, может быть, всерьез — и покраснела от негодования. А потом опять засмеялась. Какой стервец.

Похоже, я на него запала. Или это ром?

— Я уже купила тебе пару мохито, — сказала я. — Больше ты не стоишь.

— А я уже налил тебе рома, — ответил Хосе. — Мы квиты. Чем ты вообще занимаешься? Работаешь?

— Я управляю миром.

— Не ври, — сказал Хосе. — Я знаю мужика, который управляет миром. И это не ты.

— Твой мужик только думает, что управляет миром. В действительности это делаю я. Ну, если совсем точно, я помогаю.

— Кому?

Я покосилась вверх.

— Высшим силам. Танцующему Шиве.

— Понятно, — вздохнул Хосе. — Ты сумасшедшая?

— Угу.

— Тогда предупреди, когда захочешь меня укусить.

— Хорошо, — сказала я. — Если успею.

Хосе поглядел на часы.

— Знаешь что? Пошли ко мне в гости. Посмотришь, как тут живут.

А почему нет, подумала я.

Он поймал машину, не вставая — просто поднял руку, и через минуту рядом скрипнул тормозами маленький новый «рено». Я так и не поняла, попутная это была машина или служебная.

Хосе жил за границей курортной зоны. Нас высадили на темной улице какого-то поселка.

Свет отключили из-за аварии — должны дать завтра, сообщил Хосе. Но без света оказалось даже лучше. Во всем был разлит такой древний и безопасный вавилонский уют, ночь была такой черной и теплой, что я последовала за ним без всякого страха.

Мы пришли в старый колониальный дом, освещенный множеством плошек — здесь долго готовились к войне, и перебои с электричеством никого не удивляли.

Большая квартира на втором этаже была сильно переосмыслена за годы уплотнения и походила теперь на пещеру, кое-как обшитую досками. Вместо стен в некоторых местах висели разноцветные простыни, делившие пространство на индивидуальные отсеки. Кое-где под высоким потолком сохло белье. А у входа сидел седой негритянский дедушка — как мне показалось, в сделанном из покрышки гнезде.

На любой глянцевой фотографии это место выглядело бы нищим и убогим — но я ухитрилась увидеть его глазами здешних обитателей. Для них оно было удобным и уютным — жившие здесь люди любили друг друга и свой дом, и во всем присутствовала какая-то нищая светлая благодать. В этом закопченном укладе было что-то древнее и настоящее — так люди жили пять тысяч лет назад, и три тысячи, и тысячу...

У Хосе была большая собственная комната — не без умысла оклеенная плакатами с похожим на него Элвисом. Еще у него имелась могучая музыкальная система — наверно, когда он включал ее даже на треть мощности, проблемы появлялись у всего дома.

— Скоро получу свою квартиру, — сказал он извиняющимся тоном. — А пока вот тут...

Квартирный вопрос на Кубе тоже был.

Хосе налил мне еще рома. Я выпила. Он обнял меня и начал целовать. Сначала мне это нравилось, а потом я заметила, что его бакенбарды напоминают усы Антоши. Вот точно такое же ощущение в пальцах. Почему-то это меня добило, и сразу стало противно целовать его рот. Я еще минуту держалась, думая, что все-таки смогу, но когда он полез мне под платье, не выдержала.

— Хватит, — сказала я.

Он попытался поцеловать меня еще раз.

— Правда хватит, — повторила я. — Ты просил предупредить, когда я решу тебя укусить. Это может произойти в любую секунду.

Он понял, что я не шучу, и отпустил меня. Молодец.

529

— Я не могу так сразу, — сказала я. — Мне нужно время. Я думала, мы просто посмотрим твою коллекцию картин, покатаемся на лошадях в парке и попьем чай с родителями... И вообще я больше люблю девушек.

Не знаю, почему я это приплела — но на него подействовало.

— Понятно, — вздохнул он. — Извини. Я позвоню, машина отвезет тебя в гостиницу.

Когда я выходила, сидящий во входном гнезде дедушка приветственно вскинул руку, сотворив что-то вроде не ведающей греха зиги, и сказал:

— Вива Фидель!

— Вива! — ответила я с таким же жестом.

Только на лестнице до меня дошло, что дедушка вовсе не истекал ядовитым сарказмом — и даже не зиговал. Он действительно имел в виду то, что сказал. Он любил Фиделя. И то, что Фидель умер, не имело никакого значения. В переводе с кубинского это значило просто «были рады вас видеть».

Через пару минут у освещенного плошками дома остановился тот же самый «рено».

По дороге домой я думала уже не о Хосе. Я думала о зигах.

Вот ходят по ночным проспектам молодые люди, жгут файеры, зигуют, кричат. Их почему-то называют фашистами.

530

Но ведь смысл современной зиги не в том, что человек сочувствует сумбурным идеям германского канцлера Адольфа Гитлера, понять которого вообще может только психиатр или немец. Смысл в том, что человек плюет в этот мир и бросает ему вызов, нарушая самое грозное культурное табу.

Ну и огребает, конечно. Вызов устоям должен караться, иначе какие это устои? Но хоть дурака и принимают менты, зига у него не настоящая.

За реальную зигу не огребают.

За нее получают бонусы.

Хочу быть правильно понятой соратницами. Нацистский салют, конечно, мерзок, и hate speech тоже. Я сама — абсолютно передовая и прогрессивная по всем пунктам повестки девушка. Но настоящая современная зига — это все-таки не взмах руки, а то, что Фрэнк называл «сигнализацией о добродетели». Особенно когда она протекает не в легкой форме, как у меня пару строчек назад, а с осложнениями в виде доноса.

Фашистский мах в тридцать девятом году был в точности тем же самым: дрессированный и напуганный гражданин показывал эпохе, какой он сознательный и передовой. Просто тогда не было твиттера, и приходилось все делать вручную.

Но во всех нюрнбергах и твиттерах зигуют исключительно силе, лечь под которую полезно для бухгалтерии в настоящий момент. И единственная проблема у зигующих граждан и корпораций в том, что на всех не хватает бонусов. А разные жесты, за которые дураков волокут в околоток — это никакая не зига. Это, как говорят мои американские партнеры, неудачная культурная апроприация.

Эмодзи_красивой_блондинки_что_то_скорбно_и_безнадежно_шепчущей_в_золотое_ухо_большого_небесного_небрата_на_воображаемом_непотолке.png

*

Хосе совсем не обиделся — и с улыбкой приветствовал меня, когда на следующий день я прошла мимо его наблюдательной точки по дороге на пляж. Мы даже поцеловались — не как вчера, конечно, а просто коснулись друг друга щеками. No hard feelings.

Я уже жалела, что испортила ему и себе вечер — парень он был хороший. Но для маямского порока здесь имелся огромный выбор, и в моей пронзительной бабьей жалости Хосе не нуждался точно.

Вечером я пошла в «Дерево и Камень». Официант меня помнил — и спросил, хочу ли я опять «Сашу Руз». Съесть саму себя было интересно и даже sexy. Пока мой сэндвич готовили на кухне, официант рассказал историю его названия.

Елена Руз была известная светская тусовщица и красавица двадцатых годов прошлого века. Она все время заказывала в гаванском ресторане один и тот же сложный сэндвич и каждый раз долго объясняла официанту, как именно его сделать. Ресторан записал рецепт, чтобы ускорить процедуру, и Елена говорила просто «мой сэндвич». В конце концов его даже вставили в меню.

А теперь это уже мой сэндвич.

Культурную апроприацию еще делали, а пока принесли зеленый чай. Да, именно так — зеленый чай перед едой, а пуэр после. На Кубе. Глобализация — это не только «Макдоналдс».

Раньше я старалась пить чай в стиле японской чайной церемонии: ни о чем не думая и полностью растворяясь в процедуре. Надолго меня не хватило, но с тех пор — наверно, в качестве покаяния — мне всегда хочется размышлять в это время о чем-то важном и глубоком.

Я уставилась на дерево и камень, в честь которых было названо заведение.

Древние и настоящие вещи: они всегда были вокруг человека. Но Кендра говорила правду — по современным научным представлениям и этот валун, и это дерево созданы мной. Моим слабым девичьим мозгом, который назначает приходящие из неизвестного измерения электромагнитные импульсы «деревом» и «камнем». Так что солипсизм таки полностью победил.

Полностью, но не окончательно.

Почему не окончательно? Очень просто. Может быть, и солипсизм никакой не нужен. Потому что мой так называемый мозг — виртуальная машина, хитрая маленькая симуляция внутри той большой симуляции, которую создает проектор.

Кто-то придумывает меня, Шиву и то, что вокруг. Какой-то старик спит и видит таблицу, и в этой таблице я между бором и литием...

Валун возле кафе — мысль длинная, но простая. Я сама по сравнению с валуном — короткая, но крайне сложная мысль. А есть самая большая и длинная мысль, содержащая всю простоту и всю сложность, включая Сашу, Шиву, валун, дерево и прочее. Эта большая общая мысль — вся реальность. И она, как луч света со светящейся в нем пылью, возникает над жерлом бесплотной божественной машины, которую Ахмет Гекчен назвал проектором «Непобедимое Солнце».

Можно считать это проектором. Можно богом. Какая разница? Кто-то сказал, что древние евреи исписали много томов тайными именами бога, но все эти имена были не у бога, а у евреев — к богу ни одно так и не прилипло.

Самое унизительное для людей в том, что наши бирки совершенно не на что повесить. Про это ведь и говорил на «Авроре» волчара Винс. В танцующем Шиве нет никаких выступов. Все наши истины со страшной скоростью рассыпаются в прах, наши книги, где были записаны вечные имена, уже истлели в пещерах... На что здесь можно опереться? Вот этому лежащему в траве валуну миллиард лет. Но этому миллиарду лет всего одна секунда.

Принесли сэндвич с салатом, и тут до меня опять долетела еле слышная музыка — та же мелодия, что я слышала в гостинице. Сейчас она играла чуть дольше, и опять были слышны поющие голоса.

Кажется, какой-то мировой шлягер, переваренный в свое время совком... Или, наоборот, что-то совсем-совсем новое, полученное с помощью той самой культурной апроприации. Мне даже показалось, если немного напрячься, я вспомню слова.

Они, правда, так и не вспомнились, но зато затихли мысли в голове. Я словно бы перестала их думать и начала замечать, а мыслям не нравится, когда на них просто смотрят. Мы видим их наготу, и они делают себе маленькое харакири.

Когда Саша Руз была съедена и я запивала свое преступление пуэром, за мой столик уселся Хосе.

— Так вот ты где прячешься, — сказал он. — Что, здесь хороший кофе?

— Здесь хороший чай. Попробуй. Будущее за чаем.

Я налила ему полчашки пуэра.

Он сделал глоток и наморщился.

— Это какая-то плесень, — сказал он. — Что-то старое. Отдает землей и мешковиной.

— Запах ветра перемен, — ответила я. — Так наступает будущее. Скоро все будут пить только чай. И забудут про кофе.

— Ты здесь кушаешь? — спросил он.

Я кивнула.

— Почему?

— Из-за названия. «Дерево и Камень». Мне очень нравится. Особенно слово «камень». Это посланный мне свыше знак. Ты знаешь, что такое omen?

— Такой фильм? — спросил он.

Он улыбался так обезоруживающе, что я почти решила убить об него еще один вечер. Но Хосе сам уничтожил зародыш своего счастья.

Он сделал хитрое лицо и постучал пальцем по столу.

— Смотри, — тихо сказал он. — Вон там, под знаком...

Я увидела на другой стороне улицы двух женщин, неспешно бредущих в сторону больших цен (в Варадеро это лучший географический ориентир). Они держались за руки — и казались то ли матерью и дочкой, то ли бабушкой и внучкой.

Ближе к дороге шла дама лет шестидесяти, похожая на шоколадное яйцо (это первое, что пришло мне в голову). Дело было не столько в шоколадном цвете ее кожи и полноте, сколько в особом социалистическом гламуре, который она излучала: круглый шиньон на голове, золото на шее, рубины в ушах — чистейшая эманация шоколадного советского заката. Неотличимая, впрочем, от естественной эстетики третьего мира начала двадцать первого века.

Зато девушка, которая шла рядом...

Это была блондинка со светло-оливковой кожей — я уже заметила, что на Кубе натуральные блондинки тоже встречаются (видимо, такой эффект давала нужная пропорция испанских генов). Ее волосы были связаны в узел на затылке — словно дочка сделала такую прическу, чтобы походить на маму.

Это, конечно, вряд ли были мама с дочкой — слишком уж разный цвет кожи. Но про себя я обозначила их именно так.

На девушке было короткое светлое платье в разноцветных зигзагах, тапочки на пробке, нитка бус и совсем никакого золота — такая простота граничила с изменой социализму. Ей могло быть лет двадцать с небольшим. Она была очень хороша, и ее лицо было мне знакомо.

Так хорошо знакомо, что я никак не могла оторвать от нее взгляд, пока могла ее видеть, сначала анфас, потом в профиль. И когда она уже почти проплыла мимо, я поняла, что у нее профиль Вария Авита Элагабала. Анфас сходство казалось не таким сильным — лицо Элагабала было шире. Но в целом они были похожи... И еще как.

В общем, меня как током стукнуло.

Я повернулась к Хосе.

— Кто это? Твои знакомые?

Хосе улыбнулся.

— Ночные птицы на дневной охоте.

Я недоверчиво подняла брови. Хосе энергично кивнул.

— Будут ходить взад-вперед, пока не найдут клиента. Если любишь девушек, могу познакомить...

— Нет, — сказала я, — не надо. Если захочу, сама познакомлюсь.

Залпом допив чай, я положила на стол инвалютную бумажку.

— Купи себе мохито и думай обо мне с нежностью, пока будешь его пить.

Все-таки приятно иногда побыть альфа-самкой.

А что это значит, кстати — альфа-самка? Платит за выпивку? Это не альфа-самка, а просто дура. Растоптала сто других самок в битве за самца? Тоже как-то не очень... Патриархат по ходу успел нагадить и здесь.

Помахав Хосе рукой, я перешла на другую сторону улицы и побрела вслед за парочкой — неспешно, чтобы не догнать маму с дочкой раньше времени. Как только Хосе перестал меня видеть, я пошла быстрее.

Нагнав их, я пристроилась в нескольких метрах сзади, соображая, что делать дальше.

Они действительно вели себя как мама и дочка, которые долго не виделись и теперь никак не могут надержаться за руки. При этом они почти не говорили — только на перекрестках, где стояли одинаковые молодые люди с рациями, мама принималась что-то нежно втолковывать дочке. Дочка не спорила и покорно кивала.

Время от времени мама оборачивалась, оглядывая улицу за спиной. Увидев меня во второй раз, она чуть улыбнулась. Я подмигнула в ответ. Еще через сто метров она опять поймала мой взгляд и ухмыльнулась шире. Я всем лицом изобразила крайнюю степень счастья. Обернувшись в следующий раз, дама в шоколаде еле заметно кивнула на остановку местной конки.

У меня внутри словно бы напряглись парашютные стропы — такого я совершенно не ожидала. Я... Да как она вообще... Да за кого она...

А какие еще варианты? Их не просматривалось.

Они дожидались меня на остановке. Перекресток с очередным мешковатым клерком с рацией был рядом, и все время, пока мы ждали конку, ни дама в шоколаде, ни дочка даже не посмотрели в мою сторону. Это было захватывающе, как в шпионском фильме.

Через несколько минут подошла конка — подобие открытого фаэтона в одну лошадку, который я много раз видела на улице, но так и не научилась всерьез воспринимать в качестве транспортного средства. Я думала, это что-то экскурсионное. Оказывается, на конке можно было ездить. Я деликатно села через сиденье от шоколадной дамы. Когда перекресток с наблюдателем уплыл назад, она впервые повернулась ко мне.

— Сто восемьдесят куков, — сказала она по-английски.

Я хотела засмеяться, но вместо этого вдруг кивнула. Деньги с собой у меня были.

— И десять ему, — она показала на управлявшего конкой господина. — Прямо сейчас.

Я послушно вынула из кошелька десять инвалютных песо и отдала их шоколадной даме. Она передала их кучеру.

Конка остановилась через несколько перекрестков — в зоне, застроенной коттеджиками местной элиты. На другой стороне улицы не было ни одной гостиницы, и на углу даже отсутствовал обычный топтун. Или, может быть, его функцию выполнял рыбак бомжеватого вида, сидевший у забора на свернутой серой сети.

Дама выразительно поглядела на меня и сделала странный знак ладонью — как бы приглашая за собой и одновременно отодвигая назад. Я поняла: следует идти за ней, но в некотором отдалении, чтобы не было ясно, что мы вместе.

Дама с девушкой дошли до угла и повернули на улицу, идущую от моря. На углу девушка посмотрела на меня — кажется, в первый раз за все время маневров — и виновато улыбнулась. Я так же виновато улыбнулась в ответ.

Они вошли в небольшой зеленый коттедж за забором. Через минуту я проскользнула в оставленную открытой калитку, затем в дверь — и оказалась в гостиной.

Девушки здесь не было. Меня ждала хозяйка.

— Welcome, — сказала она и обвела пространство ладонью — словно приглашая воздать ее дому должное.

Меня поразило огромное количество разноцветного хрусталя. Им было заставлено буквально все — стеклянные стеллажи, полки и зеркальный шкаф, умножавший стоявшие внутри бокалы на два. Часть хрусталя была стопроцентно советским, часть, кажется, чешским — и одна ваза зеленого стекла очень походила на ту, что я все детство наблюдала дома.

Из-за хрусталя во многих местах выглядывало лицо полного кубинского военного с печальным знанием в глазах (будто он еще тогда понимал, на что будет смотреть со стены в следующем тысячелетии). Иногда рядом с ним была хозяйка, в молодости походившая на Опру. Сам военный практически не менялся на снимках разных лет — только с годами редели волосы, обвисала кожа, а глаза становились все пронзительней. На самой последней фотографии — цветной — он был в гражданском и лежал в гробу под неизбывной надписью «Patria o Muerte».

В комнате с хрусталем мне пришлось задержаться и передать шоколадке требуемую сумму (деньги вперед). Она была дамой слишком хорошего тона, чтобы взять их просто так, и мне пришлось выпить чашку приторного чая. Потом она кокетливо засмеялась, отвела глаза и показала на дверь в следующую комнату.

За дверью была маленькая спальня — полуторная кровать, комод и ведущая в ванну дверка. Пожилой военный присутствовал и здесь, причем в гораздо большем объеме — он мудро и печально глядел на кровать с висящего на стене масляного портрета, выполненного в характерной позднесоветской манере. Военный занимал так много места, что сначала я увидела его. И только потом — сидящую на кровати девушку.

— Меня зовут Саша, — сказала я.

— Наоми.

Она улыбнулась мне, и я в очередной раз поразилась тому, насколько она похожа на Элагабала. То же самое лицо, ставшее из мужского женским.

— Do you speak English?

Она говорила, и не хуже меня.

Ей было двадцать пять лет — чуть больше, чем я решила. Она изучала архитектуру в Гаване. Или хотела, чтобы я так считала.

— Я не Ноэми, а именно Наоми. А то все почему-то считают, что на Кубе могут жить только Ноэми...

Она сразу призналась, что не любит мужчин. Вернее, любит, но только во время экспедиций в Варадеро, и только за деньги.

543

— Сегодня мне повезло, — сказала она весело.

Пять минут назад я думала, что мы просто познакомимся и поговорим. Но все дальнейшее было настолько прекрасно и естественно, что говорить не было необходимости.

Потом в дверь деликатно постучали. Оплаченное время кончилось.

— Я хочу встретиться еще, — сказала я. — Завтра ты сможешь?

Наоми кивнула.

— Здесь? — спросила я.

Наоми отрицательно покачала головой. Наполовину знаками, наполовину шепотом она объяснила, что шоколадная дама за дверью берет себе половину денег и лучше встретиться на дороге за шлагбаумом, у нее есть куда пойти.

— Ровно в восемь часов. Когда увидишь меня, просто иди следом. И она не должна знать...

Наоми достала из своей сумки ручку и блокнот и нарисовала какую-то схему. Я поняла, что это шоссе за пределами курортной зоны. Возле дороги был бар. Крестик указывал место, где она будет ждать.

На прощанье она поцеловала меня в губы.

Такого со мной еще не было. Я даже забыла, зачем я здесь.

Счастливая и офигевшая, я шла по улице назад. Мне казалось, что моя пустая звенящая голова оклеена изнутри особой медленной фотобумагой, и все впечатления, полученные за время этого события, только теперь начинают окончательно проявляться.

Я первый раз в жизни заплатила за секс. Даже, я бы сказала, за любовь. Конечно, я вполне могла получить то же самое бесплатно. Если бы мне повезло... Но меня по-любому не мучили угрызения совести.

Мой опыт не был похож на тайное падение пожилой англичанки в мозолистые руки черной Кении. Случившееся было чудесно. И больше ни о чем я пока не думала.

На улице было уже темно. Я прошла всю дорогу до своей гостиницы пешком. Хосе сидел на своем обычном месте, но был занят по службе: впаривал анекдот про «кафэ кафэ кафэ кафэ» какому-то красномордому немцу. Хосе чуть заметно кивнул, и я ответила таким же конспиративным движением головы.

Женщина в зеленом гофрированном платье на другой стороне улицы пела «Бесо ме мучо» под бонго и две гитары. На пустыре возле бензоколонки мелькали черные тени.

Жизнь была прекрасна.

Эмодзи_опустошенной_в_хорошем_смысле_блондинки_которой_хочется_побыстрее_прикинуться_луной_чтобы_уснуть_и_увидеть_сон_про_счастье.png

Я хотел поженить Камень в шутку, а он поженил меня всерьез.

Я получил ответ на свой глупый и даже, наверно, неблагочестивый вопрос, заданный Камню перед тем, как для меня открылись небеса. Кого из богинь хотел бы себе в жены Солнечный бог? Ответ пришел через несколько дней, когда я танцевал ночью в храме.

Солнцу приличествует союз с Луной, сказал Камень.

Это было верно — и куда понятнее народу, чем все прочие союзы, которые я мог выдумать. Но ответ шел дальше. Женись и ты, сказал Камень.

Я был женат, как и положено императору — но разве на божественных весах заметны такие мелочи? Женись заново. На ком, спросил я. Маски Каракаллы, отозвался Камень.

— Маски Каракаллы, — повторил я шепотом.

Первая часть — та, что касалась брака самого Камня, — была понятна: из всех лунных богинь этого мира следовало выбрать самую достойную, и сочетать ее с Солнцем священным союзом. Я нашел верное решение сразу — Урания, которую в Карфагене и Финикии почитают как Луну. Это к ней, в сущности, и ехал мой отец, когда его убили.

Но что это за маски Каракаллы?

Сперва я подумал о масках, изображающих лицо моего родителя.

Трудно было понять, кто и зачем мог такие сделать — скорее всего, изготовителя обвинили бы в измене и магии. Потом я вспомнил Нерона — вот у кого была знаменитая коллекция масок. Но мой отец, кажется, не отличался любовью к театру. Во всяком случае, не пел перед солдатами под кифару.

Я ломал голову несколько дней. Может быть, мне надо изготовить маски с ликом моего отца? Но зачем? И какое отношение это имеет к моему браку? Ведь не на маске мне следует жениться?

Потом я догадался допросить людей, служивших Каракалле — некоторые из них были еще живы. И тогда его вольноотпущенник Тит рассказал, что отец повсюду возил с собой футляр, где лежали две маски из электрона, завернутые в красный шелк. Но Каракалла, добавил Тит, никому не позволял прикасаться к этому футляру и этим маскам. Кроме...

Тут старик замялся и добавил, что будет правильнее, если я спрошу об этом свою мать или еще какую-нибудь близкую к покойному императору женщину.

Он больше ничего не знал — или боялся оскорбить мой слух. Но он сказал уже достаточно, чтобы я понял намек.

Вечером, когда мать пришла ко мне со своим обычным списком просьб, я спросил:

— Скажи, а что за маски возил с собою мой отец?

Мою мать было трудно смутить, но тут она покраснела так, что стало видно даже через белила.

— Кто сказал тебе об этом, господин?

— Император обязан знать все. Будь добра, ответь на мой вопрос.

— Не хочу говорить об этом.

— Тогда твои клиенты будут ждать выполнения своих просьб очень долго, — сказал я и кивнул на таблички в ее руке.

— Хорошо, — ответила мать. — Я расскажу тебе сегодня за ужином, когда хорошенько выпью.

— А я тогда же решу твои дела.

Мы редко ужинали вместе в последнее время — и я даже забыл, что мамочка может столько выпить.

— У Каракаллы были две маски, — сообщила она наконец. — Не знаю, где он их взял. Сделаны они были довольно грубо — такие могли бы сработать даже britanniculi[1]. Одна изображала Луну, другая Солнце. Когда он

---

[1] «Бриташки», пренебрежительное древнеримское название жителей острова.

сходился с мужчиной или женщиной, он надевал на себя маску Солнца. А на того, кто был с ним, надевал маску Луны.

Эти слова поразили меня.

Я только что, буквально за несколько дней перед этим, устроил союз Камня с Уранией. Луна и Солнце... Оказывается, мой отец грезил тем же самым. Или нет?

— Зачем он это делал? — прошептал я.

— Не знаю, — ответила мать. — Наверно, ему наскучили постельные игры. Когда человек может позволить себе все, доступное становится малоинтересным. Он ищет наслаждений за пределами обычных человеческих радостей. Или хотя бы меняет эти радости так, чтобы они казались необычными и новыми. Так делают все принцепсы. Но твой отец хотя бы не выставлял свои причуды напоказ...

Я пожал плечами.

— Марк Философ говорил, что в радостях следует знать меру, и следовать обычаям времени.

Мать хихикнула.

— Ну да. Потому ты и взял себе в любовники этого парня, как его... Гиерокл? Иерокл? Колесничий зеленых, который управляет четверкой. Очень популярный в народе выбор, тебе не доносили?

Я смолчал.

— А почему, сын мой, ты остановился именно на нем? Правду ли говорят, что дело в его огромном...

Мать закрыла себе рот ладошкой — видимо, вспомнила, что женщина должна быть стыдливой.

— Нет, — ответил я, — дело совсем не в этом.

— А в чем же?

— Ну, мама...

— Скажи. Мне можно.

Ага. А завтра это будет повторять каждый разносчик еды в Риме.

— Ты помнишь, когда мы жили в Эмесе, я любил запрягать четверку собак в игрушечную колесницу. И катался так по нашему парку. Я воображал, что управляю четверкой на гонках в Риме.

— Помню, — улыбнулась мать. — Ты был таким хорошеньким мальчуганом. А потом одна из собак тебя укусила. Но при чем здесь Иерокл?

— Он ездит на колеснице, — сказал я. — И тоже на четверке. Для меня это как мостик в детство... Не знаю, поймешь ли ты.

И я сделал серьезное лицо, изо всех сил сдерживая подступающий к горлу смех. Мать задумалась, и на ее лице проступило напряжение.

— Нет, — сказала она наконец, — не понимаю. Во всяком случае, до конца.

— И хорошо, — ответил я. — Люди, которые понимают принцепса до конца, долго не живут.

— Ты мог бы и сам ездить по цирку на колеснице, — сказала мать. — Если это для тебя так важно.

— И кончить как Коммод? Моя собственная бабка Меса заплатит тогда гвардейцам, чтобы меня убили. Может быть, она уже заплатила.

Мать побледнела. Было видно, как с нее слетает хмель — вернее, как она пытается пробиться сквозь него к своему трезвому образу, попутно соображая, не сболтнула ли она лишнего. Мне стало ее жалко.

— Не обращай внимания, — сказал я, — я шучу. Скажи лучше, меня вы тоже зачали в этих масках?

— Без маски я только... — мать запнулась, хихикнула и опять приложила унизанную перстнями ладошку к губам — то ли закрывая себе ротик, то ли показывая жестом то, что стеснялась доверить словам. — Но от этого не зачинают.

— А все остальное время...

— Да, сынок. Выходит, именно так ты и был зачат... Может быть, так же зачали и твоего брата Александра, это надо спросить у моей сестры. А насчет прочих... В целом Каракалла предпочитал сношения с солдатами, так что опроси ветеранов, много ли среди них лун.

Она захохотала, страшно довольная своей шуткой.

— Где эти маски сейчас?

Мать развела руками.

— Не знаю. Наверно, потерялись на Востоке, когда Каракаллу убили. Или, может быть, их привезли в Рим с его вещами. Не думаю, что они представляют для кого-то большую ценность.

Я дал приказ разыскать все вещи, оставшиеся от отца. Маски нашлись через два дня. Оказалось, они действительно в Риме — и хранятся среди золотой утвари из-за того, что сделаны из дорогого сплава.

Мне принесли небольшой ящик из полированного дерева, закрытый на золотой крючок. Дождавшись, пока все выйдут, я открыл его.

Солнце и Луна.

Мать ошиблась, назвав маски грубыми — они и правда были безыскусны, но выглядели изящно. Их простота была благородной. Женщины, живущие в роскоши и разврате, не всегда чувствуют такие вещи.

Но самое поразительное, что маска Солнца почти повторяла по форме маску Гелиоса, которую я надел во время своего поединка с быком на мраморной лестнице. Даже тесемки были там же... Впрочем, все маски Солнца будут похожи на Солнце и друг на друга.

Я померил ее, и она словно прилипла к моему лицу. Мне не хотелось ее снимать. Я взял маску в Элагабалум и ночью танцевал в ней перед Камнем.

У меня был только один вопрос — как найти ту, на чье лицо можно будет надеть вторую маску?

«Тебе не надо искать, — отозвался Камень, — она должна найти тебя сама...»

— Как?

«Пусть она выберет свою судьбу... И твою тоже».

Другого ответа я не получил.

Я долго размышлял. Было непонятно, кто должен этот выбор сделать: маска или та, на кого ее следовало надеть.

Наконец я придумал, как поступить.

В одном из залов дворца я устроил пир, куда были приглашены знатные молодые красавицы Рима. Подавали павлиньи мозги (ложечка угощения на розовых лепестках — острили, что девушки особенно любят это блюдо, поскольку у павлинов еще меньше мозгов, чем у них, и опасность растолстеть невелика), редкую рыбу, суп из крыльев бабочек, сладкое вино с благовониями — все, как любит наш изнеженный век.

На постаментах вдоль стен были разложены драгоценные вещи самого разного вида и свойства. Соседство подбирали так, чтобы между предметами по возможности не было ничего общего: рядом с золотым кувшином стояла статуэтка богини, за ней — изукрашенное камнями блюдо, следом — царское седло и так далее. Среди этих предметов была и маска Луны.

Я рано ушел с пира, чтобы гости чувствовали себя свободнее. Они могли любоваться драгоценностями и брать их в руки — за порядком смотрело множество слуг. Рядом с маской я поставил своего доверенного слугу иудея Савла — его задачей было следить, кто подойдет к маске и коснется ее.

Наконец гости разъехались и я призвал Савла к себе.

— Многие ли подошли к маске?

— Нет, господин, — ответил Савл. — Рядом с другими сокровищами маска выглядела скромно. За все время после того, как ты ушел, только одна особа приблизилась к ней. Но зато она взяла маску в руки, а потом даже надела на себя — и прошла так по залу... Потом, конечно, она вернула маску на место. Подобного за ней не осмелился повторить никто.

От волнения мое сердце сжалось. Я выбрал для Камня богиню Уранию. Сейчас я узнаю, кого Камень выбрал для меня.

— Кто она?

— Аквилия, господин.

— Аквилия? Какая Аквилия?

— Весталка.

Я знал Аквилию. Она была молодой, красивой, веселой и немного странной. Во всяком случае, для весталки. Она мне нравилась — но не настолько, конечно, чтобы я решился оскорбить Рим и нарушить древний обычай.

У нее были блестящие смелые глаза, нежное округлое личико и маленький орлиный нос, который делал ее особенно прелестной.

Я помнил, что в разговоре с ней однажды пошутил — и назвал ее последней девственницей Рима. Она, однако, отнеслась к моим словам серьезно.

— Ты оскорбляешь моих подруг, господин, — ответила она, глядя на меня исподлобья. — Мы шестеро, поддерживающие огонь — все чисты, как это платье.

И она провела ладонью по своей груди под белой робой. Но движение руки было медленным и чувственным, словно бы она намекала на что-то, полностью противоположное словам.

Белую ленту на ее волосах, какую носят все весталки, покрывал дорогой жемчуг редчайшего отлива — жемчужина к жемчужине.

Эти девственницы очень богаты — у любой из них можно взять в долг на небольшую войну, шутил мой дед. Они охотно дают деньги в рост. Но вот замуж они не выходят — если они согрешат, их зарывают в землю живьем.

«Пусть она сама выберет свою судьбу... И твою тоже».

Было понятно, почему Камень сказал именно так.

Выбрав свою судьбу, Аквилия выбрала и мою.

Рим давно уже глядел на меня косо. Понтифики не могли простить мне унижения своих дряхлых богов. Сенаторы исходили ядом, когда их собирали смотреть мой танец — они не понимали его смысла.

«Это уже было, — шептались они, — Калигула танцевал перед трепещущими сенаторами под флейты и скабеллы, и как кончил Калигула?»

И никому в городе не нравилось, что я свез все святыни в одно место и вверил их новому богу: даже Аквилия была зла на то, что огонь

Весты горел теперь в Элагабалуме. С этим пока мирились, хотя бабка была очень недовольна моими, как она говорила, «причудами».

Но жениться на весталке? Такого в Риме не делал еще никто. Меня за это возненавидят и солдаты, и простой люд. Значит, моя предписанная богом судьба — смерть.

Но разве у кого-то в мире бывает иная?

Я не боялся умереть, потому что Камень уже показал мне суть жизни: смерть есть лишь прекращение непосильного труда, навязанного богами небытию.

Кроме того, я презирал сенаторов и знал, что самая незамысловатая демагогия склонит их к чему угодно — не аргументами, а возможностью скрыть свою трусость за пристойно звучащим объяснением.

— Отцы сенаторы, жрецу пристало жениться на жрице, — сказал я им. — От такого брака Рим получит детей, подобных богам. Солнце берет в спутницы Луну, а его высший служитель выбирает своей подругой весталку Аквилию...

Они молчали, запахнувшись в свои старомодные тоги. Им нужно было больше аргументов, чтобы спрятаться в них как в кустах.

— Августой мы называем супругу принцепса, — продолжал я, — по имени божественного

Августа. Это имя происходит от авгуров, гадателей по полету птиц. Какое имя может подойти Августе лучше, чем Аквилия – «орлиная»? Боги не посылают таких знамений зря – наш союз предначертан свыше!

То, что наш союз предначертан свыше, было чистой правдой, но знать все подробности сенату незачем.

– Вижу по вашим лицам, как вы счастливы и воодушевлены, отцы сенаторы. И, чтобы ободрить вас еще больше, я подарю вам то, что, по вашим словам, радует вас сильнее всего на свете – мой танец...

И я дважды хлопнул в ладоши своему флейтисту.

Не знаю, танцевал до меня кто-то в курии или нет. Калигула был скромнее – он для своей ночной пантомимы все же вызывал сенаторов к себе во дворец. Может быть, движения метавшегося по курии Цезаря походили на танец – такой пляшут иногда смертельно раненные на арене бойцы, и длится он недолго.

Сенаторов я, конечно, не боялся. Но после этого дня я удвоил охрану и три месяца ублажал народ угощениями и гонками колесниц.

Аквилия согласилась сразу. Она призналась, что полюбила меня еще в тот день, когда увидела на Палатине мой восточный портрет, посланный из Никомедии сенату.

— Даже если меня зароют в землю, — сказала она, — я не буду об этом жалеть.

— Тебя не зароют в землю, — ответил я. — Тебя вычеканят на монетах. А если меня убьют и тебя захотят судить за нарушение обета, ты скажешь, что подчинилась приказу сената. Ты ведь не могла нарушить закон.

— Разве это приказал сенат?

— А разве еще нет? У меня есть предчувствие, что он вот-вот это сделает.

Получить от сената такой приказ, конечно, не составляло труда. Жизнь в Риме хороша тем, что все чудачества императора сразу же получают надлежащую юридическую базу — этим мы и отличаемся от варварских восточных деспотий, даже не понимающих, что такое верховенство закона.

Аквилия была прекрасна и чиста. Назвав ее когда-то последней девственницей Рима, я не так уж далеко отошел от истины. В ее чистоте была такая сила, что рядом с ней я тоже ощутил себя чистым и новым — как будто стал на пять лет моложе. Она была старше, я куда опытней — и это нас уравнивало.

Камень сделал мне прекрасный подарок. Мне ведь было уже почти семнадцать, и Венера больше ничем не могла меня удивить — «ни спереди», как острил мой приятель Иерокл, «ни сзади». Я и не подозревал, что моя пресыщенная, утомленная и многоопытная душа способна так сильно полюбить. Мне даже неловко было за те смешные чудачества, которые я называл любовью прежде.

Аквилия, как все весталки, коротко обрезала волосы — и по моей просьбе продолжала носить жемчужную ленту на голове после того, как стала моей женой. Вскоре после того, как ее профиль выбили на монетах, такая прическа вошла в моду. Какой сестре не хочется походить на сестерций? Таких в Риме нет.

Аквилия была единственной, кому я рассказал про свои разговоры с Камнем — и даже про то чудесное и неописуемое, что было мне открыто.

— Ты стала моей не по прихоти, — сказал я ей. — Ты стала моей по выбору Камня.

Я думал, эти слова ободрят ее — но она разозлилась. А потом заплакала.

— Я предпочла бы стать твоей по твоему собственному выбору. Как угодно безрассудному. А теперь я не знаю, любишь ты меня или нет...

— Если бы я не любил тебя, — ответил я, — Камень не связал бы наши судьбы... Камень и я — одно и то же.

На самом деле в глубине души я подозревал, что просто станцевал всю эту историю перед Камнем от начала до конца, и сам исполнил в ней все роли. Камень не противился — только щурил насмешливо свой черный глаз.

Аквилия полюбила меня, увидев присланный из Никомедии портрет. Я понял, что влюбился в нее в тот день, когда она обиделась на мою шутку про девственность — и невыразимо чувственно провела ладонью по груди.

Но вот какая мысль смущала меня: если бы маску выбрала другая известная мне красавица, домыслил бы я точно так же, что тайно любил ее прежде и встреча наша была предопределена? Ответа я не знал, и Камень тоже помалкивал. Видимо, такой вопрос кажется богу глупым.

Я решился на то, чтобы немного изменить маски — эту идею мне подал ночной танец в храме.

Когда Камень везли в Рим, от него откололся крохотный кусочек, размером с две фаланги пальца. Виновных казнили, но было непонятно, что делать с осколком. Возникал вопрос, как его почитать: наравне с Камнем или иначе?

Представив, какая орава демагогов и философов начнет кормиться на новой религиозной проблеме, я скрыл случившееся. Теперь же я спросил у самого Камня, как поступить с его осколком. Маски, ответил Камень. Обе? Обе.

Я вызвал хорошего ювелира, взял с него слово хранить тайну — и он разделил осколок на две части, оправив каждый в такой же сплав серебра с золотом, из какого были изготовлены маски. Затем он прикрепил камни ко лбу каждой из них. Сделано все было соразмерно и изящно, но вместе с тем прочно и надежно, как на военном шлеме. Казалось, маски были такими с самого начала.

И все же я не понимал, отчего мой родитель предпочитал заниматься любовью в маске. Ответ предложила остроумная Аквилия:

— Сам Каракалла с щетиной на щеках был довольно уродлив. Ну, некоторые считали что он грубо и по-солдатски красив, но не всем такая краса по нраву. Наверно, он не хотел пугать любовников своим безобразием.

— Да? — спросил я. — А зачем он надевал на них маску Луны?

— Он жил среди солдат, — ответила Аквилия. — С ними большей частью и спал. А где ты видел красивого солдата? Их в первый же год службы так зажаривает солнце, что на их лица страшно смотреть... Венерины маски — походная амуниция великого завоевателя.

Это было, конечно, смешно. Но вряд ли годилось в качестве объяснения.

— Меня тоже зачали в этих масках, — сказал я. — Мне рассказывала мать.

— Она говорила почему? — спросила Аквилия.

— Она считала это игрой. Принцепс играет в бога. А его подруга играет богиню.

— Давай поиграем тоже...

Аквилия предложила это сама.

Поразительно, но после того, как мы в первый раз надели маски на любовном ложе, что-то в нашем союзе изменилось.

— Теперь я знаю, каково это — танцевать перед Камнем, — сказала Аквилия. — Я сейчас танцевала вместе с тобой. И я увидела будущее, Варий. Оно ужасно.

— Я тоже видел его, — ответил я. — И сейчас, и раньше. Мне предсказывали еще в детстве, что я взлечу высоко и умру молодым от лезвия. Но ничего ужасного здесь нет, потому что это не мое будущее и не твое. Это всего лишь узоры на шелке. Ты разве не поняла?

— Нет, — сказала Аквилия. — На каком еще шелке?

— Мы с тобою просто...

Я хотел рассказать ей про шелковых червей, про катушки с цветными нитями, про странную и жуткую для смертных глаз суть мира, показанную мне Камнем — но в последний момент решил промолчать. Облечь это в слова, тем более в ясные ей слова, было бы трудно. Аквилия, скорей всего, подумала бы, что я тронулся умом от своих излишеств. Так вокруг считали многие.

— Ты увидишь сама, — сказал я. — Когда Камень захочет.

— Я уже все видела. Ты лежал на земле мертвый в лагере преторианцев.

— Я стал императором в солдатском лагере, — ответил я. — Там же я перестану им быть. Разве такой узор не прекрасен? Но я не думаю, что умру в лагере. Успокойся.

— И еще я видела вот что... Эти маски... Они нас переживут. Они уйдут далеко в будущее, в них будут любить друг друга самые разные люди. Через них станут обращаться к Камню. И находить тех, кто должен перед ним танцевать. Но самое главное, я видела, что они помогут нам встретиться снова. Хотя это будем уже не мы... Поразительно. Поразительно и невероятно. Тебе не страшно, Варий?

— Конечно, страшно. Но и весело. И еще...

Я вдруг подумал, что ничего объяснять не надо. Совсем ничего. Пусть постепенно увидит сама. С масками это просто.

— Что?

Надо было ответить.

— Называй меня не Варием, а Антонином.

— Ты этого хочешь?

— Да. А чтобы тебе было проще, я сделаю тебе подарок. Особое императорское украшение.

Она сразу позабыла все на свете.

— Что это за драгоценность?

Я в шутку показал ей торчащий из кулака палец, как делают греки, когда хотят обидеть того, с кем спорят.

— Женщины любят драгоценности, но побрякушки можно получить от кого угодно. Я же дам тебе нечто такое, что не подарит больше никто.

Она улыбнулась, и я понял, что ее страх окончательно прошел.

— Что ты хочешь мне подарить?

— Я дам тебе новое имя. Теперь ты будешь зваться, э-э-э... Юлией.

— Юлия, — повторила она, словно пробуя это слово на вкус. — Юлия. Это в честь твоей бабки Домны?

— Это в честь тебя. И давай наконец веселиться. Придумаем что-то необычное, устроим морскую битву в цирке, или, как философы, наедимся опиума... Чему учит нас Гораций? Carpe diem[1], Юлия.

— Carpe diem, да, — повторила она. — До чего же ты любишь разные маски, Варий... Прости, я оговорилась. Антонин.

— Почему разные? — спросил я.

— На тебе опять больше косметики, чем на мне...

И я услышал ее легкий счастливый смех.

---

[1] «Живи сегодня», *букв.* «срывай день».

В самом Варадеро бояться было нечего. Но стоило ли брать с собой маски, выдвигаясь за шлагбаум?

Куба казалась безопасным местом. Вернее, она могла быть самым опасным местом в мире — но угрозы, понятные только местным, были развернуты в ее космосе таким образом, что совсем не цепляли безобидную туристку. Даже если она несет в своем рюкзачке пару странных масок с сопроводительным турецким документом...

Так, девушка, зачем вы взяли сопроводительный документ? Да он просто лежал в коробке. А коробку зачем взяли? Я пугливая, собиралась надеть маску, если кто-то пристанет. Чтобы он испугался и убежал... И вообще я думала, у вас тут вечный карнавал счастья и хотела соответствовать. Короче, Путин опять не приедет выручать, и Эрдоган с ним в самом деле.

В общем, маски я взяла.

Почему-то мне вспомнилась сказка «Поди туда, не знаю куда, принеси то, не знаю что». Наверно, дело было в том, что я в очередной раз собралась идти не знаю куда. Я даже заглянула в текст, засэйвленный на телефоне.

«Сват Наум», между прочим, похоже на «Наоми». А мужичок с ноготок борода с локоток теперь глядел на меня с каждого второго столба, и я все время замечала, что звездочка на его берете повернута рогами вверх. Ворона знала, да.

Путешествие на тот свет. Уже было. Ловля говорящего кота с помощью трех железных колпаков... Если понимать это метафорически, на роль кота подходили и покойный Фрэнк, и Лева, и даже отчасти профессор Гекчен.

А вот «сват Наум»...

Если верить предсказанию, герою вместе с ним/ней предстояло обмануть купцов на корабле и овладеть магическим оружием. Curiouser and curiouser, как говорила Алиса[1]. Вот интересно, это действительно сказка постепенно сбывается? Или это вопрос интерпретаций и веры, и точно так же «сбывалась» бы любая другая? И Наоми сейчас казалась бы мне, например, Василисой Премудрой?

Я думала об этом всю дорогу и так ушла в свои мысли, что даже не заметила шлагбаум. Но другого маршрута не было все равно.

Наоми стояла на дороге у бара, где веселилась компания туристов. Я вспомнила, что сюда ходят девушки из ближайшего поселка и туристы из Варадеро: здесь начиналась зона условно-свободной любви, уже не курируемая небольшими братьями, наряженными под банковских клерков.

---

[1] Любопытнее и любопытнее.

Наоми была в том же платье, только вместо узла ее волосы были собраны в хвост, а лицо закрывали большие темные очки, похожие на севшую ей на нос капиталистическую бабочку. Увидев меня, она повернулась и пошла по обочине в сторону поселка.

Когда я проходила мимо бара, меня весело окликнуло сразу несколько мужских голосов, из чего я сделала вывод, что вполне котируюсь на местном рынке счастья. Это ободряло, конечно, но я даже не посмотрела в сторону гогочущих членомразей. Женское сердце неблагодарно.

Наоми шла быстро и не оборачивалась. На краю поселка она сняла очки и спрятала их в сумку. Это было разумно — уже темнело, и в очках она выглядела странно.

Теперь она не спешила. Пару раз повернув, она вышла в безлюдный переулок, где стояло несколько огороженных заборами домов. Остановившись возле одной из калиток, она постучала.

Происходящее опять стало напоминать шпионский фильм. Я на всякий случай замерла метрах в двадцати, притворившись, что рассматриваю землю под ногами, и тогда Наоми повернулась ко мне, засмеялась и поманила меня пальцем.

— Можно не бояться, — сказала она. — Он

нас запрет, а сам уйдет до утра. Как ты на это смотришь?

Я увидела пожилого кубинца, стоящего у калитки.

— А зачем запирать?

— Ну, чтобы ему было спокойней. Это же его дом. Можно будет выходить во двор.

Я хотела сказать, что не люблю сидеть взаперти, и вообще мне непонятна такая логика — но, посмотрев на нее, вздохнула и кивнула.

Через час мы лежали в темной тишине, вдыхая древние запахи — муки, древесной стружки, кожи. В половине окон, кажется, не было стекол — их заменяло что-то вроде фанерных жалюзи, за которыми стрекотали насекомые.

Их гудение было единственным звуком, нарушавшим тишину. Вернее, оно даже не нарушало ее, а сливалось с нею. Я не слышала ни машин, ни голосов, ни музыки — совсем ничего. Тишина казалась такой глубокой, уютной и мягкой, что было непонятно, зачем вообще нужны какие-то звуковые волны.

«А что такое тишина? — думала я. — Это не самостоятельная вещь. Просто отсутствие звука. Никакой отдельной «тишины» нет. Волчара Винс правильно говорил, что наши слова указывают только на наши собственные выдумки. С другой стороны, тишина — это то, с чего начинается любой звук и чем он кончается. Откуда он происходит и куда возвращается. Если бы у звуков был бог, им была бы тишина... Тишина, темнота, покой. Они есть? Или их нет? Наверно, для них «быть» или «не быть» — одно и то же. Им ничего не нужно, даже свидетель... Или нужен? Без свидетеля, наверно, нельзя. Кому тогда будет тихо, темно и спокойно? А ведь правда, когда тихо и темно и мысли уже не шевелятся — для кого тогда тихо?»

Наоми положила ладонь мне на плечо.

— Скажи, — прошептала она, — ты презираешь женщин, которые делают это с мужчинами за деньги?

— Нет, — сказала я. — Я презираю женщин, которые делают это с мужчинами бесплатно.

Мы поцеловались. Целовать ее было как есть прохладный, свежайший и сладчайший арбуз в жаркий день. Наоми включила телевизор. Я даже не заметила, что этот прибор стоит возле кровати.

Шел какой-то кубинский фильм. Обняв ее, я некоторое время наблюдала за экраном в ложбинке между ее плечом и шеей.

Испанский был непонятен, но тема проступала ясно: единство спецслужб и народа в борьбе против коварно затаившегося врага. Старый сеыенький барабанщик из джаз-банда, портовый рабочий в лохматой рванине, усатый многодетный шофер, развозящий молоко — все понимали, знали, помнили и зорко переглядывались, еле заметным кивком сообщая друг другу и зрителю, что враг узнан и его наивная попытка обдурить бдительного и понимающего свой национальный интерес гражданина в очередной раз провалилась.

Такие фильмы, впрочем, сейчас снимают и в Голливуде.

— О чем ты думаешь? — спросила Наоми.

— О музыке, — сказала я.

— Какой?

— Я все время слышу какую-то мелодию. Песню. Очень знакомую, но не могу понять откуда.

— А где ты ее слышишь?

Я пожала плечами.

— Иногда доносится. То ли из соседнего окна, то ли с другой стороны улицы. Непонятно. Я думала, это из какого-то сериала...

— А можешь напеть?

Я попробовала, и получилось так плохо, что Наоми засмеялась.

— Другие ее слышат? — спросила она.

— Хороший вопрос, — ответила я. — Не знаю. Рядом никого не было, чтобы спросить.

— Наверно, — сказала Наоми, — это Главная Песня.

Она выговорила эти слова так, словно их следовало писать с большой буквы.

— Что это такое?

— Есть такая сказка, — сказала Наоми. — Мне ее рассказала мама. А ей — муж, который был поэтом.

— Твой папа?

— Нет. Ее муж. Может быть, он выдумал эту сказку сам. Больше я нигде не слышала.

— О чем она?

— О том, что все вокруг — это песня. Ты, я, небо, море, земля. Все вообще, весь мир. И мы тоже часть песни. Редко-редко нам разрешают про это вспомнить. Но потом мы забываем опять.

— Почему?

— Чтобы песня могла звучать дальше.

— А кто ее поет?

Наоми улыбнулась.

— Бог. И слушает тоже он. Как одинокий путник, который идет по дороге и что-то мурлычет, чтобы было веселее. Только в случае с богом это реально одинокий путник. Просто совсем.

— Почему?

— Потому что он не может создать другого бога. Он один настоящий, и он уже есть. Сколько ни гуляй по придуманным дорогам, никого другого не встретишь. И поэтому он напевает эту песенку.

— Зачем? — спросила я.

— Чтобы забыться и увидеть вокруг мир, где есть кто-то еще. На самом деле это просто песенка, которую он поет. Но поскольку ее поет бог, она волшебная и слышит сама себя. Вернее, думает, что слышит сама себя, а бог вообще ни при чем и его даже нету. А есть только эта песня и все то, о чем она. Вот такие песни нравятся богу.

— Красиво, — сказала я. — А где сейчас муж твоей мамы?

— Он с двумя друзьями уплыл во Флориду. На лодке. И утонул по дороге. Он был из этих, гусанос[1].

— Извини, — сказала я.

Наоми засмеялась.

— Да мне-то что. Вот мама горевала, да.

— А мы тоже слышим эту песню? — спросила я.

— Для нас это не песня. Это мы сами. Но если тебе повезет, ты можешь услышать ее именно как песню. И тогда ты вспомнишь, что ничего, кроме счастья, в жизни нет.

---

[1] Черви, презрительное название противников режима на Кубе.

— Серьезно? А почему в жизни нет ничего кроме счастья?

— Потому что жизнь кажется страшной и безвыходной, но на самом деле все проходит. Все проходит, все исчезает, ничто не может удержать нас в плену. Ни горе, ни радость. Даже мы сами на это не способны. Мы не можем стать для себя тюрьмой, хотя стараемся изо всех сил. Это свобода. Это счастье.

Интересно, подумала я, что ответила бы Кендра?

— Да, — сказала я. — Мы не можем стать для себя тюрьмой. Зато у вас на Кубе я видела пару ребят, которые вполне могут. В смысле, стать тюрьмой. Да и у нас в России таких хватает.

Наоми засмеялась опять. Мне нравилось, как она смеется.

— Хорошую историю придумал твой папа, — сказала я. — То есть, сорри, муж твоей мамы. А у нас верят... Ну, я не особо разбираюсь в нашем культе, но смысл, по-моему, в том, что бог нас создал, чтобы мы его славили. Пели ему всякие осанны и эти... литургии.

— Зачем богу надо, чтобы про него пели? Мы сами его песня.

— Священники говорят, ему хочется, чтобы мы его любили. И не шли против его воли.

Наоми покачала головой.

— Бог как малыш. Он пускает мыльные пузыри с крыши. Ему не надо, чтобы эти пузыри его любили. Ему надо, чтобы они красиво блестели на солнце. Остальное он им простит.

— А пузыри? — спросила я.

— Что?

— Пузыри его простят?

— Не знаю, — засмеялась Наоми. — Скорей всего, они просто лопнут, и их мнение будет уже не особо важно... Правда, у святой Церкви есть еще воскрешение из лопнутых.

— Может быть, — сказала я, — на страшном суде не бог будет нас судить. Может быть, это мы будем судить бога.

— Угу, — ответила Наоми. — Девочки всегда нормально со всем разберутся. Главное им не мешать.

Поцеловав ее, я встала с кровати и дождалась момента, когда она полностью переключится на телевизор. Как только это произошло, я, стараясь не шуметь, вынула из рюкзака обе маски и положила их на лавку рядом с кроватью. Потом, не одеваясь, вышла из комнаты. Рядом с ванной была дверка в маленький и темный внутренний дворик — и я выбралась туда, под огромные южные звезды.

Двор был как в римском доме — со всех сторон его окружала стена. Дул теплый ночной ветер, и крупные листья какого-то дерева, склонявшегося над двором, покачивались в темноте. Я была в невероятно древнем, уютном и понятном мире. Не хватало только костра в пещере. Впрочем, на эту роль подходил телевизор, мерцавший в глубине дома. Прошла пара минут, а потом Наоми закричала:

— Саша! Иди сюда!

Когда я вошла в комнату, она сидела на кровати, по-турецки поджав ноги. На ней была маска Солнца.

— Мне как раз, — сказала она. — Какая красивая маска. Я такую уже видела. Откуда она у тебя?

И, не дожидаясь ответа, она заявила:

— Я буду в ней танцевать.

Я ждала чего-то похожего. Но все равно мне стало не по себе.

— Ты умеешь танцевать? — спросила я.

— Да. Я училась. Но потом перешла на архитектуру. Танцами не заработаешь.

— А что, архитектурой заработаешь?

— На Кубе все танцуют, а архитекторов мало. Надень-ка вторую...

Она подала мне маску Луны.

— Зачем?

— Мы станцуем... Солнце с Луной. Давай, надевай.

Мы вышли во двор и стали танцевать, прижимаясь друг к другу — голые и смеющиеся.

Если тут работала инфракрасная камера кубинской госбезопасности, то ее сотрудники рисковали своим душевным здоровьем... Впрочем, что я знаю про Кубу? Может, они каждый день видят такие танцы в масках и только позевывают.

— О чем ты думаешь? — спросила Наоми.

Я рассказала.

— Вот ты глупая. Ты знаешь, сколько стоит прокормить одного работника госбезопасности? А сколько стоит аппаратура? Неужели они будут тратить такие ресурсы, чтобы подглядывать за двумя девочками? Да они, если захотят, вызовут к себе двадцать таких девочек, угостят их кокаином, и те бесплатно станцуют. Голые и в масках. В порядке обмена социалистическим опытом.

— Да, — сказала я. — Убедительно. Ты сама додумалась?

— Нет, — ответила она. — Это отчим так говорил, когда мать боялась, что власти прослушивают телефон и все записывают. Мол, кто будет слушать и анализировать? Ведь такому человеку надо платить инвалютными песо. Ему нужен домик вроде того, где мы с тобой вчера гостили. И так далее. Экономика не выдержит. Вот если кто шхунами возит кокаин и через него проходят большие деньги, тогда да. Социализм — это учет. А если кто-то болтает ртом, так на Кубе им не мешают... Это он так говорил. А потом поплыл во Флориду и утонул. И только тогда я поняла, что он сам не верил в свои слова — а просто старался при каждой возможности продемонстрировать свою лояльность... А сам готовил в это время лодку.

Наоми тихонько засмеялась. Потом она отстранилась и сказала:

— Подожди. Не хватает музыки.

Она ушла в комнату и вернулась с телефоном в руке.

— Вот, — сказала она, кладя телефон на землю. — Это будет играть по кольцу.

И тут произошло нормальное маленькое чудо.

Я услышала ту самую музыку, которая мучила меня последние несколько дней. И только теперь поняла, что это такое было. Рингтон. Видимо, какая-то мелодия, популярная в этом сезоне и локации — потому она и доносилась до меня со всех сторон в самых разных местах.

Мне не хотелось разрушать чудо, выясняя, что это такое.

— Главная Песня? — спросила я.

— Ага. Сегодня она такая, и мы с тобой тоже ее часть...

Мы снова принялись танцевать. Наши тела касались друг друга, но я не видела ее лица — только расплывчатое мерцание металла.

Надо же, еще позавчера мы не были знакомы... Я слушала музыкальную петлю раз за разом и никак не могла наслушаться. Если это правда была Главная Песня, я понимала, о чем она.

Нет ни сна, ни мира, ни времени, ничего. Только любовь, только бог и эта песня. Но никто не должен помнить секрета. Если люди будут знать его, они перестанут играть в жизнь, когда им станет по-настоящему больно. И по этой причине утром я забуду все. Но у меня появится — непонятно откуда — сила жить дальше. Так же, как она каждое утро появляется у этого дерева и у Наоми.

Вот почему все люди продолжают жить. И зигующий старичок в гнезде из покрышки, и толстая посудомойка, и эта ночная девушка с Плайя Херон, с таким трогательным недоумением подвергающая себя действию рыночных механизмов. Каждую ночь они засыпают, слышат Главную Песню — и понимают, что они такое на самом деле... И поэтому все так, как оно есть.

Наоми правильно сказала. Если девочкам не мешать, они сами во всем разберутся. И придумают себе хорошего понятного бога... Наверно, не слишком-то похожего на мужского... А почему, кстати, бог все время мужчина? Почему у него седая борода, а не отвислые груди? В сущности сходные возрастные знаки...

Мы танцевали долго-долго, и даже попробовали пару раз поцеловаться в масках. Это было вполне осуществимо — наверно, нижняя часть лица оставалась открытой именно для подобных целей.

Я надеялась, что этот странный ночной ритуал во дворе никогда не кончится. Но рингтон все-таки стих.

— Батарейка, — сказала Наоми. — Идем назад. Потом потанцуем еще.

Мы вернулись в комнату.

— Откуда у тебя эти маски?

— Привезла из Турции, — сказала я.

— А зачем ты их взяла?

— Просто захотелось. Я представила, как мы с тобой в них будем выглядеть. И все прямо так и получилось.

Наоми погрозила мне пальцем.

— Ты чего-то не договариваешь, подруга.

Я взяла ее за плечи.

— Долгая история.

— Мы здесь все равно до утра.

— Я могу несколько часов про это рассказывать, — сказала я. — Но ты все равно не поверишь. А если ты попробуешь уснуть в маске Солнца, ты все увидишь сама. И сразу поймешь... Ты ведь хочешь спать?

— Немного...

Эмодзи_двух_чрезвычайно_красивых_и_совершенно_голых_девочек_спящих_в_обнимку_под_луной_таинственно_поблескивающей_на_их_древних_загадочных_масках.png

❧

Аквилия выглядела встревоженной, а это бывало с ней редко. Она сообщила, что меня хотят видеть три каких-то волхва из Сирии по очень важному делу.

Я мог бы, конечно, спросить, почему о волхвах заботится она, а не кто-то из сенаторов или магистратов. Но если бы сирийские волхвы попытались увидеть императора законным порядком, ждать им пришлось бы всю жизнь.

Кратчайший путь к божественному уху проходит через женские покои. Это одна из истин, известных всем в Риме — а теперь и в Сирии тоже.

Впрочем, раз Аквилия решила, что я должен их выслушать, это действительно было важно. Я хотел пригласить волхвов к столу, но Аквилия сказала, что они не едят мертвой плоти и, кроме того, этикет и приближенные могут помешать беседе, а они хотят говорить доверительно и тайно.

— Если ты думаешь, что они злоумышляют против тебя, вели страже обыскать их. И пусть воины стоят неподалеку, чтобы ты сразу мог их позвать.

— Я так и сделаю.

Я решил принять их в посвященной Вакху беседке — ее обвивал виноград, не мешавший ветерку, и там было прохладно и тенисто. Я отпустил почти всех, кроме рабов с опахалами и нескольких гвардейцев претория.

Солдаты в блестящих золотом доспехах стояли на солнцепеке неподалеку от беседки — чтобы видеть меня все время, но не мешать разговору. Они сверкали невыносимо и походили на существ, сделанных из солнечного огня.

Волхвы были одеты в серые военные туники — кто-то решил, что так будет легче провести их во дворец. Вместе с их длинными седыми бородами и косицами это выглядело, конечно, нелепо. Те, кто видел их, скажут теперь, что Элагабал велел набрать в армию сельских колдунов, чтобы те обрушивали на врага град и громы.

Кстати, интересная мысль — может быть, именно этого и не хватает нашей тактике... Но где взять таких колдунов, которые действительно управляют стихиями? Сам я знал только одного.

На мне была белая шелковая мантия — совсем легкая, с вышитым тончайшей золотой нитью солнцем на груди. Я с неудовольствием подумал, что для солдат охраны именно это солнце и является источником всех мучений. Но такова уж военная доля.

Волхвы совершили поклоны и некоторое время осматривали беседку. Особенно их заинтересовали раскрашенные купидоны, свисающие на бронзовых цепочках с потолка — их приводил в движение специальный механизм, но сейчас он не работал.

На Диониса, обнимающегося с Ганимедом в самом центре беседки, смотреть они избегали. Хотя изваяние было очень красивым: Ганимед держал на бедре изысканную клепсидру, напоминавшую Дионису о том, который час, а другой рукой проверял готовность его амуниции, на что Дионис отвечал ему тем же. Между нагими любовниками журчал маленький водопад, питающий клепсидру — он втекал в беседку по свинцовой трубе и вытекал по каменному желобу. Все придумал я сам, и гости часто расспрашивали меня об этом маленьком чуде.

— Здравствуй, господин император, — сказал старший из волхвов.

Они приветствовали меня в точности как возницы колесниц на ипподроме. Кто-то их уже научил.

— Здравствуйте, почтенные. Что за дело привело вас ко мне?

Они переглянулись.

— Мы знаем, господин, что ты танцуешь перед Камнем.

Я засмеялся.

— Весь Рим знает. И весь мир. А сенаторам я напоминаю об этом так часто, что они предпочли бы вообще никогда не видеть моего танца.

— Нет, — сказал старший из волхвов. — Мы знаем, *как* ты танцуешь. Мы знаем, что связывает тебя и Камень.

— Вот как. И что же?

— Ты — soltator.

— Вы знаете это слово?

— Да. Ты ключ к Камню, господин. Но даже ты не знаешь, на какой двери висит этот древний замок.

Правильно я сделал, что решил беседовать с ними наедине.

— А вы, значит, знаете?

— Да, господин.

Говорил пока только волхв с прожелтью в серой бороде. Остальные согласно кивали.

— И что же это за дверь?

— К общей погибели, господин... И общему воскрешению.

— Почему?

— Ты слышал, господин, о последовательности эонов?

Так, подумал я, сейчас меня ознакомят с очередной восточной ересью.

— Вам надо было к моей бабушке Домне, — сказал я и отхлебнул вина. — Вы нашли бы еду, кров и внимательные уши. Но старушка уже умерла... Даже не знаю, куда вас направить. Может быть, прямо к вашим эонам?

Они побледнели так, словно их уже волокли на арену. Зря они боятся, какой в них прок — такие старцы вряд ли умрут красиво. Разве что заставить их биться друг с другом... Или нет, с какой-нибудь другой сектой. Пусть выяснят в бою, чья правда выше...

Услышав мой смех, они приободрились. Хорошо, что моя последняя мысль была им неведома.

— Позволь сказать совсем коротко, — заговорил другой волхв, толстый и с косичками вокруг головы. — Наш мир создан богами. Но эти боги в свою очередь порождены другими богами, и так до самого старшего бога. Мы не будем называть их имена, скажем только о последнем эоне. София породила Создателя. Создатель для своего развлечения породил видимый нами мир — и населил его душами. Вернее, склеил материальный мир с Мировой душой. И душа эта страдает в тех местах, где соприкасается с нашим миром. То есть в каждой дышащей груди, мой господин...

Я знал это и без них.

– Если твое страдание невыносимо, я могу освободить часть Мировой души, связанную лично с тобой.

– Я знаю, – ответил волхв. – Это главная работа цезарей. Но понимаешь ли ты, о чем я с тобой говорю?

Тут я даже немного разозлился.

– Я вижу богов, о которых ты повествуешь, так же часто, как ты свой мужской орган, – сказал я, – если ты, конечно, еще способен разыскать его под своим брюхом. Я знаю, каковы боги и каков их замысел, и как душа входит в связь с нашим миром. Причем знаю не понаслышке. Какой наглостью надо обладать тебе, слепому, чтобы рассказывать зрячему о том, что тебе самому неизвестно, но известно мне?

– Мы знаем, что тебе ведомо многое, – ответил волхв. – Но не все. И ты не знаешь до конца сам, какова твоя роль при Камне и почему боги позволили тебе столько увидеть.

– Говори, – сказал я.

– Ты знаешь, что Камень создал наш мир. Вернее, мир создан одним из эонов, а Камень – его инструмент.

– Не сам инструмент, – ответил я. – Всего лишь его часть, доступная нашим чувствам.

– Это так, да. Я старался выражаться проще. Ты сказал, что видишь эоны – они, веро-

586

ятно, являются тебе во время танца как вихри силы?

Его определенно стоило выслушать.

— Говори дальше.

— Ты видишь чаще всего два вихря — темный и древний и как бы сверкающий и молодой. Древний вихрь — эон София. Сверкающий вихрь — эон, порожденный Софией и создавший наш мир. Но думал ли ты, почему тебе дозволено их видеть?

— Почему?

— Ты должен разрешить их спор.

— Какой?

— Наш мир создан очень хитрым колдовством. Душа в нем уязвлена связью с материей. Но связь эта устроена так, что если принудительно вызволять душу из плена, ее страдание достигнет невыразимой силы...

— Мир похож на ткань, — сказал я. — И души в нем вместо нитей.

— Да, господин. И все эти нити — на самом деле одна душа. Вот представь теперь, что кто-то хочет ее освободить. Это можно сделать, распустив ткань — или порвав ее. Если рвать, мука живых нитей будет невыносимой, и боги не согласятся так страдать вместе с ними. Но можно высвободить нити, используя тот самый станок, каким эта ткань была соткана. Чтобы Камень смог сделать это, нужен ключ.

Этот ключ – soltator. Он должен танцевать перед Камнем, чтобы распутать все узлы нашего мира. Только он это может.

– И?

– И ты, господин, уже почти этого достиг.

– Достиг чего?

– Эон София и эон Создатель готовы распустить ткань творения, опираясь на твое решение. Тебе нужно всего лишь несколько раз пройти мимо Камня ведомым тебе способом, и случится то, что предсказано пророками.

– Что случится?

– Мир кончится. Кончится совсем. Или ты не слышал про это?

– Слышал, – ответил я. – Много раз. Последний раз – два дня назад. Моя жена часто заставляет меня слушать восточных мудрецов. Кстати, эта встреча – не исключение.

– Мир кончится, если ты завершишь его в своем танце, – сказал самый молодой, но тоже седой волхв со шрамом на щеке. – Остановить колдовство Создателя способен только ты.

– Почему?

– Soltator, танцующий перед Камнем, получает высшую власть над миром. Ты сам знаешь, что это правда. Не потому ли ты сейчас в Риме – и в императорском дворце?

Я улыбнулся, но промолчал.

– Ты решаешь мелкие семейные вопросы, — сказал волхв со шрамом. — Но тебе подвластны и великие вещи. Ты есть божественный жребий. Если ты захочешь, ты сможешь навсегда высвободить защемленную материей душу...

— Братцы, — сказал я, — не хотите ли выпить? Мне кажется, наша беседа пойдет веселее.

— Мы не пьем вина, — ответил самый старший. — Мы ессеи и на нас много обетов.

— Тогда я выпью за вас, — сказал я и налил себе еще вина. — Итак, мудрые мудрецы, или как вас положено называть, как же мне станцевать конец мироздания? Как-то по-особому дергаться? Прыгать? Скакать?

— Про это мы не знаем, — ответил волхв со шрамом. — Но мы знаем вот что. Когда ты совершишь должное, глаз на камне откроется. И тогда эон София спросит того, кого увидит перед собой — точно ли он хочет, чтобы мир распался на волокна? Точно ли он желает, чтобы пойманная материей душа освободилась? Тебе нужно будет дать ответ.

— Как?

— Ты должен станцевать свой выбор. Искренне. Честно. И если твоим решением будет уничтожить мир, он кончится, и душа обретет свободу. Но чем окажется эта свобода, нам неведомо...

Я заметил, что солдаты охраны смотрят в небо. Я высунул голову из беседки – и увидел парящего над Палатином орла. Он почти не двигал распластанными в воздухе крыльями, но медленно поднимался, попав, должно быть, в уходящую к небу воздушную струю. Я не знал, как точно истолковать этот знак, но понял, что к словам гостей следует отнестись серьезно.

– То, что вы говорите, странно, – сказал я. – Боги могут разрушить свое колдовство множеством разных способов, на то они и боги. Зачем им я?

– В этом все и дело, господин, – ответил волхв с желтой бородой. – Боги сами не могут прийти к должному решению насчет этого мира. Он кажется им простой забавой. Мы же знаем, что он устроен жестоко и глупо, и страдание настигает в нем любого...

– Не стал бы утверждать, что жить совсем плохо, – заметил я и отпил вина. – И я знаю еще пару человек, думающих так же.

Тут самый молодой волхв поднял на меня сверкающие глаза – и сказал:

– Даже ты, высший из людей, страдаешь оттого, что доктора не могут сделать тебе женский орган...

Я только вздохнул. Я уже давно перестал злиться на подобные сплетни – а то пришлось бы сжечь Рим, как папочка спалил Александрию.

— Вы по виду мудрые люди, а собираете базарные слухи. Я мог сказать такое в шутку на пиру, выпив слишком много вина, но никогда не имел таких намерений всерьез. Все нужные мне органы у меня есть. Если хочешь, останься вечером, я покажу тебе, как я справляюсь без всяких хирургов.

Волхв пунцово покраснел — только шрам на его щеке остался белым.

— Мы ессеи, — ответил он, — и на нас обеты, господин.

— Да я и не настаиваю, — сказал я, — просто горько смотреть на твои седины. Если ты так заблуждаешься насчет близкого, как ты можешь судить о далеком?

— Извини его, господин, — попросил старый волхв. — Он неумен и хотел только показать свою смелость.

— Да какая же смелость в том, чтобы повторять за шлюхами и рабами?

— Прости, господин, — сказал волхв со шрамом, — я подлинно произнес глупость.

Он повалился передо мной на пол, да так проворно, что рабы с опахалами даже замерли от испуга, а солдаты караула кинулись к беседке. Я сделал им знак вернуться на место.

— Не приближайтесь ко мне, — сказал я волхвам. — И не делайте неожиданных движений, потому что на вас смотрит стража. Вы мудрые люди и много знаете, я признаю. Но почему боги не могут решить судьбу мира сами?

— Про мир спорят два эона, — сказал желтобородый. — София и ее сын. Сын и есть наш Создатель. Он считает, что мир благ. София полагает мир злом и тюрьмой духа — и думает, что он должен быть завершен. Между ними нет согласия, и каждый видит свое. Пойманная в силки материи душа действительно страдает и в начале, и в конце своего пути. Но между этими вратами бывает, что она наслаждается, радуется, надеется — словом, живет... Искупается ли одно другим? Боги не знают. Поэтому решать судьбу мира доверено человеку.

— Человек уступает мудростью богам, — ответил я. — Зачем мудрым спрашивать глупца?

— Богам важно не мнение человека, — сказал волхв с косичками. — Богам важно его решение. Их логика отлична от нашей.

— Чем же?

— Это вообще не логика. Мы страдаем и мыслим. Боги играют. Наш мир — игра, и судьба нашего мира — тоже. То, что кажется нам великим выбором, для богов подобно тому, чтобы метнуть игральную кость. И эта кость — ты, господин. Ты гораздо больше любого цезаря...

— Потому что все зависит от того, где и как я упаду, — пробормотал я.

Волхв удивленно улыбнулся — такой шутки он не ждал.

— Продолжай, — сказал я.

Мне даже расхотелось пить.

— Когда придет час окончательного решения, эон София и ее сын Создатель явятся перед Камнем в человеческом виде. И ты будешь танцевать перед ними, чтобы разрешить судьбу мира, господин.

— Прости, почтенный, — сказал я, — но я видел эоны. И я не представляю, каким образом они могут принять человеческое обличье.

— Ты созерцал их во время танца?

Я кивнул.

— Когда ты наблюдаешь эоны, — сказал желтобородый, — ты воспринимаешь как бы воронки, погруженные в древнюю мглу. Это происходит потому, что человеческое умозрение не может видеть сами эоны и замечает только соединения планов и пространств.

— Как тебя понимать?

— Если бы ты был слепым жучком на ветке и ощупывал мир своими усиками, ты мог бы воспринять только соединение ветки с древесным стволом. Ты не видел бы дерева во всей его красе. Чтобы увидеть эоны в их могуществе, уже потребно быть богом. Но не таким, — тут желтобородый позволил себе усмехнуться, — каким тебя назначил Сенат.

— Таким как Аполлоний из Тианы? — спросил я.

— Или таким, как Иисус из Вифлеема.

— Так как же эти воронки воплотятся в человеческом теле? Это будут гиганты? Стоглазые титаны?

— Они будут выглядеть в точности как ты или я. У них могут быть телесные недостатки. И даже нрав у них будет обычный, со свойственными человеку странностями.

— Почему?

— Я сказал, что эоны явятся тебе, но не говорил, что они сюда прибудут. Они как бы смотрят сквозь бесконечно длинную зеркальную трубку из своего мира. Конец этой трубки будет выглядеть для нас как человек... Но этот человек — не сам эон, а как бы отверстие, через которое он видит тебя одним из своих бесчисленных глаз. Помни главное — эоны София и Создатель предстанут перед тобой в человеческом обличье. И ты будешь танцевать перед ними, как перед солдатами Третьего Галльского.

— Так в чем же ваш совет?

— Заверши мир! — с силой сказал самый старый из волхвов. — Освободи единую душу из плена! Заслужи право зваться самым великим из людей и земных богов! Ты перестанешь быть императором — но сам станешь новым эоном!

— Вы взываете к моему тщеславию?

— К твоей божественной мудрости, — ответил желтобородый.

Мне показалось, что в его голосе впервые за время нашей беседы прозвучала неуверенность.

Пора было прощаться. Меня ждал Иерокл и упражнения на колеснице. Веселый желтый песок. Надежный обод колеса. Аквилия под шелковым тентом на пустой трибуне. А эти говорят, заверши сей мир... Но посмотрим, волхвы, посмотрим. Вы считаете, что я мал и глуп — но я знаю, о чем вы говорили. Я видел. И я не стану оспаривать вашу правоту.

— Спасибо за то, что разделили со мной свою мудрость, — сказал я. — Я буду думать о ваших словах. Сейчас вам время удалиться, но перед тем, как мы простимся, вы получите от меня подарок. Обычный подарок, который я делаю своим друзьям. Вы хотите, чтобы я уподобился жребию? Извольте, друзья мои.

Я хлопнул в ладоши, подавая знак страже. Прошла минута, и три раба внесли в беседку три одинаковых деревянных шкатулки.

— Вы хорошо знакомы с городскими сплетнями, — сказал я. — Значит, вы слышали и про жребий Элагабала?

— Нет, господин. Про это мы не слышали.

— Пусть каждый из вас выберет одну из шкатулок.

Волхвы не стали спорить — и быстро решили, кому какая.

— Теперь откройте их.

Самое смешное случилось, когда волхв со шрамом на щеке открыл свою — из нее вылетело пятьдесят ос. Одна из них тяпнула его за палец, остальных отогнали опахалами рабы.

Волхву с желтой бородой досталось пятьдесят рыбьих глаз — они уже начали подгнивать на жаре, и даже со своего места я ощутил запах несвежей страсти.

Волхв со смешными косичками получил пятьдесят золотых монет — ауреусов с моим профилем и колесницей Элагабала.

— Спасибо, господин, — сказал волхв, — но я не могу прикасаться к деньгам. Это один из моих обетов.

— Тогда прими в дар шкатулку, — ответил я. — А деньгами пусть займутся твои прислужники. У того, кто не может прикасаться к деньгам, должно быть много слуг. Это очень дорогая привычка.

— Скажи, господин, — обратился ко мне напоследок волхв со шрамом, — это ведь Вакх и Катамит? Так гласит надпись.

Он указал на раскрашенную скульптуру

в центре беседки. Наверно, хотел показать, что знает и латынь.

— Да, — сказал я, — Дионис и Ганимед. Их изваяние сделали по моему приказу.

— Но ведь Катамит — любимец Юпитера. Разве не так?

— Божественная страсть продолжается недолго, — ответил я. — Знаю по себе. Разве не жалко Ганимеда? Кто-то ведь должен позаботиться о нем, когда он наскучит Зевсу. Я решил поженить его с Дионисом. Как видите, я умею решать дела богов и без вашего совета...

Когда волхвы ушли, я некоторое время сидел в беседке, пил вино и размышлял. Сначала о том, что услышал — а потом о других делах империи.

Императором быть плохо по многим причинам. Одна из них в том, что голова твоя превращается в помойную лохань, куда шпионы день за днем выплескивают чужие тайны... Человеческие тайны смердят — и если ты впускаешь их в себя, у тебя в голове начинает клубиться зловоние. Если же это тайны близких тебе людей, становится неприятно, что ты узнал их в обход чужой воли.

Моя жена Юлия Аквилия была христианкой... Она тайно пришла к Христу, еще когда служила Весте — можно сказать, изменила богине очага с красивым иудеем. За такое полагалось бы зарыть ее в землю живой. Но, поскольку она держала свое обращение в секрете, беззаконие можно было скрыть без вреда для общественных нравов. Хотя, конечно, пойдут слухи.

Шпионы доносили также, что мои враги распространяют сплетни, будто я выделил во дворце разукрашенную цветными стеклами комнату, где отдаюсь всем желающим за небольшую мзду. Как волчица из лупанара... И это теперь будут повторять на улицах. Даже волхвы вот... Ну почему никто в этом городе не понимает шуток? Стоит раз свалять дурака вместе с друзьями, и пожалуйста.

Слухи... А о ком в Риме они не ходят? Только о тех ничтожествах, что их разносят. Ходили бы и о них, да у мух и вшей нет языков.

Ну хорошо, Аквилия христианка. И что? Недостатки, как шепчутся в народе, есть и у меня. Даже вот Иерокл так считает. Он, кстати, совсем в последнее время обнаглел — подбил мне глаз, и приходится теперь замазывать его белилами. Хорошо, под косметикой и румянами незаметно — а то что обо мне подумали бы эти восточные мудрецы...

А правда, не завершить ли эон? Вот высокая мысль. Такому последнему танцу позавидовал бы сам Нерон Артист.

☺

Я проснулась оттого, что рядом плакала Наоми.

Сначала мне казалось, что ее плач — это какой-то уютный звук типа тихого дождя за окном. Под него приятно было пробудиться. Лишь открыв глаза, я поняла, что происходит.

На мне была маска Луны. В щели деревянных жалюзи нахально лез утренний свет.

— Что случилось? — спросила я.

— Я видела сон, — ответила Наоми. — Очень страшный.

— Какой?

Рядом с ней на простыне лежала маска Солнца. Понятно, почему она плачет. Помнится, я тоже чуть не задохнулась от ужаса, когда, заснув в этой маске, прыгала по летающим лестницам вместе с маленьким Варием. В маске Луны спать было куда спокойнее.

— Я видела большой зал с колоннами, — сказала Наоми. — Какой-то храм ночью. Огромный храм. Там стояли статуи, много разных статуй, некоторые были раскрашены. Древние боги и богини. Они окружали золотой постамент, где стоял черный камень. Размером как небольшой холодильник, только треугольный. Статуи стояли так, словно они его охраняли.

— Я знаю, что это, — сказала я.

— Что?

— Потом расскажу. Давай дальше.

— Дальше я помню, что посмотрела на себя в зеркало на стене. И там...

Наоми всхлипнула.

— Что?

— Там была я... Знаешь, как бы я, но не я. Мальчик с накрашенным лицом. Красивенький такой. С фингалом под глазом – просвечивал сквозь косметику. Но он был... Знаешь, есть такие египетские фаюмские портреты? Мы проходили на истории искусств. Разрисованные мумии. Вроде, лица как живые – но сразу понимаешь, что это не нашего времени люди. Вот то же самое. Вроде мое лицо, молодое, но какое-то очень древнее. Очень...

— Я понимаю.

— Он был в фиолетовой рубашке до пола – кажется, из шелка. Со стеклянной лампой в руке, типа керосиновой, но больше размером. Много золота и драгоценных камней. А на голове такая... Не корона, а как бы такой золотой гребень. Надо лбом.

— Диадема, – сказала я.

— Наверно. В общем, он посмотрел на меня из зеркала, улыбнулся, поставил лампу на пол, снял гребень и надел ту самую маску, в которой я спала. Маску солнца. Только она была еще совсем светлая, новая и блестела. Потом он начал танцевать. И я все видела и чувствовала так, будто это делала я. Очень страшно.

— Почему?

— Потому что танец был жутким. Он имел такой ужасный смысл...

Наоми задумалась. Видно было, что она не знает, как выразить свою мысль.

— Сам танец красивый. Там были такие последовательности движений — вперед, назад, вправо и влево. Даже не шаги, а такие как бы низкие выпады. Так не всякий станцует, он умел хорошо... Но смысл... Словно бы он управлял всем. Вообще всем. И за эти четыре движения он взвешивал нашу жизнь и отвергал ее, опять и опять. Или разбирал на куски...

— Я понимаю.

— И он так ужасно... Он... Как будто хотел поставить мат.

— Кому?

— Себе и всему вообще. То есть его танец сворачивался в такую последнюю спираль, за которой уже ничего нет. Все должно было остановиться и исчезнуть. И это было одновременно красиво и страшно. Ему оставалось немного, и я даже знала, как именно надо пройти, чтобы все кончилось. На полу была мозаика с лунным серпом, и он хотел остановиться точно на нем. И я тоже хотела, вместе с ним.

Я могла это сделать и уже знала, что пройду как надо, и всему конец, и это счастье... Как будто я сама танцевала...

Я кивала и стирала слезы с ее щек.

— А потом появились мужчина и женщина.

— Кто? Где?

— По бокам от черного камня... Они там и раньше стояли, только были двумя статуями. Я заметила, что мой танец их как бы будит. Сначала я смотрела на женщину. Я делаю так, — Наоми дрыгнула ногой, — и она ко мне немного поворачивается, я делаю так, — и Наоми воткнула в воздух перед собой собранную лодочкой ладонь, — и она тоже поднимает руку... Словно мы были связаны в один механизм, и то, что я делала, приводило ее в движение. А потом я заметила с другой стороны камня бородатого мужчину, который тоже просыпался из статуи...

— Даже слушать страшно, — сказала я.

— Не то слово. И скоро они стали совсем живыми людьми, в такой древней длинной одежде — стоят на своих постаментах и смотрят. Женщина, правда, чуть улыбалась. А мужик неприветливый. Потом я поглядела на камень — и поняла, что он тоже на меня смотрит. На нем был такой как бы глаз...

— Как у человека? — спросила я.

— Нет. Каменный глаз. Такая круглая впадинка, очень похоже.

Наоми закрыла лицо руками.

— Ты испугалась глаза?

— Нет, дело не в нем... Я помню, до этого лунного серпа на полу оставалось всего несколько шагов, и тут меня ударили чем-то острым. Так сильно, что я сразу упала. Было больно.

— Кто ударил?

— Я не видела. Сзади. В спину. А потом я поняла, что вижу себя — то есть этого мальчика — уже со стороны. Он лежал на полу в луже крови, и у него из спины торчало копье. Маска слетела с него и упала почти у самой лунной мозаики. Буквально вот столько не хватило... Из-за колонны вышел воин в блестящих доспехах, со львиной мордой на щите. Это он и кинул копье. Кажется, солдат охраны. Потом появились две женщины, одна молодая и красивая, другая старая, и еще несколько мужиков, все такие холеные и в золоте. Они стали совещаться. Я все слышала и понимала.

— О чем они говорили?

— Всем заправляла седая старуха. Она сказала, что мертвого надо отвезти на закрытой повозке в лагерь преторианцев. А завтра при-

603

вести туда же его маленького брата Александра и объявить императором. Чтобы весь город думал, что оба пришли в лагерь, а преторианцы убили Вария и объявили новым принцепсом его брата. Эта тетка была их бабкой, я так поняла... И еще она сказала, что вместе с Варием придется убить его мать.

— И что дальше?

— Дальше? Маску поднял один из мужчин и сказал, что ее следует сохранить. Они забрали тело и ушли.

— Подожди, — попросила я, — подожди. А эти две ожившие статуи, мужчина и женщина — они что, никак на все это не реагировали?

— Нет, — ответила Наоми. — Только смотрели. По-моему, их кроме меня никто не видел. В смысле, для других это были просто статуи. В общем, все ушли и осталась только эта молодая красавица. Она встала на колени рядом с лужей крови и начала молиться...

— Кому? Статуям?

— Христу. Там было место, где наверху скрещивались две балки — она глядела только на них и боялась даже опустить глаза на статуи, чтобы не опоганиться... Она много говорила, и я все понимала. Она просила прощения у своего мужа за то, что его убили, просила Христа сжалиться над ним и над ней, и еще призывала царство Христа на тысячу лет, в общем все такое довольно обычное, я на этих католиков насмотрелась в детстве...

— А эти живые фигуры? — спросила я.

— Они как бы снова постепенно застыли и стали статуями. Глаз камня тоже закрылся — просто камень, и все. А эта женщина все молилась и молилась двум скрещенным балкам. Потом она обмакнула платок в лужу крови, спрятала его на груди и тоже вышла. И я поняла, что заперта в этом зале навечно, и должна буду танцевать перед камнем опять и опять, пока все не кончится, и боги так же коварны, как люди... Тогда я проснулась...

Наоми с опаской потрогала маску Солнца.

— Это из-за нее? Из-за того, что я в ней спала?

— Да, — сказала я. — Но не только. Я не думаю, что кто-то другой увидел бы тот же самый сон.

— Почему?

— Скажи, ты видела лицо этого юноши?

— Да. В зеркале.

— Это было его лицо? Или твое?

— Почти мое. Но какое-то другое. Я же говорила, как будто меня нарисовали на фаюмском гробу.

Я вынула свой телефон и показала ей бюст Элагабала.

Наоми только вздохнула.

— Да. Это он. И похож на меня, правда. Если бы я была мальчиком, то выглядела бы точно так.

— Ты красивее.

Она улыбнулась и чмокнула воздух в моем направлении. Все-таки у нас, женщин, есть эволюционное преимущество перед мужиками. Мы в любой момент можем засмотреться на себя в зеркало и забыть про все остальное. Причем продвинутой женщине даже реальное зеркало не нужно — оно всегда перед ее мысленным взором, как у водителя над рулем.

— Спасибо. Ты можешь объяснить, что все это значит?

— Могу, — ответила я. — Только давай уйдем отсюда и вернемся в курортную зону.

— Хорошо, — сказала Наоми. — Я позвоню хозяину, и он подойдет.

Батарейки хватило на то, чтобы набрать номер. Когда на том конце взяли трубку, телефон сдох. Но хозяин догадался — и появился через десять минут.

Мы с Наоми дошли медленным шагом до моей гостиницы. Это заняло больше часа, и за это время я рассказала ей почти все. Она только пару раз задала уточняющие вопросы. Потом она спросила:

— Значит, ты специально приехала меня найти?

— Не тебя, — сказала я. — Вернее, я не знала, что это будешь ты. И ты мне нравишься совсем не потому, что...

Я тряхнула рюкзаком, где лежали маски.

— Это правда?

— Правда. Я даже жалею, что впутала тебя в эту историю.

— Ничего, — сказала Наоми. — Я понимаю.

— В общем, эти люди, Тим и Со, хотят тебя увидеть. Они очень классные. У них Камень. И они хотят, чтобы ты перед ним танцевала. Зачем — вопрос не ко мне.

— Я знаю зачем, — сказала Наоми. — Я уже танцевала перед ним сегодня ночью. И, может быть, раньше. Это не чужая история. Это моя история тоже.

— Ты поедешь?

— Надо подумать. Подожди, пока я соберу свои шарики вместе с винтиками...

Мы договорились встретиться вечером в «Дереве и Камне», поцеловались под неодобрительным взглядом Ку-Бунина («кубинский Бунин» — так я назвала про себя изысканного господина, делающего «Ку» перед гостями «Синей Воды»), и Наоми пошла по направлению к зоне высоких цен.

Я вернулась в гостиницу.

Случилось что-то странное. Мы с Наоми увидели два последовательных сна. Ее сон начался там, где кончился мой. А она ведь даже не прикоснулась еще к Камню...

Но меня это не удивляло. Все было понятно с той секунды, когда я увидела ее в обществе пожилой кубинской дамы — дальнейшие проверочные процедуры можно было спокойно отбросить.

Я позвонила Со, но трубку взял Тим.

— Я ее встретила, — сказала я.

— Ее? — переспросил Тим.

— Да. Это девушка.

— Ты уверена?

— Уверена, — сказала я. — Она на него похожа. И еще... Она заснула в маске и увидела такое, чего даже я не видела.

И я пересказала сон Наоми.

— Угу, — ответил Тим. — Думаю, ты права. Поздравляю.

— Что теперь? — спросила я.

— Привези ее на Тенерифе.

— Почему на Тенерифе?

— Камень будет там, — сказал Тим. — Яхта для этого не годится.

— Для чего «этого»? — спросила я.

— Ты сама знаешь.

Он был прав — я знала. Вернее, догадывалась.

— А если она не поедет?

— Она поедет. Чудес не бывает. Все получится просто и естественно.

— Куда на Тенерифе? — спросила я.

— Скажу, когда будете здесь. Мы все приготовим. Если вы расстанетесь на время, оставь ей маску, какую она захочет. Можешь даже обе. Но я думаю, что она возьмет маску Солнца.

— Ладно.

— С тобой хочет поговорить Со.

Я была рада услышать Со.

— Привет, Саша.

— Привет.

— Я все знаю. Ты умница.

— Спасибо.

— Ты заслужила небольшой отпуск. Если есть нечто такое, что ты давно хотела сделать... Знаешь, мечтала всю жизнь, но все время откладывала... Сейчас самое время.

— Спасибо за инсайдерскую информацию, — ответила я.

— У тебя такой тон, словно ты ждешь конца света, — засмеялась Со. — Вернее, словно конец света — это что-то плохое.

Тут я тоже засмеялась.

— Да, чуть главное не забыла, — сказала Со.

— Что?

— Кендра прислала тебе ответ.

— А?

Я даже не поняла в первый момент, о чем она.

— Ну, ты оставила для нее резиновый член и наручники. Сказала, что это коан. И она его решила.

— Серьезно? — без энтузиазма спросила я.

— Ага. Мы послали тебе ее ответ, ты не видела?

— Еще нет, — ответила я.

Когда мы распрощались, я проверила почту. Действительно, в ящике оказалось письмо от Со. Текста не было, только вложенная карикатура — Путин и Эрдоган обнимаются, и каждый держит за спиной по ножу.

Такая Кендра. Ну при чем тут, спрашивается, Путин? Нет, я совершенно не из его фан-группы, но почему надо всюду его втиснуть? У них что в Америке, своих чекистов мало? Точно так же всех наклонили и при этом даже не засветились. Чтобы не подвергать опасности свои источники и методы. Чтобы никто из врагов Америки не догадался, что они сначала отсасывают у пальца, а потом делают слив в «Вашингтон Пост».

Все-таки в современном прогрессивном американце русофобия — это одна из биологических жидкостей. Даже если он воук и трансгендер. Особенно если он воук и трансгендер, кстати. Потому что всем этим корпоративным анархистам и имперским сварщикам много лет объясняют по Си-эн-эн, что их фашизм — это не их фашизм, а коварно заброшенный к ним русский, а сами они белые и пушистые драг-квинз. И ничего с этим, увы, не поделать.

Впрочем, чего об этом переживать, когда впереди маячит вполне реальный конец света. Такой невидимый черный астероид, над приближением которого работает слаженная команда энтузиастов...

И возможно, что не одна.

На Ближнем Востоке могут все устроить и так. Вернее, начать, а другие потом подтянутся. Мы ведь не знаем, что там за замес. Существует, например, христианская легенда про Армагеддон, последнюю битву где-то на Ближнем Востоке. А у Путина есть духовник — и черт знает, что попы ему нашептывают. Хочется надеяться, что у них там нормальный бизнес — ну а вдруг они правда в бога верят? А бог у них, между прочим, общий с Исламским государством, организация на Кубе запрещена.

Нам ведь всего не говорят. Только иногда намекают, что мы, значит, будем мучениками, а партнеры просто так подохнут. Дедушка старый, ему все равно. И не в одном дедушке дело. Свои тараканы у турков, свои у американских евангелистов — они ведь тоже Израиль поддерживают не потому, что евреев любят, а потому, что у них в священной документации что-то такое сказано... А уж какие у евреев тараканы после двадцатого века, даже говорить не надо.

Как вообще можно подпускать к ядерной кнопке последователей авраамических религий, которые возлюбили Господа и в рай хотят? Они же туда поедут на наших спинах. Иранским муллам нельзя, а этим почему можно? Лучше уж психи и наркоманы — они хоть за свою задницу переживают. Эх, Грета, Грета. Не того ты боишься. Потеплеть оно потеплеет, но твоему агрессивному педофрастическому нарративу будет уже все равно.

Ничего, думала я, глядя в окно на полоску моря, ничего. Может быть, все не так ужасно — и мы с Наоми придем к финишу первыми... Мне было, конечно, страшновато. Но это был спокойный, веселый и уверенный в себе страх.

И еще я знала, что чувствует самая крутая террористка в мире незадолго до операции. Террористка хотела повидать свою девушку.

Вечером Наоми пришла в «Дерево и Камень». У нее был озадаченный вид.

— Я сошла с ума, — сказала она. — Стоит уснуть на полчаса, и начинается...

— То же самое?

— Почти. Вся эта история под разными углами. Как будто кто-то шепчет на ухо, и я все вижу. И мне говорят, что я должна танцевать.

— Я знаю, как это бывает, — сказала я.

— Тебе тоже это снилось?

— Да. Тебе надо поехать со мной, Наоми. Ты должна увидеть Камень. Вернее, коснуться его.

— А потом?

— Я думаю, ты действительно будешь перед ним танцевать.

Наоми вздохнула. Видимо, она успела много увидеть за эти несколько часов.

— Где Камень? — спросила она.

— На Тенерифе. Ты поедешь?

Она кивнула.

— Поеду. А то окончательно чокнусь.

— Хорошо, — сказала я, — я тогда свяжусь с Тимом и Со. Они придумают, как все организовать.

— Не надо ничего придумывать, — ответила Наоми. — Тенерифе и Гран Канариа — это ведь рядом?

— Рядом.

— У меня есть старшая сестра. Она работает на Гран Канариа. Танцует в баре...

— Угу, — сказала я. — Я в курсе, как там танцуют в барах.

Наоми улыбнулась.

— Так же как здесь, только тарифы выше. Она звала к себе. Говорила, есть работа. Самая разная, и легко устроиться. Я давно собиралась ехать, у меня все в принципе готово. А теперь как раз появился дополнительный повод. Только нужны будут деньги на билет.

— Это мы решим, — сказала я. — Сколько тебе потребуется на сборы?

— Пара недель, — ответила она. — Это на документы. На сборы хватит полчаса. Я тогда поеду в Гавану решать вопросы. Встретишь меня на Гран Канариа? Я не хочу ехать к незнакомым людям одна.

Я кивнула.

— Тим сказал, что тебе можно оставить маски. Одну или обе.

— Оставь мне маску Солнца.

— Хорошо, — ответила я. — Я дам тебе сертификат, он как раз в двух экземплярах. Тим и Со умные. Все знают наперед.

Наоми нахмурилась.

— А чем занимаются эти Тим и Со?

— Просто богатые люди.

— Это такое занятие?

— Ну да. Отличная профессия.

— А почему они связаны с Камнем?

— У них такая... Такое хобби...

— Это странно.

Я пожала плечами.

Если разобраться, Наоми была права — это было странно. Я ведь ничего на самом деле не знала про Тима и Со.

Как, впрочем, и про Наоми. И про всех остальных людей.

Я не знала, зачем Тим и Со служат Камню. Я даже не задавалась вопросом, почему я сама ему служу. А это ведь тоже было крайне странно — но абсолютно естественно вытекало из всей последовательности событий.

Насчет Наоми не возникало вопросов по другой причине. Она мне нравилась. Но она тоже могла быть кем угодно. Осведомительницей местной безпеки, например. И наверняка, кстати, была — раз работала в таком месте.

Но теперь она служила Камню. И никаких сомнений насчет нее у меня не было, потому что — тут я с ухмылкой представила себе, как пытаюсь объяснить это кому-то постороннему — древнеримский император Элагабал написал красным грифелем на стене, что будет ждать в Варадеро, и не наврал: встретился мне почти сразу.

Только он был девочкой. Какой, по слухам, изо всех сил старался стать при жизни. Мало того, я эту девочку уже любила. Не так, как девочки любят мальчиков (если допустить, что такое бывает). А так, как девочки любят только девочек.

Девочки ведь вообще мальчиков не *любят*, если честно. Бывает, что мальчик нравится и подходит по параметрам. Оо-у, но это не любовь...

— Чему ты улыбаешься? — спросила Наоми.

— Так, — сказала я. — Размышляю о жизни. Знаешь, я думаю, что договорюсь с Буниным.

— С каким Буниным?

— Неважно, — ответила я. — Идем ко мне в гостиницу. Только купим бутылку чего-нибудь покрепче.

Наоми нежно шепнула:

— У меня есть кокаин. Очень-очень хороший. И еще я заряжу телефон и покажу тебе ролик, где я танцую с двумя веерами.

Бунин, как я и ожидала, взял десять куков. И герой едет на станцию, и полыхают зарницы на гробовом бархате, и чем-то горьковатым пахнет с полей, и в тревожном отдалении нашей молодости опевают ночь петухи. Точнее сейчас уже не помню.

Эмодзи_двух_красивых_блондинок_хорошо_ понимающих_пугающую_и_непредсказуемую_ природу_мира_полного_опасностей_и_вредных_ для_здоровья_веществ_но_не_собирающихся_ опускать_руки_в_борьбе_за_личное_счастье.png

✳

Через день после того, как Наоми уехала в Гавану, я полетела на Гран Канариа. Прощай, Саша Руз.

Наоми сказала, что ее сестра работает в районе Маспаломас. Я поселилась там же, в гостинице на длинной песчаной дюне. В Варадеро песок был белым и крупным, а здесь желтым и мелким. Все на балконе покрывала пыль — в нее превращалась самая легкая песочная фракция. Но зато здесь были красивые закаты.

У меня осталась пара свободных недель. Несколько дней я бездельничала, а потом вспомнила, что мне советовала Со — и задумалась, чего я не успела сделать в жизни. Много чего, конечно — но первым делом мне вспомнился Гоенка. Ритрит по випассане, на который я так хотела попасть.

Я проверила, есть ли на Гран Канариа такие ритриты. Они были, но только для старослужащих: так называемые «old students» собирались вместе для совместных радений. Меня туда не взяли бы. В других относительно близких местах, где меня могли взять, записываться надо было заранее, и я уже опоздала.

Подумав, я решила устроить себе такой ритрит сама — прямо в гостиничном номере. Хотя бы в урезанном виде.

Почему бы и нет? Несколько часов поиска — и у меня на ноуте уже были все необходимые материалы: инструкции по медитации, записи вечерних лекций Гоенки и даже анкета, которую полагалось заполнить перед ритритом:

– Какие техники медитации вы практикуете?
– Употребляете ли вы наркотики?
– Не являетесь ли вы духовным учителем?
– Не страдаете ли вы психическими расстройствами?

Странные какие-то вопросы, думала я. Кто же в наше время не является духовным учителем? Кто не страдает психическими расстройствами? Может, где-то на Земле Санникова и живут такие люди, но я ни одного пока не встречала.

Впрочем, я понимала, что этот опросник (если он, конечно, был аутентичным) нужен исключительно для предотвращения юридических проблем. Сама на себя в суд я подавать не собиралась, так что заполнять его не стала.

На ритрите полагалось сдавать на хранение все электронные устройства. Документы и телефон я честно заперла в сейф своего номера, а вот ноут оставила, дав себе честненькое железненькое не лазить в интернет, а только проверять, нет ли мэйла от Наоми.

И еще, конечно, я читала на экране инструкции по медитации — и слушала лекции.

Расстаться с телефоном даже на время было страшновато, но приятно — словно какая-то особая духовная полиция оторвала от меня маленького подлого кровососа. Уже ради этого стоило устроить такой ритрит. Целых десять дней без вампира.

С анапаной я была знакома еще по йоге. Очень незамысловатая и невероятно древняя практика. Всего-то-навсего сидишь с прямой спиной и провожаешь сосредоточенным вниманием каждый вдох и выдох, следя за ощущениями в том месте, где воздух касается носовой перегородки.

Дыхание создает микросквозняки, а ты их наблюдаешь, не отвлекаясь ни на что другое, и, главное, не ругаешь себя, когда все-таки отвлекаешься, потому что ругать на самом деле некого: психический процесс, который был отвлечением, к началу экзекуции уже угасает — и новым отвлечением становится сама экзекуция.

Вроде просто, но большие ребята из моей йогической юности говорили, что по этой тропинке можно добраться до невероятно глубоких духовных трансов — вроде тех, по поводу которых Кендра так смачно пальцевала на «Авроре». Отмечу, что в случае с Кендрой выражение «духовный транс» допускает известную игру, но я слишком прогрессивная девушка, чтобы шутить на эту тему.

В первые несколько дней на ритрите у Гоенки положено заниматься только анапаной, постепенно сужая область, куда направлено внимание.

Созерцают вовсе не пупок, как лгут сансарические юмористы — созерцают нос. Вернее, не сам нос, а те ощущения, которые возникают при вдохе и выдохе на самом его краю.

Вроде бы ничего особенного. Всю жизнь дышишь и не замечаешь. Но под линзой сосредоточенного внимания эти мелкие и еле заметные чувства — холодно, тепло, щекотно — превращаются в захватывающую театральную пьесу со множеством актеров, и, что самое интересное, зрителей: поглядеть на происходящее подваливали такие Саши из моих глубин, что ой. Я даже не знала, что они там водятся.

Но рассказывать про это глупо — надо пробовать. Возникает самый сущностный из человеческих вопросов: это как, приятно? Или неприятно?

На него я бы ответила уклончиво. Здесь есть своего рода баланс между разными необычными открытиями и переживаниями, действительно поражающими до глубины души — и общей тягомотиной происходящего, которой за них платишь. Та же самая жизнь, только вид сбоку.

Но в этом все и дело. Потому что где еще посмотришь сбоку на жизнь?

По вечерам, стараясь держаться настоящего ритритного расписания я слушала лекции Гоенки.

Гоенка давно умер, но остались видеозаписи — отдельная на каждый день. Все они сливались в трогательный ламповый сериал из восьмидесятых, когда эти лекции снимали — словно я дегустировала свет и звук из эпохи до своего рождения. Люди тогда были добрыми, будущее радужным, а носителями служили видеопленка и винил. Все это отпечаталось в сериале.

Гоенка — пожилой полноватый индус — был просто лапочка. Он все говорил по делу, и часто очень смешно. У меня возникла проблема только с одним: он старался выражаться наукообразно и много рассказывал про «субатомные частицы» под названием «калапы», из которых состоит реальность. Мол, открыты Буддой за две тысячи пятьсот лет до ядерной физики. Мне это казалось немного натянутым — вроде ни одной такой калапы на ускорителе ЦЕРНа пока не поймали...

Сначала я списывала это на буддийскую экзотику, а потом все-таки не выдержала, плюнула три раза через плечо, чтобы разлочить честное железное, и залезла в интернет. Через час я выяснила, что под «материальностью» буддисты понимают не совсем то, что физики — для медитатора это не «объективная реальность, данная нам в ощущении», как говорил великий Ленин, а сама область физических ощущений.

Насчет объективности медитаторы не заморачивались, предоставляя это доцентам философского факультета МГУ. Поэтому буддистские калапы, поняла я, это не субатомные частицы в научном смысле, а элементарные юниты телесных переживаний, самая мелкая градация ощущений, которую можно различить, специально навострив для такой цели ум.

Даже не зная этого, Гоенку вполне можно было слушать — он и сам советовал не брать в голову того, что туда не ложится, и доверять только личному опыту.

Теперь я ждала каждого вечернего видеосеанса с веселым любопытством — и каждый раз Гоенка говорил что-то очень смешное.

Когда я опять поплевала через плечо и залезла в интернет, выяснилось, что многие люди ездят на такие ритриты по пять-десять раз и за это время успевают изучить не только глубины гоенковской мысли, но и запомнить наизусть цвета всех его рубашек в точной последовательности их появления с первого дня по девятый.

В общем, если говорить про отказ от интернета, я все-таки морально упала. Но в медитации я честно сидела минимум по три, а то и по четыре часа в день.

С третьего дня началась другая практика, совершенно для меня новая, описание которой я прочла несколько раз перед тем, как поняла.

Следовало как бы обводить внутренним взглядом все тело, фиксируя возникающие в нем ощущения. Причем отмечать не только грубые, но и самые тонкие, еле заметные чувства. Искать их надо было там, куда сознательно перемещалось внимание. А ощущения в других местах следовало игнорировать.

Гоенка объяснял это тем, что если мы будем прыгать вслед за грубыми ощущениями, появляющимися в теле тут и там, мы никогда не разовьем способности замечать тонкие и еле заметные вибрации, являющиеся целью медитации.

Но я быстро поняла, что в этом есть подвох.

Когда я направляла свое внимание в ту часть тела, где следовало наблюдать ощущения, происходило всегда одно и то же. Сперва там ничего не было. А потом возникало как бы легкое тепло — словно к этому месту приливала кровь...

Так мне казалось сначала, но через день я заметила, что ощущение стало еще тоньше.

Теперь оно походило на слабую электрическую щекотку, напряжение какой-то энергии, с небольшой задержкой возникавшее именно там, куда я переносила внимание.

Скоро мне стало казаться, что я гоняю по телу электрическую волну, или чищу его губкой, которую пропитали какой-то шипучей пузырящейся субстанцией (мне все время приходил в голову жидкий азот, хотя неуместность такого сравнения я хорошо понимала). Еще такие ощущения мог вызвать, наверно, какой-нибудь электронный бесконтактный массаж.

Но главное было в другом. Я понимала, что эта электрическая щекотка возникает в теле не сама по себе, а в ответ на запрос моего внимания. Это была, если так можно выразиться, материальность ощущения, создаваемая бесплотным умом, пытающимся это ощущение обнаружить. И акт создания материального эффекта заключался именно в самом намерении его узреть.

Я вспомнила, что Тим говорил о чем-то похожем во время нашей последней беседы на «Авроре». Поразительно. Он знал?

Моя медитация стала настолько занятной, что я даже не обращала внимания на боль в ногах, иногда все-таки посещавшую меня с непривычки к долгим экзерсисам несмотря на всю мою былую йогу.

Это было изумительно. Пустое, ничем не заполненное внимание вопросительно вглядывается в некую область, где в ответ возникает физическое ощущение, которого секунду назад не было — и еще через секунду, когда внимание уйдет дальше, не будет.

Я долго думала, с чем это сравнить — и мне не пришло в голову ничего лучше играющей в пустоте фуги. Фуга состоит из темы и контрапункта, отвечающего теме. Вроде бы это разные вещи, но на самом деле одна мелодия.

Тут было в точности то же самое. Внимание магическим пылесосом создавало из ничего материю, а материя, проявляясь, тем же пылесосом удерживала направленное на нее из ничего внимание — они были как бы разными аспектами одного и того же, и существовали, опираясь друг на друга, постоянно меняясь местами, уходя все дальше и дальше в будущее — но не выходя при этом из настоящего и не сдвигаясь с места, потому что никакого другого места и времени не было. Я видела этот двухколесный велосипед ясно и отчетливо, пока моя концентрация оставалась достаточной.

Я даже не буду повторять избитую пошлость о том, что «современная физика пришла к тому же». Хрен бы с ней. Когда читаешь философские выкладки о связи материи и сознания и силишься их понять, это одно. А когда сама различаешь весь механизм так же ясно, как двух чпокающихся на подоконнике мух, это совсем другое.

И еще я несколько раз вспоминала, как видел то же самое (или почти то же) со своей древнеримской колокольни Элагабал:

Возьму простой пример. Вот я сижу вечером у окна. За ним слышно лошадиное ржание и голоса людей, и меня злят эти звуки, потому что они нарушают мой покой.

Мне кажется, что шум происходит в мире за окном, а я отвечаю ему своим раздражением. Но на деле и шум, и моя злоба есть одно целое — узор, который бог заставляет меня прожить как этот миг, чтобы оживить его. Он сделал меня для этой цели, как катушку с нитью, и нить эта есть моя душа, которая не моя, но бога — и лишь окрашена мною как краской. Мною создается мир.

И вся бесконечность, добавила бы я... Или даже не стала бы ничего добавлять, чтобы не портить прозрачную римскую ясность.

Прошла пара дней, и вечерний Гоенка мимоходом объяснил то, что я видела, на своем буддийском языке — «you start to perceive reality as a constantly changing mind-matter phenomenon»[1]. Мне было жутко интересно, все ли на ритритах просекают ту же самую вечную тайну, что я — но спросить было некого. Нет, не зря на ритритах запрещено говорить.

В общем, полный атас. Я уже ловила прозрения, похожие по глубине и смыслу, во время подростковых кислотных трипов. Но эти переживания никогда не были такими ясными, устойчивыми и, что самое главное, безопасными и чистыми, как здесь.

За них было уплачено болью в ногах, они были честно заработаны и отличались от психоделических врубов примерно так же, как девушка в твоей кровати отличается от пожилого волосатого самца на экране порнохаба. Это было настоящее. И устроить подобный опыт стоило хотя бы для того, чтобы убедиться, что оно действительно иногда в жизни бывает.

Гоенка говорил, такая медитация очищает сознание — и я даже понимала, как и почему.

Все загрязнения сознания сосредоточены в мозгу. Это, если разобраться, какие-то ней-

---

[1] Вы начинаете воспринимать реальность как постоянно меняющийся феномен «ум-материя».

ронные контуры, которые мы имели глупость сформировать. Электрический вихрь, проходящий по телу во время такой медитации, тоже на самом деле возникает в мозгу. В какой-то момент кажется, будто все твое тело превратилось в размытое вибрирующее облако, что довольно приятно — и этому, несомненно, соответствует очень интенсивный мозговой процесс.

Я бы сказала, что это похоже на переформатирование винчестера — все мысли и гештальты, всплывающие из подсознания в эту допаминово-электрическую дрожь, просто стираются или серьезно ослабляются.

Но дело, конечно, не в том, как это объяснить. Дело в том, что это действительно происходит, причем уже на шестой-седьмой день. Даже когда занимаешься этим одна.

Я с нежностью думала про покойного Гоенку. Вот это действительно «жизнь удалась» — провести полвека в медитации и оставить по всему миру центры, куда приезжают люди и на халяву приходят в себя. Правда, ненадолго...

Оказывается, на этой планете действительно трудно было найти лучшее применение нескольким свободным дням, чем такой вот ритрит, даже если делать его в одиночку. Как же мне хотелось теперь поехать на настоящий! Почему у меня никак не получается туда попасть?

Придется лететь куда-нибудь в Индию или Таиланд – если, конечно, эта история с Камнем кончится нормально...

Вспоминая про Камень, я чувствовала холодок в груди. С каждым днем это чувство становилось сильнее.

А на восьмой день пришел мэйл от Наоми.

Hi gorgeous,

I'm in Gran Canaria for 3 days already, staying with my sister Eugenia at her club. Link below. See you[1].

Kiss,
N

Eugenia произносилось как Эухения.

Ритрит прервался на самом интересном месте — но так бывает всегда.

Адрес клуба, где работала Эухения, совпадал с адресом торгового центра в километре от моей гостиницы, и сперва я решила, что это ошибка.

Но нет, рядом с торговым центром была ведущая под землю лестница, и там, в пахнущих ароматизированной хлоркой пространствах

---

[1] Привет, прекрасная. Я на Гран Канариа уже три дня, живу у сестры Эухении в ее клубе. Ссылка внизу. До встречи.

вечной ночи я действительно нашла сверкающий неоном оазис порока.

За вход надо было платить, но меня пропустили бесплатно — видимо, местное начальство ценило сидящих у стойки блондинок. Пока клиент разберется, что к чему, он уже заплатит за вход и пару коктейлей. Позитивная дискриминация, все как я люблю.

Бармен сказал, что комната Эухении сразу за углом от стойки. Я постучала в массивную коричневую дверь — и девичий голос ответил:

— Adelante![1]

Внутри почти все место занимала кровать. Над ней горел светильник из розовых неоновых трубок, имитирующий уличную вывеску. Еще в комнатке было большое зеркало в золотой раме — и огромный бак с лубрикантом. Литра, наверно, на два. Я таких промышленных устройств раньше не видела. Непонятно было, где спит Наоми — хотелось верить, что не здесь.

Из-за ширмы показалась Эухения.

Она была старше и толще сестры — и совершенно не походила ни на кого из римских императоров. Симпатичная толстушка из тех, что компенсируют отклонение от телесных шаблонов патриархата приветливым нравом.

---

[1] Войдите!

На ней были блестящие шорты, майка и кроссовки — словно она собиралась в спортзал. Наряд ей шел.

Пожилым мужикам такие нравятся даже больше, чем эталонные в физическом отношении стервы (вроде меня), а Канары, как объяснила Эухения уже через пять минут разговора, и есть то самое место, куда приезжают побежденные жизнью мужчины со всей Северной Европы для последней встречи с серотонином.

Эухения улыбалась, все время что-то тараторила — и от нее, как от беспроводной зарядки, можно было заряжаться оптимизмом. Английский она знала хуже сестры, но вполне прилично. Она мне нравилась. Такой кусочек кубинского солнца в довольно солнечном и без того месте.

Непобедимое солнце, вспомнила я.

— Наоми здесь?

— Она вышла. Сейчас вернется, и мы пойдем.

— Куда?

— Сначала погуляем по набережной. Дальше видно будет... А вот и она.

Наоми выглядела свежей и хорошо отдохнувшей. На ней было светлое платье в синих цветочках — очень простенькое и одновременно стильное. Увидев меня, она завизжала от восторга — и мы обнялись чуть горячее, чем полагалось бы двум светским дамам. Эухения, если что-то и поняла, никак этого не показала.

Мы покинули клуб и через несколько минут уже шагали по длинному променаду, идущему вдоль такого же длинного пляжа. Идеальное место для съемок сериала про пустыню.

— Это дюна Маспаломас, — сказала мне Наоми с таким видом, словно десять лет отработала здесь экскурсоводом. — Европейские коммивояжеры, познавшие усталость и тщету, устраивают ночные оргии с виагрой и свингом именно тут.

Видимо, набралась от сестры.

— Где конкретно? — спросила я.

— Вон в тех знаменитых кустах...

И Наоми указала на какое-то серо-зеленое пятно метрах в ста от нас на желтой косе. Я даже не понимала, шутит она или нет. Я жила в гостинице на этой самой дюне — но про такие достопримечательности не знала.

— Какие тут перспективы? — спросила я.

Наоми принялась рассказывать.

Час, проведенный с девушкой в клубе, стоил клиенту триста пятьдесят евро. Двести забирало заведение. Небольшой процент капал от заказываемого туристами микрошампанского по пятьдесят евро, но они чаще всего жадничали. Можно было продавать кокаин посетителям — каждый грамм давал двадцать евро добавленной стоимости.

— А что, туристы покупают у девушек? — спросила я.

— Если хотят взять нормальный, да, — вмешалась Эухения. — Ты не представляешь, какие здесь ублюдки. Я имею в виду не жителей, конечно, а местную мафию. Сюда привозят кокаин яхтами и баржами. Его здесь как песка. Ну не как в Барселоне, но близко. Но если ты пойдешь покупать стафф к торговому центру, тебя встретят местные мерзавчики и под видом кокаина отсыплют тебе самый мерзкий и дешевый синтетик, какой только бывает. А потом с чувством пожмут тебе руку и подышат в лицо вонючим улыбающимся ртом. Но это не потому, что у них мало кокаина. Просто в Европе живут такие люди. Они все время улыбаются, когда хотят тебя кинуть...

— Тут не Европа, — сказала я. — Тут скорее Африка.

— Юридически Европа, — отрезала Эухения.

У нее зазвонил телефон, и она, сделав нам знак не мешать, отстала и углубилась в дискуссию с кем-то из своих сутенеров. Это было удобно — мы с Наоми наконец могли поговорить.

— Ну как? — спросила я тихо.

— Я все уже видела, — ответила Наоми. — Все вообще. Даже тебя с Каракаллой...

Я, наверно, немного покраснела. Но на закате это вряд ли было заметно.

— Ну и что? — спросила я. — Ты будешь для них танцевать?

— Для них не буду. Буду для Камня.

— Ты знаешь как?

Она кивнула.

— Я знаю, как танцевал этот мальчик.

— Ты думаешь, ты когда-то им была?

Наоми смущенно улыбнулась и пожала плечами. Видно было, что она не пришла к окончательному мнению по этому поводу. Я решила не настаивать.

К нам вернулась Эухения. На ее лице была печаль.

— Девочки, мне надо идти, — сказала она. — Босс зовет. Очень ругается. Пришли немцы, и некому разводить их на шампанское... Поужинайте без меня. Все, я помчалась.

Мы с Наоми некоторое время смотрели ей вслед. Эухения действительно бежала, но не слишком быстро, словно это была ее обычная оздоровительная программа. К тому же она нарядилась как будто специально для вечернего бега: шорты и майка. Выглядело это вполне цивилизованно и спортивно, но я уже знала, что все прочие бегуны по здешней набережной будут теперь вызывать у меня понимающую сострадательную улыбку. Капитализм.

С минуту мы с Наоми шли молча. Сначала я думала, что бы такое сказать. А потом поняла, что мне невыносимо хочется ее поцеловать.

Мы были уже недалеко от моей гостиницы, но мне не терепелось сделать это прямо на променаде. Откровенно. Даже агрессивно. Если бы так себя повел мужчина, был бы харассмент, конечно. Но у нас была любовь.

И я это сделала — развернула ее к себе и поцеловала.

Получилось очень страстно и наполовину танцевально, по-испански. Я бы сказала, потореадорски — движение вышло таким резким, что руки Наоми мотнулись в воздухе как два полотенца.

Рядом одобрительно заверещали пожилые розовые туристы, катившие по променаду инвалидное кресло. В кресле сидел совершенно уже отрешенный от всего земного старец — видимо, вождь клана — в синей кепке с надписью «Scotland».

— Пойдем ко мне в гостиницу, — сказала я. — Это прямо на дюне, вон тот дом, видишь? С швейцаром я уже почти договорилась...

Наоми, кажется, не поняла, что я шучу.

Моя комната ей понравилась.

— Классный вид. Море и дюна.

Потом она увидела лежащий у стены коврик для йоги и подушку.

— Ты делаешь пилатес?

— Примерно, — ответила я. — Я медитирую.

— Зачем?

— Успокаиваю ум. Снимаю стресс. Вообще интересно.

— Лучше просто поспать, — сказала Наоми.

Предложение было принято сразу. Вернее, взято за основу. Поэтому про следующий час или два я ничего не буду говорить — все ясно и так. Когда мы наконец угомонились, Наоми закурила самокрутку, и я поняла, что ее сестра приторговывает не только кокаином.

— Ты привезла маску? — спросила я. — Без проблем?

Она кивнула.

— Будешь танцевать в ней?

— Я буду танцевать с двумя веерами. Я тебе показывала ролик?

— Нет, — ответила я. — Обещала, но у тебя телефон разрядился. Наверно, красиво?

— Камню неважно, как это выглядит.

— А что ему важно?

— Я должна выразить, что такое жизнь. Не вообще, а для меня лично. Только не словами, а танцем. Словами я не могу все равно. Камень мне поверит... Я для него как измерительный элемент. Как термометр в заднице у больного, понимаешь?

— У вас на Кубе так ставят термометры?

Она засмеялась.

— Нет. Это жизнь их так ставит.

— На Кубе, — сказала я.

— Ну хорошо, если тебе хочется. Да, на Кубе их ставят именно так. Причем термометры деревянные и очень толстые. Все в занозах и не работают, потому что русские советники выпили из них спирт. Но их ставят все равно, а потом мы поем революционные песни. Тебе легче?

— Значительно, — сказала я. — Вот это и объясни Камню.

— Непременно, — ответила она. — Если еще что-нибудь придет в голову, сразу говори.

— Если серьезно, — сказала я, — расскажи Камню про Главную Песню. Вернее, станцуй эту сказочку.

— Ты еще помнишь? — улыбнулась она.

— Конечно. Это самая лучшая история, которую я слышала.

— Только она не совсем правильная.

— Почему?

— Мой отчим говорил, что бог — одинокий путник. Он не может создать другого бога. А я теперь знаю, что может. Причем запросто. Как ты или я можем сделать бэби. А этот другой бог — может создать третьего, и так далее... Они там не скучают. И для этого им даже партнер не нужен.

— Тебе это тоже снилось?

— Угу, — ответила она. — Это называется «эоны».

— Я знаю, — сказала я. — Варий видел их, когда танцевал в храме. Уже в Риме. Такие как бы древние воронки, или вихри. Что-то космическое.

— Если подглядывать за ними тайком, это вихри. А если они хотят себя показать — это такие же люди, как мы.

— Ты сама их так видела?

Она кивнула.

— Помнишь, я рассказывала — когда Вария убили, две статуи вокруг Камня ожили. Это и были эоны. Не они сами, а их взгляды. Просто присутствие. Мир должен был тогда кончиться. Но не кончился.

— Почему?

— Перед Камнем начала молиться эта девушка с горбатым носом. Жена Вария. Она думала, что молится двум перекладинам, но на нее в это время смотрели эоны, и Камень ждал танца. А она была христианка и молилась о том, чтобы настало тысячелетнее царствие

Христа. И оно ведь правда настало... Почти на тысячу лет. С четвертого века — аж до Возрождения. Все это темное средневековье. Я специально в Вики проверяла. Вряд ли просто совпадение, как ты считаешь?

Я только хлопала глазами. Сказать мне было нечего.

— И еще, — продолжала Наоми, — я поняла, что мы ничем не отличаемся от эонов.

— Ага.

— Причем не только мы, но даже кошки и рыбы.

— Рыбы?

— Я понимаю, звучит странно... Но это как... Вот представь, что на разных машинах стоит один и тот же атомный мотор. Сам по себе он бесконечной силы. Но на каждой машине установлен свой ограничитель мощности. У некоторых машин мощность совсем низкая, и это дешевые малолитражки. А у других ограничителя нет, и это гоночные суперкары. Люди, звери и эоны сделаны из одного и того же, понимаешь? Вернее, мы ни из чего не сделаны, а все сделано из нас. Просто у людей такая роль. И если ты правильно все понимаешь, тебя ничего не печалит. Наоборот, весело...

— Прямо обхохочешься. А ты уверена, что Элагабал хотел все закончить?

Она кивнула.

— Почему? У него же все было хорошо. Император Рима. Неужели ему не нравилось?

— Нравилось, — ответила Наоми. — Но он видел, что будет потом. Когда Мировая душа освободится. Когда она разъединится с материей и мир кончится.

— Ты уверена, что мир может кончиться?

— Да. Элагабал почти это сделал. Ему не хватило нескольких шагов.

— И ты тоже знаешь, как это сделать?

Она улыбнулась. Но мне почему-то не понравилось выражение ее лица.

— И что тогда будет?

— Ты сама знаешь, — ответила Наоми. — Высвободится мировая душа.

— Я знаю, — сказала я, — но не понимаю. Тебе понятно, что это значит?

Наоми кивнула.

— Что при этом произойдет?

— Ничего, — ответила она. — Ничего такого, о чем можно рассказать. Чтобы что-то происходило, эонам как раз и нужна материя. Все происходит именно с ней. С душой ничего произойти не может. Если душа высвободится, цирк закроется. Вот как тело умирает без души — умрет и вся Вселенная. Материю никто не будет видеть и чувствовать. Поэтому ее больше не будет, понимаешь?

— А что случится с Мировой душой? Ты тоже видела?

— Видела, — сказала она. — Это ни на что не похоже. Из того, что я знаю. И Элагабал тоже ни с чем не мог сравнить. Не мог даже никому объяснить.

— А ты можешь это описать? Там темно? Светло?

Наоми засмеялась.

— Нет. Там не темно. Там вообще нет никакого «там». Знаешь, я провела пять дней в интернете, пытаясь найти хоть какое-то описание. И только на реддите в одном обсуждении мелькнуло что-то близкое. Не то чтобы это давало представление. Но здесь хотя бы ни одно слово не врет...

Она вынула телефон, потыкала в экран и прочла:

— «Бесформенное совершенство по ту сторону всякого опыта». Вот. Не знаю, про что это, но похоже. И оно не темное. Это я уже от себя. В смысле, не чернота, где ничего нет.

— Бесформенное совершенство по ту сторону всякого опыта, — повторила я. — Наверно, такое же состояние, как у этого шотландского хрена в инвалидном кресле.

— Какого хрена?

— У гостиницы. Не помнишь?

— Я не заметила.

— Когда туда попадаешь, тебе хорошо?

— Ты туда не попадаешь, — сказала она. — Тебя там нет.

— А в медитации туда можно заглянуть?

— Не знаю, — ответила Наоми. — Никогда не медитировала. Только делала пилатес.

— Ладно, а где лучше? Здесь или там?

— Элагабал тоже задавался этим вопросом, — сказала Наоми. — И решил, что быть римским императором намного хуже. А я просто кубинская шлюха. Понимаешь?

— Ты не шлюха. Ты... Чудесная и удивительная. Очень умная. И красивая. И образованная. Изучаешь архитектуру. Знаешь про фаюмские портреты. Ты офигенная.

— Спасибо, — сказала Наоми.

— Ты хочешь все закончить? Весь этот мир?

Мне даже не верилось, что мы всерьез обсуждаем эту тему.

— Я не знаю, — ответила Наоми. — Правда.

— А если все закончится, мы там окажемся все? Все люди?

— Там никого не будет, — ответила Наоми. — Люди могут быть только здесь. Но для нас лучше, чтобы не было ни нас, ни этого здесь. Совершенно точно.

— Ты хоть понимаешь, как это звучит?

— Понимаю, — кивнула Наоми. — Глупо. Но

что я могу сделать, если это правда? Лучше тогда не спрашивай.

— Я где-то читала про древнегреческого философа, — сказала я, — учившего, что любому человеку, попавшему в наш мир, лучше всего немедленно покончить самоубийством. Многие ему верили.

— А сам он что?

— Сам он этого не делал. А когда его спрашивали почему, отвечал так: должен же кто-то здесь задержаться, чтобы указывать заблудшим душам дорогу... Стоять, образно говоря, с лампой на зловещем берегу... Чисто из гуманизма.

— Я никому не указывают дорогу, — сказала Наоми. — Я вообще не философствую. А просто делаю то, что приходится. То, что заставляет жизнь. И так с самого рождения до сегодняшнего дня... Ты меня сама нашла, между прочим. Я тебя об этом не просила.

— И очень рада, что нашла, — сказала я и поцеловала ее.

— There you go again[1], — ответила она.

Это была правда.

*Эмодзи_двух_ослепительно_красивых_блондинок_занятых_этим_как_будто_в_последний_*

---

[1] Ну вот опять.

раз_причем_как_минимум_одна_из_них_отгоняет_навязчивые_мысли_о_том_что_все_это_действительно_в_последний_раз.png

✳

На Тенерифе мы попали неприлично быстро. Это был самый короткий перелет в моей жизни — на такие расстояния нормальные люди ездят на метро.

— Ага, — сказал таксист, посмотрев на адрес, полученный мною от Со. — Все ясно. Это рядом с Кальдера дель Рэй.

Я не знала, что это такое. По смутно уловленному смыслу мне представилась сначала кастрюля, из которой бьет луч света. Потом — марсианский треножник из фильма про Тома Круза. Затем я вспомнила, что «кальдера» — это большой кратер.

Еще лучше. Кратер, выжженный небесным лучом.

Может быть, так все и будет.

На самом деле кальдера оказалась просто складкой рельефа. Она осталась внизу, а вилла, где нас ждали, белела выше на горном склоне — среди других таких же вилл. Таксист нашел ее без особого труда.

Она стояла за железной оградой и казалась

карманным дворцом. Игрушечные балконы, шпили и флагштоки на крыше. Пальмы вокруг. Впрочем, излишнего шика во всем этом не было – так, умеренное богатство, гармонично встраивающееся в пейзаж. Рядом стояли дома не хуже.

Такси остановилось возле черной решетки ворот. Я расплатилась, и мы с Наоми вылезли.

Дом выглядел безлюдным – все окна были полностью зашторены. У ворот не оказалось телекома, только небольшая латунная кнопка. Может быть, где-то здесь были камеры, но я их не видела. Я нажала на кнопку. Прошла секунда, две, десять – а потом створки ворот заскрипели и раскрылись.

Мы прошли по дорожке к входной двери. Она была отперта и приоткрыта. Я постучала. Никто не ответил.

– Заходим.

Мы оказались в прихожей, где нас по-прежнему никто не встречал. Дубовые панели, старинные часы, растения в горшках, пара картин, подобранных под цвет интерьера – и раздвоенная лестница, спускающаяся к нам справа и слева.

Между лестницами была двойная дверь. На ее ручке висела табличка с веселой розовой надписью:

ENTRA![1]

Я принялась звонить на номер Со, но никто не брал трубку.

Мы ждали в прихожей минут, наверное, двадцать. К счастью, тут была уборная, которой мы по очереди воспользовались — причем я провела перед зеркалом на минуту больше, чем обычно. Я определенно нервничала.

— Где они? — спросила Наоми, когда прошло еще десять минут.

Я позвонила еще раз. Телефон не отвечал.

— Наверно, мы рано приехали, — сказала я. — Они еще спят. Скоро спустятся.

— Они не спустятся.

— Почему?

— Мне так кажется. Я думаю, нам вот туда...

Наоми кивнула на дверь с табличкой.

Может быть, она была права. В конце концов, мы ждали уже достаточно долго по любым меркам. Я осторожно повернула ручку, и дверь приоткрылась.

За ней оказался просторный белый зал с колоннами и полом из черно-белых плит — как будто огромная шахматная доска.

У стены напротив входа темнел Камень Солнца на мраморном постаменте. По бокам от него на двух возвышениях стояли Тим

---

[1] Войдите!

и Со. На Со было длинное белое платье. На Тиме — его любимый смокинг из протертой до дыр черной джинсы с атласными лацканами. Они помахали нам, приглашая войти. Тим улыбался презрительно, Со ласково.

Выглядело это, конечно, немного наигранно. Эти пьедесталы... И они ведь простояли на них минимум полчаса. Я настолько не ожидала от своих знакомых подобного, что еле сдержала смех. Нет, прикольно, конечно, и украсит любой инстаграм, но как-то уж очень хлопотно.

Наоми, однако, отреагировала на увиденное совсем иначе. Она дернула меня за руку с такой силой, что я вслед за ней вылетела назад в прихожую, и дверь перед нами закрылась.

— Это они! — прошептала Наоми, выпучив глаза. — Они!

— Кто?

— Помнишь, я тебе рассказывала, что статуи в храме Элагабала превратились в людей? Это они и были. Вот эти же двое. Стояли и смотрели, как бедного мальчика убивают.

— И что, — спросила я, — одеты так же?

— Так же. Такие же мантии в звездочках.

— В каких звездочках? Какие мантии?

— Ну, вроде тех, что носил Элагабал. Темный шелк и мелкие золотые звездочки. Ты сама только что видела...

647

— Шелк? — повторила я. — Это же Со с Тимом. На Тиме джинсовый пиджак. На Со белое платье. Чего-то все сегодня придуриваются. Пошли, я тебя представлю, а то они, наверно, устали на этих подставках...

Взяв упирающуюся Наоми за руку, я открыла дверь и втащила ее в зал.

— Добрый день...

Моя челюсть отвисла, совершила несколько холостых оборотов и остановилась.

На пьедесталах по бокам от Камня — там, где я только что видела Со и Тима — стояли две статуи в человеческий рост. Кажется, античные оригиналы: бородатый муж (отбитый фаллос и кокетливо сдвинутый на затылок шлем) и мечтательная дева (лира и склеенный из кусков нос).

— Вот, — сказала Наоми, — а сейчас опять статуи... Это были эоны. Они так смотрят на людей, я же тебе говорила...

— Эоны?

Теперь уже мне захотелось выскочить из зала в прихожую — но в этот самый момент дверь за нашей спиной с щелчком закрылась. Я обернулась и увидела, что изнутри ручки на ней нет.

Мы были заперты. Наоми не отрываясь глядела на Камень.

— Что дальше? — спросила она.

— Я не знаю, — ответила я. — Вообще-то здесь ты главная.

— Если бы я была главная, — сказала Наоми, — я бы знала, что делать.

— Ты должна коснуться Камня.

— Коснуться? Зачем?

— Так ему представляются.

— Маску надеть? — спросила Наоми.

— Я не знаю. Как ты сама думаешь?

— Успею, — сказала она.

Подхватив сумку, где лежала маска Солнца и два веера, она пошла к Камню.

С гордо поднятой жопой, некстати вспомнила я галантный московский оборот. Черная майка, черные обтягивающие шорты, белые тапочки, тонкая фигурка. Будет совсем красиво, когда наденет маску. Лучи античной свободы вокруг головы... Или это тернии? Чудо какая милая. Я чувствовала — сейчас произойдет что-то крышесносное, и мне было не по себе.

Наоми склонилась перед Камнем — не так, чтобы очень низко, но уважительно — а затем подняла правую руку и положила ладонь на черную поверхность.

Бам!

Мне показалось, что меня ударила сделанная из света стена, разбилась об меня — и я полетела сквозь сверкающие осколки. Потом опять. Потом еще раз...

Я попятилась, закрывая лицо рукой. Пол качнулся под ногами, и, чтобы не упасть, я села.

Бам!

Бам!

Как будто я попала в вентилятор, где вместо пропеллера крутились лучи света.

Что-то невообразимое происходило с миром. Я вроде бы сидела на полу в шахматном зале рядом с дверью — но этот зал вдруг невероятно разросся: стены превратились в еле заметные полоски на горизонте, а потолок исчез.

Камень Солнца взлетел высоко в воздух и повис в тусклом зеленоватом зените — небо стало таким же, как во снах Каракаллы. Но самое поразительное произошло со статуями по бокам Камня. Разъехавшись в стороны, они превратились в две огромные живые фигуры.

С той стороны, где раньше был Тим, а потом этот мраморный грек в шлеме, теперь стояло — вернее, громоздилось над миром — чрезвычайно странное существо.

Я уже видела львиноголового человека, обвитого змеями. Такие статуи стояли на площадках между лестницами, по которым поднимался к своей судьбе маленький Варий. Но там были мраморные изваяния, а здесь — то, что они, по всей видимости, пытались изобразить.

Его можно было назвать львиноголовым человеком, но с натяжкой. У него действительно была львиная голова. А тело гиганта только походило на человеческое — и на самом деле состояло из тускло блестящих змеиных колец.

Это был бесконечно длинный желто-зеленый змей, свернувшийся роллом в виде приблизительной человеческой фигуры. Руки и ноги фигуры едва намечались, как если бы на нее была накинута длинная мантия, прижатая к телу ветром.

Это странное существо совершало небольшие, но вполне человеческие движения, которые на самом деле были результатом сложнейшего синхронного скольжения множества колец. Даже смотреть на них было жутко. Если видишь это, видишь первое и последнее, сказал в моей голове чей-то тихий голос.

Но насколько страшным выглядел Львиноголовый, настолько же прекрасным оказалось то существо, в которое превратилась Со.

Это была сидящая на троне женщина с жезлом в руке. Вернее, сияние, принявшее такую форму: и женщина, и жезл, и трон были сотканы из сливающихся друг с другом ярких лучей.

Я не могла различить ее лица — на его месте был только свет. Зато там, где полагалось быть сердцу, свет сгущался в ослепительный глаз, смотревший прямо на меня.

Эти две фигуры были как бы двумя разными полюсами: Львиноголовый излучал могущество и непреклонную силу, а Со (я по прежнему называла ее про себя так) светилась пониманием и любовью... И высоко между ними висел казавшийся теперь совсем крошечным Камень.

А потом я поняла, что Со говорит. Она не издавала никаких звуков — то, что она хотела сказать, заключалось в исходящем от нее свете, который сам становился смыслом в моей голове.

— Здравствуй, Саша. Ты сделала все как надо. Привет, Наоми... Ты прекрасная девушка, я рада тебя видеть. Никто не знает, что сейчас произойдет. Не знаем даже мы. Смысл как раз в этом... Желаю нам всем удачи.

Пространство, где мы находились, раскрылось еще шире — далекие стены исчезли совсем, и зал превратился в бесконечную шахматную плоскость. Со засверкала множеством направленных во все стороны лучей, и я поняла, что теперь она говорит уже не только с нами.

— Привет всем свидетелям! Привет Непобедимому Солнцу!

Тут грозным закатным светом загорелся Львиноголовый — и его багровый огонь точно так же превратился в моей голове в речь.

— У людей существует много мнений о том, что такое их мир, кем он создан и какой цели служит. Философы, поэты и пророки спорят про жизнь человека и то пространство, куда он брошен, с глубокой древности. Раньше эти дебаты были весьма наивными. Сегодня человек стал опытнее и научился создавать похожие измерения сам. Ему кажется, он вот-вот постигнет тайну. Но он ошибается. Споры относительно человеческого назначения вовсе не приблизились к своему разрешению, потому что такого разрешения для людей нет. Что такое человеческая жизнь? Благословение? Наказание? Кем создан мир? Полным любви божеством? Злобным безжалостным демоном? Что сильнее — добро или зло? Что такое рождение — проклятие или дар?

Я услышала низкий хрип. Львиноголовый смеялся.

— Мнения меняются от века к веку — но человеческое понимание происходящего всегда сохраняет одну особенность. Оно остается, попросту говоря, полным непониманием.

653

Меняются только выражающие непонимание слова, образы и математические формулы. Людям кажется, что они отодвигают границу познанного и приближаются к тайне. Движение границы — это правда. Но приближение к тайне — иллюзия... Человечество спускается в глубины фрактала познания. Но природа фрактала такова, что в него можно углубляться бесконечно. Он специально задуман так, чтобы любое познавательное усилие ума становилось новой цепью загадок. Мир по-прежнему не понят — но сегодня это непонимание выражают настолько сложные теории и гипотезы, что обсуждать их способны лишь лучшие умы человечества. Так называемое «познание» может продолжаться бесконечно, но природа сущего никогда не станет человеку яснее... Она будет делаться только загадочней.

Опять хриплый рык. Смех.

— Люди будут муравьями ползать по границам своего понимания, передвигая их все дальше в никуда — и перемещаться вместе с ними, пока не исчезнут. Человек не способен заглянуть за ширму творения и постичь истину в одном могучем когнитивном акте. Почему? Да потому, друзья мои, что он для этого не предназначен. Силы, стоящие над людьми, ничего не прячут. Цель человеческого существования не известна никому из людей по той единственной причине, что не может быть ими понята — и осознание этого факта есть высшая доступная человеку мудрость. Объяснение находится на другом уровне реальности, куда человека при всем желании нельзя взять в гости. У него нет органов чувств и механизмов постижения, способных прикоснуться к разгадке. Все теории людей о том, почему они есть и что такое этот мир — просто рисунки головешками на стенах пещеры, из которой человечество так и не вышло, потому что выхода из нее нет...

Слушать Львиноголового было интересно и страшно, но от его холодных багровых огней в моем животе словно бы смерзалась большая сосулька — поэтому я обрадовалась, когда опять заговорила Со.

— Есть нечто, пронизывающее все планы бытия. Это милость. Но человек, увы, обделен и ею тоже. Любое развитое существо способно понять, хочет оно быть или нет. Любое, кроме человека. Человек сконструирован так, что за редкими исключениями он держится за свое бытие до последнего, даже когда его страдания становятся невозможными. Поэтому нет способа определить, что такое человеческая жизнь — проклятие или благо. Существовали и существуют целые религии, объявляющие конец человеческого мира целью и окончательным выбором бога. Но у силы, которую люди называют богом, нет личных предпочтений по этому вопросу. Именно поэтому благие эоны, стоящие над людьми, и передают окончательный выбор самому человеку.

Снова засверкал Львиноголовый — и опять это было похоже на прекрасный и грозный зимний закат.

— Представьте, что мир с его кажущимися обитателями подобен проекции на экране, создаваемой неким божественным устройством. В известном смысле так все и есть, хотя слово «устройство» подходит здесь не слишком. Проектор «Непобедимое Солнце», одушевленная машина, порождающая человеческий план реальности, делает то, что ни один из земных проекционных аппаратов не в силах совершить: выбирает одну из иллюзорных фигурок и дает ей пульт управления иллюзией. Фигурка получает полную власть над проектором. Она выключает его, а затем включает заново, становясь подлинным создателем и обновителем мира. Она делает это с той же веселой легкостью, с какой люди порождают себе подобных. Человек танцует. Его танец уничтожает прежний мир, и создает новый — очень похожий, но другой. Мало того, человек может отключить проектор совсем, и тогда мир исчезнет, высвободив затянутую в него божественную природу. «Непобедимое Солнце», таким образом, перестает быть непобедимым по своей воле.

В багровом ореоле, окружавшем Львиноголового, стали появляться лиловые и фиолетовые лучи, словно зимнее солнце заходило за горизонт.

— Все исторические эпохи так сильно различаются друг с другом потому, что созданы разными людьми. Всемирные катаклизмы, подлинные и поддельные, прячут шов между разными версиями мира. Боги отвечают только за машину, создающую иллюзию — если говорить на понятном человеку языке, они снимают с себя ответственность за все остальное. Мы не можем объяснить вам, зачем существует иллюзия, потому что это выходит за пределы человеческого разумения. Но мы можем дать вам право выбирать, быть частью иллюзии или нет. И если мир продолжается до сих пор, то не по божественной воле, а по человеческой. Если же он исчезнет, это тоже будет решением человека.

Багровое солнце окончательно зашло, и Львиноголовый замолчал. Прошла секунда, и над миром опять засверкали веселые лучи Со:

— Исполнитель божественного танца в разные эпохи выбирался по-разному. Свои обычаи были в Египте, Индии, Китае, Элладе, Риме. В архаической Индии он назывался «шивой». В античном Риме — латинским словом «soltator». В древности его готовили для этой функции с детства, и часто это было наследственным делом — но после смерти императора Элагабала все изменилось. Последний наследственный soltator, император Элагабал, был убит во время своего танца — и его дух оказался связан с проектором «Непобедимое Солнце». С третьего века нашей эры именно эта связь направляет наши поиски. Даже сам выбор создателя и разрушителя всего стал лотереей. Каждый раз она идет сложно, странно и непредсказуемо, с привлечением случайных на первый взгляд людей, не понимающих, что происходит. Это как бы живые шахматы, где фигуры ходят по жребию и исчезают одна за другой — пока на шахматной доске не остается та единственная, от которой зависит все. Если вам не нравится сравнение с шахматами, это цирковые скачки, где на трибунах сидят боги, ставшие на время людьми, и люди, ставшие на время богами, а вместо жокеев соревнуются всадники веселого апокалипсиса. До последнего момента неясно, сохранится иллюзия или исчезнет... Свидетели, сегодня мы это узнаем. Встречайте разрушителя старого и — возможно — создателя нового мира. Это девушка с Кубы, отобранная в строгом соответствии с нашими древними правилами. По интересной случайности она похожа лицом на Элагабала, так что мы можем ожидать событий значительных и грозных. Ее зовут Наоми, и сейчас она будет танцевать...

Меня ослепил яркий свет. Когда он погас, ни Со, ни Львиноголового впереди уже не было. Осталась только бесконечная плоскость в черно-белую клетку — и Камень, вернувшийся с неба на свой постамент.

А потом я увидела Наоми.

Я догадывалась, что в этом пространстве ее танец будет выглядеть необычно, но совершенно не представляла, до какой степени.

Она появилась на шахматном поле внезапно — словно вышла из-за невидимой колонны недалеко от Камня. На ней не было никакой одежды — если не считать двух больших вееров. За ними в воздухе оставался рваный цветной след, державшийся несколько секунд — как бы плотный, но быстро исчезающий дым. Это было красиво.

Наоми грациозно присела, закрылась своими веерами — и я потеряла ее из виду: остался только белый бумажный круг с акварельными цветами. Два раскрытых веера, соединенных в щит.

Тут что-то случилось с моими глазами — вместо этого щита я вдруг увидела цветочный куст. Или, может быть, огромный и сложный букет из множества разных цветов, откуда выглядывало знакомое милое лицо.

Я поняла, что знаю ее давно, очень давно — много тысяч лет. Когда сама я еще была... Черт, вот этого я никак не могла вспомнить. Зато я помнила, как меня на самом деле зовут... Нет, уже забыла.

Впрочем, все это было неважно.

Наоми глядела на себя в зеркало, и этим зеркалом была я. Она видела свое отражение во мне. Она понимала, что нравится мне, но хотела нравиться еще сильнее — до конца, до предела, если такой существовал... Я знала, что эта сила так же непреклонна, как притяжение Земли, и пытаться договориться с ней так же бесполезно.

Я больше не видела ее тела, а только бесконечно прекрасное лицо, затягивающее в себя как в водоворот. Вокруг дрожал ореол красных, оранжевых и желтых огней, которыми стали цветы, и эти вспышки были именно тем, что я переживала секунда за секундой — словно мои чувства сделались видимыми, превратившись в электрический свет.

Я опять увидела два веера — но теперь они стали крыльями. Они появлялись в разных местах вокруг ее лица и снова пропадали. Так изображали серафимов: крылья и лик.

Почему-то мне вспомнилось, что средневековые рыцари не воспринимали своих прекрасных дам телесно — для них существовало только лицо, которому они служили, все прочее было убрано под бесформенный колокол платья. Раньше это казалось мне смешным предвестником боди-позитива, но теперь я поняла, что они поклонялись тому же чудесному образу, на который я глядела.

Конечно, она была сверхъестественным существом, ангелом, как можно в этом сомневаться? Даже встретить ее было чудом. Уже в том, что она облеклась формой и позволила увидеть себя, была милость... Я почувствовала, что на моих глазах выступают слезы.

Да, это был танец, но очень особенный. Я больше не видела танцующую Наоми. Во всяком случае, в буквальном смысле. Скорее это было похоже на водопад почти не связанных друг с другом образов — как будто цистерна с культурной памятью человечества выплеснула на меня все свое содержимое.

Поколения художников изображали именно эту запредельную приманку, рисуя амуров, психей и священных гермафродитов: неземное сочетание земных черт, ставящее ум в тупик; соблазн в такой концентрации, когда он уже не привлекает, а озадачивает и вызывает грусть.

Передо мной проносилось множество фресок, картин, скульптур, фотографий — и я всюду замечала ее след: длинную шею, поднятую голову, скрещенные руки, нежнейшую линию ног — и даже то, что обычно прячут. Словно бы передо мной быстро листали толстенный альбом по искусству — и я видела нарисованный на его полях мультфильм, героиней которого была Наоми.

С каждым мигом этот мультфильм становился все неприличней и безумней. А потом...

Время и материя наконец окончательно поймали ее в ловушку. Да, у этого совершенного существа все-таки было физическое тело. Как бы специально сделанный посадочный модуль, способный приземлиться на моей угрюмой планете. И это тело было так же прекрасно, как явленное мне лицо.

За одну умопомрачительную секунду она сложилась из показанных мне фрагментов, как разбитая ваза в обратной съемке — сгустилась, выплеснулась на берег и очутилась прямо передо мной, живая, настоящая, серьезная, на тех же черно-белых клетках пола. В ее руках по-прежнему были два веера.

Теперь она стала частью материального мира, и все его ограничения проявлялись в каждом ее движении. Она еще пыталась бесплотно порхать в пустоте, как раньше, но теряла равновесие, спотыкалась, и в конце концов смирилась — стала просто ходить и прыгать по клеткам.

Сначала это выходило вполне изящно, но с каждым шагом она словно набирала возраст и вес. Я думала, что мне это кажется — но после одного особенно длинного прохода спиной ко мне она повернулась, и я ахнула — ее лицо было морщинистым и старым. Она превратилась в пожилую кубинскую вдову, вместе с которой шла по улице в день нашего знакомства — только со светлой кожей.

Будто ощутив мои чувства, она сжалась, согнулась и замерла на месте, опять закрывшись своими веерами. Когда она подняла их, ее тело снова было юным и стройным, а на лице сверкала маска Солнца.

И тут она начала двигаться совсем невообразимо. Я вспомнила ее рассказ про последний танец Элагабала и поняла, что Наоми повторяет именно его.

И она делала это уже не для меня. Она танцевала для Камня.

Она делала шаг к Камню и сгибалась, кланяясь ему. Потом отскакивала — и откидывалась назад, словно уворачиваясь от чего-то. Затем делала несколько быстрых шагов, и ее тело, как бы пытаясь догнать ноги, совершало размашистое круговое движение. Это было красиво. Но и жутко.

Пугали не сами движения, а их смысл. Я понимала его очень четко. Она, словно живой шуруп, вывинчивалась из этого мира, из материи, из времени и пространства — из всего, что составляло иллюзию. Но при этом она была тем шурупом, на котором все держалось.

Она выключала мир. Это была та самая спираль Элагабала, про которую она говорила на Кубе — и теперь я видела ее своими глазами. Мне действительно стало страшно.

Она повторяла эти движения опять и опять — и я наконец поняла, что Камень слышит и подчиняется.

У мира были края.

Я ощутила их, и это было странное переживание, совершенно не похожее ни на что из знакомого мне прежде. Словно бы реальность вдруг оказалась не бесконечным трех-

664

мерным миром, а плоским рисунком на ткани — и ткань начала сжиматься. Я тоже была частью рисунка, и меня сжимали вместе с ним.

Я знала теперь, что прежде просто воображала трехмерный мир примерно так же, как мы делаем это, когда смотрим кино. А сейчас полотно реальности сворачивалось к Камню. Сжималось в точку. Упразднялось. Но это не значило, что вокруг происходили какие-то разрушения. Их не было.

Что может произойти с нарисованным на скатерти городом, когда скатерть сворачивают? Нарисованные жители испытают нарисованный ужас... Это было и страшно, и смешно.

Мне почему-то вспомнилась ржущая лошадь, на которую жаловался Элагабал. Ладно, люди. С ними все ясно. Но что будет с лошадьми? С рыбами? С чайками? С мартышками? С миллионами мух?

Мне представился Рамана Махарши. Он почесал седой подбородок, поглядел на меня насмешливо и сказал:

— Что будет со всеми теми, кого я вижу во сне? Я проснусь, вот что с ними будет...

Я даже не знала раньше, что реальность так просто свернуть, боже ты мой... Вернее, я принимала вот это за реальность. А реальность — ведь совсем другое. Это...

– ТА-ДАММММ!!

Произошло что-то очень плохое.

И это уже не имело отношения к танцу Наоми. Что-то сломалось в волшебной призме, сквозь которую я следила за представлением.

Я услышала оглушительный хлопок, и меня качнуло волной горячего воздуха. Наоми исчезла. Мне в ноздри пахнуло едким дымом, и я пришла в себя.

Я сидела на полу за колонной – в том же зале, куда мы с Наоми недавно вошли. Вокруг был дым, и на Камне зияла огромная пробоина. А потом я увидела свою подругу.

Она уже не танцевала, а лежала на полу рядом с Камнем, уткнувшись лицом в черную плитку. Она была мертва – это первое, что я поняла. По полу растекалась лужа крови, слишком уж большая для какого-то другого исхода. Хорошо, что я не видела лица Наоми. Зато я видела маску Солнца – она лежала в крови и загадочно глядела в потолок.

У двери, всего в паре метров от меня, стоял Ахмет Гекчен. Рядом с ним – двое бородачей, в которых я с ужасом узнала тех самых электриков, что ехали за нами с Фрэнком на мопеде, а потом пошли вслед за ним к харранской бензоколонке.

На всех троих был какой-то полувоенный камуфляжно-тестостероновый прикид и пояса смертников, похожие на спасательные жилеты. Ну да, подумала я, это ведь и есть их спасательные жилеты. Они так спасаются.

Все они были вооружены. У Гекчена был пистолет. Один бородач держал в руках автомат, другой — большую дымящуюся трубу, которая, видимо, только что с таким грохотом сработала. В ней больше не было проку — и бородач кинул ее на пол.

Гекчен поглядел на меня.

— Really sorry. Мы не хотели никого убивать. Но Камень должен быть уничтожен. Сегодня мы это сделаем, даже если уйдем вместе с ним.

— Зачем?

— Чтобы спасти мир. И мы его спасем...

— Как вы нас нашли? — спросила я.

— Твой телефон — это трекер. Я посылал тебе линк, помнишь? Материалы по Руми. Там были не только клипы.

Гекчен старался выглядеть решительно и грозно, но явно был напуган. И это меня не удивляло, потому что он говорил, а мир продолжал сворачиваться. И это не было галлюцинацией, а ощущалось непосредственно и прямо.

— Все равно вы опоздали, — сказала я.

— Что это? — спросил Гекчен. — Ты тоже чувствуешь?

— Да. Наоми должна была уничтожить мир. А потом — может быть — создать на его месте новый. Похожий, но другой. Так делают уже давно. Всю историю. Но вы ее убили. Вы дали ей разрушить мир, но не дали создать новый.

— Тогда надо уничтожить Камень. Разрушить его, и все остановится.

— Ничего не остановится, — сказала я. — Вы разве не понимаете? Все кончится. Нас тоже скоро не будет.

Гекчен больше не хотел меня слушать. Он стал что-то объяснять своим подручным. Сперва они спорили с ним, но быстро перестали — видимо, они тоже ощущали ускоряющуюся трансформацию.

Гекчен их убедил.

Есть такая народная примета: когда здоровые бородатые мужики начинают быстро повторять «Аллаху акбар», жди неприятностей. Происходило именно это. Они пошли к Камню, стараясь не наступать в кровь. Я встала и попятилась к выходу из зала. Гекчен сделал мне знак остановиться. Когда знак подают стволом, это действует.

Подойдя к Камню, они прижались к нему

с разных сторон и взялись за руки, словно туристы, меряющие скалу в обхват.

— Мы пришли сюда умереть, — сказал Гекчен. — И мы умрем, но захлопнем за собой дверь к погибели. А ты, если останешься жить, расскажи людям, что здесь произошло на самом деле... Чтобы очистить память и имя Ахмета Гекчена.

Он повернулся к своим бандюкам и что-то скомандовал. Бормотание «Аллаху акбар» стало громче и быстрее, и я, уже не скрываясь, попятилась за колонну. В этот самый момент там, где они стояли, сверкнуло и грохнуло.

Меня хлестнуло по щеке чем-то горячим, и я упала на пол. Сначала я думала, что мне разорвало лицо — оно было все в крови.

Но у меня ничего не болело, и я поняла, что это кровь одного из нападавших.

От них вообще не осталось никакого заметного следа, только в одном месте на иссеченных плитах пола лежала кроссовка, покрытая штукатурной взвесью. Раньше она была черной, теперь стала почти белой.

Камень был изувечен — его сильно побило осколками, и он треснул, расколовшись на две половины. Но он все еще сохранял свою форму. А вот статуи, стоявшие вокруг него, повалились на пол и раскололись.

Но реальность продолжала сворачиваться — если, конечно, такой глагол применим к тому, что происходило с миром. Надвигалось какое-то цунами наоборот, вокруг меня сжималось кольцо — словно к Камню со всех сторон неслась высоченная волна, и я уже чувствовала ее тень и гравитацию.

Я понимала теперь, что это такое — разделение материи и духа. Дело было не в материи. Дело было исключительно в духе, переставшем притворяться материей. Но, самое страшное, он больше не притворялся и духом тоже.

Я не могла ни о чем связно думать. Что-то происходило со словами и их значениями — они больше не отражались в мире, а превратились в какие-то прозрачные разноцветные протуберанцы, которые по привычке все еще перебирал мой ум. Но они не значили почти ничего.

Сейчас волна сойдется, и... что будет? с кем? что случится потом? чем все кончится? эти вспышки вопрошаний больше не имели смысла, они даже смешили своей неприменимостью к тому, что надвигалось.

Я увидела богов. То самое, что видел Элагабал, бесконечно древние вихри воли, воронки, ведущие к центральному небытию в сердце

670

каждой из них. И такая же воронка сворачивалась сейчас вокруг меня.

Потом воронки исчезли, и я различила прозрачные фигуры Со и Тима, висящие над разбитым Камнем. Они больше не делали вид, что на чем-то стоят. Со улыбалась. Тим был мрачен. Эоны смотрели на меня. Они ждали.

И тогда я поняла, что решать придется мне.

Я могла и должна была танцевать перед Камнем. Для этого еще оставалось время.

Пошатываясь, я подошла к Камню. Первый взрыв выбил большой кусок в самом его центре, и впадина действительно напоминала глядящий на меня подбитый глаз. Глаз Элагабала. Разрезанный на две части трещиной, как в «Андалузском псе».

Думать было трудно — и я стала танцевать.

Тот самый танец, который столько времени репетировала в Москве перед своей поездкой. Танец запасной бабочки из психоделического балета «Кот Шредингера и бабочка Чжуан-Цзы в зарослях Травы Забвения».

Вот и пригодилось, повторяла я про себя, чтобы не бояться, вот и пригодилось... Надо же как сложилось, вот тебе и запасная бабочка.

Я успела дойти до того места, где бабочка начинает делать крылышками как Ума Турман в «Криминальном Чтиве», когда невообразимая волна, несшаяся со всех сторон к Камню, сомкнулась, и мир ужался — сначала до меня, а потом волна прошла еще дальше к центру, стала точкой, и даже эта точка обвалилась бесконечно глубоко внутрь себя самой.

И тогда я заглянула туда, где не было ни меня, ни чего-то другого.

Вот что видели Наоми и Элагабал.

Вот оно, совершенное и спокойное, неизменное, по ту сторону всякого опыта.

Эмодзи_____.png

*

...золотая фигурка танцевала в лиловом облаке, и мы глядели на нее вместе с Со. Так это была я сама? А почему нет, ответила Со. Кто сказал, что женщина не может быть Шивой? Я засмеялась. Со смеялась вместе со мной, и это продолжалось долго. Главная Песня, сказала она, вовсе не песня, которую поет бог. Эту песню поешь ты. Ты сама в тайном храме своей души решаешь, быть миру или нет. Ты выбираешь, дать миру еще один шанс, или нет. Это твой мир. Он существует только потому, что ты так хочешь, и ты всегда можешь выключить проектор, который его создает. Твоя душа так захотела — быть тем, чем она стала. Она отдыхает здесь от своего всеведения и всемогущества. Поэтому не завидуй тем, кто велик и силен. Они невероятно нелепы. Вселенная — вовсе не то, что пишут в учебниках по астрономии. И не то, что говорят попы. Каждая душа создает свой мир, но все души, как нити, переплетены друг с другом... И все они — одна и та же нить, одна мгновенная бесконечность, одна и та же заблудившаяся в себе пустота, одна неразделимая боль и радость. Ты хочешь, чтобы это было? Или ты хочешь, чтобы этого не было?

Вопрос был обращен ко мне.

Я хотела, чтобы это было.

Со печально улыбнулась. В твоем мире больше не будет старушки Со, сказала она. Не будет злобного Тима, не будет Камня и масок... Все будет по-другому. Так же, но по-другому... Ну хоть маски пусть останутся, попросила я. На память. Думай, о чем просишь, ответила Со. А то ведь правда это получишь. Со, прошептала я, пожалуйста — можно мне опять тебя увидеть? Увидишь, сказала Со. Если сумеешь узнать. А теперь создавай новый мир. Как, спросила я. Как хочешь, милая, засмеялась Со и исчезла.

Значит, Камень еще работает? Но как мне создать мир? Что это вообще такое?

Наверно, то, что рассказывают мне органы чувств.

Чтобы у меня были органы чувств, нужно тело. Я помню, каким оно было. Пусть будет таким же.

Руки... Руки, где вы?

Я провела бесплотным вниманием по тому месту, где полагалось быть правой руке — и пустота ответила легкой электрической щекоткой, уже откуда-то мне знакомой.

Я прошлась по левой руке, потом по животу и ногам.

Теперь у меня были ноги. Они оказались сложены в полулотос, словно я сидела в магическом цветке — или сама этим цветком была: я чувствовала контуры своего тела по приятной электрической дрожи, чуть отстающей от луча моего внимания.

Я переместила внимание вверх по спине, по шее — и из той же самой щекотки возникла моя голова. Сначала затылок, потом щеки и лицо.

У меня были глаза, уши и нос — чтобы убедиться в этом, я специально изучила их электрические пинги в мельчайших деталях. Значит, я могу видеть и слышать... То есть, догадалась я, бесконечно расширить себя во все стороны, потому что «видеть» и «слышать» — это то же самое. И, как только я поняла, я сразу это сделала.

До меня донесся низкий и глубокий звук гонга.

Я почувствовала легкую эйфорию — словно миг назад совершила что-то важное, что-то самое главное.

Конечно! Я заново создала весь этот гребаный мир... Хотя очень и очень авторитетные источники предупреждали, что делать этого ни в коем случае не надо.

Я открыла глаза. На мне были эластичные штаны для джоггинга и майка. Я сидела в большом прохладном зале, и вокруг меня были женщины, в основном азиатки. Через проход сидели мужчины. Европейцев и азиатов примерно пополам.

Я знала это место.

Я провела в этом зале уже много дней.

Ну да, конечно — я же была на ритрите! На ритрите по Гоенке. В Таиланде, в трех часах езды от Бангкока. Далеко от моря. В самой настоящей азиатской глуши.

Зал понемногу зашевелился, люди начали вставать — и я поняла, что это была последняя обязательная медитация за день. Я аккуратно поднялась, размяла затекшие ноги — и вышла из зала на вечерний воздух.

Мои тапочки стояли там же, где я оставила их час назад.

Я знала, куда идти — мое временное жилье было в одном из одноэтажных жилых блоков в ста метрах от зала. Через минуту я оказалась у себя в гнездышке.

Это была уютная одноместная келья с душем и потолочным вентилятором, с москитной сеткой во всю стену и окном странной конструкции, похожим на стеклянные жалюзи: можно было открыть их для воздуха или полностью закрыть. За окном был пруд с лотосами, и, пока я переодевалась, там несколько раз плеснула рыба.

Я легла на узкую лежанку и стала соображать, что происходит.

У меня была отчетливая память о времени, проведенном в этой комнатке. Ритрит уже кончался: сегодня был последний полный день. Я жила здесь, спала на этой лежанке. Вставала рано утром, еще затемно — и вместе со всеми ходила в тот самый зал, откуда только что вернулась.

Мало того, я успела полюбить это место. Его построили как нечто прямо противоположное повседневному миру — и мир действительно остался по ту сторону пруда, далеко за моим окном...

Воздух был теплым, но я не ощущала жары. Наоборот, пруд и зелень источали ту особую тенистую свежесть, которая при попытке воспроизвести ее в северном ландшафте становится холодной сыростью. Но здесь, на юге, это было восхитительно — словно бы природа сшила специально для человека маленький и прохладный зеленый кокон.

Мне не хотелось ни о чем думать, до того было хорошо. Я уже и не помнила, когда последний раз так наслаждалась каждой проходящей секундой. Может быть, в раннем детстве?

Мне хотелось спать, но надо было сделать еще одно дело — и я заставила себя принять душ, чтобы не заморачиваться рано с утра. Это было одной из моих здешних привычек.

В ду́ше произошла еще одна странная вещь. Поглядев на себя в зеркало, я даже отшатнулась. На моем плече появился рисунок.

Это был стилизованный лев. Татуировка.

Которую, как я тут же вспомнила, я сделала в Бангкоке прямо перед ритритом — причем не на память о канадском Леве, а просто потому, что мне понравилась картинка в окне татуировочного салона. Такой волшебный азиатский зверь. Так называемый сингха.

А следующие четыре дня я проклинала себя за это, потому что плечо невыносимо болело во время медитаций. Мало того, уже пригрев животное почти у себя на груди, я с неудовольствием выяснила, что такой же точно лев живет на этикетках самого популярного в Таиланде пива. Оно так и называется: «Сингха».

Вот так. Всю жизнь смеялась над дурами, которые набивают себе иероглифы, значащие что-то вроде «быстросуп» и «бакалея», из-за чего на них ходят посмотреть все китайцы на пляже – а теперь сама стала ходячим баннером тайского пивандрия. И если я когда-нибудь вернусь к Егору, он, должно быть, будет посыпать это место солью и долго лизать. Но только я не вернусь.

Впрочем, сингха мне нравился. Во-первых, он маленький, практически котенок. А во-вторых, мы с брендом как-нибудь его поделим. Будем считать, что это desology. Чрезвычайно продвинутая и развитая девушка иронизирует по поводу того, что даже ее изящная личность в конечном счете сформирована усилиями маркетологов. Которые, естественно, выдают себя за свободных мыслителей, бесстрашных культуртрегеров, продвинутых эстетов и прочих корпоративных анархистов.

Я действительно провела здесь почти десять дней. Мне это не снилось.

Мне вообще ничего не снилось. Во всяком

случае, когда я уснула. А утром меня разбудил знакомый гонг.

Как всегда перед рассветом, я плавала где-то очень глубоко, возле самого дна бытия — и там, конечно, все было понятно и известно. Но пока я поднималась к поверхности, я постепенно забыла всю свою глубинную мудрость, и, открыв глаза, помнила только одно — пора просыпаться.

Вчера я создала этот мир, да. Но теперь все равно надо было вставать затемно.

Встать в четыре утра совсем просто, когда понимаешь, что другого выхода нет. Дома он всегда есть, а на ритрите отсутствует. То есть в теории он тоже есть, но организаторы сознательно смещают его в область таких нелепо-унизительных житейский положений, что возможность «подремать еще часок» не рассматривается даже гипотетически.

Через пять минут я уже оделась, ополоснула лицо и вышла на улицу. Было темно; над территорией горели редкие электрические огни, дававшие как раз достаточно света, чтобы ориентироваться. Мимо проходили глядящие в землю женщины, совершенно не замечающие ни меня, ни друг друга. Если бы я не знала причины, наверно, это казалось бы жутким.

Причина была в местном правиле «avoid eye contact». То есть при встрече с другой отдыхающей (почему-то я так называла про себя участниц ритрита) следовало не улыбаться, глядя ей в глаза, как велит мирской этикет, а сделать вид, что просто ее не видишь. И еще, конечно, надо было молчать. Ни с кем не разговаривать до самого конца ритрита.

Сегодня, правда, уже можно было говорить — но я привыкла помалкивать. Мне нравилось благородное молчание и благородное одиночество. Так это здесь называлось.

Обсаженная кустами дорога кончалась лестницей — это к ней спешили беззвучные тени. Лестница вела в холл для медитаций: приземистую постройку с высоким шпилем, на котором горела слабая красная лампа. Все вместе походило на сцену из какого-то альтернативного Дэвида Линча.

Поймав себя на этом неуместном сравнении, я устыдилась, стала одной из этих быстрых теней сама — и через минуту уже сидела на своей подушке в шестом ряду у стены.

Последняя медитация.

Я пробовала раньше заниматься подобным и сама. Но была большая разница между экзерсисами в одиночестве — и тем, что происходило сейчас в этом огромном темном зале, где сидело больше сотни людей.

У себя дома я сразу соскальзывала в первую подвернувшуюся мысль, и никакого лекарства от этого не существовало. По большому счету моя медитация была сеансом сосредоточенного обдумывания бытовых вопросов в не слишком удобной позе.

Здесь же нас всех как бы везли на общем поезде внутреннего молчания. Мы сели в темный экспресс и отправились в тишину... Вернее, это мир за окнами дернулся и покатил туда, куда он обычно едет, а пассажиры впервые остались на месте.

Наш поезд никуда не ехал, но всех сидящих в зале объединяла совместная инерция безмолвия. Как только голова пыталась отправиться в свое беспокойное путешествие, это становилось заметно, и путешествие кончалось. Дома я никогда не достигала такой прозрачной и безмятежной внутренней тишины.

Как хорошо жить, когда от одного момента просто переходишь к следующему, даже не пытаясь ничем его заполнить...

Нет, неужели я все-таки станцевала бабочку? И как!!!

Сколько раз я слышала эту историю про Чжуан-Цзы... Все ее цитируют, перепевают, перетанцовывают — и думают, что поняли, о чем она на самом деле. Ой, вряд ли.

Что значит — бабочке приснилось, будто она Чжуан-Цзы? Это значит, ей приснились все люди, которых тот знал, весь Древний Китай и вся Вселенная, какой он ее видел. Чтобы превратиться в Чжуан-Цзы, бабочке пришлось придумать целый мир, и она это сделала мимоходом, даже не заметив. Как делаем и мы — много раз каждую ночь и каждый день. Всякой бабочке приходится заново создавать все мироздание, даже если ей снится, что она просто двигает крылышками как Ума Турман.

И кажется, будто это какой-то титанизм, что-то неподъемно грандиозное — но на самом деле здесь есть один веселый маленький секрет, который я поняла только в гостях у Гоенки.

Ни одной сложной вещи не существует целиком и сразу. Что-то простое уходит из поля нашего внимания, и что-то простое приходит на смену. Mind-matter. Сознание-материя. И на этом двухколесном велосипеде можно объехать все мироздание, потому что оно возникает — всегда и исключительно — крохотными кусочками в промежутке между его колесами. Все мысли веков, все мечты, все миры, все будущее библиотек и музеев...

Наверно, так устроено потому, что у проектора «Непобедимое Солнце» ограниченная мощность, и весь остальной мир за пределами этого крохотного окошка только подразумевается. Вот поэтому бабочка, даже запасная, может стать Чжуан-Цзы, создать Китай и облететь весь огромный мир. Но как же это ловко замаскировано.

Или не замаскировано? Ведь тайна на виду. Взять хоть нашу музыку. В строгом смысле ни одной «песни» не существует. Даже Главной. Есть только тот звук, который мы слышим прямо сейчас — и, чтобы прозвучало то, что мы называем песней, все звуки должны умереть нота за нотой. Целиком и сразу песен нет нигде. Строго говоря, их не существует. Но это не мешает нам слушать их с утра до вечера.

Нас тоже нигде нет, но это совершенно не мешает нам жить. Нота за нотой — мы помним предыдущую и знаем сердцем, какой должна оказаться следующая. Это и есть наш мир. Мы и наш двухколесный велосипед.

Некоторые, впрочем, говорят, что он одноколесный, а другие утверждают, что колес вообще нет — но это уж кто на чем умеет кататься...

Эмодзи_красивой_просветленной_блондинки_ожидающей_пятьсот_лайков_к_последнему_посту.png

Так, я опять думаю о какой-то фигне. Вот же тупая.

Только ругать себя не надо. Объясняли же. Саша, все нормально.

Вот за этим люди и ездят на ритриты: прорываться из окружения организованной группой куда проще. Возникает своего рода общий мозг, сосредоточенный на одном и том же, появляется медитирующий великан – и ты его часть. Когда твой ум начинает скакать, сила подхватывает его и ставит на место... Рано или поздно. Чаще поздно, чем рано.

Великан, конечно, не всесилен.

А еще грустнее, что великан не вечен, и сегодня пришел его последний час. Все составное распадается. Правда-правда, Будда не врал...

Вернувшись в свою келью (я так ни с кем и не успела поговорить, хотя вокруг уже шептались и хихикали), я легла на койку и собралась с мыслями.

Что же все-таки произошло?

У меня теперь было два прошлых. Вернее, две параллельные памяти, и я не знала, какая из них настоящая. В одном прошлом были Со и Тим, яхта «Аврора», Фрэнк, Наоми и Канары. В другом...

В другом тоже был Стамбул, встреченный там Фрэнк со своими бородатыми друзьями (только он не носил пурпурную каракаллу, и познакомились мы банально в клубе, а в Урфу летали просто так), тоже был Алексей, с которым Фрэнк в лоскуты напился в стамбульском ресторане после нашего возвращения из Урфы, и был даже профессор Гекчен, встреченный на гипподроме очаровательный турецкий джентльмен, рассказавший мне про восстание «Ника».

Потом — Тенерифе, где я познакомилась с Левой, слушала его рассказы про калифорнийский воук-буддизм и удостоилась встречи с Винсентом и Кендрой. Потом Куба — и на Кубе тоже была Наоми, закрытый до утра сельский домик, история про Главную Песню — но никаких масок Каракаллы...

А с Кубы я полетела на Гран Канариа, где познакомилась с Эухенией. Мы гуляли с ней по набережной, а потом ей пришлось срочно бежать в свой бар... Туда же должна была прилететь и Наоми, но она написала, что задерживается в Гаване, и я отправилась в Таиланд — сначала в Бангкок, а потом на этот ритрит, куда ухитрилась вписаться в самый последний момент по наводке Левы: открылась вакансия на стоп-листе.

Женщине трудно сюда попасть. Не из-за дискриминации, а потому, что тайские домохозяйки массово ездят на такие ритриты отдохнуть от мужей. Для них это не духовный подвиг, а дополнительный отпуск.

Два жизненных маршрута, которые я помнила, были почти одинаково достоверны. Но прошлое, где я полетела в Таиланд, продолжалось и сейчас — в моем настоящем. А то прошлое, где были Со и Тим, Элагабал и Каракалла и все прочее, казалось сейчас невероятно правдоподобным длинным сном, куда я провалилась вчера на вечерней медитации.

И то, что это был именно сон, подтверждали две книги в моем багаже — одна про гностицизм, другая про поздний Рим.

Но если я действительно сделала то, что сделала, тут же поняла я, именно так все и будет теперь выглядеть. Должна соткаться какая-то убедительная история, которая позволит новому миру существовать взамен прежней вселенной...

Или мне правда все привиделось?

Во время таких ритритов возможны необычные психические эффекты. Об этом предупреждают. Мы шутим с мозгом, а мозг шутит с нами...

Я уже понимала, что никогда не смогу ответить на этот вопрос. Никогда. Но что-то во мне знало — яхта «Аврора» не была сном. Чем-то другим — да. Но не сном. Я действительно сделала все те выборы, какие сделала, и имела дело с их последствиями.

И пока что происходящее мне нравилось.

Кроме одного обстоятельства. Я так давно хотела попасть на Гоенку — и опять пролетела. В смысле, попала на самом деле только на две последние медитации. И теперь, наверно, придется ехать опять...

Вот и все. Сумка, рюкзак — и дорога на выход. Интересно, в новом мире тоже где-то есть Камень Солнца? Раз проектор работает, скорее всего, да. Но искать его я не буду точно.

Перед стеклянной дверью в сансару был просторный холл, разделенный стеной на две одинаковые половинки. Я забрала из жестяного шкафчика свои электронные кандалы — телефон и ноут, спрятала их в рюкзак и сдала ключ от ячейки двум приветливым тайкам в серых пижамах. Теперь действительно все.

Мужское отделение было видно сквозь несколько просветов в стене — там прогуливались похожие на мастеров кунг-фу бритые наголо азиаты в спортивных костюмах и респираторных масках. Потом прошел бородатый европейский фрик в темных очках. И вдруг я увидела знакомое лицо.

Ганс-Фридрих. Совсем уже старенький. Но еще держится.

— Эй! — крикнула я и помахала ему рукой.

Он поглядел на меня — но определенно не узнал, вежливо улыбнулся и толкнул выходную дверь. Я нацепила рюкзак на плечо, подхватила сумку (могла бы создать ее и полегче) и выскочила на улицу следом.

Ганс-Фридрих уже садился в местное такси.

— Ганс-Фридрих! — закричала я.

Он опять обернулся — теперь ему было понятно, что это не ошибка.

— Я Саша, — сказала я. — Вы не помните — мы виделись на Аруначале.

Он улыбнулся.

— Почему. Помню. Ты повзрослела.

— Вы тоже, — ответила я.

Женщинам вообще-то такое не говорят. Особенно если это правда. Но я все равно была ему рада.

— Твоя подруга тоже здесь?

— Нет. Я одна.

— Ты куда?

— В Бангкок.

— Тебя подвезти?

— С удовольствием, — сказала я. — Шива всегда приходит вовремя.

Ганс-Фридрих засмеялся.

— Шива везде. Так что я тоже Шива, конечно.

— И я.

— Нет, — ответил Ганс-Фридрих. — Ты не Шива. Ты в лучшем случае его шакти. Женщина не может быть Шивой.

— Кто это сказал? Фамилия, имя. Его в фейсбуке через час засуспендят, и в твиттере тоже. Сексизм. Нет, даже не сексизм, это гендерный террор...

Ганс-Фридрих, видимо, вспомнил, что бывает с гендерными террористами в созданном мною мире — и покорно улыбнулся.

Моя сумка кое-как влезла в багажник, а рюкзак пришлось положить на заднее сиденье рядом с Гансом-Фридрихом. Сама я села впереди.

Прямо под ветровым стеклом стояло обычное для тайских машин украшение — крошечный буддийский монах золотого цвета в позе лотоса под маленьким стеклянным колпаком.

Наш водитель был великолепно экипирован для встречи с реальностью — на груди у него висел тяжелый оберег на мощной латунной цепи, а из-под рукава рубашки выглядывала магическая храмовая татуировка. Мало того, на его лице была маска, защищающая от того, что все-таки прорвется через все ряды магической обороны...

Машина завелась, водитель поглядел в зеркало — и вдруг заглушил мотор, открыл дверь, вылез и пошел к фасаду, возле которого по ветру развевалось несколько разноцветных флагов. Обожаю эти монастырские флаги, знаки непонятной духовной доблести.

Видимо, водитель узнал какую-то знакомую буддийскую финтифлюшку — подойдя к флагам, он сложил руки перед грудью и благоговейно закрыл глаза. Какой жадный, подумала я, полно своей чародейной силы, а он еще на чужую зарится. Чаевых не будет.

Наконец мы все-таки тронулись.

Машина выкатилась за ворота, проехала мимо длинного забора из проволочной сетки и вырулила на трассу. Впереди была жизнь.

Ганс-Фридрих заметил, что я гляжу на металлического монаха под колпаком.

— Похоже на электронную лампу, правда? — сказал он. — У этих ламповых монахов такая же функция. Улавливать растворенную в пространстве благодать, усиливать и транслировать на владельца.

— Я догадываюсь, — ответила я. — Но они, наверно, не всегда работают.

Водитель хихикнул под маской. У него устройство, видимо, функционировало отлично.

— Как прошел твой ритрит? — спросил Ганс-Фридрих.

— Круто. Просто невероятно круто. А ваш?

— Как обычно, — ответил Ганс-Фридрих. — Я, собственно, уже давно готовлюсь к смерти.

В его словах не было никакого пафоса. Он произнес это просто и даже легкомысленно, как можно было бы сказать «готовлюсь к переезду».

— Разве к смерти можно подготовиться?

— К смерти можно. К жизни нельзя.

— И как вы готовитесь — если это не слишком личное?

Ганс-Фридрих засмеялся.

— Ничего личного, — ответил он. — В этом и дело. Все, что с нами происходит — все без исключения — имеет начало и конец. Все состояния, все чувства, все мысли, все намерения, все импульсы. Все это на самом деле очень быстрое, тревожное, суетливое, мелкое. Мы не обретаем покоя и радости ни в одном из этих переживаний. Наоборот, когда любое из них кончается — это облегчение. Как если бы с тебя снимался очередной комар и улетал к себе на болото.

— Ну допустим, — сказала я. — Я как раз о похожем сегодня думала на последней медитации. Только не так пессимистично.

— Проблема в том, — продолжал Ганс-Фридрих, — что стоит кончиться чему-то од-

691

ному мелкому и суетливому, как сразу начинается что-то другое, такое же быстрое и беспокойное. Стоит взлететь одному комару, как на его место садится другой. Это и называется «жизнь». Мы сделаны из этих комаров точно так же, как мир сделан из нас. А смерть — это когда комары перестают на тебя садиться, и все. Смерти как таковой нет. Просто концепция.

— Но ведь есть же кто-то, на кого комары садились?

— Вот! — ответил он. — В том прелесть, что мы состоим исключительно из клубка комаров, на который садятся другие комары. А когда все они разлетаются, выясняется, что под ними ничего никогда не было. Но это очень особенное ничего. Его нельзя так назвать, потому что обычное «ничего» — всегда чей-то опыт. А там нет опыта. Никакого вообще.

— Ага, — сказала я. — Я вчера видела. Или мне показалось.

— Тогда ты все уже знаешь, — улыбнулся он.

— Но я хочу жить, — сказала я. — Я хочу... Как бы это сформулировать... Чтобы на меня пока еще садились комары, но только правильные. Только самые эксклюзивные...

Ганс-Фридрих захохотал.

— А ты знаешь, как их приманить?

— В целом да, — сказала я, подняла телефон и помахала им над головой.

— Тогда займись. А я пока посплю...

Открывая почту, я ощутила холодок в груди.

Было много новых мэйлов — от родителей, от Антоши, даже от рокерши Рыси, решившей продать мотоцикл.

Но в ящике не осталось никаких писем от Тима или Со.

Карикатура с Эрдоганом и Путиным, правда, была — но ее прислал Лева вместе со ссылкой на тайский ритрит. Ага, он написал почему — Эрдоган на картинке был невероятно похож на Винса.

За время ритрита пришли новые письма от Фрэнка.

И от Наоми.

Они живы, поняла я, живы... Ну конечно, все они живы. Что с ними могло случиться?

Фрэнк был еще в Стамбуле. Работал в том самом клубе, где мы познакомились. Спрашивал, успею ли я вернуться.

Антоша интересовался тем же. Он по-прежнему трудился над романом в заголовках, фильтруя национальную прессу: «страница-две каждый день стабильно, ситуация очень помогает, и уже вырисовывается другой сюжет — все будет куда смешнее». Название романа он поменял на «Коронавирус во время Чумы». Еще был вариант «Убей Мозгососа!» – насчет него Антоша сомневался, потому что отстреливать следовало «не пресституток, а пресступников», борясь с мозговыми дыроколами и шреддерами хотя бы на уровне сутенеров, но в название эту мысль очень трудно было впихнуть. В общем, он думал.

Наоми писала, что приедет на Гран Канариа только после карантина. Когда все кончится.

Только теперь я стала замечать, что за окном машины совсем мало людей – и практически все в масках. Я повернулась к Гансу-Фридриху. Он еще не уснул.

– Когда это началось? В смысле, карантин?

– Да пока мы сидели, – ответил он. – Ты что, ничего не знала?

Ну да, вспомнила я. Я же слышала про вирус.

– Как-то не придавала значения.

– Нам повезло. Это был последний ритрит. Сейчас весь мир закрывается, и когда откроется, никто не знает. Такая, можно сказать, перезагрузка всего...

Ой.

А не я ли, часом, все это устроила?

Спокойно, Саша. Только не грузись.

Я что-то такое думала про маски, было дело. Но, скорее всего, потому, что видела их по дороге на ритрит. В Бангкоке их уже носили, точно... Даже татуировщик был в маске. Впрочем, в Азии их всегда носят. Никогда теперь не узнаю, что и как...

— Скажите, вы же бывший ученый? — спросила я.

— Микробиолог, — ответил Ганс-Фридрих.

— Что это за вирус?

— Пока мало информации. Но похоже, отличается от плохого гриппа в основном хорошим пиаром. Под который всех обдерут как липку и спишут все, что украли. Серьезные люди сжигают бухгалтерию в мировом масштабе.

— Что, они специально этот грипп запустили?

— Нет. Но быстро поняли, как его запрячь.

— И что, от него нет лекарства?

— Есть, — ответил Ганс-Фридрих. — Называется red pill[1]. Но я не думаю, что Большая Фарма позволит...

Я вспомнила кран с горячей водой на «Авроре» и улыбнулась. Red pill. Надо же, мужику столько лет, а до сих пор такой романтик.

---

[1] Red pill — красная пилюля из «Матрицы», символическое лекарство от ложного видения реальности.

— А откуда он взялся, этот вирус?

Ганс-Фридрих пожал плечами.

— Биологический вирус — такая же программа, как компьютерный. Люди варят суп из летучих мышей, мышам это не нравится — и появляется мышиный код от людей. А люди потом вписывают его в свои программы кто как может... Я имею в виду, серьезные люди...

— Серьезные люди, — сказала я веско, — слушают все эти конспирологические теории и тихонько хихикают.

— Почему?

— Потому что они знают, как обстоят дела на самом деле. А когда это знаешь, конспирология невероятно смешит.

— Ну что же, — вздохнул Ганс-Фридрих, — конспирология так конспирология.

Ну что же, подумала я, карантин так карантин.

Он когда-нибудь кончится, верно? Наоми прилетит на Гран Канариа, я приеду туда же, остановлюсь в гостинице на дюне и мы втроем пойдем гулять. К этому моменту Германия, вероятно, уже возродится из пепла, поэтому Эухения побежит по набережной в свой бар поить немцев шампанским. А мы с Наоми останемся вдвоем, и все нестыковки двух реальностей исчезнут из моей памяти навсегда.

Теоретически можно будет залететь и в Стамбул — Фрэнка я вспоминала с нежностью. Но, если совсем честно, зачем мне американский членовоз с сомнительными политическими взглядами, когда со мной будет Наоми, у которой ничего подобного просто нет?

И не надо читать мне мораль из-за этих масок. Во-первых, с объективной научной точки зрения это никак не могла быть я. Во-вторых, я не хотела. В-третьих, Алексей тоже что-то такое говорил про BDSM-намордники. Прямо в каменное ухо, кстати.

А в-четвертых, пятых и шестых, никто не вправе меня упрекать, ясно? Вас вообще не должно было быть. Но вы есть. Я отстояла вас у вечности — и у черной пустоты небытия, и даже у последней окончательной невыразимости непонятно чего. Я это сделала.

Если вы не поняли, это были хорошие новости.

А теперь плохие.

С этого дня вы живете в мире, созданном блондинкой. Правда, хорошей, доброй, искренней и передовой, и даже вполне себе духовно продвинутой — но не так чтобы запредельно умной. И не особо дисциплинированной. Короче, просто нормальной современной блондинкой. У которой, помимо всего прочего, бывают еще и месячные. Так что не обессудьте, если что-то пойдет не так.

Некоторые мелкие косяки вы уже заметили. Думаю, будут и другие. В общем, скоро все узнают, что такое танец запасной бабочки Чжуан-Цзы, убегающей от Кота Шредингера в Траве Забвения.

Каким он будет, мой прекрасный новый мир?

Ну, если бы это зависело от меня... Пусть всем будет хорошо. Пускай все получат, что хотят — Хосе свою квартиру, Кендра свою революцию и так далее. Пускай вокруг станет меньше вранья, крови, человеческой боли — и кликбейтных заголовков, на которых делают бизнес разные мелкие бесы...

Но надежды, если честно, у меня мало. Может быть, я старалась зря и весь мир превратится в один сочащийся кровью кликбейтный костер, на котором начнут варить по-крупному. Варщики, конечно, сварятся и сами. Но ведь и мы с ними тоже.

Но когда это было по-другому? При Каракалле? Или, может быть, при Элагабале? А тысяча *темных лет*, которую отмолила у эонов его жена, давно прошла.

В любом случае, один тридцатник я прожила. По древним меркам, почти старость. Ну а по новым — совсем еще юность. Поживем-пощупаем. Я не говорю «увидим» или «услышим», потому что особого доверия к тому, что нам говорят и показывают, у меня нет.

А сейчас я могу ответить на самый главный вопрос.

Если допустить, что все это было на самом деле, а не привиделось мне за одну долгую ритритную секунду, почему я все-таки это сделала? Почему позволила мрачному земному бардаку перезагрузиться — и не захотела в этот неподвижный совершенный абсолют?

Наверное, просто потому, что это моя природная функция: воспроизводить наш невыносимый, злобный, смертельно больной, но все-таки такой милый местами космос, воспроизводить его несмотря ни на что — в новых глазах, готовых его увидеть, и новых руках, способных его коснуться. Плохо это или хорошо.

Потому что Непобедимое Солнце нашего мира — вовсе не какой-то черный камень, который то ли был, то ли нет. Это женщина. Такая как я. Или Наоми, хотя у нее есть свои заскоки. Или ее сестра Эухения, у которой, к сожалению, ни одного заскока нет. Или как эта римская весталка с орлиным носом из моего сна.

Мы все спасаем ваш мир. Спасаем его каждый день, просто вы не знаете. Даже тогда, когда не рожаем детей — а только уравновешиваем жестокую и тупую мужскую волю, мечтающую наделать во всем дыр, а потом разорвать все в клочья.

И если время от времени мы начинаем светить не озверевшему патриархату, а друг другу, мы имеем на это полное и неоспоримое право. Даже не верится, что в наше время еще приходится кому-то это объяснять.

Такие вот red pill blues.

Эмодзи_двух_непобедимых_солнц_сидящих_в_ обнимку_на_фоне_заходящего_в_дымку_желтого_карлика_класса_G2V_среди_бегущих_известно_куда_по_длинной_набережной_европейских_ спортсменов.png

Оглавление

Литературно-художественное издание

ЕДИНСТВЕННЫЙ И НЕПОВТОРИМЫЙ. ВИКТОР ПЕЛЕВИН

Пелевин Виктор Олегович

НЕПОБЕДИМОЕ СОЛНЦЕ

Ответственный редактор *Ю. Селиванова*
Младший редактор *Е. Шукшина*
Художественный редактор *А. Дурасов*
Технический редактор *О. Лёвкин*
Компьютерная верстка *О. Шувалова*
Корректор *Н. Сикачева*

ООО «Издательство «Эксмо»
123308, Москва, ул. Зорге, д. 1. Тел.: 8 (495) 411-68-86.
Home page: www.eksmo.ru   E-mail: info@eksmo.ru
Өндіруші: «ЭКСМО» АҚБ Баспасы, 123308, Мәскеу, Ресей, Зорге көшесі, 1 үй.
Тел.: 8 (495) 411-68-86.
Home page: www.eksmo.ru   E-mail: info@eksmo.ru.
Тауар белгісі: «Эксмо»
Интернет-магазин : www.book24.ru

Интернет-магазин : www.book24.kz
Интернет-дукен : www.book24.kz
Импортёр в Республику Казахстан ТОО «РДЦ-Алматы».
Қазақстан Республикасындағы импорттаушы «РДЦ-Алматы» ЖШС.
Дистрибьютор и представитель по приему претензий на продукцию,
в Республике Казахстан: ТОО «РДЦ-Алматы»
Қазақстан Республикасында дистрибьютор және өнім бойынша арыз-талаптарды
қабылдаушының өкілі «РДЦ-Алматы» ЖШС,
Алматы қ., Домбровский көш., 3«а», литер Б, офис 1.
Тел.: 8 (727) 251-59-90/91/92; E-mail: RDC-Almaty@eksmo.kz
Өнімнің жарамдылық мерзімі шектелмеген.
Сертификация туралы ақпарат сайтта: www.eksmo.ru/certification

Сведения о подтверждении соответствия издания согласно законодательству РФ
о техническом регулировании можно получить на сайте Издательства «Эксмо»
www.eksmo.ru/certification

Өндірген мемлекет: Ресей. Сертификация қарастырылмаған

Подписано в печать 03.08.2020. Формат 84х108^1/$_{32}$.
Гарнитура «Ньютон». Печать офсетная. Усл. печ. л. 36,96.
Тираж 70000 экз. Заказ № 6347.

Отпечатано с готовых файлов заказчика
в АО «Первая Образцовая типография»,
филиал «УЛЬЯНОВСКИЙ ДОМ ПЕЧАТИ»
432980, Россия, г. Ульяновск, ул. Гончарова, 14

18+

Москва. ООО «Торговый Дом «Эксмо»
Адрес: 123308, г. Москва, ул. Зорге, д.1.
Телефон: +7 (495) 411-50-74.
E-mail: reception@eksmo-sale.ru

По вопросам приобретения книг «Эксмо» зарубежными оптовыми
покупателями обращаться в отдел зарубежных продаж ТД «Эксмо»
E-mail: **international@eksmo-sale.ru**

*International Sales: International wholesale customers should contact
Foreign Sales Department of Trading House «Eksmo» for their orders.*
international@eksmo-sale.ru

По вопросам заказа книг корпоративным клиентам,
в том числе в специальном
оформлении, обращаться по тел.: +7 (495) 411-68-59, доб. 2261.
E-mail: **ivanova.ey@eksmo.ru**

Оптовая торговля бумажно-беловыми
и канцелярскими товарами для школы и офиса «Канц-Эксмо»:
Компания «Канц-Эксмо»: 142702, Московская обл.,
Ленинский р-н, г. Видное-2,
Белокаменное ш., д. 1, а/я 5. Тел./факс: +7 (495) 745-28-87
(многоканальный).
e-mail: **kanc@eksmo-sale.ru**, сайт: www.**kanc-eksmo.ru**

**Филиал «Торгового Дома «Эксмо»
в Нижнем Новгороде**
Адрес: 603094, г. Нижний Новгород, улица Карпинского, д. 29,
бизнес-парк «Грин Плаза»
Телефон: +7 (831) 216-15-91 (92, 93, 94).
E-mail: reception@eksmonn.ru

**Филиал ООО «Издательство «Эксмо»
в г. Санкт-Петербурге**
Адрес: 192029, г. Санкт-Петербург,
пр. Обуховской обороны, д. 84, лит. «Е»
Телефон: +7 (812) 365-46-03 / 04.
E-mail: server@szko.ru

Филиал ООО «Издательство «Эксмо» в г. Екатеринбурге
Адрес: 620024, г. Екатеринбург, ул. Новинская, д. 2щ
Телефон: +7 (343) 272-72-01 (02/03/04/05/06/08)

Филиал ООО «Издательство «Эксмо» в г. Самаре
Адрес: 443052, г. Самара, пр-т Кирова, д. 75/1, лит. «Е»
Телефон: +7 (846) 207-55-50.
E-mail: RDC-samara@mail.ru

**Филиал ООО «Издательство «Эксмо»
в г. Ростове-на-Дону**
Адрес: 344023, г. Ростов-на-Дону, ул. Страны Советов, 44А
Телефон: +7(863) 303-62-10.
E-mail: info@rnd.eksmo.ru

ПРИСОЕДИНЯЙТЕСЬ К НАМ!

ISBN 978-5-04-112784-8

МЫ В СОЦСЕТЯХ:

eksmo.ru

 eksmolive
 eksmo
 eksmolive
 eksmo.ru
 eksmo_live
 eksmo_live

9 785041 127848 >

book 24.ru

Официальный
интернет-магазин
издательской группы
"ЭКСМО-АСТ"

**Филиал ООО «Издательство «Эксмо»
в г. Новосибирске**
Адрес: 630015, г. Новосибирск, Комбинатский пер., д. 3
Телефон: +7(383) 289-91-42.
E-mail: eksmo-nsk@yandex.ru

**Обособленное подразделение
в г. Хабаровске**
Фактический адрес: 680000, г. Хабаровск,
ул. Фрунзе, 22, оф. 703
Почтовый адрес: 680020, г. Хабаровск, А/Я 1006
Телефон: (4212) 910-120, 910-211.
E-mail: eksmo-khv@mail.ru

**Филиал ООО «Издательство «Эксмо»
в г. Тюмени**
Центр оптово-розничных продаж Cash&Carry в г. Тюмени
Адрес: 625022, г. Тюмень, ул. Пермякова, 1а, 2 этаж. ТЦ «Перестрой-ка»
Ежедневно с 9.00 до 20.00. Телефон: 8 (3452) 21-53-96

Республика Беларусь:
ООО «ЭКСМО АСТ Си энд Си»
Центр оптово-розничных продаж Cash&Carry в г. Минске
Адрес: 220014, Республика Беларусь,
г. Минск, проспект Жукова, 44, пом. 1-17, ТЦ «Outleto»
Телефон: +375 17 251-40-23; +375 44 581-81-92
Режим работы: с 10.00 до 22.00.
E-mail: exmoast@yandex.by

Казахстан: «РДЦ Алматы»
Адрес: 050039, г. Алматы, ул. Домбровского, 3А
Телефон: +7 (727) 251-58-12, 251-59-90 (91,92,99).
E-mail: RDC-Almaty@eksmo.kz

Украина: ООО «Форс Украина»
Адрес: 04073, г. Киев, ул. Вербовая, 17а
Телефон: +38 (044) 290-99-44, (067) 536-33-22.
E-mail: sales@forsukraine.com

**Полный ассортимент продукции
ООО «Издательство «Эксмо»
можно приобрести в книжных магазинах
«Читай-город»** и заказать в интернет-магазине:
www.chitai-gorod.ru.
Телефон единой справочной службы:
8 (800) 444-8-444. Звонок по России бесплатный.

Интернет-магазин ООО «Издательство «Эксмо»
www.book24.ru
Розничная продажа книг с доставкой по всему миру.
Тел.: +7 (495) 745-89-14. E-mail: **imarket@eksmo-sale.ru**